Sanna Seven Deers · Feuerblume

MTb

Sanna Seven Deers (Jg. 1974) ist in Hamburg geboren und aufgewachsen, bevor sie 1997 nach Kanada auswanderte. Heute lebt sie mit ihrem Mann, dem indianischen Bildhauer und Autor David Seven Deers, und ihren vier Kindern auf der eigenen Ranch in British Columbia.
Sanna Seven Deers schreibt Romane für Erwachsene und entführt ihre Leser auf eine Reise voller Abenteuer in die unberührte Schönheit der kanadischen Wildnis.

Sanna Seven Deers

FEUERBLUME

Roman

MERLIN

Manchmal sieht unser Schicksal aus wie ein Fruchtbaum im Winter. Wer sollte bei dem traurigen Ansehn desselben wohl denken, dass diese starren Äste, diese zackigen Zweige im nächsten Frühjahr wieder grünen, blühen, sodann Früchte tragen könnten; doch wir hoffen's, wir wissen's.

Johann Wolfgang von Goethe

Love is ever the beginning of knowledge as fire is of light.

Thomas Carlyle (1795–1881)

Kapitel 1

Gelandet

Alexandra hielt einen Moment inne und schaute sich um. Von allen Seiten prasselten Geräusche und Wortfetzen auf sie ein und sie kam sich ein wenig verloren vor. Um sie herum tobte ein Meer aus Menschen, Koffern, Rollwagen und Farben, das sie zu verschlucken drohte: Vancouver International Airport.

Alexandras Gedanken wirbelten durcheinander und ließen sie schwindlig werden. Für einen kurzen Augenblick war sie sich nicht sicher, ob ihre Entscheidung, hierher zu kommen, wirklich richtig gewesen war. Vielleicht hätte sie doch auf die Mahnungen der Eltern hören sollen. Dann aber hob sie entschlossen den Kopf und atmete tief durch. Nein, sie würde nicht kleinbeigeben!

Alexandra nahm ihre beiden großen Reisetaschen und bahnte sich einen Weg zum Informationsschalter.

Schon eine halbe Stunde später saß Alexandra im Flughafenbus, der sie zum Greyhound-Terminal bringen sollte. Die Busfahrt gab ihr die Möglichkeit zu verschnaufen und sich mit der neuen Situation auseinanderzusetzen. Aus dem Fenster des Busses konnte Alexandra in aller Ruhe einen ersten Blick auf Kanada werfen. Fast war sie ein wenig enttäuscht. Vancouver sah sehr ähnlich aus wie die Großstädte, die sie aus Deutschland kannte. Aber dann auch wieder nicht. Die Stromleitungen waren allesamt Oberlandleitungen und hingen wie ein enormes Netz kreuz und quer über den Straßen. Es war kein schöner Anblick. Statt der weißen Taxis gab es hier gelbe und alles schien irgendwie größer zu sein. Die Häuser, die Straßen, die Autos. Und die Lastwagen waren so groß, dass es beinahe furchterregend war. Alexandra stellte sich vor, wie unangenehm es wäre, in einem Kleinwagen von so einem Laster auf der Autobahn gejagt zu werden.

Dann entdeckte Alexandra die Berge und eine freudige Erregung stieg in ihr auf. Hinter der Silhouette der Stadt zeichneten sich die hohen, bewaldeten Gipfel klar und verlockend gegen den Abendhimmel ab. Es schien als sei Vancouver eine Insel der Zivilisation in der Wildnis. Die Berge reichten bis an die Stadtgrenze, und es war beeindruckend und neu für Alexandra, den Kontrast von ungezähmter Natur und moderner Großstadt so klar zu sehen.

Plötzlich wurde ihr absolut bewusst, dass sie sich nicht mehr in Deutschland befand. Sie hatte es geschafft! Sie war tatsächlich in Kanada. Sie war hier, auf sich allein gestellt, und erst einmal gab es keinen Weg zurück. Das war ihre Absicht gewesen. Irgendwo in diesem wilden Land, das spürte sie in ihrem Herzen, lag der Schlüssel zu ihrer Seele, der Schlüssel zu ihrem Glück. Und nur sie allein konnte ihn finden.

Alexandra verbrachte die Nacht in einem Motel nahe dem Greyhound-Terminal. Es sprach sie nicht besonders an, gab ihr aber die Sicherheit, den Bus am frühen Morgen bestimmt zu erreichen. Die Einrichtung des Motels war modern, die Räume ordentlich und sauber, aber jeder Gegenstand im Raum schien aus Plastik zu sein, denn es elektrisierte, wann immer sie etwas anfasste. Sie versuchte vergeblich, den Fernseher und die Mikrowelle in Gang zu bringen, und konnte nur mit Hilfe der Rezeption eine Telefonverbindung zu den Eltern in Hamburg bekommen. Dann schlief sie erschöpft ein.

Am nächsten Morgen kaufte Alexandra sich eine Fahrkarte, mit der sie bis weit in den Norden fahren konnte. Ihr Plan war, einfach auszusteigen, wo es ihr gefiel. Die Busfahrkarten waren nicht sehr teuer, daher machte sie sich über ihr Ziel nicht allzu viele Gedanken. Sie wollte nur verhindern, dass sie nahe am Flugplatz blieb. Sie durfte nicht zurück. Sie musste hierbleiben, koste es, was es wolle.

Sie saß auf einem Fensterplatz und blickte fasziniert auf die Landschaft, die an ihr vorüberzog. Sie war noch immer ein wenig müde, aber die Fahrweise des Busfahrers ließ sie schnell aufwachen. Das Motto der Greyhoundbusse ist „Take it easy, take the Greyhound", – „Nimm's gelassen, fahr mit dem Greyhound". Augenscheinlich galt dieses Motto nicht für den Bus, in dem Alexandra gelandet war, denn von Entspannung konnte nicht die Rede sein! Der Fahrer trat tüchtig aufs Gaspedal und der Bus fuhr schneller als alle anderen Fahrzeuge auf dem Highway. Bei jeder Kurve fürchtete sie, sie würden im Graben landen. Alexandra war beunruhigt, aber die anderen Fahrgäste schienen sich an der Geschwindigkeit nicht zu stören und unterhielten sich gelassen.

Es dauerte eine Weile, bis auch Alexandra sich etwas entspannen konnte. Doch dann zog die Landschaft sie in Bann.

Das Fraser Valley, das der Bus durchfuhr, war ein weites, flaches Tal mit üppiger Landwirtschaft und fruchtbarem Boden. Der Fraser River durchzog das Tal mit seinen tiefen Wassern auf dem Weg zum Pazifik. Hohe, dicht bewaldete Bergketten befanden sich auf beiden Seiten der grünen Felder. Die Besiedelung wurde zunehmend lichter und mit jedem Kilometer ließen sie die Zivilisation weiter hinter sich. Die Natur mit ihrer wilden, ungezähmten Schönheit gewann die Oberhand.

Alexandras Blick fiel auf ihr Spiegelbild im Fenster. Gedankenversunken strich sie das lange blonde Haar zur Seite. Freudige, wenn auch ein wenig zurückhaltende Erwartung war in ihrem Gesicht zu lesen.

Dann sah sie sich im Bus um. Menschen jeder Altersklasse waren vertreten. Eine Familie mit zwei Kindern war eindeutig indianischer Abstammung. Alexandras Interesse war geweckt, aber sie wollte nicht unhöflich sein und die Leute anstarren. Zwei ältere Damen spielten Karten. Die männlichen Fahrgäste hatten allesamt Baseballkappen auf dem Kopf. Ein Mann hatte seine Kappe tief in die Stirn gezogen und sah sehr unfreundlich aus. Zum Glück saß er am anderen Ende des Busses.

Die Mitreisenden konnten nicht ahnen, was die Fahrt für Alexandra bedeutete. Sie fühlte sich wie ein Fremdkörper in diesem großen Land und dachte mit etwas Wehmut an Hamburg. Dort war bisher ihre Heimat gewesen, dort hatte sich ihr gesamtes Leben abgespielt. Bis gestern. Und sie dachte zurück an den Tag, an dem sie den Entschluss gefasst hatte ihrem Leben eine andere Richtung zu geben.

Es war ein kalter, nasser Tag im Februar gewesen. Der Nieselregen hatte alles noch grauer erscheinen lassen, als es im Zwielicht der Morgendämmerung ohnehin schon gewesen war. Alexandra hatte an der Bushaltestelle gestanden und sich über die Kälte, den Regen und die frühe Stunde geärgert, und darüber, dass das Frühjahr immer noch in weiter Ferne lag. Sie hatte an den Schreibtisch gedacht, an dem sie in weniger als einer halben Stunde wieder ihrer Arbeit nachgehen würde, und plötzlich hatte sie eine grenzenlose Leere und Traurigkeit verspürt, die sie gefangen hielt wie eine Fliege im Spinnennetz. Kalt und langsam, aber sehr stetig hatte es sich immer enger um sie zusammengezogen. Sie fröstelte und ihr wurde schlagartig klar: Du bist nicht glücklich und das wird sich nicht ändern.

Alexandra hatte Angst bekommen. Aber gleichzeitig hatte sie mit absoluter Gewissheit gespürt, dass diese Worte der Wahrheit entsprachen. Sie war nicht glücklich, sie war nur angepasst.

Den ganzen Tag über hatten diese Gedanken sie nicht

zur Ruhe kommen lassen. Sie war gereizt gewesen, hatte sich nicht konzentrieren können. Warum nur war sie mit ihrem Leben nicht zufrieden? Warum ließ sich das nicht ändern? Konnte sie nicht lernen, zu lieben, was sie hatte? Andere Menschen schienen ihr Leben ganz normal zu finden und sich keine Gedanken darüber zu machen. Man musste arbeiten – aber darum ging es nicht einmal. Alexandra war nie arbeitsscheu gewesen. Sie war fast vierundzwanzig Jahre alt, hatte ihr Abitur mit links gemacht, bewohnte eine eigene Mietwohnung, hatte einen gut bezahlten Job, nette Freunde und liebenswerte Eltern. Sie hätte zufrieden sein sollen. Besonders in dieser Zeit, in der jeder froh sein sollte überhaupt einen Arbeitsplatz zu haben, wie Alexandras Eltern es gerne ausdrückten. Manchmal fühlte Alexandra sich so unverstanden und kam sich vor, als wäre sie auf einem fremden Planeten. Keinem hatte sie ihre Gefühle wirklich erklären können, denn sie konnte sie selbst nicht definieren, so sehr sie es auch versuchte. Es hatte etwas mit der Freiheit ihrer Seele zu tun. Weiter war sie nicht gekommen.

Am Abend jenes Februartages hatte Alexandra sich dann mit einer Tasse Tee aufs Sofa zurückgezogen und eine Kerze angezündet. Sie hatte in die Flamme gestarrt und plötzlich war es, als hätte ihr jemand ein Geschenk in den Schoß gelegt: Für einen kurzen Augenblick konnte sie ihre Angst beiseiteschieben und der Stimme in ihrem Herzen zuhören. Nur für eine Sekunde. Aber in dieser Sekunde erhielt sie Antworten, die – und das wusste sie mit Gewissheit – schon immer da gewesen waren, denen sie jedoch nicht erlaubt hatte, an die Oberfläche zu gelangen.

Alexandra war so erstaunt gewesen, dass sie sich nicht hatte rühren können. Die Antworten waren klar und einfach gewesen, aber sie wirkten bedrohlich. Denn zum ersten Mal war sich Alexandra der Angst bewusst geworden, die sie fortwährend begleitet hatte. Angst vor dem Alleinsein. Angst, den Job zu verlieren. Angst, in den Augen der Gesellschaft zu versagen, außen zu stehen. Angst, es den Eltern nicht recht zu machen.

Angst hatte unbewusst ihr Leben beherrscht und all ihre Entscheidungen beeinflusst. Deshalb war sie nicht glücklich. Wer konnte mit Angst glücklich sein?

Plötzlich erkannte Alexandra, dass sie nicht allein war. Die meisten Menschen, die sie kannte, waren von einem dichten Nebel aus Angst umgeben, ohne sich dessen bewusst zu sein – so wie es Alexandra bis eben ergangen war.

Wohin Alexandra sich in ihrem Geiste auch wandte, alles was sie sah, waren Menschen beherrscht von Angst. Und diese Menschen zogen Kinder groß, saßen Konzernen vor, regierten Länder. Ihre Entscheidungen würden, genau wie es bei Alexandra bisher der Fall gewesen war, unterschwellig von ihrer Angst beeinflusst sein. Alexandra erschrak, als ihr das Ausmaß dieser Erkenntnis deutlich wurde. Die Welt brauchte Liebe, nicht Angst. Aber Alexandra konnte nichts an der Welt ändern, solange sie selbst ein Teil des Problems war. Sie musste zuerst sich selbst ändern.

Ein Plan reifte in Alexandras Kopf und sie schwor sich, diesem Plan zu folgen, egal, was ihre Angst ihr später zuflüstern mochte: Sie musste die Dinge in ihrem Leben ändern, die ihr nicht gefielen und sie durch solche ersetzen, die sie glücklich machten.

Leider hatte sich Alexandra eingestehen müssen, dass es viel schwerer war als gedacht, genau zu sagen, was sie wirklich glücklich machen würde. Was sie ändern wollte, war ihr sofort klar. Aber glücklich?

Sie spürte, sie musste weg, weit weg. Fort von den gewohnten Einflüssen, der gewohnten Umgebung. Irgendwohin, wo niemand sie kannte.

Sie hatte nüchtern überlegt. Planung und Logik waren ihre Stärke. Aber sie war nicht weit gekommen. Was sie brauchte, war vor allem Ruhe.

In jener Nacht war Alexandra aufgewacht. Sie hatte geträumt, dass ein großer, glänzendschwarzer Vogel direkt auf sie zugeflogen kam. Und plötzlich wusste sie, wo sie ihre Antwort finden würde. Sie war aus dem Bett gestiegen und hatte den Globus vom Regal geholt. Sie drehte ihn in ihren Händen und blieb an einer Stelle fast automatisch hängen: West-Kanada. Das Land der Ahornbäume und Wälder, der Seen und Elche. Das Land der Berge und der Wildnis. Wenig besiedelt, viel Platz für das Individuum. Perfekt!

Der Rest hatte sich fast von allein ergeben. Sie hatte eine Liste aufgestellt mit Dingen, die es zu erledigen galt, und diese von oben nach unten abgearbeitet. Die letzte Liste für eine lange Zeit! Sie hatte sich Bücher über Kanada besorgt, ein englisches Wörterbuch, einen Reisepass, eine Aufenthalts- und Arbeitsgenehmigung und ein Flugticket. Sie hatte ihre Arbeitsstelle gekündigt und den Hausstand aufgelöst. Denn nach ihrer Rückkehr wollte sie neu beginnen, an einem neuen Ort und mit einem neuen Job. Soviel stand für sie fest.

Wesentlich schwieriger war es, mit den Reaktionen ihres Umfeldes umzugehen. Einige Menschen hatten sie für verrückt erklärt und den Kopf geschüttelt. Andere hatten Predigten über jugendlichen Leichtsinn und Unerfahrenheit gehalten und wieder andere hatten sie einfach ausgelacht.

Alexandra hatte sich in dieser Zeit von vielen Freunden getrennt, die gar keine gewesen waren; und war dann traurig, die wenigen wahren Freunde, die sie hatte, bald zurücklassen zu müssen. Auch unter eine längst langweilige, müde Partnerschaft hatte sie einen endgültigen Schlussstrich gezogen.

Das Schwierigste waren die Gespräche mit den Eltern gewesen. Sie hatte nicht geglaubt, dass die Eltern ihren Wunsch missbilligen würden, zumal sie nur ein halbes, maximal ein Jahr lang fortbleiben wollte. Die Eltern hatten Alexandra in der Vergangenheit immer unterstützt, ihr immer den Rücken gestärkt. Dieses Mal aber war sie auf Unverständnis, ja sogar auf Empörung gestoßen. Was sie sich einbilde, all ihre Chancen über Bord zu werfen, nur um auf einen Ego-Trip zu gehen. Sie sollte es besser wissen, in ihrem Alter, sie sei doch kein Teenager mehr! Die Eltern würden das Unternehmen nicht befürworten. Auf gar keinen Fall!

Alexandra war am Boden zerstört gewesen. Sie hatte sich mit den Eltern nicht überwerfen wollen, aber sie konnte und wollte einfach keinen Rückzieher machen. Alles war in die Wege geleitet und sie hatte sich so optimistisch, froh und unbefangen gefühlt wie lange nicht mehr. Sie erinnerte sich vage an dieses wohlige, entspannte Gefühl, hatte es aber irgendwo auf dem Weg ins Erwachsenwerden verloren. Sie war glücklich, es wieder gefunden zu haben, obwohl ihr nie wirklich bewusst gewesen war, dass ihr die ganze Zeit über etwas gefehlt hatte.

Alexandra hatte ihre Vorbereitungen trotz all der negativen Stimmen und trotz ihres Streits mit den Eltern zu Ende geführt, ohne sich von ihrem Entschluss abbringen zu lassen. Als sie aber am Abreisetag allein zum Flughafen hatte aufbrechen wollen, war sie erleichtert gewesen, dass ihre Eltern sich trotz alldem entschlossen hatten, sie zu verabschieden. Ohne eine solche Verabschiedung wäre es einfach nicht das Gleiche gewesen.

Nun saß Alexandra im Greyhoundbus, unterwegs zu einem unbestimmten Ziel.

Am frühen Nachmittag erreichten sie Hope, eine kleine Stadt am Fraser River. Hier endete das üppige Fraser Valley und ging in einen gewaltigen Canyon über, der sich auf seinem Weg gen Norden immer enger und steiler zusammenzog. Alexandra stieg während eines Stopps aus dem Bus aus und sah sich kurz um. Alles hier schien ihr etwas rauer. Die Berge waren höher und felsiger, die Straße schlechter, die Menschen irgendwie ungepflegter. Nein, nicht ungepflegter, nur anders. Herber eben. Viele Menschen waren schlecht gekleidet und einigen fehlten Zähne. Alexandra hatte gelesen, dass die sozialen Leistungen in Kanada weitaus geringer waren als in Deutschland. In Vancouver war ihr das nicht so sehr aufgefallen, aber hier in Hope war es nicht zu übersehen.

Insgesamt herrschte in Kanada eine andere Atmosphäre. Das war Alexandra bereits im Motel und im Restaurant aufgefallen. Die Menschen waren sehr höflich, sie fühlte sich als Gast willkommen und die Atmosphäre in den Geschäften, Motels und Restaurants schien ihr entspannter als in Deutschland.

Der Trans-Canada Highway, auf dem der Bus nach Norden fuhr, war nur noch zweispurig und wenig befahren nachdem Hope hinter der Biegung der Straße verschwunden war. Verglichen mit Deutschland war die kanadische Autobahn leergefegt. Alexandra wusste nun, wo all diese Automobilwerbespots gedreht wurden, in denen nur Auto und Natur – welch ein Widerspruch – zu sehen waren. Einigen der Mitreisenden war der Highway trotzdem noch zu viel befahren und sie merkten an, dass an diesem Tag entsetzlich viel Verkehr sei. Alexandra schmunzelte. Sie würde sich umstellen müssen.

Sie durchfuhren den atemberaubend schönen Fraser Canyon und Alexandra staunte. Auf beiden Seiten des Flusses stiegen die Berge steil an, dicht bewaldet mit Zedern und

Fichten. Einige Bäume wuchsen hoch über dem Fluss direkt aus den Felsen und waren nur mit ein paar Wurzeln im Gestein verwachsen. Wie konnten diese Bäume überleben? Woher nahmen sie das Wasser?

Die Zedern sahen aus wie tanzende Feen mit ihren geschwungenen Ästen, die sich sachte im Wind wiegten. Die Fichten wuchsen hoch und kerzengerade zwischen den Zedern und wirkten edel und elegant.

Der Fraser River war wilder hier. Tief in der Schlucht tanzten weiße Schaumkronen auf dem Wasser. Hin und wieder entdeckte Alexandra einen Strudel, dann eine kleine Bucht in den Felsen, in der das Wasser ruhig war, wie in einer Badewanne. Große Felsbrocken ragten aus dem Wasser und hier und da war ein Baum umgestürzt und bildete eine natürliche Brücke zwischen Land und Fels. Eine Menge Treibholz schoss mit großer Geschwindigkeit flussabwärts. Welche Wassermassen! Dreizehnhundert Kilometer ungebändigte Naturgewalt. Kein Staudamm, nichts! Und über den Bergwipfeln leuchtete der Himmel im schönsten Azurblau.

Alexandra hatte nie etwas Schöneres gesehen. Ihr war, als könnte sie den Herzschlag der Wildnis spüren. So gewaltig, fast beängstigend – und doch gleichzeitig so verlockend und vollkommen.

Sie blinzelte. Sie war sich nicht sicher ... aber einen Augenblick lang glaubte sie, dieses Schauspiel der Natur schon einmal gesehen zu haben. Nicht nur ungefähr, sondern genau so, genau hier. Sie war schon einmal hier gewesen ... in einem Traum. Sie verdrängte den Gedanken und versuchte sich stattdessen vorzustellen, wie die ersten Europäer sich vor hundertfünfzig Jahren gefühlt haben mussten, als sie diesen Canyon zum ersten Male sahen. Damals noch majestätischer, mit großen, Jahrhunderte alten Zedern.

Am nächsten Tag setzte Alexandra ihre Reise gut ausgeschlafen fort. Der Bus überquerte den Fraser River und die Straße führte durch einige Tunnel, die in die massiven Felsen gesprengt worden waren. Der Highway war entlang der Canyonwand gebaut und Alexandra war froh, dass sie nicht auf der linken Seite des Busses saß. Gleich neben der Straße ging es mindestens hundert Meter steil in die Tiefe!

Alexandra war begeistert. Die Schönheit und Atmosphäre der Landschaft berührte tief in ihrem Herzen etwas, das bisher verborgen gewesen war. Ganz natürlich reihte sich dieses Etwas in Alexandras Lebenspuzzle ein. Wie hatte sie ohne dieses Etwas leben können? Seine Definition war noch sehr vage, wurde aber von Minute zu Minute stärker, greifbarer – und ein fester Teil von ihr.

Ein paar Mal war das Signalhorn eines Zuges zu hören. Es hallte an den Wänden des Canyons wider und verebbte langsam in der Wildnis. Alexandra fand, dass das Geräusch etwas Einsames, etwas Wehklagendes an sich hatte. Gleichzeitig löste es ein unerklärliches Fernweh in ihr aus.

Der Bus fuhr weiter Richtung Norden, vorbei an unterschiedlichsten Häusern – von der einfachen Blockhütte bis hin zur südländischen Villa. Die Landschaft veränderte sich allmählich, wurde karger und trockener. Die Bäume standen lichter, Kiefern nun. Die Canyonwände zeigten viel nackten Fels und Alexandra sah den ersten wilden Salbei am Straßenrand wachsen. Dies war *Range Land, Cowboy Country*. Und folglich hatte auch fast jedes noch so kleine und enge Grundstück eine Pferdekoppel.

Der Bus hielt schließlich an einem Ort, der sich rühmte heißester Ort in British Columbia zu sein. Und es war wirklich sehr heiß, als Alexandra ausstieg, um sich die Beine zu vertreten. Es wehte ein leichter Sommerwind und der Duft von wildem Salbei lag in der Luft.

Der Thompson River floss mit seinem blauen, klaren

Wasser in den nun langsam fließenden, braunen Fraser River. Ein faszinierendes Farbenspiel. Nur widerwillig stieg sie zurück in den Bus.

Alexandra wurde müde. Sie hatte eine aufregende Zeit hinter sich und die ständige Sitzerei machte ihr nun doch zu schaffen. Sie schaute auf die Uhr: Bis sie den nächsten Stopp erreichten, würde es noch eine Weile dauern. Sie würde einen Augenblick die Augen schließen, obwohl sie ungern etwas von der Fahrt verpasste.

Der Bus hielt. Alexandra wachte auf und blickte verschlafen auf die Hauptstraße der kleinen Ortschaft. Im nächsten Moment riss sie erstaunt die Augen auf: Vor wenigen Minuten war sie im Traum auf eben dieser Straße entlanggegangen!

Kapitel 2

Shaheylah

Am nächsten Morgen saß Alexandra ausgeschlafen und gutgelaunt in dem kleinen Hotelcafé und schaute aus dem Fenster. Die schmale Hauptstraße war in warmes Sonnenlicht getaucht und trotz der frühen Stunde waren schon viele Menschen unterwegs.

Shaheylah, so hieß der kleine Ort, gefiel Alexandra sehr. Deshalb hatte sie sich kurzerhand dazu entschlossen ein paar Tage dort zu bleiben. Und dann war da noch ihr Traum ... Sie musste einfach herausfinden, was es damit auf sich hatte.

Gerade hatte sie mit einigen Schwierigkeiten Spiegeleier mit Speck bestellt. Es war das einzige Gericht auf der Frühstückskarte und wurde in verschiedensten Varianten angeboten. Zufrieden mit sich und der Welt nippte Alexandra an ihrer Tasse Tee, während sie auf ihr Essen wartete. Sie rutschte auf ihrem Stuhl hin und her, denn der Bezug war aus Plastik und klebte am Stoff ihrer Hose fest. Alexandra war einigermaßen entsetzt gewesen, als sie das Restaurant betreten hatte, und hatte alle Mühe gehabt, es sich nicht anmerken zu lassen. Die Wände bestanden aus sehr rustikalen Brettern, auf denen noch die Spuren des Sägeblattes zu erkennen waren. Die Einrichtung ließ darauf schließen, dass seit ihrem Einbau in den Sechzigern nicht renoviert worden war. Der Boden war mit Linoleum ausgelegt, das mittlerweile sehr abgenutzt war, die Stühle und Bänke waren mit abwaschbarem Plastik bezogen. Die meisten Bezüge waren so alt und durchgesessen, dass Polstermaterial aus ihnen herausquoll. Die farbliche Zusammenstellung war insgesamt entsetzlich. Dazu war der Raum mit unechten Grünpflanzen und Minilichterketten geschmückt. Alexandra hatte ein Restaurant wie dieses noch nie gesehen. Die anderen Gäste hingegen sahen sehr zufrieden aus.

Alexandra hoffte inständig, dass das Essen besser war als die Ausstattung. Da sprach sie jemand unerwartet an.

„Haben Sie etwas dagegen, wenn ich mich zu Ihnen setze?", fragte ein junger Mann.

Alexandras Phantasie reichte aus, um zu ahnen, was ihr bevorstand. Das hatte ihr gerade gefehlt! Alles, was sie wollte, war in Ruhe zu sitzen und zu frühstücken.

„Danke", erwiderte sie knapp. „Ich frühstücke lieber allein." Ihr Ton ließ keine Widerrede zu.

Der junge Mann, der schon im Begriff gewesen war sich zu ihr zu setzen, stieß einen kurzen, missbilligenden Laut aus und setzte sich an einen Tisch in der Nähe. Dort begann er eine Unterhaltung mit seinem Nachbarn.

Alexandra atmete erleichtert auf und würdigte ihn keines Blickes mehr. Entschlossen schob sie das Kinn vor.

Zu ihrer Überraschung vernahm sie gleich darauf ein leises Lachen. Sie drehte sich um und erblickte einen anderen jungen Mann, vielleicht Anfang dreißig. Er war leger gekleidet in T-Shirt, kariertem Hemd und Jeans. In der einen Hand hielt er einen Kaffeebecher, in der anderen eine Zeitung. Er hatte kurze, dunkelbraune Haare, klare Gesichtszüge, eine gerade, markante Nase und golden-bronzene Haut.

Seine schmalen, schön geschwungenen Lippen verzogen sich zu einem breiten Grinsen, einem sehr sympathischen Grinsen.

„Gut gemacht", meinte er.

Alexandra zögerte einen Augenblick und wollte gerade zurück lächeln, als sie in die Augen des Fremden schaute. Sie hatte eine solche Augenfarbe noch nie bei einem Menschen gesehen. Sie leuchteten wie Bernstein und funkelten voll Lebenslust und – Spott.

Alexandra blinzelte und schaute erneut. Tatsächlich, dieser Mensch saß da und machte sich über sie lustig! Sie zog eine Augenbraue hoch und ihr Gesicht verfinsterte sich. Sie hob das Kinn noch ein wenig weiter und sagte spitz: „Danke.“ Dann wandte sie sich wieder um.

Samuel Reed war unausgeschlafen und schlecht gelaunt. Gestern hatte er Überstunden gemacht und seine Planung für diesen seinen freien Tag sah schlecht aus. Die Sonne schien, es war keine Wolke am Himmel zu sehen und eigentlich hatte er mit seinem Cousin zum Angeln fahren wollen. Aber Gary hatte eine neue Freundin, die ihn schwer unter Kontrolle hatte. Kein Angeln mehr an Samstagen! Missmutig schob er das letzte Stückchen seines Muffins in den Mund. Dann wurde er auf die junge Frau aufmerksam, die am Tisch schräg vor ihm saß. Sie sprach mit irgendeinem europäischen Akzent, den er nicht zuordnen konnte, der ihm aber gefiel, und bestellte furchtbar umständlich ihr Frühstück. Er musste grinsen. Er studierte ihr Profil während sie mit der Kellnerin sprach. Sie hatte lange Wimpern, eine kleine Nase, volle wohlgeformte Lippen und ein energisches Kinn. Eine Flut aus blondem Haar fiel ihr über Schulter und Rücken. Sie war eine interessante Erscheinung, das war sicher.

Gerade begann seine Laune sich zu bessern, da erschien Grant Ryder auf der Bildfläche und sprach die junge Frau an. Sam und Grant konnten sich seit Schultagen nicht ausstehen. Daher war Sam umso zufriedener, als er Zeuge der galanten Abfuhr wurde. Außerdem mochte er Frauen mit Rückgrat. Und erst die Funken, die aus ihren Augen sprühten, als sie *Danke* zu ihm gesagt hatte. Sam lächelte in Erinnerung daran, trank seinen restlichen Kaffee in einem Zug aus, nahm seine Zeitung und bezahlte. Vielleicht würde dieser Tag doch noch gut werden.

Alexandra verbrachte einen ruhiges Wochenende. Sie erkundete den Ort und die nähere Umgebung. Auf einer Informationstafel an der Hauptstraße las sie die Geschichte des Ortes. Shaheylah, so erfuhr sie, war ein indianisches Wort und bedeutete soviel wie *schöner Ort*. Das gefiel ihr sehr. Die Einwohnerzahl war mit 1200 angegeben, aber im Einzugsgebiet lebten knapp 2000 Menschen. Überlaufen war die Gegend also nicht gerade.

Shaheylah war auf einem Hochplateau gelegen. Die östliche Bergkette lag satt und grün vor ihr und Alexandra erspähte sogar einen kleinen Wasserfall. Die westlichen Berge hingegen waren spärlicher bewaldet, trockener und karger.

Etwas außerhalb lag Jewel Lake, ein See, dessen smaragdgrünes Wasser selbst jetzt, im August, noch eiskalt war. Alexandra verzichtete auf ein Bad und begnügte sich damit, am Ufer unter einem der großen Akazienbäume im Schatten zu sitzen. Vor ihr lag der See mit seinem kristallklaren Gebirgswasser, umringt von hohen, schroffen Felswänden. Die Luft war warm und ein sachter Wind spielte in den Zweigen der Bäume. Es duftete herrlich nach wildem Salbei. Kleine Wildblumen wuchsen auf dem kargen Boden zwischen den Salbeibüschen. Ihre fächerartigen Blüten leuchteten in warmen Rottönen und setzten willkommene Farbtupfer in die felsgraue Landschaft. Die zarten, schlanken Blütenblätter erinnerten Alexandra an die Flammen eines lodernden Feuers und sie fühlte sich auf unbestimmte Weise zu ihnen hingezogen.

Alexandra bemerkte eine Bewegung in den Felsen. Sie erspähte zwei weiße, zottelige Bergziegen, die behände über die kargen Felsen sprangen. Fasziniert beobachtete sie die Tiere. Es war schön, sie in freier Wildbahn zu erleben.

Schließlich schweifte Alexandras Blick zu den Menschen hinüber, die sich etwas entfernt von ihr ebenfalls im

Schatten niedergelassen hatten. Es waren offenbar viele Familien darunter. Den Kindern schien das kalte Wasser nichts auszumachen. Sie standen bis zu den Knien im eisigen Nass und planschten vergnügt.

Alexandra fiel auf, dass ebenso viele Indianer wie Weiße im Ort lebten und beide Bevölkerungsgruppen ganz ungezwungen miteinander verkehrten. Auch schien es viele Mischehen zu geben.

Am Sonntag kam Alexandra zufällig am Redaktionsgebäude der Lokalzeitung vorbei und blieb an dem Aushängebrett mit den Kleinanzeigen stehen. Jemand verkaufte einen gebrauchten Kinderwagen, ein anderer versuchte Hundebabys abzugeben. Eine Annonce aber fiel ihr besonders ins Auge. Es hieß darin: Hilfe für Haushalt und Kinderbetreuung gesucht. Vier halbe Tage pro Woche, gegen Kost und Logis. Bitte melden bei Maggie Preston, Little Creek Ranch.

Sie zuckte mit den Schultern. Wenn ich mir schon einen Platz zum Bleiben suchen muss, warum dann nicht hier, wo es mir gefällt?, dachte sie.

Normalerweise war sie sehr vorsichtig mit ihren Entschlüssen und sie war beim besten Willen niemand, der sofort zum Erstbesten griff. Aber etwas zog sie zu dieser Anzeige ... Entschlossen schrieb sie die Telefonnummer ab und nahm sich vor, am nächsten Tag anzurufen und nach den Einzelheiten zu fragen. Bei vier halben Tagen in der Woche hätte sie sogar noch Zeit für einen weiteren Job, sollte es notwendig sein, und drei ganze freie Tage, an denen sie die Gegend erkunden konnte.

Kapitel 3

Little Creek Ranch

Während sie Tee zubereitete, drehte Maggie sich zu Alexandra um, die am Küchentisch saß. „Ich brauche dringend jemanden, der mir im Haushalt und mit den Kindern hilft", meinte sie und strich sich das halblange braune Haar aus dem Gesicht. „Dick ist Holzfäller und die Arbeit wird immer knapper. Er muss meist sehr weit fahren, oft zwei Stunden pro Strecke. Da hat er für die Ranch und die Tiere nicht mehr so viel Zeit. Und die Kinder brauchen ihn ja auch. Ich kenne mich aus, ich kann mit dem Traktor umgehen, aber dann brauche ich etwas Entlastung im Haus." Sie goss ihnen Tee ein und setzte sich.

„Die Kinder", fuhr sie fort, „können ganz schön anstrengend sein, wenn sie in Fahrt sind." Sie deutete aus dem Fenster. „Wir haben da drüben ein kleines Gästehaus, das ich leicht herrichten könnte. Es ist nicht groß, aber ordentlich und sauber. Und gegessen wird natürlich hier im Haus." Sie machte eine Pause. Und als Alexandra nichts erwiderte, fügte sie hinzu: „Ich gebe zu, dass mein Angebot nicht gerade luxuriös ist, aber mehr können wir uns nicht leisten. Ich weiß selbst nicht, warum ich die Anzeige aufgegeben habe. Ich hatte nicht wirklich damit gerechnet, dass sich jemand meldet."

Alexandras Blick schweifte nach draußen. Dort tobten die vier Preston-Kinder. Es waren drei aufgeweckte Jungen, die sie auf zwölf, zehn und acht Jahre schätzte und ein kleines Mädchen von vielleicht vier Jahren. Auch Maggie war ihr sofort sympathisch gewesen. Eine besondere Wärme und Herzlichkeit gingen von der jungen Frau aus, die es leicht machten, sich in ihrer Gegenwart wohl zu fühlen.

Und dann war da die Ranch. Bevor Alexandra an diesem Morgen zur Little Creek Ranch aufgebrochen war, hatte sie versucht, sich auszumalen, wie es dort wohl sein würde. Ihre Vorstellungen waren allemal erfüllt worden: Die Ranch war einsam gelegen an einer Sackgasse etwas außerhalb des Ortes, inmitten eines weitläufigen Kiefernwaldes. Quer über der Einfahrt hing ein hölzernes Schild, gestützt auf zwei große Pfosten, das verkündete: Little Creek Ranch. Dahinter lichtete sich der Wald und gab den Blick frei auf ein Ranchhaus mit großer Veranda. Zugegeben, das Haus brauchte einen neuen Anstrich, und auch das Scheunendach war an einigen Stellen reparaturbedürftig. Aber alles machte einen ordentlichen Eindruck und Alexandra gefiel, was sie sah. Neben den zahlreichen Außengebäuden gab es viele Koppeln und Felder, die durch Holzzäune voneinander getrennt waren. Der Wald schloss sich rings um die Felder an und ein kleiner Bach floss durch die Koppeln. In Hamburg hätte sie von so einem Grundstück nur träumen können. Jetzt bot sich ihr die Gelegenheit für eine Weile hier zu leben.

Alexandra versuchte die Situation einzuschätzen. Maggie würde immer in der Nähe sein. Sie selbst wäre nicht allein mit Haus, Hof und Kindern. Sie glaubte, nein, sie wollte diesem Angebot gewachsen sein!

Sie sah Maggie an und lächelte. „Es gefällt mir gut hier und wenn Sie denken, dass ich eine Hilfe wäre, dann würde ich Ihr Angebot gerne annehmen Mrs. Preston … ich meine Maggie", fügte sie leise hinzu. Denn Maggie hatte gleich zu Anfang erwähnt, dass sie es vorzog mit Vornamen angesprochen zu werden. Alexandra selbst war ohne große Umstände zu Alex geworden, denn Maggie entschied, Alexandra sei zu lang. Alexandra gefiel das irgendwie.

„Also abgemacht", meinte Maggie. „Ich richte das Gästehaus her und morgen kannst du übersiedeln – wenn es dir recht ist."

Es war Alexandra recht. Und so machte sie sich am nächsten Tag wieder auf den Weg zur Little Creek Ranch – dieses Mal mit ihrem Gepäck.

Die in Hamburg würden den Kopf schütteln, dachte sie. Immerhin verfügte sie nicht gerade über gute Kenntnisse in Haushaltsführung und hatte auch keine Erfahrung mit Kindern. Eigentlich kannte sie die Leute gar nicht genug, um dort einfach einzuziehen. Aber irgendetwas sagte ihr, dass dies der richtige Ort für sie war. Etwas zog sie magisch zu dieser Ranch, zu der liebenswerten Maggie und den Kindern. Dieses eine Mal würde sie, Alexandra Habicht, einfach ihrem Herzen folgen und sehen, wohin es sie führen würde.

Sie sah Maggies hochgewachsene schlanke Gestalt schon von Weitem. Die junge Frau erwartete Alexandra in Begleitung ihrer kleinen Tochter auf der Veranda. Die beiden erinnerten sie an ein Bild aus einem Wildwestfilm: Die Pionierfrau mit ihrer Tochter auf der Ranch. Und Maggie gehörte eindeutig zu diesem Land.

„Schön, dass du da bist, Alex." Maggie streckte ihr die Hand entgegen. „Dies ist meine Jüngste – Miranda." Sie deutete auf das Mädchen an ihrer Seite, das sich schüchtern hinter ihr versteckt hatte. „Komm, wir zeigen dir deine neue Bleibe."

Miranda musterte Alexandra aufmerksam und hielt sich vorsichtshalber dicht an ihre Mutter. Man sah ihr aber an, dass sie neugierig auf den Familienzuwachs war. Und Alexandra vermutete, dass Miranda nicht lange schüchtern sein würde.

Maggie führte Alexandra über den Hof, vorbei an der Scheune und einigen landwirtschaftlichen Maschinen zu einem großen, alten Akazienbaum. Hinter dem Baum stand ein kleines, uriges Holzhaus mit einem spitzen Dach und roten Fensterläden. Das Häuschen war alt und von Wind und Wetter gebleicht und ergraut.

„Dies war früher das Wohnhaus der Ranch, bis das jetzige Haus fertiggestellt wurde", erklärte Maggie.

Neugierig trat Alexandra ein. Sie liebte Dinge mit Geschichte.

Das Gästehaus war innen noch kleiner, als es von außen wirkte. Aber es hatte ein Wohnzimmer mit Kochnische, ein separates Duschbad und ein kleines Extrazimmer, dass Maggie als Schlafzimmer für Alexandra hergerichtet hatte.

Maggie, die viel Arbeit in dieses kleine Reich gesteckt hatte, wartete gespannt auf Alexandras Reaktion.

„Wie hübsch alles ist!", rief Alexandra. Die Wände waren aus Holz und die alten abgenutzten Bodendielen quietschten bei jedem Schritt. Die Einrichtung war einfach, aber mit liebevollen Details versehen. Maggie hatte versucht es Alexandra so gemütlich wie möglich zu machen. Hübsche, hellgeblümte Vorhänge hingen vor den Fenstern und im Wohnzimmer stand ein kleiner Holzofen mit Glasfenster. Beim Anblick des Ofens kamen Alexandra Zweifel.

Maggie bemerkte ihr Zögern sofort und beruhigte sie: „Mach dir darüber keine Gedanken. Feuer machen ist kinderleicht und der alte Ofen heizt dieses kleine Haus im Nu auf. Darum kümmern wir uns später! Jetzt lassen wir dich ein wenig allein, damit du dich einrichten kannst. Wenn du fertig bist, komm zu uns herüber – es ist bald Zeit für das Mittagessen."

Alexandra ließ sich auf einen Stuhl fallen und schloss die Augen. Ihr neues Heim war vielleicht klein und alt, aber es hatte Charakter und Geschichte. Sie war zufrieden.

Beim Mittagessen lernte Alexandra dann auch die Jungen und Maggies Ehemann Richard kennen. Sie bemerkte, dass Tim und Eric vom Aussehen nach ihrem Vater kamen, während der kleine Lee mehr seiner Mutter ähnelte. Alle drei waren sehr aufgeweckt und schienen sich gut zu verstehen.

Tim, Eric und Lee waren keineswegs schüchtern und bombardierten Alexandra sofort mit allen möglichen Fragen. Dabei übersahen sie die warnenden Blicke ihrer Mutter. Alexandra schloss sie sofort in ihr Herz.

Richard, kurz Dick genannt, war eine imposante Erscheinung. Er war groß gewachsen und hatte den muskulösen Körper eines Holzfällers. Alexandra fand, dass Dick mit seinem dunkelblonden, struwweligen Haar, der kräftigen Statur, dem wilden Vollbart und der zurückhaltenden Art einem großen, liebenswerten Brummbären glich. Nachdem er Alexandra herzlich begrüßt und ihr ausgiebig für ihre Hilfe gedankt hatte (wobei er so tat, als tue nur Alexandra der Familie Preston einen Gefallen und nicht umgekehrt), wandte er sich den Kindern zu. Die Kleinen schienen vernarrt in ihren Vater, und er ging mit ihnen freundschaftlich um. Alexandra ahnte, was Maggie in ihm sah. Sie selbst mochte Dick sofort.

Die Jungen mussten am nächsten Morgen früh aus dem Haus. Alexandra war schon um Viertel vor sieben zum Ranchhaus hinübergegangen, um das Frühstück vorzubereiten. Als sie dort ankam, musste sie feststellen, dass Dick schon seit eineinhalb Stunden aus dem Haus war und Maggie fertig angezogen und bereit für den neuen Tag war. Alexandra selbst war also nicht so früh dran, wie sie gedacht hatte.

Kurz darauf wurde ihr klar, dass die Milch noch in der Kuh war, und dass das Gemüse für das Mittagessen noch im Gemüsebeet steckte. Panik erfasste sie. Aber Maggie beruhigte sie: „Keine Angst, die Kuh melke ich. Du brauchst dich lediglich um das Gemüse zu kümmern."

Alexandra war erleichtert. Sie verstand zwar ebenso wenig von Gemüsegärten wie von Kühen, aber wenigstens konnte der Gemüsegarten nicht beißen oder austreten.

Alexandra kümmerte sich also am Vormittag um den Haushalt, den Garten und das Mittagessen, während Maggie die Ranch versorgte. Die Nachmittage hatte sie dann frei. Den größten Teil ihrer Freizeit verbrachte sie mit den Kindern. Beide Seiten genossen dies sehr, und es verschaffte Maggie etwas Zeit. Alexandra sah, wie hart Maggie jeden Tag arbeitete, um den Haushalt, die Familie und die Ranch am Laufen zu halten. Sie arbeitete viel mehr, als Alexandra jemals in ihrem Leben gearbeitet hatte. Und nie beschwerte sie sich. Alexandra bewunderte sie sehr dafür.

Es war schon seltsam, wie sehr sich Alexandra mit Maggie Preston verbunden fühlte. Und es hatte den Anschein, als ob Maggie genauso empfand. Und wenn Alexandra am Nachmittag nicht gerade mit den Kindern spielte oder ihnen beim Reiten zusah, dann nahm sie das Auto und fuhr mit ihnen zur Bücherei in Shaheylah oder zum Schwimmen an den See. Besonders Miranda war ihr ans Herz gewachsen. Die Kleine ging noch nicht zur Schule und verbrachte daher auch die Vormittage mit Alexandra.

Die Tage waren erfüllt und vergingen wie im Flug. Und jeden Abend fiel Alexandra erschöpft in das schöne, hölzerne Bett in dem kleinen Gästehaus unter dem großen Akazienbaum.

Alexandra war jetzt seit zwei Wochen bei den Prestons und hatte sich gut eingelebt. Viele Dinge, die ihr vor kurzer Zeit noch fremd gewesen waren, gingen ihr nun leicht von der Hand, wie zum Beispiel große Portionen Kartoffeln zu schälen und Kühe zu füttern und sie begann eine gewisse Routine bei der Hausarbeit zu entwickeln.

Das Wetter hielt sich gut für Anfang September. Die Tage waren noch immer heiß und die Nächte waren noch nicht so kalt, dass Alexandra den Holzofen im Gästehaus anfeuern musste. An diesem Vormittag war sie gut mit der Arbeit vorangekommen und nutzte die übrige Zeit, um ein wenig im Gemüsegarten zu arbeiten. Seit sie auf der Little Creek Ranch angekommen war, hatte sie eine Vorliebe für die Gartenarbeit entwickelt. Sie hatte sich ihr Haar im Nacken zusammengebunden und hockte vor einer Reihe mit Zwiebeln, vertieft in eines von Maggies Gartenbüchern.

„Okay, wie weit seid ihr?", fragte sie halblaut. „Ich weiß nicht, ob ich euch mulchen, häufeln oder ernten soll." Ihre Stimme klang leicht vorwurfsvoll und ein wenig verärgert.

„Warum bittest du sie nicht ganz höflich um genaue Anweisungen?"

Alexandra schreckte auf. Sie hatte niemanden kommen hören und sich ganz auf das Buch und das Zwiebelproblem konzentriert. Englischsprachige Gartenbücher waren so schwer zu verstehen ... Nun sah sie sich einem jungen Mann gegenüber, der lässig am Gartenzaun lehnte und in einen Apfel biss. Die Person kam ihr merkwürdig bekannt vor. Aber erst als sie auf dem Gesicht des Mannes ein breites Grinsen sah, fiel ihr ein, wo sie ihn schon gesehen hatte: Es war der Mann aus dem Hotelcafé, der sich an ihrem ersten Morgen in Shaheylah über sie lustig gemacht hatte!

Na prima, dachte Alexandra und stand zögernd auf. Sie mochte es nicht, überrascht zu werden. Schon gar nicht von diesem ungehobelten Kerl. Gerade wollte sie etwas erwidern, als ihr Maggie unerwartet zu Hilfe kam.

„Alex, wo bist du?", rief sie von der Veranda. „Bist du im Garten?" Gleich darauf erschien sie am Zaun des Gemüsegartens. Sie sah Alexandra lächelnd an. Dann bemerkte sie den Besucher.

„Hey, Sam! Wie geht's?" Schon stand sie neben ihm. „Schön, dass du mal wieder vorbeischaust! Hast du Alex schon kennengelernt?" Sie umarmte Sam und übersah Alexandras verstörten Gesichtsausdruck.

Sam schenkte Maggie ein reizendes Lächeln. „Nein, eigentlich nicht!" Dabei nahm er sich die Frechheit heraus Alexandra zuzuzwinkern. Sie war noch immer verärgert – warum, das wusste sie selbst nicht genau. Doch sie nahm das Auftauchen Sams zum Anlass, mit einer kurzen Entschuldigung im Haus zu verschwinden.

Alexandra beobachtete Maggie und Sam verstohlen durch das Küchenfenster. Sie unterhielten sich auf der Veranda. Nach einer Weile verabschiedete Sam sich und Maggie kam zu Alexandra in die Küche, um zusammen mit ihr und Miranda zu Mittag zu essen.

Als die Unterhaltung auf Sam kam, fragte Alexandra beiläufig: „Wer ist er eigentlich? Er schien sich hier fast wie zu Hause zu fühlen."

Maggie lachte herzhaft auf. „Gut umschrieben, Alex, wirklich! Sam benimmt sich manchmal so ... so typisch männlich eben! Aber ernsthaft, er ist wirklich in Ordnung. Er heißt Samuel Reed und ist mein Cousin."

„Dein Cousin?" Alexandra schnappte nach Luft. Für einen Moment wusste sie nicht, was sie sagen sollte. Alles hatte sie erwartet, aber nicht, dass Maggie mit ihm verwandt sein könnte.

„Ist das so schlimm?", wollte Maggie wissen.

Alexandra lächelte verwirrt und versuchte einen unbeeindruckten Gesichtsausdruck zu machen.

„Nein, eigentlich nicht", meinte sie und ging wieder ihrer Arbeit nach.

Zweimal wöchentlich fuhr Alexandra mit Miranda nach Shaheylah um die Post zu holen und einzukaufen. Dabei sah sie gern in der Bücherei vorbei, denn sie versuchte, ihre Englischkenntnisse durch das Lesen englischer Bücher zu verbessern. Alexandra hatte schnell festgestellt, dass ihr Schulenglisch zwar hilfreich war, ihr aber trotzdem viele Worte für den täglichen Gebrauch fehlten.

Auch an diesem Tag parkte sie das Zweitauto der Prestons vor der Bücherei. Sie half Miranda aus dem Wagen und nahm die Kleine an die Hand. Plötzlich drückte Miranda sich enger an sie und hörte auf zu plappern. Alexandra schaute das Kind an und folgte seinem Blick. Ein Mann von ungefähr sechzig kam ihnen entgegen und sie verstand sofort, warum sich das Mädchen so verhielt. Sie selbst hätte sich auch gerne an jemanden gedrückt. Der Mann sah beängstigend aus. Sie versuchte ihn nicht anzustarren. Aber es war fast unmöglich, es nicht zu tun. Seine äußere Erscheinung war kurios genug. Er trug alte, schäbige Arbeitsstiefel mit offenen Schuhbändern und schmutzige Jeanshosen, die offensichtlich nur mit Hilfe von orangefarbenen Hosenträgern richtig saßen. Sein T-Shirt schien in der letzten Wäsche eingelaufen zu sein. Statt einer Jacke trug er ein offenes, rot-schwarz kariertes, löchriges Holzfällerhemd und auf dem Kopf hatte er eine fleckige Baseballkappe. Aber es war seine finstere Miene mit dem mindestens fünf Tage alten Stoppelbart und den stechenden stahlblauen Augen, die Alexandra erschauern ließen.

„Wer ist das?“, fragte sie Miranda fassungslos.

„Unser Nachbar. Sein Name ist Cookie James“, meinte Miranda leise. „Papa sagt, er ist in Ordnung, aber mir macht er Angst!“

Cookie! Alexandra schnappte nach Luft. Nach etwas Essbarem war ihr bei diesem Anblick wirklich nicht zu Mute! Wie konnte jemand in einer solchen Aufmachung auf der Straße herumlaufen? Und mit einem solch finsteren Gesicht? Schnell schob sie Miranda durch die Eingangstür der Bücherei. Cookie James war einer der wenigen Menschen, die Alexandra nicht noch einmal treffen wollte.

Miranda machte sich auf, um durch die Glasscheibe die Menschen im Schwimmbad nebenan zu beobachten. Alexandra sah unterdessen einige Bücher an. Als sie aufblickte, meinte sie, das Gesicht von Samuel Reed durch die Fensterscheibe gesehen zu haben. Das hatte ihr gerade noch gefehlt! Doch als sie erneut hinschaute, konnte sie niemanden entdecken.

Alexandra schüttelte fast unmerklich den Kopf und zwang sich, wieder normal zu atmen. Sie nahm ihre zwei Bücher unter den Arm und machte sich auf den Weg, um Miranda abzuholen.

Umso erschrockener war sie, als sie draußen tatsächlich Sam neben Miranda stehen sah. Die beiden unterhielten sich.

„Hey, Alex", rief er ihr freundlich zu, „wie geht's?"

„Danke, gut", erwiderte sie kühl. „Miranda und ich waren beim Einkaufen und ich habe schnell ein paar Bücher in der Bücherei ausgeliehen."

„Was Interessantes?", fragte Sam.

„Interessiert dich bestimmt nicht", meinte Alexandra schnell. Auf keinen Fall wollte sie die zwei Billigromane offenbaren, die sie in der Hand hielt. Würde er ihr glauben, wenn sie ihm erklärte, dass diese Bücher zwar nicht anspruchsvoll waren, aber sich sehr gut zum Englisch lernen eigneten? Und überhaupt, sie wollte nicht mit Samuel Reed sprechen!

„Woher willst du wissen, dass sie mich nicht interessieren? Ich habe ein breitgefächertes Interessengebiet. Teste mich!" Und schon griff er nach den Büchern.

Alexandra seufzte resigniert und blickte zu Boden.

Sam besah sich die Einbände und stutzte. Dann grinste er breit: „*Träume unter fernen Sternen* und *Geflüster um Mitternacht*? Wirklich, ich hätte nicht gedacht, dass du so etwas liest!"

„Ich habe dich nicht um deine Meinung gebeten", entgegnete Alexandra spitz. Damit schnappte sie sich die Bücher und zog Miranda in Richtung Auto. Sie rief ein schnelles „Auf Wiedersehen“ in Sams Richtung und war auch schon um die Ecke des Gebäudes verschwunden, eine widerwillige Miranda im Schlepptau.

Sam lachte nur und machte sich auf den Weg zu seinem Wagen.

Kapitel 4

Dies und Das

Nach und nach lernte Alexandra jeden Winkel und jeden Bewohner der Little Creek Ranch kennen. Es gab mehrere Ponys und Pferde, die vor allem von den Kindern geritten wurden.

Die Prestons züchteten Rinder. Ein Teil der Herde wurde im Herbst geschlachtet und das Fleisch verkauft. Es war Alexandra nicht bewusst gewesen, dass es einen so großen geschmacklichen Unterschied zwischen dem Fleisch aus dem Supermarkt und dem aus eigener Züchtung gab, bis sie zum ersten Mal von dem hausgeschlachteten Rindfleisch gekostet hatte.

Die Schafe, es waren drei, hatten ein glückliches Leben. Maggie und Dick hatten sie für die Kinder angeschafft, und sie taten den lieben langen Tag nichts anderes als fressen. Deswegen wurde in der Familie des Öfteren über sie diskutiert, denn abgesehen davon, dass sie den kostbaren Heubestand verringerten und Arbeit machten, brachten sie keinen bemerkenswerten Nutzen.

Dann gab es noch zwei rosa Schweine, mit denen sich keiner viel beschäftigte, weil sie in kürzester Zeit geschlachtet werden sollten. Und je mehr man sich mit den Haustieren beschäftigte, desto schwieriger wurde es, sich von ihnen zu trennen. Dies wurde Alexandra besonders deutlich, als sie eines Tages hörte, wie Lee seine Mutter harmlos fragte, ob sie Pete zum Abendessen haben würden, und Maggie antwortete, dass sie Pete schon gegessen hätten und nun dabei waren, Repeat zu verzehren. Alexandra war sich sicher, dass sie nach diesem Vorfall nie wieder ein Stück Fleisch essen würde.

Dann gab es noch Daisy, eine wunderschöne Jersey-Kuh, die den ganzen Tag saftiges grünes Gras fraß und die Familie mit Milch versorgte. Wenn sie Zeit dazu hatte, machte Maggie sogar eigene Butter, die einfach himmlisch schmeckte.

Auf dem Hof tummelten sich Hühner und in der Scheune wohnten etliche Katzen. Bewacht wurde das Ganze von Bill, einem alten Schäferhund.

Je länger Alexandra auf der Little Creek Ranch lebte, desto besser gefiel es ihr. Das lag nicht zuletzt an Maggie. Obwohl sie beinahe zehn Jahre älter war als Alexandra, behandelte sie Alexandra wie ihre jüngere Schwester. Alexandra hatte erfahren, dass Maggie keine Geschwister hatte. Ihre Eltern lebten am anderen Ende von Shaheylah in einem hübschen Haus mit einem großen Garten. Ebenso wie Dick war Maggies Vater Holzfäller und die beiden arbeiteten oft zusammen. Maggies Mutter führte ein kleines Handarbeitsgeschäft im Ort. Die beiden schauten oft auf der Ranch vorbei und Alexandra hatte ihnen schon viel von Europa, Deutschland und Hamburg erzählen müssen.

Maggie jedenfalls schien es zu gefallen, tagsüber neben der Hilfe im Haushalt auch eine Gesprächspartnerin zu haben. Abends zog Alexandra sich dann immer dezent zurück, um der Familie Preston etwas Zeit für sich zu geben.

Auch am heutigen Abend schlenderte sie wie gewohnt bei Einsetzen der Dämmerung über den Hof, vorbei an dem großen Stallgebäude mit seinen massiven Pfosten aus Baumstämmen, hinüber zu dem kleinen Gästehaus. Sie genoss die Abendstimmung. Der Himmel leuchtete noch in warmen Orange- und Rosatönen und aus dem Schornstein am Ranchhaus stieg silberner Rauch empor. Die Veranda lag im Schatten, aber in der Küche und im Obergeschoss brannte Licht. Das Holzhaus strahlte soviel Wärme und Herzlichkeit aus, dass man sich dort einfach sofort zu Hause fühlen musste.

Alexandra sog den würzigen Duft des Holzfeuers ein. Die Nächte waren jetzt schon kühl und es musste geheizt werden. In ein paar Minuten würde auch sie ihr Feuer im Holzofen entzünden und die Wärme und Gemütlichkeit genießen, die von den Flammen ausgingen.

Vor ein paar Tagen hatte Alexandra wieder mit den Eltern telefoniert. Das dritte Mal seit ihrer Ankunft in Vancouver. Sie waren besorgt gewesen, weil Alexandra bei scheinbar fremden Leuten untergekommen war, hatten sich dann aber beruhigen lassen, als sie die Einzelheiten erfuhren und Maggies Telefonnummer auf der Ranch erhielten. Immerhin war es Alexandras eigene Entscheidung gewesen, auf diese unglaublich kindische Reise zu gehen und es schien, als ordneten die Eltern ihre neue Arbeitsstelle derselben Kategorie zu.

Es war schön gewesen mit den Eltern zu sprechen, aber Alexandra hatte das Gefühl, als ob plötzlich mehr als nur eine Meinungsverschiedenheit zwischen ihnen lag. Sie hatte sich in den letzten Wochen verändert. Und die Eltern konnten diese Veränderung, mochte sie auch noch so klein sein, nicht nachvollziehen, denn sie waren nicht mit ihr in Kanada, sondern in ihrem Alltag in Hamburg. Wie gerne hätte Alexandra ihre Eltern an ihren neuen Eindrücken, ihrer neuen Lebensfreude und den neuen Freunden teilhaben lassen. Aber es gelang ihr nicht. Eine unsichtbare Barriere hatte sich zwischen sie geschoben.

Alexandra lächelte wehmütig. Dann verabschiedete sie sich vom Sonnenuntergang und betrat das Gästehaus. Sie knipste das Licht an und schichtete das Feuerholz im Ofen auf, genau so, wie Maggie es ihr gezeigt hatte.

Der Holzofen hatte vorn ein Fenster und so saß Alexandra für eine lange Zeit auf dem Sofa und schaute den tanzenden Flammen zu. Die Wärme und das Licht, das der Ofen ausstrahlte, waren längst nicht mehr selbstverständlich für sie. Ein Baum hatte lange Zeit wachsen müssen, hatte die Energie der Sonne in sich aufgenommen und sich schließlich geopfert. Dann hatte jemand viel Mühe aufgewendet, um den Baum in Feuerholz zu spalten. Der Baum war ein kostbares Stück Natur, das den Menschen erst Sauerstoff, Schatten und Schutz geschenkt hatte und nun in dem kleinen Holzofen die gespeicherte Energie der Sonne wieder abgab und Alexandra wärmte. Und zum ersten Mal in ihrem Leben empfand sie Wärme als wahren Luxus und war aus tiefem Herzen dankbar dafür.

Maggie hatte ihr angeboten, den kleinen Zweitwagen der Familie für ihre Ausflüge zu nutzen. Die Wochenenden waren die einzige Zeit, in der alle vier Kinder für eine längere Zeit zu Hause waren, denn unter der Woche endete die Schule erst gegen drei Uhr am Nachmittag. Und Alexandra verbrachte gern ein paar Stunden mit den Kindern. Dies wiederum gab Maggie und Dick die Gelegenheit zu etwas Zweisamkeit, wenn die Arbeit es denn zuließ. Meist gab es auf der Ranch jedoch einfach zu viel zu erledigen. Den Kindern machte es nichts aus, denn für sie war die Ranch ein guter Spielplatz. Aber natürlich waren sie für jede Abwechslung zu haben.

Also entschied Alexandra sich an einem Wochenende im September, alle Kinder zu einem Ausflug an den Jewel Lake mitzunehmen und anschließend mit ihnen in Shaheylah etwas zu essen.

Die Fahrt zum See dauerte etwa fünfzehn Minuten. Das Wetter war herrlich und bis auf ein Ehepaar, das seinen Hund ausführte, waren Alexandra und die Kinder allein dort. Eine leichte Brise wehte über das Wasser, aber sie brachte noch einmal warme Luft von Westen statt des kalten Nordwindes.

Die Jungen waren sofort in abenteuerliches Spielen vertieft und machten einen unglaublichen Lärm. Miranda blieb mit Alexandra an einem der Picknicktische sitzen.

„Soll ich dir die Haare flechten?", fragte Alexandra.

„Oh, ja!", jauchzte die Kleine. „Bitte einen Bauernzopf!"

„Ich weiß nicht, ob ich das noch kann", erwiderte Alexandra, „aber ich will es gern versuchen." Dann rief sie zu den Jungen hinüber. „Sei nicht so grob zu Lee, Tim. Er ist noch viel kleiner als du!" Aber die drei lachten nur.

„Ist doch nur Spaß!", schrien sie fröhlich.

Alexandra wandte sich wieder Miranda zu. „Du musst dich hier vor mich setzen. Hast du ein Haarband mit?" Miranda reichte ihr ein schwarzes Haarband und Alexandra machte sich an die Arbeit. Es war ein schwierigeres Unterfangen, als sie zunächst angenommen hatte.

„Warum bist du eigentlich zu uns gekommen?" fragte Miranda ganz unerwartet.

„Ich brauchte einen Job, und deine Mama brauchte Hilfe."

„Nein, ich meine, warum bist du nach Kanada gekommen?"

Alexandra überlegte einen Moment. Wie sollte sie das dem Kind am besten erklären? „Ich bin gekommen, um meine Angst beiseitezuschieben und um herauszufinden, was ich aus meinem Leben machen möchte", meinte sie und schüttelte gleich darauf den Kopf. Was sollte eine Vierjährige mit einer solchen Antwort anfangen?

Und natürlich stellte ihr Miranda sofort die nächste Frage: „Warum kannst du deine Angst nicht in Deutschland beiseite schieben?"

Alexandra hielt mit dem Flechten inne. Ja, warum ging es nicht in Deutschland. Während sie darüber nachdachte, wie sie es dem Kind erklären sollte, fiel ihr Blick auf einen großen Raben, der etwas entfernt von ihnen auf dem Rasen gelandet war.

Plötzlich ertönte ganz in ihrer Nähe, eine wohlklingende, dunkle und irgendwie bekannte Stimme. „Warum nicht, Alex?"

Sie zuckte zusammen. War etwas mit ihren Ohren nicht in Ordnung oder schlich man sich hier mit Absicht immer so an sie heran? Sie drehte sich um und blickte geradewegs in Samuel Reeds ebenmäßiges Gesicht, das einen ungewöhnlich ernsten, fast besorgten Ausdruck zeigte.

Noch bevor sie etwas erwidern konnte, kreischten schon alle Kinder durcheinander und hingen an Sams Armen und Beinen.

„Du musst mit uns Spielen, Sam, bitte!"

„Ich habe Muskelkater, ich kann mich kaum bewegen", wehrte er ab. „Geht alleine spielen, ich unterhalte mich mit Alex." Auf seinem Gesicht erschien wieder das gewohnte Grinsen.

Zu Alexandras Überraschung zogen alle Kinder ohne Murren ab. Damit hatte sie nicht gerechnet. Sie wollte nicht mit Sam allein sein. Sie stand auf, um zu den Kindern zu gehen.

„Sag mal, verfolgst du mich?", wandte sie sich ärgerlich an ihn. „Hast du nichts Besseres zu tun?"

Sam sprang auf und holte sie ein.

„Wo denkst du hin? Hier in einer so kleinen Stadt, da läuft man sich eben öfter mal über den Weg."

„Wo ich herkomme, da wird man jedenfalls nicht belauscht!"

Sam lachte. Es war ein herzliches, offenes Lachen, das ansteckend wirkte. Alexandra wandte schnell ihr Gesicht zur Seite, denn sie musste nun ebenfalls lächeln.

„Sei doch nicht so eine Kratzbürste. Zu den Kindern bist du doch auch immer nett." Sam holte tief Luft. „Schau, warum können wir nicht Freunde sein?"

„Freunde?"

„Okay, falsches Wort", verbesserte Sam. „Aber vertragen könnten wir uns doch. Maggie würde sonst sicherlich traurig sein."

Der Gedanke an Maggie stimmte Alexandra um. Die Freundin hatte nun wirklich schon genug um die Ohren. Da musste ihr die Hilfskraft nicht auch noch Sorgen bereiten.

„Na gut, und was hast du nun vor?"

„Ich dachte mir, ich könnte dir und den Kindern Gesellschaft leisten. Heute ist mein freier Tag und ich habe nichts weiter vor. So könnten wir unsere guten Vorsätze gleich in die Tat umsetzen."

Alexandra seufzte und fügte sich in ihr Schicksal. Sie blickte zu den Kindern, die friedlich zusammen spielten. Von dieser Seite war also keine Hilfe zu erwarten. Zumindest nicht im nächsten Augenblick.

„Was für einen Job hast du eigentlich?" fragte Alexandra, um die entstandene Pause zu überbrücken. „Wenn wir Freunde sein wollen, dann erzählst du mir besser gleich von deinen verborgenen dunklen Seiten."

Sam kämpfte gegen das aufkommende Grinsen an, aber er verlor. Frauen waren so unsagbar neugierig. Sie konnten es einfach nicht lassen!

„Ich bin eine Art Wildhüter", meinte er so ernst wie möglich. „Ich arbeite hauptsächlich auf dem Reservat, obwohl die Provinzbehörde mein Gehalt zahlt. Unser Reservat ist recht groß und ich passe sozusagen auf Wald und Wildbestand auf."

Alexandra schaute ihn verdutzt an. „Wie, du passt auf Wald und Wildbestand auf. Ist das ein richtiger Job?"

Sam lachte auf. „Du bist wirklich ulkig! Natürlich ist das ein richtiger Job. Ich habe sogar einen Dienstausweis, Dienstwagen, Uniform und Waffe."

„Und, was machst du den ganzen Tag über?" So schnell ließ Alexandra sich nicht abspeisen.

„Ich bin mit dem Auto oder dem Pferd unterwegs und kontrolliere die Waldgebiete. Du weißt schon: Waldbrände, Wilderer, Baumbestand, gestaute Bäche, Wildbestand und so weiter. Natürlich gehört auch eine Menge Papierkram dazu, aber ich kann oft draußen in der Natur sein und mit den Leuten auf dem Reservat zusammenarbeiten. Das gefällt mir. Ich könnte nicht den ganzen Tag im Büro sitzen."

Nein, wirklich, das konnte Alexandra sich für Samuel Reed auch nicht vorstellen.

„Muss man eine bestimmte Ausbildung für deinen Job haben?"

„Du musst ein College-Diplom auf diesem Gebiet vorweisen. Für die Stelle auf dem Reservat war außerdem ausschlaggebend, dass ich indianischer Abstammung bin. Die Behörde meint, dass die Leute auf dem Reservat besser mit ihresgleichen zusammenarbeiten und das ist nicht ganz verkehrt."

Alexandra stutzte. „Du bist ... First Nations, glaube ich, nennt ihr das hier in Kanada?"

„Das ist korrekt", erwiderte Sam, überrascht von ihrem ehrlichen Interesse. Und als er ihren forschenden Blick sah, fügte er hinzu: „Okay, ich gebe es zu. Ich bin nur ein Halbblut. Meine Mutter ist, wie du weißt, Maggies Tante. Aber mein Vater ist Indianer. Das reicht. Wir sehen das nicht so eng wie ihr Europäer. Nun erzähl mir von dir. Wo arbeitest du in Hamburg?"

Alexandra brauchte einen Augenblick, bis sie bemerkte, dass Sam sie etwas gefragt hatte. Entgegen seiner Annahme hatte Alexandra ihn nämlich nicht forschend angesehen, weil sie ihn nicht für einen Indianer hielt. Sondern weil ein Sonnenstrahl auf Sams Haar gefallen war und sie bemerkt hatte, dass es viel dunkler war, als sie zunächst angenommen hatte. Etwas in seinem Gesicht, etwas in seinem fast schwarzen Haar erinnerte Alexandra an ... sie starrte ihn unverhohlen an, konnte sich ihr Gefühl aber nicht erklären.

„Richtiger wäre: wo hast du in Hamburg gearbeitet", verbesserte sie. „Ich habe meinen Job aufgegeben, um hierher zu kommen. Sehr zum Ärger meiner Eltern. Aber ich habe keinen Gefallen mehr an meiner Arbeit finden können. Ich sah mein Leben dahinfließen und ich war nicht glücklich. Egal, jedenfalls war ich bei einer Behörde beschäftigt. Ich hatte also genau so einen Bürojob, wie du ihn verabscheust. Und da haben wir mal etwas gemeinsam."

Bevor Sam etwas antworten konnte, waren die Kinder an ihrer Seite und nahmen die beiden in Beschlag.

Den Rest des Nachmittages verbrachten sie mit verschiedenen Spielen und brachen dann gegen siebzehn Uhr auf, um etwas zu essen. Sam begleitete sie und führte sie in ein Familienrestaurant, von dem er schwor, es sei das Beste im Ort. Es hieß *Oscar's*.

Die Kinder waren schon oft dort gewesen und wussten genau, was sie wollten. Sie hatten sogar einen Stammplatz.

Es schien Alexandra in Kanada leichter zu sein als in Deutschland, mit Kindern Essen zu gehen. Das Familienrestaurant machte seinem Namen alle Ehre, denn es war rustikal und kinderfreundlich eingerichtet. Die Bedienung hatte ein großes Herz für kleine Gäste und eine Engelsgeduld. Alexandra war angenehm überrascht.

Das Restaurant war gut besucht und der Geräuschpegel war erstaunlich. Da fielen die vier Preston-Kinder gar nicht weiter ins Gewicht.

Alexandra und Sam hatten Mühe Ordnung zu halten und die Kinder verdrückten Unmengen Burger mit Pommes Frites.

Am Ende bestand Sam darauf, für alle zu zahlen, obwohl Alexandra dagegen war. Obendrein erklärte er, dass er, da es jetzt draußen schon fast dunkel war, mit seinem Wagen vorausfahren wollte, damit Alexandra und die Kinder heil auf der Little Creek Ranch ankämen.

Alexandra versuchte ihn davon abzuhalten. Aber im Nachhinein war sie heilfroh, dass sie sich nicht durchgesetzt hatte.

Sie hatte Lee und Miranda im Wagen. Die beiden älteren Jungen wollten unbedingt mit Sam fahren. Sie waren gerade in die Sackgasse eingebogen, die zur Little Creek Ranch führte, als ihnen im Halbdunkel ein Auto entgegenkam. Es fuhr viel zu schnell und hatte die Scheinwerfer nicht eingeschaltet.

Sam sah den Wagen erst spät. Er hupte und wich scharf aus. Die Jungen hielten sich erschrocken fest. Der Blindfahrer fuhr einfach weiter. Sam fluchte vor sich hin. Er sah in den Rückspiegel. Bei Alexandra schien alles in Ordnung.

Gerade fragte er sich, woher der Wagen wohl gekommen sein mochte, denn die einzige Ranch, die noch an der Straße lag, war die von Maggie und Dick. Da fiel das Licht seines Scheinwerfers auf ein dunkles Bündel, das zusammengekrümmt am Straßenrand lag. Sam bremste.

„Bleibt im Wagen!", befahl er den Jungen. Mit einem Satz war er auf der Straße.

Alexandra hatte sich über das entgegenkommende Fahrzeug gewundert, hatte aber überhaupt nicht damit gerechnet, dass Sam bremsen würde. Beinahe wäre sie aufgefahren. Warum hatte er gehalten?

Plötzlich vernahm sie ein lautes Winseln. Ihr Herz begann zu pochen. „Ihr bleibt hier!", mahnte sie die Kinder. Dann rannte sie zu Sam, der am Straßenrand kniete.

Ein Wimmern durchbrach die Abendstille. Ein Wimmern, das Alexandra das Blut in den Adern gefrieren ließ!

„Es ist Bill! Er ist angefahren worden!", rief Sam. „Hol die Taschenlampe aus dem Auto, ich kann nichts Genaues sehen, aber es hört sich nicht gut an!"

Blitzschnell war Alexandra zurück am Wagen. Die Kinder jammerten, aber sie hatte jetzt keine Zeit für sie. Ihre Gedanken waren bei dem alten Hund, der schwer verletzt am Straßenrand lag. Alexandra spürte, wie ihr die Tränen kamen und sie begann zu zittern. Sie konnte kein Wesen leiden sehen. Und Bill litt Qualen, er würde sterben!

Dennoch schaffte sie es, innerhalb weniger Sekunden wieder an Sams Seite zu sein und ihm mit der Taschenlampe zu leuchten.

„Halt die Lampe still, verdammt noch mal! So kann ich gar nichts sehen!" Sam drehte sich ärgerlich zu Alexandra um. Sie war kreidebleich im Gesicht. „Bemüh dich, Alex!", fügte er etwas sanfter hinzu.

Alexandra gelang es schließlich, den Strahl der Taschenlampe still auf das verletzte Tier zu halten. Ihre Kehle schnürte sich unwillkürlich zusammen. Überall war Blut. Das Fell des Tieres war blutverklebt, die Erde blutgetränkt. Der Hund hatte die Augen geschlossen und winselte nur noch leise.

„Verdammt!", rief Sam und sprang auf.

In diesem Moment ertönten Rufe, und Maggie und Dick tauchten aus der Dunkelheit neben ihnen auf. Alexandra hörte nur, wie Sam etwas von schlimm und Qualen sagte, während Dick und Maggie neben dem Hund knieten. Dann sagte er: „Ich habe meine Pistole im Wagen."

Dick nickte stumm. Maggie erhob sich langsam. Auch sie war blass. Alexandra wusste, dass Bill Maggies Liebling war. Dick hatte ihn ihr zu Tims Geburt geschenkt, damit sie eine richtige Familie waren. Maggie hatte ihr die Geschichte gerade erst vor ein paar Tagen erzählt.

„Maggie", meinte Sam jetzt, „Alex und du, ihr bringt besser die Kinder nach Hause. Nimm meinen Wagen. Sie sollen das nicht sehen."

Maggie zog Alexandra, die wie versteinert dastand, hinter sich her. Sam holte seine Pistole und die beiden Frauen fuhren mit den Kindern ab.

Kurz darauf zerriss ein lauter Knall die Abendstille. Die Kinder schluchzten auf.

Maggie brachte die Kinder allein ins Haus. Alexandra fühlte sich unfähig zu helfen. Sie hätte nie gedacht, dass ihr der Tod eines Hundes so nahegehen könnte. In Hamburg wurden auch Hunde überfahren. Aber man brachte sie zum Tierarzt und dort wurden sie operiert oder eingeschläfert. In vielerlei Hinsicht fühlte Alexandra sich dem Landleben nicht gewachsen. Sie setzte sich auf die Stufen der Veranda und ließ ihren Tränen freien Lauf.

Eine Hand legte sich auf ihre Schulter.

„Armes Ding", murmelte Sam. Dann ging er ins Haus.

Alexandra war sich nicht sicher, wen er mit armes Ding meinte, wollte in den Augen ihrer neuen Freunde aber auf keinen Fall als Zuckerpuppe erscheinen. Sie gab sich einen Ruck, wischte die Tränen fort und folgte ihm ins Haus.

Maggie hatte die Kinder nach einem kurzen Gespräch über Leben und Tod vor den Fernseher bugsiert und war jetzt mit Sam in der Küche und kochte Tee.

„Bist du in Ordnung, Alex?", fragte Maggie, als sie zu ihnen kam.

Sam warf ihr ebenfalls einen besorgten Blick zu, sagte aber nichts.

„Ja", meinte Alexandra so ruhig sie konnte und setzte sich betont lässig an den Tisch. „Kein Problem."

Maggie und Sam mussten trotz der Umstände verstohlen lächeln.

Als Dick einige Zeit später hereinkam, tranken die anderen schon Tee.

„Ich hab ihn hinter der Scheune begraben, und die Stelle mit einem Stein markiert, damit die Kinder wissen, wo sie ihn finden können."

Maggie bot Dick Tee an und er setzte sich zu ihnen. „Möchte wissen, wer das gewesen ist", sagte sie plötzlich in die Stille hinein. „Das Schlimme ist, dass Bill einfach so liegengelassen wurde. Ihr könnt mir nicht erzählen, dass man es nicht merkt, wenn man einen Hund so anfährt." Ihre Stimme klang jetzt verärgert.

„Ich habe eine Idee, wer es gewesen sein könnte", sagte Sam. „Aber ich muss mich vergewissern. Alex und mir kam vorhin ein Wagen entgegen, kurz bevor ich Bill am Straßenrand bemerkt habe. Er fuhr sehr schnell und hatte die Scheinwerfer abgeblendet. Hätte uns beinahe auch über den Haufen gefahren."

„Mit dem hätte ich ein Hühnchen zu rupfen", meinte Dick finster.

Kapitel 5

Maggies Plan

Die Trauer um den Hund hielt noch eine ganze Weile an, vor allem bei den Erwachsenen. Immerhin war Bill für Maggie und Dick zwölf Jahre lang ein treuer und ständiger Begleiter gewesen. Er wurde vermisst.

Die Kinder kamen leichter darüber hinweg. Die drei Jüngeren redeten schon nach ein paar Tagen wieder von einem neuen Welpen. Nur Tim blieb ungewohnt schweigsam.

Aber der Alltag ging weiter. Die späten Kartoffeln mussten geerntet und eingelagert und der Gemüsegarten auf den Winter vorbereitet werden. Die Kinder halfen, wann immer sie Zeit fanden; und sahen am Ende jedes Mal aus wie kleine Erdmenschen: über und über bedeckt mit Dreck und Matsch, so dass man sie kaum wiedererkennen konnte. Es blieb den Erwachsenen nichts anderes übrig, als die Kinder komplett auszuziehen, bevor sie das Haus betraten, und sie anschließend sofort in die Badewanne zu setzen.

Es musste auch eingekocht werden. Maggie hatte im Laufe des Sommers schon Kirschen und Beeren eingemacht und die sorgfältig beschrifteten Gläser übersichtlich im Keller auf großen Holzregalen aufgereiht.

„Das selbstangebaute Obst und Gemüse kostet uns nichts", erklärte Maggie. „Genauso wenig wie die Beeren und Nüsse. Das ist ausschlaggebend, denn wir haben sechs, mit dir sogar sieben Personen durchzufüttern. Die Arbeit darf man natürlich nicht mitrechnen. Aber uns fehlt es an Bargeld, nicht an Arbeitswillen. Also kochen wir ein."

Für Alexandra war das alles neu und sehr aufregend.

„Manchmal schneien wir im Winter ein", erklärte Maggie. „Dann ist es umso besser, den Keller voll eingemachter

Leckereien zu haben."

Also machten sich Alexandra und Maggie über Berge von Pfirsichen, Äpfeln, Pflaumen und Birnen her. Sie schälten, entsteinten, kochten Marmelade und füllten Glas um Glas. Es war eine anstrengende Arbeit in der heißen Küche, aber Maggie versicherte, dass es im Sommer noch schlimmer sei. Die einzige Abhilfe sei eine sogenannte Sommerküche. Aber bisher hatte ihnen dafür das Geld gefehlt. Eine Sommerküche, so erfuhr Alexandra, war eine Küche im Freien. Sie verfügte nur über ein Dach, die Seiten waren offen. Auf diese Weise konnte man gemütlich im Schatten kochen und sich die Sommerbrise um die Nase wehen lassen. Gegessen werden konnte dann ebenfalls draußen an der frischen Luft.

Doch auch im Haus hatte Alexandra Spaß am Einkochen. Wenn am Ende des Tages die gefüllten Gläser auf dem Küchentisch abkühlten und darauf warteten, beschriftet und in den Keller gebracht zu werden, dann erfüllte sie ein gewisser Stolz. Sie hatte aktiv zur Versorgung der Familie beigetragen. Das war eine schöne Erfahrung, die über die müden Füße und den schmerzenden Rücken hinwegtröstete.

Anfang Oktober waren sie mit dem Einmachen endlich fertig. Der September war außergewöhnlich mild gewesen und der Oktober hatte verheißungsvoll angefangen mit Sonnenschein und blauem Himmel. Die Laubbäume leuchteten in warmen Rot- und Goldgelbtönen und sprenkelten die Berghänge mit bunten Lichtern. Die Sonne stand tiefer und die sommerliche Hitze war vergangen. Stattdessen war alles in ein warmes, weiches Licht getaucht, das die Wildnis umhüllte wie ein seidener Umhang und eine besondere Schönheit über das Land breitete.

Aber nun regnete und stürmte es schon seit zwei Tagen: Plötzlich war es Herbst geworden.

„So sieht es im Winter in Hamburg aus", meinte Alexandra verdrießlich. „Nieselregen, unangenehme nasse Kälte und alles grau in grau."

Maggie lachte. „Ich glaube, du erinnerst dich nur an die negativen Seiten. Es kann doch wohl nicht die ganze Zeit über so trostlos sein? Unsere Winter sind kalt und weiß. Sie werden dir bestimmt gefallen."

„Weißt du, ich finde es toll, dass du euer Brot selbst backst", meinte Alexandra und schaute Maggie, die dabei war, Brotteig zu kneten, über die Schulter. „Das gibt mir so ein befriedigendes Gefühl; und im ganzen Haus riecht es so gut, dass mir das Wasser im Mund zusammenläuft!"

Maggie verzog das Gesicht.

„Wenn ich das Brot ansehe, dann denke ich nur an meine schmerzenden Arme beim Teigkneten."

„Das darfst du so nicht sehen! Schließlich müsst ihr Geld sparen. Außerdem ist Brotbacken so ... ", Alexandra suchte nach dem richtigen Wort, „so heimelig!"

Maggie lachte herzlich. Sie hatte Alexandra ins Herz geschlossen. Sie hatte nie wirklich eine Freundin gehabt und war überrascht, dass sie sich mit Alexandra so tief verbunden fühlte. Sie kannten sich schließlich erst seit kurzem. Aber Alexandra hatte ein einnehmendes Wesen und interessierte sich für alle Dinge im Haushalt und auf der Ranch. Kurzum, Maggie fühlte sich erinnert an die Zeit, als sie selbst vor mehr als zwölf Jahren jungverheiratet auf der Little Creek Ranch eingezogen war.

Maggie hatte in den letzten Wochen immer wieder bemerkt, wie alltäglich ihr all die kleinen Dinge geworden waren, die sie früher begeistert hatten. Zum Beispiel das Brotbacken und das Einkochen. Aber auch das Haus, der Garten, die Tiere und die wunderschöne Landschaft – ihre Liebe für diese Dinge wurde durch Alexandra neu entfacht und ihr Leben um einiges schöner und leichter. Maggie fand ihren Humor wieder, der ihr zwischen Bergen von dreckiger Wäsche, schmutzigem Geschirr und Geldsorgen fast schon abhanden gekommen war.

„Ich bin froh, dass du hier bist", sagte sie.

„Ich auch", meinte Alexandra etwas verlegen. „Ich habe so ein Glück gehabt, bei euch gelandet zu sein! Ich sollte Heimweh haben und meine Entscheidung, aus Hamburg wegzugehen, bereuen. Stattdessen habe ich Hamburg fast vergessen. Ich bin hier bei euch, fühle mich beinahe wie ein Familienmitglied und habe eine Freundin gefunden, wie es sie sonst nirgendwo auf der Welt gibt!" Sie umarmte Maggie herzlich und fügte hinzu: „Danke."

„Ich muss dir danken, Alex. Du hast mich aus meinem Stimmungstief herausgeholt. Selbst Dick hat das bemerkt." Sie lächelte Alexandra zu und schob ihr dann die Schüssel mit den Zutaten hinüber. „Gut durchkneten!", wies sie sie an.

Eine Weile später war der Teig fertig: „Siehst du, er ist geschmeidig und nicht mehr klebrig. Genau richtig. Jetzt decken wir ihn ab und stellen die Schüssel zum Gehen neben den warmen Ofen. In ungefähr einer Stunde können wir das Brot backen."

Alexandra befolgte Maggies Anweisungen.

„Was machst du eigentlich abends, wenn du so lange allein bist?", fragte Maggie, während sie Teewasser aufsetzte.

„Ich habe mir Bücher aus der Bücherei ausgeliehen. Ich lese abends manchmal. Aber es fällt mir noch schwer. Ich handarbeite auch gern. Oft sitze ich einfach nur so vor dem Ofen, schaue in die Flammen und stricke."

„Du strickst ohne hinzuschauen?" Maggie war begeistert. „Ich wünschte, ich könnte auch stricken, aber handarbeiten ist einfach nicht meine Stärke. Ich habe keine Geduld dafür. Und dabei wäre es so praktisch, gerade mit den Kindern." Sie seufzte. „Was strickst du denn im Moment?"

„Ich arbeite an einem Islandpullover. Er ist fast fertig."

„Was ist ein Islandpullover?"

Alexandra freute sich. Nun endlich würde sie Maggie auch einmal etwas zeigen können.

„Ich laufe schnell rüber und hole ihn. Dann kannst du ihn dir anschauen", meinte sie und war auch schon zur Tür hinaus.

Maggie sah der Freundin lächelnd nach.

Als Alexandra über den Hof lief, flog ein Rabe vom Dach des Gästehauses und verschwand in den hohen Kiefern neben der Pferdekoppel. Alexandra bemerkte ihn flüchtig, war jedoch mit den Gedanken bei ihrem Pullover.

Ein Auto fuhr vor. Es war Sam in seinem Dienstwagen. Er parkte und ging trotz des heftigen Regens eher langsam auf das Haus zu. Maggie sah aus dem Fenster und entdeckte den Grund dafür: Alexandra verschwand gerade in der Tür des Gästehauses.

Sam klopfte an die Haustür und stand gleich darauf in der Küche.

„Guten Morgen, Maggie! Was nicht in Ordnung?"

„Alles bestens, Sam. Alex holt nur eben etwas, das sie mir zeigen will. Grässliches Wetter, nicht wahr?"

Sam nickte und schüttelte den Regen aus seinem Haar.

„Hat sich ganz gut eingelebt, die Kleine, was?", bemerkte er beiläufig.

„Nun tu nicht so, als seiest du schon steinalt!", antwortete Maggie. Dann fügte sie hinzu: „Aber du hast recht. Alex hat sich gut eingelebt. Sie fühlt sich wohl hier und ist mir eine wahre Hilfe und eine gute Freundin. Ich bin froh, dass sie hier ist. Sie ist so fröhlich und an allem interessiert. Außerdem ist sie geschickt und lernt schnell. Jetzt kann sie sogar schon die Kuh melken!"

„Das würde ich gern mal sehen", murmelte Sam.

Da flog die Tür auf und Alexandra sprang in die Küche.

„Ist die gute Alex aus Zucker?", hänselte Sam.

Alexandra ignorierte seine Bemerkung. „Da ist ein Bär im Feld!", stieß sie entsetzt aus.

„Ach?", meinte Sam ungerührt.

„Gut, dass er so weit weg ist", sagte Maggie.

„Aber er ist ja ganz nah! Es sind doch nur wenige Meter. Du musst etwas tun, Maggie!"

„Alex, wenn ein Bär auf der Veranda sitzt oder den Kindern gefährlich wird, dann wird er entfernt, mit welchen Mitteln auch immer", erklärte Maggie. „Ist er weiter weg und lässt uns, das Haus, den Hof und meine Obstbäume in Ruhe, dann lassen wir ihn auch in Ruhe. Nun zeig mir den Pullover!"

Alexandra sah die Freundin erstaunt an. Sie hatte noch nie zuvor einen Bären in freier Wildbahn gesehen und irgendwie ängstigte es sie. Besonders, wenn sie daran dachte, dass sie abends allein im Dunkeln zum Gästehaus hinüber ging. Aber Maggies lässige Haltung beruhigte sie ein wenig. Dann fiel ihr Blick auf Sam.

„Hey, Sam!", sagte sie und reichte den fast fertigen Pullover aus dicker Islandwolle an Maggie. Der Pullover war in Mustern aus Grün, Braun, Hellblau und Rostrot gearbeitet.

Maggie riss die Augen auf.

„Oh Alex, er ist wunderschön! Ich kann gar nicht glauben, dass du ihn selbst gestrickt hast! Sam, sieh dir das mal an!"

Sie hielt den Pullover vor Sams Gesicht.

„Ich verstehe nichts vom Stricken, aber die Frauen auf dem Reservat stricken gerne. Überhaupt handarbeiten sie sehr viel. Ich muss dich eines Tages mal dorthin mitnehmen, Alex."

Alexandra errötete. Sie wollte vor Sam nicht als Hausmütterchen erscheinen. Irgendwie schaffte er es immer wieder, sie in Verlegenheit zu bringen. Und das gefiel ihr gar nicht.

Sam räusperte sich. „Eigentlich bin ich gekommen, um euch zu erzählen, dass ich das Auto von Grant Ryder im Ort in der Werkstatt gesehen habe. Der linke Kotflügel war verbeult. Was immer das heißen mag. Leider konnte ich Grant selbst nirgendwo auftreiben." Er machte eine Pause. „Ich dachte nur, dass euch das interessieren würde."

„Danke, Sam", meinte Maggie. „Ich hatte mir so etwas schon gedacht. Wir haben nichts als Ärger mit ihm!"

Alexandra hörte stumm zu. Sie wusste nicht, wer dieser Grant Ryder war.

„Morgen soll das Wetter wieder besser sein", wandte Sam sich jetzt an sie. „Wenn du nichts anderes vorhast, Alex, dann würde ich dir gern etwas zeigen."

Sie sah ihn misstrauisch an. „Was?"

„Ich hole dich ab und wir machen einen Spaziergang. Dann wirst du sehen, was. Es wird nicht lange dauern. Hast du Lust?"

„Geh ruhig", sagte Maggie. „Du musst doch mal etwas mehr von der Gegend kennenlernen."

Alexandra zögerte. „Also schön", gab sie schließlich nach. „Wann holst du mich ab?"

★

Sam wollte gerade seinen Schreibtisch verlassen, als das Telefon klingelte. Er nahm das Gespräch an.

„Sam? Hier spricht Robert Gray. Ich weiß, es ist schon spät, aber ich wollte fragen, ob du auf dem Heimweg kurz bei mir anhalten könntest. Ich glaube, wir haben wieder einen Fall von Wilderei – oben in der Senke. Adam hat etwas gesehen."

„Ich bin gleich bei dir", antwortete Sam. Er nahm seine Jacke vom Stuhl und schloss das Gebäude ab. Eigentlich handelte es sich nur um einen Container, in dem es einen

Büroraum und einen Waschraum gab. Vor dem Container befanden sich drei Stellplätze für Dienst- und Besucherfahrzeuge. Eine Kiefer wuchs neben dem Container, ansonsten machte das Ganze einen eher kargen Eindruck. Neben der Tür hing ein kleines Schild, auf dem Sams Name und seine Berufsbezeichnung zu lesen waren. Schlicht war hier die treffende Bezeichnung – innen wie außen. Sam störte das wenig, schließlich nutzte er das Büro nur stundenweise.

Er stieg in seinen Dienstwagen und machte sich auf, um Robert Gray und dessen Sohn aufzusuchen, die ebenfalls auf dem Reservat wohnten. Genau genommen handelte es sich bei Robert Gray um einen Cousin von Sams Vater. Aber oftmals verlor selbst Sam die Übersicht bei all den verschlungenen Familienbeziehungen im Stamm.

Als er vor dem Haus der Grays vorfuhr, wurde er schon an der Tür erwartet. Robert Gray war eine hagere Erscheinung mit schulterlangem, grauem Haar, das im Nacken zu einem Zopf geflochten war. Er sah Sam erwartungsvoll an und begrüßte ihn freundschaftlich: „Esna Lau."

„Esna Lau", erwiderte Sam.

„Tut mir leid, dich von deinem wohlverdienten Feierabend abzuhalten, Sam", meinte Robert. „Es wird nicht lange dauern." Dann wandte er sich an seinen Sohn: „Los, nun erzähl mal, Junge!" Der zwanzigjährige Adam zögerte verlegen, begann dann aber zu berichten: „Heute hatte ich einen Tag frei. Darum habe ich Evelyn abgeholt und wir sind in das Waldstück gefahren, das hinter der Little Creek Ranch gelegen ist. Wir sind ein Stück durch den Wald gegangen und an der Talsenke vorbeigekommen, dort, wo der Bach um die drei großen Felsbrocken fließt. Wir sahen etwas nahe am Ufer liegen und sind näher herangegangen, weil wir neugierig waren." Er machte eine Pause. „Es war ein toter Braunbär, Sam, eine Bärin. Ihr Bauch war aufgeschlitzt. Ich verstehe nicht viel vom Jagen, aber es sah so aus, als seien nur einige der Innereien entfernt worden. Sie muss mindestens schon einen Tag tot gewesen sein. Evelyn und ich haben uns die nähere Umgebung angesehen und haben dabei noch zwei weitere Bären gefunden, die genauso zugerichtet waren. Der Letzte schien noch nicht sehr lange tot zu sein, sein Körper war noch warm. Evelyn ist schlecht geworden und ich wollte sie zurück zum Wagen bringen. Wir sind aber nicht den gleichen Weg zurückgegangen, den wir gekommen sind.“ Adam hielt inne. „Wir haben gerade noch zwei Kerle in einen weißen Pick-Up steigen sehen. Die sind wie der Blitz abgefahren. Ich konnte das Nummernschild nicht so schnell lesen, aber ich kann mit Sicherheit sagen, dass die beiden nicht aus unserem Reservat sind!“

Sam sah von einem zum anderen. „Seid ihr gesehen worden?“

„Ich glaube nicht“, meinte Adam, „die beiden waren zu sehr in Eile.“

„Gut, mit diesen Leuten ist nicht zu spaßen. Sie töten die Tiere nur, um schnelles Geld zu machen. Für bestimmte Teile von Bären werden auf dem Schwarzmarkt Unsummen bezahlt.“

„Ich frage mich, ob es sich um dieselben Kerle handelt, mit denen wir schon im letzten Jahr Ärger gehabt haben“, warf Robert ein.

„Wahrscheinlich“, meinte Sam. „Es war fast an der gleichen Stelle. Ein fast identischer Vorfall.“ Sein Gesicht verfinsterte sich. „Ich werde mich darum kümmern. Vielen Dank für den Anruf. Ich mache mich jetzt besser auf den Weg. Vielleicht kann ich dort noch etwas Hilfreiches entdecken, bevor es zu dunkel wird.“

„Einen Moment noch“, fiel Adam ein. „Ich wäre dir sehr dankbar, wenn du Evelyns Namen in diesem Zusammenhang nicht erwähnen würdest. Du weißt, wie ihre Familie über unsere Verbindung denkt."

Sam lächelte Adam freundschaftlich zu. „Du kannst dich auf meine Verschwiegenheit verlassen. Es besteht kein Grund dafür, ihren Namen ins Gespräch zu bringen."

Kapitel 6

Die Legende

Am nächsten Morgen war das Wetter umgeschlagen. Die Wolken hatten sich verzogen und die Sonne schien über der Little Creek Ranch. Am späten Vormittag war es beinahe so warm wie im vergangenen Sommer.

Alexandra war so froh über diesen Wetterumschwung, dass sie sich kurzerhand dazu entschloss, auf die kleine Wildwiese hinter dem Gästehaus zu gehen und dort in der Sonne zu sitzen, bis Sam sie abholen würde.

Die kleine Wildwiese war durch die Rückwand des Gästehauses windgeschützt und es war dort immer viel wärmer als anderswo auf der Ranch. Maggie hatte Alexandra erzählt, dass die Wildblumen an dieser Stelle im Frühling deswegen immer viel eher sprossen. Und jetzt im Herbst, so stellte Alexandra befriedigt fest, blühten dort noch immer die wilden Astern und auch die roten Blumen mit den gefächerten, schlanken Blütenblättern, die Alexandra so sehr gefielen und die überall sonst längst verblüht waren.

Alexandra setzte sich zwischen den Wildblumen ins Gras und genoss die Sonne. Ihr Blick schweifte über die kleine Bergwiese, hinüber zu den Wäldern und schließlich zu den majestätischen Berggipfeln am Horizont, auf denen bereits der erste Schnee lag.

Die warmen Sonnenstrahlen ließen Alexandra schläfrig werden. Sie schaute auf die Uhr. Es war noch eine ganze Weile, bis Sam kommen würde. Alexandra beschloss, sich ins Gras zu legen und sich ein wenig auszuruhen. Sie rutschte hin und her, bis sie es bequem hatte. Dann schloss sie die Augen. Sie fühlte sich glücklich.

Es dauerte nicht lange bis Alexandra einnickte. Sie fiel in

einen so tiefen, entspannten Schlaf, wie man es nicht oft erlebt. Und sie träumte.

Im Traum sah sie sich selbst auf der Bergwiese liegen. Sie schlief. Ein Meer von Wildblumen umgab sie. Sie leuchteten in allen Farben des Regenbogens. Plötzlich hörte Alexandra das Rauschen mächtiger Schwingen, aber es war kein Vogel zu sehen. Das Rauschen kam immer näher. Unerwartet fiel eine der zarten, roten Blumen vom Himmel, die ihr so gefielen, und landete auf ihrem schlafenden Körper. Dann hörte sie eine leise Stimme, wie ein Flüstern.

Sam, hauchte die Stimme.

Alexandra erwachte abrupt aus ihrem Schlaf. Ihr war, als hätte sie unendlich lange geschlafen. Sie öffnete die Augen. Alles, was sie sah, war strahlend blauer Himmel.

Es dauerte einen Augenblick, bis sie wusste, wo sie war. Die Wiese. Der Traum. Sam.

Alexandra setzte sich mit einem Ruck auf. Dabei fiel etwas in ihren Schoß: eine der roten Blumen.

★

Dick schaute aus dem Fenster. „Sam ist da!", verkündete er überrascht.

Maggie steckte den Kopf zur Badezimmertür hinaus.

„Ich weiß. Er kommt, um Alex abzuholen."

„Alex?", wiederholte Dick ungläubig. „Ich dachte, die beiden kommen nicht gut miteinander aus."

Maggie lächelte geheimnisvoll. „Das stimmt. Aber Sam ist seit Neuestem sehr bemüht, seine Worte richtig zu wählen und sie nicht zu sehr zu hänseln, und Alex duldet ihn, seit sie sich am Jewel Lake getroffen haben. Und ich – ich habe einen mächtig guten Plan!"

Dick wusste, was das bedeutete, und schickte ein stilles Stoßgebet zum Himmel.

„Wirklich, wir haben schon genug Sorgen. Du und deine mächtig guten Pläne!“ Dann ging er hinaus, um ungestört Holz zu hacken.

⋆

Wenig später schlenderten Alexandra und Sam über die große Koppel, auf den angrenzenden Wald zu. Sie sprachen nicht viel, sondern genossen den schönen Tag.

Alexandra war noch immer verwirrt über den Traum von eben. Sie spürte, sie sollte mit Sam darüber sprechen, aber sie wusste nicht, wie sie es anfangen sollte. Sam hänselte sie oft, und sie wollte nicht, dass er Grund hatte, sich über sie lustig zu machen. Nein, sie würde sich gedulden und auf den richtigen Moment warten müssen.

Sie erreichten die großen Kiefern und Alexandra wandte sich leise an Sam.

„Hier gibt es doch sicher wilde Tiere. Bist du darauf vorbereitet?“

Er lachte. Alexandra brachte ihn andauernd zum Lachen und das gefiel ihm.

„Sprich normal“, sagte er. „Fang bloß nicht an zu flüstern oder zu schleichen! Die Tiere merken sonst womöglich nicht, dass wir hier sind. Sprich eher lauter als normal und tritt auf die Äste, die am Boden liegen. Wir wollen keinen unerwünschten Zwischenfall provozieren!“

„Nein, wirklich nicht“, meinte Alexandra unsicher und hielt sich für alle Fälle dicht an Sam. Ein kribbeliges Gefühl überkam sie. Es war das erste Mal, dass sie so tief im Wald war.

Sie schaute hinauf zu den mächtigen Wipfeln der Kiefern, die sich sachte im Wind wiegten und leise rauschten. Die Stämme der Bäume waren riesig und streckten sich kerzengerade und schier endlos in den Himmel.

Sam erklärte ihr, dass nur die ganz alten, die First-Growth-Bäume Stämme von solchem Ausmaß hatten. Sie waren eine Seltenheit geworden, selbst hier in Kanada.

An dieser Stelle hatten sie jedoch irgendwie überlebt, und Alexandra konnte nicht anders, als einen dieser Giganten zu umarmen. Welch eine Kraft von dem Baum ausging!

Wenig später erreichten sie eine kleine Lichtung. In ihrer Mitte lag ein seichter Tümpel. Hohe Farne wuchsen an seinem Ufer und raue Felsbrocken lagen überall verstreut. Die sanfte Herbstsonne schien durch die Äste der Bäume und ließ die Lichtung in einem geheimnisvollen Glanz erstrahlen. Es war Alexandra, als läge eine Art Feenzauber über diesem Ort.

Plötzlich veränderte sich etwas. Ein besonders greller Sonnenstrahl traf die Lichtung und tauchte sie in gleißend goldenes Licht.

Genau in diesem Augenblick trat ein Reh aus dem Dickicht und kam zum Tümpel, um zu trinken.

Weder Alexandra noch Sam bewegten sich. Beide waren gefangen von dem Schauspiel, das sich ihnen bot. Es war wie Zauberei. Vollkommen, zeitlos, raumlos. Ein Augenblick wie eine Ewigkeit.

Dann knackte ein Ast, das Reh hob den Kopf, lauschte und sprang davon.

„Das war unglaublich!", stieß Alexandra aus. „Hast du das gefühlt?"

Sam sah sie verwundert an. Er hatte dieses Gefühl, das ihm gerade eine Gänsehaut verursacht hatte, schon oft gespürt. Aber er hatte immer gedacht, dass es sich um einen Teil seines indianischen Erbes handelte. Konnte Alexandra es auch gespürt haben?

Er suchte in ihren Augen nach der Antwort.

„Ja", sagte er schließlich leise.

Ihre Blicke trafen sich und es entstand eine unangenehme Pause.

„Es sind heute viele Geister im Wald", meinte Sam schließlich und räusperte sich. „Lass uns zurück gehen."

„Sam", begann Alexandra und nahm ihren ganzen Mut zusammen. „Bevor wir umkehren, möchte ich etwas mit dir besprechen. Es geht um einen Traum, den ich heute Morgen hatte, kurz bevor du mich abgeholt hast." Sie sah ihn verständnissuchend an.

„Ein Traum", horchte Sam auf. „Ich bin ganz Ohr."

Alexandra zögerte einen Moment, doch dann begann sie zu erzählen. Sie berichtete von der kleinen Wildwiese, wie sie eingeschlafen war, und was sie im Traum gesehen hatte.

„Plötzlich hörte ich deinen Namen", endete sie. „Wie aus weiter Ferne – deshalb wollte ich dir davon erzählen."

Sam sah sie forschend an.

„Dies ist die Blume, die ich im Traum gesehen habe und die mir in den Schoß gefallen ist, als ich aufwachte", fügte Alexandra hinzu. Sie holte die Blume aus der Jackentasche hervor und hielt sie Sam entgegen. „Vielleicht war es nur der Wind, der sie zu mir geweht hat", sagte sie. „Ich weiß es nicht."

Sam nahm die Blume an sich und betrachtete sie erstaunt.

„Das ist eine Feuerblume", sagte er schließlich. „So heißt sie jedenfalls in der Sprache meines Volkes. Die Kanadier nennen sie ihres Aussehens wegen *Indian Paintbrush*. Sie blüht bis in den Herbst hinein in dieser Gegend." Dann setzte er hinzu: „Für mein Volk ist diese Blume seit Anbeginn der Zeit heilig. Sie ist so hoch angesehen, dass niemand sie pflückt."

„Heilig? Warum? Oder darf ich das nicht wissen?"

Sam lachte. „Natürlich darfst du wissen, warum", entgegnete er. „Es hat mit einer alten Legende zu tun. Wenn du magst, erzähle ich sie dir."

„Ich würde sie gern hören."

„Dann setz dich", forderte Sam sie auf. „Die Geschichte braucht etwas Zeit."

Sie setzten sich auf einen großen Felsbrocken und Sam begann zu erzählen: „Lange vor dem Anbeginn unserer Zeit lebten drei indianische Schwestern in einer Welt des Dunkels und der Kälte. Sie waren mächtige, geheimnisvolle Geschöpfe, die niemandem Rechenschaft ablegen mussten. Jede von ihnen hatte glänzend schwarzes Haar, das in langen Zöpfen zu Boden fiel. Die Schwestern waren unzertrennlich, denn ihre Zöpfe waren miteinander verwoben. Sie bildeten eine Einheit." Sam wählte seine Worte gut, er wollte, dass Alexandra verstand, worum es in der Geschichte ging.

„Der größte Schatz, den die drei Schwestern besaßen, war eine Eisblume", fuhr er fort. „Die Eisblume verkörperte das Leben selbst. Die Schwestern stritten seit Ewigkeit darüber, wie die Eisblume am Besten zu benutzen war und ob es klug sei, sie und all die Kraft, die in ihr wohnte, mit der Menschheit zu teilen; denn die meisten Menschen waren nicht sehr weise. Aber die Schwestern wurden sich nie einig.

Rabe hatte Mitleid mit den Menschen, denn sie lebten ebenfalls in Dunkelheit und Kälte. Und er war des Streitens überdrüssig. Also beschloss er, die Sache selbst anzupacken und den Schwestern die Entscheidung abzunehmen.

Rabe schwang sich im Sturzflug zu ihnen hinunter und schnappte sich die Eisblume", erzählte Sam weiter. „Mit der Blume im Schnabel begab er sich zu den Menschen. Als er aber in unsere Welt kam, da verwandelte sich die Eisblume. Sie wurde zu einer Feuerblume, deren Funken in alle Himmelsrichtungen auseinanderstoben. Rabe flog weiter, bis er das Dorf unserer Vorväter erreichte. Er kreiste über dem Dorf, stieß sein lautes unverkennbares Krächzen aus und ließ die Blume los. Auf ihrem Weg nach unten wandelte sie sich erneut und erreichte das Dorf als Flamme.

Aber die Feuerblume fiel nicht als Ganzes zur Erde. Teile von ihr blieben im Himmel."

Sam hielt inne und blickte Alexandra unverwandt an.

„Zum ersten Mal fühlten die Menschen Wärme und sahen Licht. Und von dem Zeitpunkt an gab es Sterne, und die Sonne stand am Himmel und ließ alle Dinge wachsen und gedeihen.

So hat Rabe den Menschen Feuer, Wärme und Licht gebracht. Und damit sie nicht vergessen, dass es vorher immerzu dunkel und kalt war, gibt es seither Tag und Nacht, Sommer und Winter – Licht und Dunkelheit."

Sam schwenkte die Feuerblume, die er noch immer in der Hand hielt. „Diese Blume ist für mein Volk die Verkörperung dieser Legende. Sie wird uns jedes Jahr aufs Neue geschenkt, damit wir uns daran erinnern, wie Rabe uns vor langer, langer Zeit geholfen hat", beendete er seine Erzählung. „Und jedes Mal, wenn wir einen Raben rufen hören, dankt mein Volk ihm für seine Gabe."

„Das ist eine sehr schöne Geschichte, Sam", sagte Alexandra beeindruckt. „Jetzt verstehe ich, warum ihr die Feuerblumen nicht pflückt." Dann fügte sie leise hinzu: „Dass ich in meinem Traum das Rauschen von Schwingen gehört habe und dann mit dieser Blume aufgewacht bin, ängstigt mich jetzt fast."

„Das braucht es nicht", beruhigte Sam. „Der Traum hat den Anstoß gegeben, dass du von der Feuerblume erfahren hast. Und vielleicht hilft dir dieses Wissen ein wenig in deinem eigenen Leben." Er sah Alexandra ernst an.

„Immerhin erzählt die Geschichte von einer grandiosen Verwandlung, nämlich dem Wandel von Dunkelheit zu Licht, von Kälte zu Wärme. Und du suchst nicht weniger als das für dich selbst." Er sah ihre Verwirrung und fügte hinzu: „Komm, lass uns zurückgehen."

Kapitel 7

Estelle Carson

Sie gingen eine Weile schweigend durch den Wald.

„Wie heißt du eigentlich mit Nachnamen?", fragte Sam unvermittelt, um Alexandra auf andere Gedanken zu bringen.

„Wie bitte?" Alexandra war verwundert.

„Namen", erklärte Sam, „sind bei meinem Volk sehr wichtig. Sie sagen einem viel über die Person, die ihn trägt. Oder besser: Bei meinem Volk bekommt jeder den Namen, der zu ihm passt. Das kann man bei der Geburt oft nicht wissen – ich meine, man kann nicht wissen, wie die Person sich entwickeln wird. Daher sind Namenswechsel bei uns sehr häufig. Wenn jemand wächst und sich verändert, dann verändert sich oftmals auch sein Name. Namen sind sehr mächtig. Hast du den falschen, dann kann das große Nachteile mit sich bringen."

Alexandra zögerte. „Nun habe ich fast Angst, dir meinen Namen zu nennen. Ich will dich nicht enttäuschen."

„Würde es dir etwas bedeuten, wenn ich enttäuscht wäre?", fragte Sam und sah sie forschend an.

„Mein Nachname ist Habicht", sagte Alexandra schnell.

„Was bedeutet Habicht in Englisch?"

„Ein Habicht ist ein kleiner Greifvogel", erklärte Alexandra.

„Das ist ein guter Name", meinte Sam zufrieden.

„Mir hat er immer gefallen", erwiderte Alexandra. „Und was bedeutet dein Nachname?"

„Reed ist das lange schlanke Gewächs, das im Marschland überall wächst. Es biegt sich im Wind, aber es bricht nicht", war Sams kurze, klare Antwort.

Alexandra grinste. Der Name passte zu ihm.

Sie erreichten die Sackgasse, die zur Little Creek Ranch führte, als Hufschlag ertönte. Sam wandte sich um und fluchte leise.

„Was ist los?", wollte Alexandra wissen. Sie spürte die Anspannung, die plötzlich von Sam ausging.

„Da kommt Estelle Carson", antwortete Sam.

„Wer ist sie?"

„Sie ist die Tochter von Maggie und Dicks steinreichen Nachbarn. Ich dachte, sie wäre in Vancouver." Sams Tonfall war nüchtern und emotionslos.

Die Reiterin hatte sie jetzt erreicht.

„Mein lieber Sam, was für ein Zufall! Wir haben uns ja lange nicht gesehen. Willst du uns nicht bekannt machen?"

Estelle Carson saß wie angegossen im Sattel ihres schönen, schwarzen Hengstes. Sie sah aus wie ein Cowgirl. Westernsattel und Zaumzeug waren übersät mit Silberschnallen und Fransen, und sie selbst trug eine schimmernde Bluse, ebenfalls mit Fransen, und hautenge Jeans.

Alexandra musterte sie interessiert. Estelle war groß, bestimmt einen Meter achtzig, und gertenschlank. Sie hatte lange dunkle Haare und einen enormen Busen. Alles in allem war sie eine auffällige Erscheinung.

„Morgen, Estelle", meinte Sam unbeeindruckt. „Darf ich dir Alexandra Habicht vorstellen. Alex ist aus Deutschland und hilft bei Maggie aus. Alex, dies ist Estelle Carson. Ihren Eltern gehört die Triple C Ranch hier zur Linken."

„Es freut mich", erwiderte Estelle mit falscher Freundlichkeit. Dann wandte sie sich wieder an Sam.

„Das letzte Mal, als wir uns sahen, hast du mir versprochen, dass wir zusammen ausreiten. Das schuldest du mir noch! Wie wäre es gleich heute damit?" Sie hatte Sam und Alexandra die Straße entlang schlendern sehen und sich geärgert. Sam Reed war immer einer ihrer Favoriten gewesen. Jahrelang hatte sie sich um ihn bemüht. Dann war sie im vergangenen Jahr nach Vancouver gezogen, um ihr Studium abzuschließen. Ihre Eltern hatten darauf gedrängt.

„Estelle, du siehst, dass ich heute schon eine Verabredung habe", gab Sam mürrisch zurück.

„Na, sie kann ja mitkommen", sagte Estelle und warf Alexandra einen gönnerhaften Blick zu. „Also, keine Ausflüchte. Es ist vielleicht die letzte Chance, bevor der Winter kommt!"

Sam wandte sich fragend an Alexandra.

„Ich reite nicht", wehrte diese lachend ab. „Du brauchst gar nicht zu fragen!"

„Aber das wäre nicht fair", entgegnete Sam hoffnungsvoll.

„Hör zu, Sam. Wir sind doch schon fast an der Ranch angekommen. Und wenn ihr euch so lange nicht gesehen habt ... Du brauchst auf mich keine Rücksicht zu nehmen."

„Also, abgemacht!", frohlockte Estelle. „Ich treffe dich bei Prestons." Sie ritt voraus.

„Warum bist du nur immer so freundlich?", meinte Sam beleidigt. „Lässt mich mit dem Drachen allein ausreiten."

„Sie macht dir doch nicht etwa Angst, oder?", grinste Alexandra. „Und schieb die Schuld nicht auf mich. Das hast du dir selbst eingebrockt, als du ihr damals den Ausritt versprochen hast."

„Nur um sie abzuwimmeln", murmelte er. Aber Alexandra hatte recht. Er hatte zugestimmt und er hielt seine Versprechen. Stillschweigend fügte er sich in sein Schicksal.

★

Maggie stand am Küchenfenster und hielt Ausschau nach Alexandra und Sam, als Estelle Carson die Einfahrt herauf geritten kam. Das konnte nichts Gutes bedeuten.

Estelle gehörte nicht zu den Nachbarn, die Maggie sympathisch waren. Estelles Eltern, Marybeth und Frank Carson, waren reich. Sie besaßen eine riesige Ranch und ein fast feudales Haus. Beide hatten sich ihren hohen Lebensstandard hart erarbeitet und waren sehr nett. Aber auf Estelle hatte das viele Geld keinen guten Einfluss gehabt. Sie war arrogant, wusste alles besser und glaubte, die gesamte Männerwelt müsse ihr zu Füßen liegen. Maggie hoffte, dass Alexandra diese Begegnung fürs Erste erspart bleiben würde.

Aber da tauchte sie auch schon mit Sam in der Einfahrt auf. Maggie fiel plötzlich ein, dass Sam Estelle vor langer Zeit einmal versprochen hatte, mit ihr auszureiten. Sie würde das Versprechen doch wohl nicht gerade heute einlösen wollen? Maggie stampfte ärgerlich mit dem Fuß auf. Estelle war dabei das empfindliche Gleichgewicht, auf dem Maggies schöner Plan basierte, ins Wanken zu bringen. Sie musste etwas unternehmen.

„Änderung im Tagesablauf!“, rief sie Dick und den Kindern kurzentschlossen zu. „Wir reiten aus. Alle!“ Die letzte Bemerkung war für Dick gedacht, die Kinder waren schon freudig losgestürmt.

„Was bedeutet das jetzt wieder?“, fragte Dick.

„Was schon“, gab Maggie betont fröhlich zurück. „Wir reiten aus!“

In diesem Augenblick erreichte Estelle den Hof. Dick runzelte die Stirn. Seine Miene verriet, dass er lieber bei seinem Feuerholz geblieben wäre, aber er wollte sich nicht mit Maggie überwerfen – nicht vor dieser Person!

★

„Ich reite nicht!“, sagte Alexandra kurz darauf mit fester Stimme.

„Aber wir reiten alle“, entgegnete Maggie. „Warum

willst du allein hier bleiben?"

Alexandra blickte verlegen zu Boden. „Ich habe Angst vor Pferden", sagte sie leise.

Maggie und Dick wechselten überraschte Blicke. Estelle grinste spöttisch und versuchte noch nicht einmal, es zu verbergen. Und Sam blickte immer noch ernst drein.

Alle saßen bereits auf den Pferden. Die Kinder ritten im Hof umher und das Gespräch drehte sich um den freundlichen Vierbeiner direkt vor Alexandra: Windy, eine hübsche braune Stute.

„Sei nicht albern, Alex. Sogar Miranda reitet. Man kann gar nichts verkehrt machen. Und wir reiten wegen der Kinder sowieso nur im Schritt", drängte Maggie.

Alexandra kämpfte mit sich. Die Vorstellung mit den anderen über die weiten Wiesen und durch den Wald zu reiten war sehr verlockend. Wann immer sie einen Westernfilm gesehen hatte, hatte sie sich gewünscht, lässig auf einem Pferderücken zu sitzen und in die untergehende Sonne zu reiten. Aber sie hatte nun mal noch nie auf einem Pferd gesessen. Und jetzt, wo der Moment gekommen war, hatte sie einfach Angst! Der Rücken des Tieres überragte sie und die Stute war unglaublich muskulös. Höhe und Schnelligkeit. Zwei Dinge, die Alexandra wirklich Angst machten.

„Zwing sie doch nicht, wenn sie nicht will! Wir sollten jetzt wirklich losreiten." Das kam natürlich von Estelle, die möglichst viele Teilnehmer an diesem, als romantischen Ausflug geplanten Ausritt loswerden wollte.

Alexandra blickte unentschlossen von einem zum anderen. Dick hatte ein Auge auf die Kinder und verfolgte das Gespräch nicht. Estelle war gereizt und ungeduldig und in Maggies Augen lag etwas Flehendes.

Schließlich stieg Sam von seinem Pferd ab und kam zu ihr herüber.

„Hier, ich nehme Windy am Zügel, so kann nichts passieren. Du brauchst nur dazusitzen und dich festzuhalten. Alles andere mache ich. Ich bleibe die ganze Zeit neben dir." Dann fügte er noch hinzu: „Es wäre schade, wenn du nicht mitkämest, Alex."

Maggies Herz machte einen Sprung. Perfekt! Sie blickte triumphierend zu Estelle. Sie sah aus, als hätte sie in eine Zitrone gebissen.

Alexandra lächelte. „Na gut, ich will's versuchen."

Sam half ihr mit solchem Schwung auf das Pferd, dass sie beinahe auf der anderen Seite wieder heruntergefallen wäre. Dann schwang er sich in den Sattel seines Pferdes und die kleine Karawane setzte sich in Bewegung.

„Du machst das ausgezeichnet." Maggie sah Alexandra ermutigend an.

Sie waren seit zwanzig Minuten unterwegs und Alexandra begann sich zu entspannen. Sie drehte sich zu Maggie um.

„Es ist schön, dass ich doch mitgekommen bin." Dann wandte sie sich an Sam: „Bitte, lass mich das doch allein probieren. Sonst ziehen mich die Kinder den ganzen Winter damit auf, dass du mein Pferd führen musstest."

Sam lachte. „Das werden sie sowieso tun." Er lehnte sich zu ihr hinüber und reichte ihr die Zügel.

„Du musst sie genau richtig halten. Nicht zu fest und nicht zu locker. Ja, genau so. Wenn du dich unsicher fühlst, sag Bescheid, dann übernehme ich Windy wieder."

Alexandra streckte die Brust heraus und war sehr stolz auf sich. Hier war sie, Alexandra Habicht, an einem wunderschönen Herbsttag, zusammen mit ihren Freunden, in einer atemberaubenden Landschaft – und sie saß tatsächlich auf dem Rücken eines Pferdes. Wie ging der Spruch noch gleich? *Das größte Glück auf Erden liegt auf dem Rücken von Pferden*, oder so ähnlich. In diesem Augenblick konnte sie, wenigstens im Ansatz, spüren, was dieser

Satz ausdrücken wollte. Sie fühlte sich so leicht und glücklich. Und sie war dankbar, ihre Angst so weit kontrollieren zu können, dass sie diesen Ausritt mit den anderen genießen konnte.

Sam und Dick führten den Zug an. Maggie hielt sich neben Miranda, obwohl die Kleine mit ihren fast fünf Jahren schon eine ganz ausgezeichnete Reiterin war. Die Jungen, eben noch an ihrer Seite, waren nun zurückgefallen und tuschelten. Estelle ritt hinter Alexandra, und obwohl sie sie nicht sehen konnte, spürte Alexandra doch einen bohrenden Blick in ihrem Rücken.

Plötzlich schlug Windy aus. Alexandra wusste nicht, warum. Die Stute schien völlig verändert. Sofort überfiel Alexandra die alte Angst. Die Jungen schrien ihr etwas zu, aber sie konnte sie nicht verstehen. Panik stieg in ihr auf und schien ihren Verstand völlig auszuschalten.

„Bist du in Ordnung, Alex? Alex!", rief Maggie besorgt.

„Windy hat ausgeschlagen. Wir haben es gesehen!", schrie Tim.

„Wäre beinahe durchgegangen. War toll!", fiel Eric ein.

„Alex ist ganz weiß", meinte Miranda.

„Was ist bloß in Windy gefahren?", wollte Dick wissen. „Sie ist doch sonst lammfromm."

„Wir hätten Alex besser nicht überreden sollen mitzukommen, die Arme. Jetzt wird sie wirklich nicht mehr reiten wollen", sagte Estelle in ihrer gekünstelten, süßen Art.

„Ist doch alles Quatsch!" Sams tiefe Stimme riss Alexandra endgültig in die Gegenwart zurück. „Ihr ist doch nichts passiert. Sie hat sich nur ein wenig erschreckt. Windy wird gestolpert sein, das ist alles. Bald macht Alex so etwas nichts mehr aus, denn dann wird sie die beste Reiterin weit und breit sein."

Er hatte sein Pferd neben Windy gebracht und legte seine Hand beruhigend auf Alexandras Arm. Ihre Blicke trafen sich.

„Mach mich stolz und reite allein weiter, Alex", sagt er leise. „Ich weiß, du kannst es."

Sein Blick schien tief in ihr Inneres vorzudringen. Alexandras Herz machte einen Sprung. Und anstatt ihrer Angst nachzugeben, hob sie entschlossen ihr Kinn.

„Verzeiht, ich wollte euch nicht erschrecken. Windys Eskapade hat mich nur völlig unvorbereitet getroffen. Ist alles wieder in Ordnung."

Sam lächelte ihr zu und blieb für den Rest des Ausrittes vorsichtshalber dicht an ihrer Seite.

Kapitel 8

Zwischenfälle

Zwei Wochen später saß Sam bei Maggie und Dick am Küchentisch. Er würde zum Abendessen bleiben. Alexandra war drüben im Gästehaus und brachte das Feuer im Ofen in Gang, damit sie es später nicht so kalt und ungemütlich hätte.

Alexandra öffnete die Tür. Ein kalter Windstoß fegte in die Küche.

„Das müsst ihr euch mal ansehen. Es schneit!"

Verwundert bemerkte sie, dass niemand ihre Freude teilte. Stattdessen hörte sie einvernehmliches Stöhnen.

„Was ist los?", wollte sie wissen. „Ich dachte, ihr lebt im Land des Wintersports."

„Jetzt ist der Winter tatsächlich da", ärgerte sich Maggie. „Schnee, vereiste Straßen, eingefrorene Wasserhähne."

„Bald ist es aus mit der Arbeit", meinte Dick. „Denn bei Schnee kommen wir nur langsam voran und dann rechnet sich das Ganze nicht mehr."

„Wilderer", war Sams grimmiger Kommentar.

„Aber", begann Alexandra, „wenn es jetzt schon schneit, dann gibt es vielleicht weiße Weihnachten!"

„Hundertprozentig", meinte Dick.

„Wie jedes Jahr", fügte Maggie hinzu.

„Ach so", meinte Alexandra, als sie verstand. „Mein letztes weißes Weihnachten liegt mindestens zehn Jahre zurück!"

„Für Alex ist vieles neu hier", meinte Maggie während des Abendessens. „Wie weiße Weihnachten oder übernächste Woche Halloween. Vielleicht sollten wir deshalb dieses Jahr eine Halloween-Party geben."

Dick und Sam stöhnten auf. Verkleiden. Tanzen!

„Oh, Halloween!", meinte Alexandra. „Aber ich habe gar kein Kostüm – ohne das geht es ja wohl nicht ... vielleicht gibt es eine Verkleidungsidee, für die man nicht extra etwas kaufen muss."

„Geh doch als Bardame", mischte sich der zwölfjährige Tim ein. „Da brauchst du nur ganz kleine Verkleidungsstücke. Ich gehe als Skelett. Das ist schön gruselig!"

Maggie starrte ihren Sohn mit offenem Mund an.

„Ich hab mich wohl verhört, junger Mann", stieß sie entgeistert aus.

Die Männer brachen in schallendes Gelächter aus.

„Das könnte sehr anstrengend für deinen Vater und mich werden, Tim, wenn wir den ganzen Abend potenzielle Verehrer abwimmeln müssen", meinte Sam. „Außerdem ist das keine Verkleidung für eine wohlerzogene junge Dame wie Alex."

„Okay", wehrte Maggie ab. „Vergesst die Party! Wir braten Würste am Lagerfeuer, wie jedes Jahr. Ganz harmlos."

Alexandra runzelte die Stirn und las den Brief erneut. Sie war am Nachmittag in der Stadt gewesen und hatte die Post mitgebracht. Jetzt saß sie, wie jeden Tag, mit Maggie in der Küche am Tisch und wartete darauf, dass Dick nach Hause käme und die Familie essen konnte. Die Kinder tobten im Wohnzimmer, und Maggie nutzte die Zeit um die Post durchzusehen. Sie seufzte. Das meiste waren wie üblich Rechnungen. Sie schaute zu Alexandra hinüber, die ihren Brief nun schon zum dritten Mal las.

„Hast du einen Liebesbrief bekommen?"

„Nein", erwiderte Alexandra, „der Brief ist von meinen Eltern. Ich weiß nur nicht, ..."

„Ist etwas zu Hause nicht in Ordnung?", fragte Maggie besorgt.

„Das ist es nicht." Alexandra legte den Brief beiseite. „Ich hatte nur nicht gedacht, dass meine Eltern sich so ändern könnten. Wir hatten immer ein gutes Verhältnis. Nicht wirklich tiefgehend, aber doch irgendwie freundschaftlich. Seit ich ihnen von meinem Vorhaben, nach Kanada zu gehen, erzählt habe, hat sich unser Verhältnis verändert. Sie haben kein Verständnis dafür aufbringen können. Immerhin haben sie mich doch noch zum Flughafen gebracht. Und die drei Male, die ich bei ihnen angerufen habe, waren sie zwar etwas zurückhaltend, aber zumindest höflich und besorgt. Dieser Brief hier ist dagegen etwas völlig anderes. Mein Vater schreibt, dass alles von vornherein eine Schnapsidee von mir gewesen sei, und dass ich aufhören solle, mich wie ein trotziges Kind zu benehmen. Meine Mutter käme um vor Sorge und ich solle gefälligst heimkommen. Ich hätte bewiesen, was ich habe beweisen wollen, und obendrein auch noch meine gute Arbeitsstelle über Bord geworfen." Sie sah verzweifelt aus, als sie schließlich meinte: „Ich glaube, meine Eltern haben nicht das Geringste verstanden von dem, was ich ihnen zu erklären versucht habe."

„Alex", begann Maggie, wurde aber vom Klingeln des Telefons unterbrochen. „Entschuldige mich einen Augenblick." Sie nahm das Gespräch entgegen.

„Ja, hier spricht Mrs. Preston … Wann ist das passiert? … Wann? … Sie haben sich mit dem Anruf aber Zeit gelassen! … Natürlich komme ich sofort!" Maggie hängte auf und drehte sich zu Alexandra um. Ihr Gesicht war kreidebleich.

„Es gab einen Unfall auf Dicks Arbeitsstelle", berichtete sie mit bebender Stimme. „Irgendetwas mit Maschinen und Baum – ich weiß nicht. Sie haben Dick und einen anderen Mann ins Krankenhaus gebracht. Ich muss sofort dorthin fahren!"

Alexandra ergriff entsetzt die zitternden Hände der Freundin.

„Ich bleibe möglicherweise über Nacht", fuhr Maggie leise fort. „Meinst du, du kannst heute Nacht im Gästezimmer schlafen und die Kinder versorgen? Ich weiß, es ist viel ..."

„Mach dir darüber keine Gedanken", unterbrach Alexandra sie. „Komm, schnell. Kann ich dir noch irgendwie behilflich sein? Was sagen wir den Kindern?"

Maggie lächelte sie dankbar an. „Ich rede mit den Kindern und sage auch Sam Bescheid. Meine Eltern kommen erst in zwei Tagen aus dem Urlaub zurück und ich möchte nicht, dass du vielleicht solange allein auf der Ranch sein musst. Pack mir doch bitte ein paar Sachen ein. Ich weiß nicht, wie lange ich bleiben muss. Ich spreche währenddessen mit den Kindern und rufe Sam an."

Alexandra machte sich sofort an die Arbeit. Sie arbeitete sorgfältig, aber schnell, und vergoss heimlich ein paar Tränen. Sie schickte ein Gebet zum Himmel, und hoffte inständig, dass Dick nicht schwer verletzt war. Sie wusste, wie sehr Maggie ihren Mann liebte. Einen solchen Verlust würde sie nicht verwinden können! Und erst die Kinder ... Sie mochte gar nicht daran denken.

Als sie in die Küche kam, war Maggie am Telefon. „ ... sie hat ja auch kein Auto. Dicks Truck ist wer weiß wo, und ich nehme den anderen Wagen ... Was? ... Danke, ich hoffe, es ist nicht für lange. Übermorgen kommen meine Eltern aus dem Urlaub zurück. Bis dahin müssen wir es irgendwie überbrücken. Vielleicht kann ich ja auch morgen schon zurückkommen. Hoffen wir das Beste. ... Ja, bis gleich!"

Alexandra stellte die Reisetasche für Maggie auf dem Küchentisch ab. Die Kinder kamen aus dem Wohnzimmer. Maggie war blass, aber sie war Herr der Lage.

„Sam weiß Bescheid, er wird in einer halben Stunde hier sein. Ich mache mich jetzt auf den Weg." Sie drückte jedes der Kinder fest an sich und gab ihnen einen Kuss. „Seid artig", mahnte sie. „Ich hoffe, es läuft alles glatt hier", wandte sie sich an Alexandra.

„Mach dir keine Sorgen", meinte Alexandra und nahm die Freundin zum Abschied noch einmal fest in die Arme.

Maggie verließ das Haus ohne ein weiteres Wort zu verlieren.

Alexandra ließ die Tür hinter Maggie zufallen und verriegelte sie von innen.

„Wie wäre es, wenn wir einen Film anschauen würden?", fragte sie die Kinder betont heiter.

Keines der Kinder machte einen besonders begeisterten Eindruck.

„Okay, dann gehen wir ins Wohnzimmer und spielen etwas."

Widerwillig folgten ihr die Kinder und ließen sich im Wohnzimmer auf dem Teppich nieder.

Alexandra war ratlos. Sie musste die Kinder irgendwie beschäftigen und auf andere Gedanken bringen! Es war noch viel zu früh, um ins Bett zu gehen. Und wer konnte nach so einer Nachricht schon ruhig schlafen? Die Nacht würde noch lang genug werden.

„Was ist das für ein Ding?", fragte Alexandra und deutete auf den Wohnzimmerschrank.

„Das ist ein Karaoke-Gerät", erwiderte Tim.

„Was macht man damit?" Alexandra stellte sich betont dumm.

„Du suchst dir ein Lied aus, die Melodie erklingt und du singst dazu", quietschte Miranda. „Das macht Spaß!"

„Woher weiß man die Worte?", fragte Alexandra.

„Die erscheinen auf dem Bildschirm. Du brauchst sie bloß abzulesen. Aber wir können die meisten Songs auswendig", erklärte Eric.

„Ich mach's dir vor!", rief Lee aufgeregt und drehte an den Knöpfen. Dann legte er eine CD ein, nahm das Mikrofon in die Hand und hüpfte wild auf der Couch auf und ab. Sobald der Text einsetzte, schrie er mit seiner Piepsstimme ins Mikrofon.

„Ich will auch!", rief Miranda.

„Du musst warten", meinte Lee. „Erst bin ich dran!"

Ehe Alexandra sich versah, war ein ungeheures Gedränge im Gange. Beinahe hätte sie das Klopfen an der Tür überhört.

„Wer ist da?"

„Sam!", kam die prompte Antwort. „Was macht ihr denn da drinnen? Ich dachte, ihr hättet einen Unglücksfall in der Familie."

Alexandra öffnete die Tür und der Lärm wurde noch lauter.

„Uh!", machte Sam und hielt sich die Ohren.

Alexandra lachte. „Ich musste sie irgendwie ablenken. Es hat gut geklappt, aber nun nimmt das Chaos überhand."

„Das merke ich", meinte Sam trocken und ging ins Wohnzimmer. „Lasst uns die Hitparade mal organisieren."

Die Kinder schrien vergnügt auf, als sie Sam erblickten. Er war wie ein Onkel für sie. Maggie und Sam hatten sich schon immer gut verstanden. Besonders nachdem Sams Geschwister in die umliegenden größeren Städte gezogen waren, weil es dort bessere Arbeitsmöglichkeiten gab. Sam war froh gewesen, als Maggie Dick heiratete, denn er kam mit Dick gut aus. Er kam oft auf der Little Creek Ranch vorbei, es war wie ein zweites Zuhause für ihn. Auch Sams Eltern – Maggies Tante Renee und ihr Onkel Paul – schauten oft vorbei, weil ihre eigenen Enkelkinder so weit entfernt wohnten.

Jetzt saß Sam mit den Kindern auf dem Fußboden und legte die Reihenfolge für das Singen fest. Alexandra setzte sich dazu. Die meisten Lieder, die die Kinder sangen, kannte sie nicht. Es waren Country-Songs. Dann wechselten sie die CD und spielten Oldies. Hier kannte sie sich besser aus.

Die Kinder gaben sich die größte Mühe möglichst professionell aufzutreten und es gab nur noch wenig Gerangel. Alexandra und Sam klatschten und lobten überschwänglich und die Kinder strahlten.

Alexandra hatte fast ein schlechtes Gewissen, weil sie sich in diesem Moment so wohl und zufrieden fühlte, während Maggie in solcher Sorge um ihren Ehemann war. Gerade stellte sich ein behagliches Lächeln auf ihrem Gesicht ein, als sie eine kleine Stimme neben sich sagen hörte: „Alex, jetzt bist du dran."

Sie fuhr zusammen. Singen?!

„Oh, ja!", stimmten die anderen ein.

„Du kannst gleich das nächste Lied singen", bot Miranda freundlich an.

„Ich kenne das Lied überhaupt nicht!", wehrte Alexandra energisch ab. „Außerdem kann ich wirklich nicht gut singen."

„Um so besser", meinte Lee. „Dann wird es lustiger!"

„Nur nicht so schüchtern", sagte Sam. „Du hast dich lange genug gedrückt."

„Sing doch selber", zischte sie und nahm matt zur Kenntnis, dass er gelassen das Mikrofon in die Hand nahm und den Kindern zurief, welches Lied er singen wollte. Die ganze Zeit über sah er Alexandra an und seine Augen funkelten lausbubenhaft. „Du kommst nicht drum herum, Alex!"

Sie verzog das Gesicht zu einer Grimasse und wartete betont gleichgültig auf seine Darbietung. Als er anfing zu singen, stellte sie entsetzt fest, dass Sam entweder ein Naturtalent war oder sehr viel Übung hatte. Seine Stimme war mitteltief und er hatte eine gute Portion Taktgefühl.

Während er sang, blickte er immer wieder zu ihr herüber und diese Blicke lösten ein immer größeres Unbehagen in ihr aus.

Als Sam geendet hatte, applaudierten die Kinder laut und bestürmten Alexandra, nun doch auch zu singen.

Alexandra winkte ab. „Ich mache mich nicht zum Affen! Ihr seid ja alle richtige Profis."

Sam beugte sich zu ihr herüber und meinte leise: „Ich weiß, ich habe geschummelt. Ich singe nur dieses eine Lied ganz passabel und habe schon diverse Übungsrunden hinter mir."

Alexandra atmete schon auf, als er hinzufügte: „Lass uns ein Lied gemeinsam singen. Zum Warmmachen. Aber nächstes Mal bist du allein dran!" Er drückte an der Maschine herum und reichte ihr das Mikrofon.

Die Kinder blickten sie erwartungsvoll an und Alexandra wusste, dass die Falle zugeschnappt war. Sie musste singen. Der Kinder wegen. Irgendwie! Sie spürte einen Kloß im Hals und glaubte nicht, dass sie auch nur ein Wort herausbringen würde. Sie hatte noch nie in ein Mikrofon gesprochen, geschweige denn gesungen! Sie musste sich mit aller Kraft beherrschen, um nicht schon nach dem ersten Wort abzubrechen und davonzulaufen. Allmählich aber entspannte sie sich. Sie kannte diesen Oldie in und auswendig. Denen würde sie es zeigen! So schnell gab sie sich nicht geschlagen.

Schneller als erwartet war das Lied vorbei und Alexandra fühlte sich irgendwie befreit. Die Kinder jubelten, aber Sam warf ihr einen merkwürdigen Blick zu.

Die Zeit war wie im Fluge vergangen und Alexandra entschied, dass es für die Kinder Zeit war, ins Bett zu gehen. Gemeinsam mit Sam schaffte sie es, die Kinderschar zur Ruhe zu bringen.

Sam hatte seinen Schlafsack mitgebracht und würde auf dem Sofa übernachten. Am nächsten Morgen wollte er die Jungen auf seinem Weg zur Arbeit an der Schule absetzen.

Alexandra war das alles sehr recht. Es hatte ihr davor gegraut über Nacht mit den Kindern allein im Haus zu sein. Sie hatte sich im Gästezimmer eingerichtet und verschwand kurz im Badezimmer, bevor sie sich hinlegte. Auf ihrem Weg zurück, kam sie am Wohnzimmer vorbei.

Sam lag schon in seinem Schlafsack auf der Couch. Er hatte Holz im Ofen nachgelegt und die Türen verriegelt. Die Lampen waren ausgeschaltet, nur vom Flur her schien ein Lichtstrahl ins Zimmer. Im Halbdunkel konnte sie seine muskulösen Arme sehen, die er hinter dem Kopf verschränkt hatte.

„Schlaf gut, Sam. Und vielen Dank für deine Hilfe", sagte sie und blieb kurz in der Tür stehen. Sie war schon im Nachthemd, mit offenem Haar und barfuß.

Ihr Anblick versetzte Sam einen Stich. Was war nur mit ihm los? Etwas barscher als beabsichtigt, erwiderte er: „Keine Ursache. Schlaf du auch gut."

Alexandra war verwundert über seinen Ton, knipste das Licht im Flur aus und ging zu Bett. Einschlafen konnte sie allerdings noch lange nicht.

Irgendwann in der Nacht schlich Miranda sich zu Alexandra ins Bett. Als sie am nächsten Morgen aufstand, hatte sie arge Rückenschmerzen.

Beim Frühstück war Sam wieder ganz der Alte. Alexandra rieb sich den Rücken, als er in die Küche kam, und er fragte sofort, ob alles in Ordnung sei.

„Mein Rücken ist es nur nicht gewohnt in der Nacht von kleinen Füßen massiert zu werden", schmunzelte sie. „Miranda ist zu mir ins Bett gekommen."

„Ich hatte auch einen kleinen Besucher letzte Nacht. Erst hatte ich gedacht, dass du es wärst, aber es war nur Lee."

Alexandra versetzte ihm mit dem Frühstücksbrett, das sie gerade in der Hand hielt, einen leichten Klaps auf den Kopf.

„Du unterschätzt mich, mein Lieber!"

Er lachte herzlich.

Nach dem Frühstück fuhr Sam mit den Jungen ab. Miranda und Alexandra winkten ihnen nach und machten sich dann an die Hausarbeit. Gegen neun Uhr klingelte das Telefon. Es war Maggie. Sie rief vom Krankenhaus aus an.

„Wie geht es Dick?", erkundigte sich Alexandra.

„Es hätte schlimmer sein können. Das Ende eines Stahlseils hat ihn getroffen und der daran hängende schwere Eisenhaken hat ihm Brustbein, Schlüsselbein und drei Rippen gebrochen. Er hat Probleme beim Atmen und starke Schmerzen. Sie behalten ihn drei oder vier Tage zur Beobachtung hier, um sicherzustellen, dass keine inneren Verletzungen vorliegen. Er wird für mindestens zwölf Wochen nicht arbeiten können. So lange dauert es, bis das Brustbein wieder belastbar ist. Es ist also schlimm genug."

Alexandra schwieg betroffen. Dann musste sie berichten, wie es mit den Kindern gegangen war. Maggie vermisste die Kleinen und machte sich Sorgen. Aber Alexandra konnte sie beruhigen.

„Mach dir keine Gedanken. Sam ist ja auch noch da. Und er hat gesagt, dass er seinen Eltern Bescheid sagt, damit sie später mal vorbeischauen. Er hat mir auch die Nummer von seinem Handy dagelassen. Und morgen kommen deine Eltern aus dem Urlaub zurück. Wenn du also gerne bei Dick bleiben möchtest, dann tu es bitte. Wir vermissen dich, aber wir kommen über die Runden."

Sie wechselten noch ein paar Worte, dann legten sie auf. Alexandra berichtete Miranda, was die Mutter gesagt hatte, und versprach ihr, dass die Eltern in ein paar Tagen wieder zu Hause sein würden. Dann schickte sie Miranda zum Eiersuchen nach draußen. Sie wollte sofort nachkommen.

Miranda nahm den Eierkorb und machte sich auf den Weg. Sie liebte es, wenn sie wichtige Aufgaben zugewiesen bekam. Und Eiersammeln war sehr wichtig und sehr schwierig. Erst musste man die Eier finden, und dann musste man aufpassen, dass sie nicht kaputt gingen. Sie konzentrierte sich ganz auf die Arbeit und hatte für nichts anderes Augen.

Der Hühnerstall befand sich an der Außenseite der Scheune und man konnte von der Küche hinübersehen. Alexandra räumte schnell das Geschirr in den Spüler und griff schon nach ihrer Jacke, als sie eine Bewegung wahrzunehmen glaubte. Sie schaute aus dem Fenster und suchte den Hof ab.

Plötzlich krachte irgendwo ein Ast. Miranda erstarrte neben dem Hühnerstall und wandte den Kopf.

Alexandra folgte ihrem Blick und erstarrte ebenfalls. Unter einem der Apfelbäume, keine zwanzig Meter von Miranda entfernt, stand ein großer Schwarzbär! Er hatte sich aufgerichtet, die Vordertatzen am Baumstamm. Er fischte nach ein paar spätreifen Äpfeln weiter oben im Baum. Die Äste des Baumes wackelten und knackten bedrohlich.

Kalter Schweiß trat auf Alexandras Stirn. Was sollte sie bloß tun? Sie musste versuchen, ruhig zu bleiben. Geriet sie in Panik, konnte es das Leben des Kindes kosten!

Maggies Worte fielen ihr ein: So lange der Bär uns in Ruhe lässt, lassen wir ihn auch in Ruhe. Wird er uns gefährlich, dann wird er entfernt.

Sie versuchte die Lage abzuschätzen. Würde der Bär Miranda unbehelligt ins Haus zurückkehren lassen? Oder würde er auf sie aufmerksam werden, sobald sie sich bewegte? Und wie würde er reagieren? Würde er davonlaufen? Würde er angreifen? Vielleicht sollte sie Lärm machen, um ihn zu verscheuchen ... Alexandra war hin- und hergerissen.

In diesem Augenblick ließ der Bär vom Baum ab. Er stand jetzt auf allem Vieren und hob witternd den Kopf. Ein ärgerliches Brummen ertönte. Der Bär drehte unruhig den Kopf hin und her. Irgendetwas hatte seine Aufmerksamkeit geweckt. Vielleicht hatte auch der Wind gedreht, und er witterte das Mädchen.

Miranda schrie auf und ließ den Korb fallen.

Der Bär wandte den Kopf in ihre Richtung und richtete sich auf. Wieder hallte sein furchterregendes Brummen über den Hof. Er wiegte sich hin und her und begann mit seinen Pranken durch die Luft zu schlagen!

Alexandra zögerte nicht länger. Das Gewehr stand gleich hinter der Tür und Dick hatte immer ein paar Patronen in der obersten Kommodenschublade im Flur liegen. Für Notfälle.

Dick hatte ihr gleich zu Anfang erklärt, wie das Gewehr – eine Winchester Kaliber 30/30 Leveraction – zu handhaben war. Die Jungen hatten schon Erfahrung mit Schusswaffen, denn Dick hatte es für selbstverständlich gehalten, dass die Kinder so früh wie möglich den sicheren Umgang mit einem Gewehr erlernten. Er hatte der verblüfften Alexandra erklärt, dass er es für viel unsicherer hielt, wenn die Jungen nie mit dem Gewehr umgehen dürften. Die Neugier würde irgendwann siegen und dann würde es vielleicht in einem Unfall enden, weil die Jungen nicht wüssten, wie man die Schusswaffen sicher und verantwortungsvoll handhabte.

Alexandra hatte gezögert, als Dick ihr das Schießen und den Umgang mit dem Gewehr hatte zeigen wollen. Sie hatte jedoch schnell eingesehen, dass das Leben auf der Little Creek Ranch inmitten der Wildnis anders war als das Leben in einer Großstadt. Und da Dick sich hier auskannte und Alexandra nicht, hatte sie es für besser gehalten, seinem und Maggies Rat zu folgen.

Jetzt war sie froh darüber! Sie griff nach Gewehr und Munition und stürmte vor die Tür. Sie schrie den Bären an, aber es nützte nichts. Der Bär war auf Miranda fixiert.

Alexandra war Mirandas einzige Rettung.

Sie lud das Gewehr mit drei Patronen. Mehr Zeit hatte sie nicht. Sie legte die Waffe an die Schulter und feuerte einen Warnschuss ab.

Der Knall durchschnitt die Morgenstille. Die Kugel schlug genau vor dem Bären ins Gras, aber er rührte sich nicht.

Alexandra hielt überrascht inne. Wilde Tiere sollten doch Angst vor Gewehren haben!

Der Bär brummte ärgerlich und tat ein paar Schritte auf sie zu.

„Verschwinde von hier!", schrie sie. Doch der Bär kam immer näher.

Miranda schrie erneut auf.

Der Bär drehte sich in ihre Richtung.

Alexandra holte tief Luft. Ihr blieb keine andere Wahl. Sie ermahnte sich zu äußerster Ruhe und Konzentration. Sie hatte vielleicht nur diese eine Chance!

Der Bär war jetzt keine zehn Meter von ihr entfernt. Sie hob das Gewehr, legte es an und zielte. Sie atmete ruhig aus, wie Dick es ihr gezeigt hatte, und drückte ab.

Der Bär gab ein lautes Gebrüll von sich.

Alexandra stockte der Atem.

Der Bär tat ein paar Schritte auf sie zu und dann eine Art Sprung. Alexandra hielt den Atem an. Was, wenn sie das Tier nur gestreift hatte?

Der Bär brüllte wild. Es schnitt Alexandra ins Herz.

Sollte sie einen zweiten Schuss abgeben, um den Bären von seiner Qual zu erlösen?

Plötzlich sackte der Bär zusammen und das Gebrüll verstummte.

Alexandra ließ beinahe das Gewehr aus der Hand gleiten, so erschrocken war sie über ihre Tat. Doch dann besann sie sich, dass noch eine Patrone in Lauf war. Sie lief, das Gewehr in der Hand, zu Miranda hinüber, nahm das Kind auf den Arm und rannte zurück ins Haus. Sie schlug die Tür zu und ließ sich auf den Boden gleiten.

Miranda fing an zu weinen und zitterte am ganzen Körper. Alexandra ging es nicht viel besser. Alles war so schnell gegangen. Aber für sie zählte nur eins: Miranda war im Haus und in Sicherheit und der Bär war draußen auf dem Rasen – tot!

Ein Wagen fuhr vor und ließ Alexandra aufschrecken. Sie blickte durch das Fenster in der Tür und erspähte ein Ehepaar Ende fünfzig.

„Sam? Hier ist Dad", sagte Paul Reed. „Tut mir leid, dass ich dich bei der Arbeit störe, aber ich glaube, du kommst besser mal vorbei. Wir sind auf der Little Creek Ranch ... Was? ... Nein, alles ist in Ordnung mit den beiden." Dann wandte er sich an Alexandra: „Sam ist unterwegs."

Sie nickte. Sie hatte Miranda auf dem Sofa hingelegt, die Kleine schlief. Sie selbst saß am Küchentisch und lehnte gerade den gutgemeinten Schnaps ab, den Sams Mutter Renee ihr anbot.

„Danke, aber ich trinke nicht."

Renee zuckte mit den Schultern. „Ich auch nicht, aber ich glaube, ich vertrage jetzt ein Glas."

Alexandra war es bisher gelungen, ihre Haltung zu bewahren, und sie hoffte, dass dies auch so bleiben würde. Es sauste in ihren Ohren und ihre Schulter schmerzte entsetzlich von dem Rückschlag des Gewehres. Das Ganze kam ihr so unwirklich vor. Es war, als sei dies nicht ihr selbst passiert, sondern als hätte sie es in einem Film gesehen.

Sie hatte ein Tier getötet. Ihr Kopf war leer und sie kämpfte mit Schwindelgefühlen. Insgeheim fragte sie sich, ob auf dieser Ranch irgendwann einmal wieder ruhige und normale Stunden einkehren würden.

Sams Wagen fuhr vor und Alexandra hörte die beiden Männer draußen auf der Veranda sprechen. Gerade sagte Paul etwas von *glatter Lungendurchschuss* und *ganz allein*. Dann kamen die beiden in die Küche. Alexandra bemerkte erst jetzt, wie ähnlich Sam seinem Vater sah.

Sam begrüßte seine Mutter und gab ihr einen Kuss auf die Wange. Dann wandte er sich an Alexandra. „Hey!"

Wieder dieses Grinsen.

„Hättest du nicht ein kleineres Opfer für deine Schießübungen finden können? Jetzt muss ich mich da draußen um fünfhundert Pfund kümmern!"

„Idiot ...", murmelte Alexandra, schlug die Hände vors Gesicht und brach in Tränen aus.

„Sieh nur, was du angestellt hast, Sam", tadelte Renee.

Aber Sam stand schon neben Alexandra, zog sie vom Stuhl hoch und nahm sie in seine Arme. Sie hielt sich an ihm fest und versuchte ihre Tränen zu unterdrücken. Aber es hatte sich so viel Angst, so viel Anspannung in ihr aufgestaut, dass Sams dummer Spruch ihr den Rest gegeben hatte.

Sam strich ihr sanft übers Haar. Es war weich wie Seide und schimmerte wie goldener Weizen. Und wie es duftete! Für einen Augenblick vergaß er, dass seine Eltern mit ihnen in der Küche standen.

„Vater hat mir alles erzählt", sprach er leise auf sie ein. „Ich bin sehr stolz auf dich." Dann strich er ihr über den Rücken und hauchte ihr einen Kuss auf die Stirn.

Sie schob ihn von sich und wischte ihre Tränen fort.

Sam strich ihr eine Haarsträhne aus dem Gesicht und drückte ihre Hand. „Wo ist Miranda?", wollte er wissen.

Alexandra deutete mit dem Kopf in Richtung Couch. Sie war mit einem Mal so unendlich müde, so erschöpft.

„Hör zu", meinte Sam leise. „Warum legst du dich nicht auch etwas hin? Ich kann eine Weile hier bleiben, falls Miranda aufwacht."

Alexandra nickte dankbar. Sam begleitete sie ins Gästezimmer und legte ihr eine Decke über.

„Ruh dich aus", befahl er beim Hinausgehen.

In der Küche wechselten Paul und Renee überraschte

Blicke. Sam hatte immer irgendeine Frauengeschichte laufen. Aber keine davon war bisher ernst zu nehmen gewesen. Nie hatte er erwähnt, dass ihm Alexandra etwas bedeutete. Nun waren sie überrascht darüber, wie vertraut sich die beiden waren. Und nicht nur das. Es war so eine Zärtlichkeit von Sam ausgegangen, als er die junge Frau in den Armen hielt, wie sie es von ihm bisher nicht kannten.

Sam hielt inne, nachdem er die Tür des Gästezimmers zugezogen hatte. Er fühlte sich gut. Er fühlte jede Faser seines Körpers. Und er war so stolz auf Alexandra! Sie war wirklich etwas Besonderes. Dann erinnerte er sich an den Moment, in dem er sie in seinen Armen gehalten hatte. Da fielen ihm seine Eltern ein. Sein Rücken spannte sich wie ein Bogen. An sie hatte er gar nicht mehr gedacht. Er hatte nur Augen für Alexandra gehabt. Und wenn schon! Es war nichts, absolut nichts zwischen ihm und Alexandra Habicht! Fast ärgerlich ging er in die Küche zurück.

Als Alexandra wieder aufwachte und auf die Uhr schaute, war es schon Mittag!

Sie dachte zurück an die Ereignisse des Vormittags. Etwas hatte sich seither in ihr verändert. Zum ersten Mal war sie mit der Schattenseite des universellen Gesetzes von Geben und Nehmen in Berührung gekommen. Sie hatte den Bären töten müssen, um Mirandas und ihr eigenes Leben zu schützen. Es war ihr, als sei eine Seite im Buch ihres Lebens umgeschlagen worden.

Und noch etwas spürte sie deutlich. Deutschland hatte sich wieder einen Schritt weiter von ihr entfernt.

Dann erinnerte sie sich an Sams schützende Arme und die Worte, die er ihr zugeflüstert hatte. Und eine wohlige Wärme breitete sich in ihr aus, die sie bis in die Zehenspitzen fühlen konnte.

Sam! Mit einem Satz war Alexandra aus dem Bett. Er saß

in der Küche und wartete auf sie! Er musste doch zurück zur Arbeit. Sie musste sich um Miranda kümmern! Schnell strich sie sich das Haar glatt und verließ das Gästezimmer.

Miranda sah sie als erste. „Alex, willst du nicht auch einen Hot Dog? Sam hat einen für mich gemacht, mit ganz viel Ketchup!" Die Kleine lächelte zufrieden.

„Nein danke, Miranda", erwiderte Alexandra. „Vielleicht später." Sie setzte sich zu den beiden an den Küchentisch.

„Vielen Dank für deine Hilfe", wandte sie sich an Sam. „Du scheinst immer die richtigen Worte zu finden."

„Hast du gut schlafen können?"

„Ich weiß es nicht genau", erwiderte sie wahrheitsgemäß. „Ich fühle mich irgendwie so anders – dumm, nicht?" Sie zuckte mit den Schultern.

„Gar nicht dumm", erwiderte Sam. „Ganz natürlich." Dann fragte er grinsend: „Was hast du eigentlich in Hamburg bei der Behörde gemacht? Ich dachte, es sei ein harmloser Bürojob gewesen. Jetzt denke ich, du hast mir vielleicht nicht die ganze Wahrheit erzählt."

Sam zog sie auf! Alexandra sah ihn verdutzt an, hatte sie doch einen ganz anderen Sam in Erinnerung.

„Ich war beim Standesamt tätig", sagte sie zögernd.

„Beim Standesamt?", prustete Sam los. „Haben sie euch da Gewehre gegeben?"

„Sam, lass die dummen Witze. Natürlich nicht!"

„Okay, okay, schon gut", beschwichtigte er. „Was hast du nun mit dem Bären vor?"

„Vorhaben? Ich habe gar nichts mit ihm vor, da kannst du sicher sein", erwiderte sie.

„Wenn es dir recht ist, dann nehme ich ihn mit", meinte Sam. „Meine Großmutter liebt Bärenfett zum Backen", fügte er hinzu.

„Nimm ihn!", rief Alexandra mit einer auffordernden Handbewegung.

Sam lachte. „Und was ist mit dem Fell? Du hast den Bären geschossen. Möchtest du es als Erinnerungsstück haben oder als unverwüstlichen Wintermantel?"

„Nimm alles", winkte Alexandra ab. „Das ganze Tier mit all seinen Teilen! Und wenn du irgendwo Blut findest, dann tu mir bitte den Gefallen und versuche es mit dem Gartenschlauch zu entfernen. Sonst kann ich nie wieder hinausgehen!"

Sam drehte den Kopf zur Seite, damit sie nicht sah, wie er schmunzelte. Dann ging er hinaus, um sich um den Bären zu kümmern, bevor er andere Tiere anlockte.

Zum hundertsten Male fragte Alexandra sich, warum sie Sam fortwährend zum Lachen brachte. Sie hatte es nun wirklich bitterernst gemeint!

Miranda stand auf einem Stuhl am Küchenfenster und beobachtete Sam. Ein Rabe saß auf dem Rücken des toten Bären und schaute ihm entgegen.

Auch Sam sah nun den Vogel. Grüßend hob er seine Hand. Der Rabe krächzte laut auf und flog davon.

„Ich will auch raus!", rief Miranda Alexandra zu. „Ich will sehen, wie Sam den Bären aufladt!"

Kapitel 9

Lee ist verschwunden

Am nächsten Morgen rief Maggie an. Natürlich wusste sie schon von dem Bären. Sowohl Sam als auch seine Eltern waren im Krankenhaus gewesen und hatten ihr Bericht abgestattet.

„Dick hat einen herzhaften Lachanfall zurückhalten müssen, weil sein Brustkorb so schmerzte", erzählte Maggie dankbar. „Das war genau das, was er gebraucht hat. Er hat vorher andauernd geflucht und es war keine große Freude, an seinem Bett zu sitzen und sich das anzuhören. Jetzt geht es viel besser. Sein Humor ist zurückgekehrt. Und wann immer er doch mal in Trübsal verfällt, erinnere ich ihn einfach an dich und den Bären. Übrigens", fügte sie abschließend hinzu, „Dick lässt dir seinen Dank ausrichten, dass du Mirandas Leben gerettet hast. Und ich danke dir natürlich auch!"

Alexandra konnte nicht verstehen, was so amüsant an der Sache war, als Maggie fortfuhr: „Du hast die Situation gut gemeistert, Alex. Mach dir keine Vorwürfe." Dann wechselte sie das Thema: „Meine Eltern sind vorzeitig aus dem Urlaub zurück. Ich konnte sie übers Handy erreichen. Sie kommen am Nachmittag und holen die beiden Großen ab. Dann hast du nicht so viel Arbeit. Und in zwei Tagen sind Dick und ich dann auch wieder zuhause … Ich muss jetzt gehen. Also, bis bald und vielen Dank, Alex."

„Danke mir lieber erst, wenn du deine Kinder und dein Haus sicher wieder zurückhast", entgegnete Alexandra matt. Sie hatte das Ganze noch nicht verkraftet.

Die Jungen jedoch beklagten sich lauthals, dass sie das tollste Ereignis des Jahres verpasst hatten.

„So etwas passiert so schnell bestimmt nicht noch einmal", beschwerte sich Tim. „Und wir waren in der Schule."

„Ja, wenn wir zu Hause sind, dann geschieht nie so etwas Aufregendes", fiel Eric ein.

„Vielleicht kommt dann ja noch ein Bär, wenn ich zum Eier sammeln nach draußen gehe", meinte Lee.

Alexandra mochte nicht daran denken und sie war froh, als Maggies Eltern am späten Nachmittag Tim und Eric abholten.

Sam schaute am Abend vorbei, um die Tiere zu versorgen und nach dem Rechten zu sehen. Er gab sich kühl, fast ablehnend und Alexandra reagierte gereizt. Sie war erleichtert, als er sich auf den Heimweg machte.

Als sie später die Kinder ins Bett brachte, fing Lee an zu jammern, er wolle die Eltern im Krankenhaus besuchen oder zumindest zu den Großeltern.

„Als wir dich gefragt haben, wolltest du unbedingt hierbleiben", meinte Alexandra etwas barsch. „Und mit dem Krankenhaus – ich habe dir schon oft genug erklärt, dass wir nicht auf Besuch kommen sollen. Deine Mutter hat es dir am Telefon auch gesagt. Nun leg dich hin und schlafe. In zwei Tagen sind sie ja wieder da, und Tim und Eric kommen morgen schon zurück." Sie knipste das Licht aus und verließ das Zimmer. Sie hörte Lee leise etwas vor sich hin brummen und sofort taten ihr die scharfen Worte leid. Lee war noch so klein. Es musste schrecklich sein für ihn, nicht zu wissen, ob der Vater wirklich wieder gesund würde. Sie hätte geduldiger mit ihm sein sollen.

Sie setzte sich aufs Sofa um zu lesen, aber sie konnte sich nicht konzentrieren. Was war nur mit ihr los?

Eine kleine Hand rüttelte sie wach. Es war Miranda. Sie stand in ihrem Nachthemd vor ihr, den Teddy in der Hand.

Alexandra schaute sich um. Sie musste auf dem Sofa eingeschlafen sein! Draußen wurde es schon hell.

„Alex!" Miranda zog an ihrem Ärmel. „Lee ist nicht in seinem Bett!"

Sie fuhr hoch. „Bist du sicher?"

Das Mädchen nickte.

Alexandra rannte ins Kinderzimmer. Es war leer. Sie lief durch die anderen Zimmer im Haus und schaute in die Schränke. Kein Lee! Tränen stiegen ihr in die Augen. Warum war sie nicht einfühlsamer mit ihm gewesen?

Sie durchsuchte den Keller, das Gästehaus und den Stall. Keine Spur von dem Jungen. Lee musste sich auf den Weg ins Krankenhaus gemacht haben. Wie hatte sie nur so tief schlafen können, dass sie die Tür nicht gehört hatte? Nie wieder würde sie sich so schnell bereiterklären, auf die Kinder anderer Leute aufzupassen!

Alexandra griff nach ihrer Jacke. Sie wies Miranda an, die Tür hinter ihr zu verriegeln und sich nicht zu rühren. Sie wollte in der näheren Umgebung nach Lee suchen. Es war gerade erst hell geworden. Der Junge war bestimmt nicht im Dunkeln aufgebrochen. Er konnte noch nicht weit sein.

Sie schrieb Sams Telefonnummer auf und sagte Miranda, sie solle ihn anrufen, wenn sie selbst nicht in einer halben Stunde zurück war. Sie zeigte ihr die Uhr und sagte: „Wenn der Zeiger dort steht!" Dann stürmte sie aus dem Haus.

Draußen fing es an zu regnen. Es war kalt und der Regen mischte sich mit Schnee. Alexandra lief ein gutes Stück die Sackgasse Richtung Hauptstraße hinunter. Außer Atem hielt sie inne. Es war niemand auf der Straße zu entdecken. So weit konnte Lee doch unmöglich gekommen sein?

Alexandra lief weiter. In ihrem Kopf schwirrte es. Ihr war unbehaglich zu Mute, weil sie die kleine Miranda allein im Haus zurückgelassen hatte. Andererseits, das Mädchen war besser allein im Haus aufgehoben, als der achtjährige Lee allein hier draußen in der Kälte und mit all den wilden Tieren.

Sie musste ihn einfach finden! Es war ihre Schuld, dass

er jetzt in der Wildnis umherirrte. Maggie hatte ihr die Kinder anvertraut, und was hatte sie getan? Erst hatte sie Miranda allein in den Hof geschickt und sie in Lebensgefahr gebracht. Und nun war Lee verschwunden.

Sie hielt erneut inne. Was, wenn der Junge in den Wald gelaufen war, um den Weg in die Stadt abzukürzen? Nein, Lee wusste, was für Gefahren dort lauerten. Aber was, wenn der Junge aus Verzweiflung nicht nachgedacht hatte?

Alexandras Herz schlug schneller, als sie in das Dunkel des Waldes blickte. Auch sie wusste, was sie dort erwartete. Ein flaues Gefühl breitete sich in ihrem Magen aus. Verflixt! Warum konnte zur Abwechslung nicht mal etwas glatt laufen?

Es blieb ihr nichts anderes übrig: Sie musste in den Wald gehen und dort nach dem Kind suchen. Sie nahm all ihren Mut zusammen und trat unter die schattigen Äste der hohen Kiefern.

★

Estelle gähnte und blickte aus dem Fenster ihres Schlafzimmers. Ihre Eltern schliefen noch. Im Haus war es still und draußen regnete es. Warum bloß konnte sie nicht wieder einschlafen?

Ihre Gedanken kreisten allein um eines: Samuel Reed. Sie musste ihn einfach haben! Er war die beste Partie in der Gegend und eine Verbindung zu ihm würde ihr Ansehen erheblich steigern. Sie arbeitete seit langer Zeit daran. Jetzt aber war noch etwas anderes hinzugekommen: Sie musste beweisen, dass sie die blonde Neue im Kampf um Sams Gunst ausstechen konnte. Bisher hatte sie alles bekommen, was sie sich in den Kopf gesetzt hatte. Die Eltern waren lieb, aber sie verstanden die Gesetze des Lebens nicht. Was man wollte, das musste man sich nehmen. Mit allen

Mitteln. Sonst wartete man vergebens! Die Eltern hatten für ihren Wohlstand geschuftet und Glück gehabt. Aber Estelle stand der Sinn nicht nach Arbeit. Sie wollte das Leben genießen, es war doch so kurz!

Irgendetwas musste ihr einfallen, um Sam für sich zu gewinnen. Geld war ihm egal, so einfach war es also nicht. Sie musste ihn in einer schwachen Stunde erwischen und dann ... sie ließ ihre Hände durch das lange dunkle Haar gleiten und lächelte verträumt.

In diesem Augenblick nahm sie eine Bewegung am Waldrand wahr. Sie sah genauer hin und war überrascht. Es gab in der Gegend nur eine Person mit solch weizenblondem Haar: Alexandra Habicht. Was um alles in der Welt hatte sie bei Morgengrauen und eisigem Regen im Wald zu suchen?

Estelle beobachtete sie eine Weile, dann zuckte sie mit den Schultern und stieg zurück in ihr Bett. Würde ein Puma Alexandra erwischen, um so besser für sie selbst.

★

Sam war gerade im Begriff zum Frühstücken ins Café zu fahren, da klingelte das Telefon.

„Alex hat gesagt, ich soll dich anrufen, wenn sie nicht in einer halben Stunde zurück ist“, schluchzte eine Kinderstimme am anderen Ende der Leitung. „Sie ist nicht zurück, Sam, sie sucht immer noch nach Lee.“

„Miranda, bist du das?“, fragte er. „Was ist los? Und wo ist Lee?“

„Ich bin hier!“, schrie eine andere Stimme ins Telefon. Es war Lee!

„Lee, wieso sucht Alex draußen nach dir, wenn du im Haus bist?“, wollte Sam verwirrt wissen.

„Ich wollte in der Nacht nicht allein sein. Deshalb bin ich in Alex' Zimmer geschlichen, aber ihr Bett war leer. Da habe ich mir gesagt, dass ich einfach auf sie warte. Ich habe mich in ihre Decke gekuschelt und bin eben erst aufgewacht!"

Was für eine verrückte Geschichte war das nun schon wieder? Warum machte Alexandra bloß immer solche Sachen?

„Hat Alex nicht im Haus nach dir gesucht?", fragte er matt.

„Miranda sagt, sie hätten überall gesucht, sogar im Keller und im Stall. Bloß nicht im Gästezimmer! Und ich hab so fest geschlafen, dass ich nichts gehört habe. Ich war sehr müde, weil ich gestern Abend so lange nicht einschlafen konnte", sagte Lee.

„Ich habe ihr gesagt, dass Lee verschwunden ist", piepste Miranda jetzt. „Ich glaube, es ist alles meine Schuld."

Sam seufzte. Frauen waren doch alle gleich! Selbst mit vier Jahren schon.

„Ich sage euren Großeltern Bescheid, dass sie zu euch fahren. Ihr rührt euch nicht vom Fleck! Ich mache mich sofort auf den Weg. Wie lange ist Alex schon unterwegs?"

„Bestimmt eine Dreiviertelstunde", meinte Lee.

Sam rief seinen Onkel und seine Tante an. Whitney wollte mit den Jungen zu Hause bleiben, damit sie rechtzeitig zur Schule kamen. Aber Bruce fuhr gleich los zur Little Creek Ranch, um bei Miranda und Lee zu bleiben.

Nach dem Telefonat stürzte Sam aus dem Haus und sprang ins Auto. Unterwegs fragte er sich, ob er jemals wieder einen normalen Arbeitstag erleben würde, solange Alexandra auf der Little Creek Ranch weilte.

Er hielt kurz am Krankenhaus an, aber dort war sie nicht aufgetaucht. Dann fuhr er zur Ranch, aber dort hatte man sie auch nicht gesehen. Sam wurde nervös. Da sie nirgendwo auf der Straße war, war sie womöglich in den Wald gelaufen, um dort nach dem Jungen zu suchen. Aber wie konnte sie annehmen, dass Lee, der hier aufgewachsen war, auf die Idee kommen würde, allein in der Wildnis herumzuspazieren?

Wie auch immer. Es gab keine andere Möglichkeit. Alexandra musste da irgendwo im Wald sein. Und sie war nach Kanada gekommen, um die Angst in ihrem Leben zu bezwingen?

Sam fuhr langsam die Sackgasse entlang. Wo mochte sie in den Wald abgebogen sein? Da! Sam bremste scharf. In einem niedrigen Busch hing etwas Rotes. Alexandras Haarband!

Er parkte den Wagen. Dann holte er seine Pistole aus dem Handschuhfach und griff nach einer alten Decke. Er würde seine Suche an dieser Stelle beginnen.

★

Alexandra bemerkte schon bald, dass sie sich verirrt hatte. Der Regen war unter den Bäumen nicht ganz so heftig, aber es war bitterkalt. Es war auch nicht viel heller geworden, denn der Himmel war wolkenverhangen und die großen Kiefern nahmen viel Licht. Sie zitterte. Sie war überstürzt aus dem Haus gelaufen, ohne feste Schuhe, ohne Regenjacke und ohne Mütze. Dafür bezahlte sie jetzt. Ihre Füße waren nass und kalt, das Haar klebte ihr am Kopf und ihre graue Steppjacke sog das Wasser auf wie ein Schwamm.

Sie blickte auf die Uhr. Vor einer Stunde war sie aufgebrochen. Vielleicht war Sam schon auf der Little Creek Ranch angekommen und suchte bereits nach Lee und ihr. Aber wie sollte er sie finden?

Alexandra sah sich um. Die Straße musste doch hier irgendwo sein! Sie war jenseits der Carson Ranch in den Wald eingebogen. Die Hauptstraße nach Shaheylah verlief im rechten Winkel zu der Sackgasse, die zur Little Creek Ranch führte. Sie hatte den Weg abkürzen wollen und war im fünfundvierzig-Grad-Winkel losmarschiert. Sie sollte schon bald auf die Hauptstraße treffen. Zugegeben, sie hatte sich nicht auf den Weg konzentriert. Sie war zu sehr damit beschäftigt gewesen, nach einem Anzeichen von Lee Ausschau zu halten und die ungewohnten, angsteinflößenden Geräusche zu verdrängen, die aus dem Unterholz zu hören waren.

Sie hielt an. Für sie sah es überall gleich aus in dieser Wildnis!

Sie entschied sich, es weiter links zu probieren. Vielleicht hatte sie Glück. Aber mit jedem Schritt verzagte sie mehr. Sie fror bis auf die Knochen. Irgendwo hörte sie ein Tier fauchen. Vielleicht ein Puma? Sie wusste so wenig von diesem Land und im Augenblick gab es für sie zu viele Vielleichts.

Die Wildnis war so schön, so abenteuerlich gewesen, als sie zusammen mit ihren Freunden hindurchgeritten war und sie an der Seite von Sam durchwandert hatte. Jetzt fühlte Alexandra mit jeder Minute mehr die Bedrohung, die von der Wildnis auszugehen schien.

Tränen stiegen ihr in die Augen. Dann erkannte sie mit einem Mal, dass die Natur sich nicht gegen sie richtete. Alexandra kannte nur nicht ihre Gesetze. Würde sie Wald und Tiere kennen, dann müsste sie sich jetzt nicht fürchten!

Aber was half ihr diese Erkenntnis? Zitternd setzte sie sich neben einen der großen Felsbrocken und verbarg den Kopf in den Armen. Warum nur hatte sie die Großstadt verlassen? Sie brauchte Hilfe. Lee brauchte Hilfe!

Sie betete, dass jemand zu ihrer Rettung kam ...

Bald darauf vernahm Alexandra ein Geräusch. Sie horchte auf. Es erklang wieder und wieder und endlich blickte sie zu den Baumwipfeln hinauf. Wenige Schritte vor ihr saß ein großer Rabe in den mächtigen Zweigen einer Fichte. Er schien sie geradewegs anzusehen und stieß unentwegt

Krächzlaute aus. Alexandra war verwirrt. Es war, als wolle der Vogel etwas von ihr.

Plötzlich kamen Worte aus ihrem Mund. Sie wusste nicht, warum sie sie sprach, es geschah einfach. „Kannst du mir helfen?", fragte sie den Raben laut.

Der Vogel blickte sie an, legte den Kopf zur Seite und machte: „Krahhh!"

Eine Gänsehaut lief Alexandra über den Rücken. Was hatte es mit diesem Vogel auf sich? Warum glaubte sie, dass er ihre Worte verstand?

„Würdest du mir den Weg hier raus zeigen?", bat sie ohne zu überlegen.

Wieder machte der Rabe: „Krahhh!" Dann breitete er die Flügel aus und flog ein paar Bäume weiter. Dort ließ er sich erneut nieder.

Alexandra hatte Schwierigkeiten zu sehen, wohin der Rabe flog, konnte ihm dann aber doch folgen. Der Rabe flog jedes Mal ein paar Meter und wartete dann, so schien es ihr, auf sie.

Sie fasste neuen Mut. Wenn der Rabe nun tatsächlich ...

★

Sam hatte eine klare Vorstellung, in welcher Richtung er Alexandra suchen wollte. Er fand seinen Weg mit Leichtigkeit, denn er war schon oft in diesem Teil des Waldes gewesen. Es waren besondere Landmarken wie markante Felsbrocken, vom Blitz getroffene Bäume und kleine Bachläufe, an denen er sich orientierte.

Während er durch den Wald lief, erinnerte er sich an ein altes Gebet, mit dem seine Großmutter Great Spirit in Notsituationen um Hilfe und Beistand bat. Er hielt kurz inne, wandte den Kopf zum Himmel und betete. Dann setzte er seine Suche fort.

Zweimal kreuzte er die Hauptstraße nach Shaheylah, konnte aber von Alexandra keine Spur entdecken. Unter den Bäumen war der Regen nicht so heftig, aber das Dickicht war in Wasser getränkt. So waren seine Hosen schon nach kurzer Zeit durchnässt und die Kälte kroch seine Beine hoch. Sam war froh, dass er trotz des überstürzten Aufbruchs wenigstens seine warmen Winterstiefel angezogen hatte.

Je weiter er kam, desto ärgerlicher wurde er. Und er ertappte sich dabei, Alexandra mit allerlei unschönen Worten zu belegen. Wo steckte sie nur? Was bildete sie sich eigentlich ein? Er war schließlich weder Babysitter noch Mitglied eines Such- und Rettungsteams! Verdammt, er hatte auch einen Job! Aber bei allem Ärger machte sich Sam auch große Sorgen um Alexandra. Die Situation war nicht zu unterschätzen.

Ein Puma fauchte und Sam blieb abrupt stehen. Seine Großmutter hatte ihm seit der Kindheit eingeschärft, immer auf die Zeichen von Great Spirit zu hören. Sam schloss die Augen und bat erneut um Hilfe. Dann machte er sich zum dritten Mal Richtung Hauptstraße auf den Weg.

Ein leises Knacken ließ ihn aufhorchen. Da! Es knackte schon wieder! Sam ging langsam in die Richtung, aus der das Geräusch kam und entdeckte schon nach wenigen Metern eine Gestalt.

Es war Alexandra! Sie war völlig durchnässt und sah erbärmlich aus. Aber wenigstens war ihr nichts passiert. Sam blickte sich um, schüttelte den Kopf und grinste. Alexandra war in Ordnung. Und sie hatte es tatsächlich geschafft, sich keine zwanzig Meter von der Hauptstraße entfernt im Wald zu verlaufen!

⋆

Alexandra zitterte. Sie fühlte sich erbärmlich. Sie war dem Raben eine ganze Weile gefolgt, aber nun war das Tier verschwunden. Sie sah sich suchend um. Aber von dem Raben war keine Spur zu sehen. Warum hatte er sie mit einem Mal verlassen? War es nur ihre Einbildung gewesen, dass das Tier ihr hatte helfen wollen?

Fast wollte der neugewonnene Mut sie verlassen, als sie jemanden ihren Namen rufen hörte. Sie drehte sich um und spähte durchs Unterholz. Ein lautes Knacken ließ sie zusammenfahren.

Da war Sam! Alexandra war außer sich vor Freude. Sie lief zu ihm und umarmte ihn überschwänglich. Sein betont verärgertes Gesicht übersah sie.

„Oh, Sam!", rief sie. „Der Rabe hat mich zu dir geführt! Danke, lieber Rabe!"

Sam sah sie verwundert an, denn er war davon überzeugt, dass es sein Gebet gewesen war, das ihn zu Alexandra geführt hatte. „Was für ein Rabe?", fragte er und Alexandra erzählte ihm was geschehen war.

„Oh, Sam, der Junge!", fiel es ihr mit einem Mal ein.

„Reg dich nicht auf, Lee geht es gut. Er ist zu Hause. Jetzt geht es darum, dich schnell ins Trockne zu bringen, bevor du dir den Tod holst." Sam legte die Decke, die er mitgebracht hatte, um Alexandras Schultern und schob sie in Richtung Auto.

Alexandra sah ihn verwirrt an.

„Aber Lee war, ... er ist ..."

„Später", befahl Sam, „lass uns erst mal hier verschwinden. Es ist nicht weit bis zur Sackgasse."

Während sie durch den Wald zurück zu Sams Pick-Up marschierten, dachte Sam über Alexandras Rabengeschichte nach. Er schüttelte den Kopf. Great Spirit schien seine Hände wohlwollend über Alexandra Habicht zu halten.

Kurz darauf waren sie zurück auf der Little Creek Ranch.

Sam schob Alexandra durch die Tür ins Warme und rief: „Hier sind wir!"

Sein Onkel und die Kinder waren sofort zur Stelle.

„Mein Gott!", stieß Bruce aus und starrte die beiden an: Sie waren vollkommen durchnässt, verdreckt und zitterten vor Kälte.

„Alex braucht ein heißes Bad und etwas Warmes zu trinken", bestimmte Sam und führte sie durch die Küche direkt zum Badezimmer.

Lee und Miranda sprangen aufgeregt um sie herum, aber Sam befahl ihnen, vor der Tür zu warten. Über die Schulter rief er Bruce zu: „Sag Whitney Bescheid. Sie wird sich Sorgen gemacht haben. Und Maggie auch!" Dann schloss er die Badezimmertür und ließ heißes Wasser in die Wanne laufen.

„Besser, du ziehst die nassen Sachen sofort aus, Alex. Du wirst auch nicht mehr frieren als jetzt."

Sie drehte sich zu ihm um.

„Sam, ich ..."

„Ist schon gut ...", beschwichtigte er – der Ärger war aus seiner Stimme verschwunden. Dann ließ er sie allein und ging in die Küche.

Alexandra ließ heißes Wasser zulaufen. Sie war seit guten zwanzig Minuten in der Wanne, aber innerlich war ihr noch immer eiskalt.

Whitney war inzwischen gekommen. Alexandra hörte wie sie mit Bruce und den Kindern in der Küche sprach.

Alexandra lehnte sich eben entspannt zurück, als es an der Tür klopfte.

„Ich bringe dir eine Tasse Tee!" Es war Sam.

„Du kannst jetzt nicht reinkommen", rief Alexandra. „Ich sitze noch in der Wanne!"

„Das will ich hoffen", entgegnete Sam. „Zieh den Vorhang zu!"

Alexandra wollte protestieren, aber die Tür ging schon auf und Sam stand mit einer Tasse in der Hand im Badezimmer.

Wie ein Blitz zog Alexandra den Vorhang an der Wanne zu!

„Warum darf Sam zu ihr rein?", riefen die Kinder im Flur. „Samuel Reed", schimpfte Alexandra. „Du bist doch ein ungehobelter Kerl!"

„Das ist also der Dank für meine Rettung. Und dafür, dass ich dir die Badewanne zur alleinigen, sofortigen Benutzung überlassen habe. Ganz zu schweigen von dem erstklassigen Tee-Service."

„Ich möchte wetten, dass du jetzt grinst!" Alexandra schaute hinter dem Duschvorhang hervor, sehr darauf bedacht, dass wirklich nur ihr Kopf zu sehen war.

„Tatsächlich", sagte sie spitz, dann verschwand sie wieder hinter dem Vorhang und sagte in sanfterem Ton: „Ich möchte dir danken, dass du nach mir gesucht hast. Und ich danke dem Raben, dass er mich an eine Stelle im Wald geführt hat, an der du mich hast finden können." Und etwas leiser fügte sie hinzu: „Tut mir wirklich leid, dass ich dir so viele Umstände mache. Das nächstes Mal werde ich jemand anderes um Hilfe bitten ..."

„Bloß nicht!", fiel Sam ihr ins Wort. „Deine Abenteuer möchte ich auf keinen Fall verpassen! Ach, und außerdem: Jemand anderes würde eine solche Notsituation vielleicht ausnutzen wollen. Bei mir hingegen kannst du ganz sicher sein, dass ..."

„Oh, verschwinde bloß, Samuel Reed", unterbrach Alexandra ihn. „Du bist einfach unausstehlich!"

Als Sam sich nicht rührte, öffnete sich für einen Bruchteil einer Sekunde der Duschvorhang und ein triefend nasser Badeschwamm schoss auf ihn zu. Er duckte sich schnell und gab sich geschlagen. „Okay, ich habe verstanden. Ich selbst", meinte er noch, als er schon in der Tür stand, „habe übrigens, ganz wie ein Gentleman, sehr luxuriös im Keller geduscht und auch meine Kleidung im Trockner wiederherstellen können. Vielen Dank der Nachfrage!"

Kapitel 10

Konsequenzen

Alexandra war mit Sam und den Kindern nach Shaheylah gefahren. Maggie und Dick würden am Tag darauf nach Hause kommen und deswegen waren einige Besorgungen im Supermarkt zu erledigen.

Sam hatte eigene Einkäufe vor und nahm Tim und Eric mit ins Sportgeschäft. Lee und Miranda begleiteten Alexandra in den Supermarkt.

Alexandra lebte nun schon seit mehreren Monaten in Kanada, aber sie hatte sich noch immer nicht daran gewöhnt, dass selbst kleine Supermärkte hierzulande größer waren als durchschnittliche, vergleichbare Geschäfte in Hamburg. Hier waren die Lebensmittelgeschäfte von früh bis spät geöffnet und man musste an der Kasse nie lange warten. Es gehörte zum Service, dass Mitarbeiter die Einkäufe an der Kasse einpackten. Dennoch war der Besuch des Supermarktes für Alexandra eine nervenaufreibende Angelegenheit. Sie musste oft mehrmals durch die langen Gänge laufen, bevor sie alles Gewünschte beisammen hatte. Und natürlich versuchten die Kinder währenddessen immer wieder, kleine Extras in den Einkaufswagen zu schmuggeln. Beides kostete Zeit – und Nerven.

Alexandra steuerte gerade mit ihrem Einkaufswagen an der Gemüseabteilung vorbei, als sie Cookie James sah. Eine ältere Frau war bei ihm. Alexandra nahm an, dass es sich bei dem kleinen, zarten Persönchen um seine Ehefrau handelte. Cookie James' Begleiterin ließ den Kopf hängen, als ob sie etwas bedrückte. Ihr Gesicht hatte einen melancholischen Ausdruck und die grauen, streng zurückgekämmten und aufgesteckten Haare trugen erheblich zu diesem

Eindruck bei. Irgendwie wirkten die beiden nicht wie ein glückliches Paar.

Cookie James und die Frau kamen direkt auf Alexandra und die Kinder zu und Alexandra fiel auf, dass die Frau immer wieder zu ihr hinüberblickte. Als Cookie kurz mit einem Ladenangestellten in einem der vielen Gänge verschwand, sprach sie Alexandra unerwartet an. „Sie leben bei den Prestons, richtig?“, sagte sie.

Alexandra nickte.

„Mein Name ist Edith James. Ich habe von dem Unglück gehört, das dem armen Mr. Preston widerfahren ist, und wollte Sie bitten, mein Mitgefühl auszudrücken. Die Prestons sind so nette Leute.“ Sie sah die Kinder an. „Und solch liebe Kinder!“

Alexandra musste genau hinhören, um Mrs. James' leise Stimme zu verstehen. Sie versprach, den Gruß auszurichten und erzählte, dass Mr. Preston morgen wieder nach Hause kommen würde.

Die kleine Frau hauchte „Danke!“ und floh zurück zu ihrem Einkaufswagen.

Alexandra war verdutzt. Insgeheim fragte sie sich, ob das Ehepaar James wohl irgendwann einmal glücklich gewesen war. Und was mochte ihr Leben so aus der Bahn geworfen haben?

Alexandra bezahlte in Gedanken versunken und machte sich mit ihren drei Tüten und den beiden aufgeweckten Kindern auf den Weg zum Parkplatz des Supermarktes, wo Sam sie abholen wollte. Sie blickte um sich, konnte Sams Wagen jedoch nirgendwo entdecken.

„Wir müssen einen Augenblick warten“, sagte sie zu den Kindern. „Passt auf, wo ihr hinlauft, und spielt nicht zwischen den parkenden Autos.“

★

Grant Ryder war höchst erfreut, als er die junge Frau aus dem Hotelcafé auf dem Parkplatz des Supermarktes stehen sah. Sie hatte zwei der Preston-Kinder bei sich. Er beschloss, von der Hauptstraße abzubiegen und sie anzusprechen. Er grinste. Die junge Frau hatte ihm schon damals gut gefallen. Und dass sie ihm eine Abfuhr erteilt hatte, hatte sie nur noch interessanter gemacht.

★

Alexandra erkannte nicht sofort, dass es sich bei dem Pick-Up, der auf sie zukam, nicht um Sams Wagen handelte.

Als Grant seinen Wagen genau vor Alexandra anhielt und das Fenster herunterließ, verdunkelte sich Alexandras Gesicht. Grant hingegen lächelte selbstgefällig und ließ sich nicht beirren. Im Gegenteil – er fühlte sich von Alexandras Reaktion angespornt: „Schöner Tag heute, Miss!", rief er. „Welch ein Zufall, dass wir uns wieder begegnen. Hätte ich gewusst, dass Sie noch in der Gegend sind, hätte ich mich schon früher um ein Wiedersehen bemüht!"

Alexandra war wie versteinert. Wo blieb Sam nur? Dieser Typ gefiel ihr ganz und gar nicht. Alles an ihm – und an seinem Wagen – schien perfekt. Aber gerade das war es, was sie irritierte: Es war alles zu perfekt – der ganze Kerl war aalglatt. Und auch wenn das, was Grant Ryder sagte, unverfänglich war, fühlte sie sich von ihm bedrängt.

„Uh, Grant!", riefen Lee und Miranda.

Aber Grant kümmerte sich gar nicht um die Kinder.

„Offensichtlich haben Sie sich mit den Prestons angefreundet. Nette Leute, wirklich."

„Warum fahren Sie nicht weiter", meinte Alexandra gereizt. „Ich habe Ihnen doch schon einmal zu verstehen gegeben, dass ich an Ihrer Bekanntschaft nicht interessiert bin."

Grant rührte sich nicht von der Stelle. Er grinste nur.

„Mann, zieh Leine!", zischte Alexandra. Die Situation behagte ihr nicht. Die Gegenwart dieses Mannes machte ihr jetzt beinahe Angst, und das würde er sicher spüren.

„Grant!" Es war Sams Stimme. „Du hast gehört, was die Dame zu dir gesagt hat. Zieh Leine!" Er hatte seinen Wagen unbemerkt ganz in der Nähe geparkt und kam mit Eric und Tim zu Alexandra herüber. Sam hatte Grant Ryder noch nie leiden können. Grant war ein Gigolo der übelsten Sorte und nicht nur das, man sagte ihm allerlei krumme Geschäfte nach. Grant Ryder hatte immer eine Menge Geld, und niemand wusste genau, woher dieses Geld kam. Aber es gab trotzdem eine Menge Frauen, die er damit beeindruckte und die sich mit ihm einließen. Einige hatten sich allerdings hinterher darüber beschwert, dass seine Manieren nicht immer einwandfrei gewesen waren.

Und jetzt war er dabei, sich an Alexandra heranzumachen. Sam wusste auch genau, warum. Alexandra sah bezaubernd aus und in ihrer jugendlichen Unbekümmertheit strahlte sie zugleich Schwäche und Stärke aus. Sie selbst schien ihre Anziehungskraft auf Männer überhaupt nicht wahrzunehmen und wirkte immer unbefangen und natürlich. Gerade diese Kombination machte sie unwiderstehlich. Sogar Paul, Sams Vater, war von ihr begeistert.

Grant funkelte ihn zornig an.

„Was willst du denn hier, Reed? Ich kann mir nicht vorstellen, dass dich unser Gespräch etwas angeht."

„Irgendwie schon, denn ganz zufällig wartet die junge Dame hier auf mich."

„Selbst schuld, wenn du zu spät kommst." Grant grinste höhnisch. Aber ihm war anzumerken, dass er Sam gegenüber nichts riskieren wollte. „Wäre ja nicht das erste Mal ...", setzte er deshalb nur hinzu.

Sams Gesicht verdunkelte sich. Doch bevor er etwas erwidern konnte, ertönte Alexandras Stimme: „Mister! Ich lege keinen Wert auf Ihre Gesellschaft. Ein für alle mal!" Dann wandte sie sich bittend an Sam: „Können wir jetzt gehen?"

Sam nickte und rief die Kindern zu sich. Dann nahm er Alexandra die Tüten ab, legte ihr schützend seine Hand auf den Rücken und führte sie zu seinem Wagen.

„Wartet hier einen Moment", meinte er, als sie eingestiegen waren. Gleich darauf verschwand er zwischen den parkenden Autos.

Er ging noch einmal zu Grant zurück. „Wenn du Alexandra nicht in Ruhe lässt, dann kriegst du es mit mir zu tun, Ryder."

Grant kannte Sam nur allzu gut und wusste, was Sams finsterer Gesichtsausdruck bedeutete. Er murmelte einige unverständliche Worte und fuhr mit seinem Pick-Up davon, ohne Sam eines weiteren Blickes zu würdigen.

Sam nickte zufrieden. Hin und wieder schien Grant doch zu wissen, was für ihn gesund war ...

Maggie parkte den Kombi vor der Veranda und hupte. Endlich waren sie wieder zu Hause. Die Kinder stürmten nach draußen und hüpften aufgeregt um den Wagen herum. Die überschwängliche Wiedersehensfreude wurde allerdings dadurch getrübt, dass Dick sichtlich nur unter Schmerzen aus dem Auto aussteigen konnte und sehr blass und abgespannt aussah. Doch als er seine Kinder erblickte, wich all seine Anspannung und ein breites Lächeln erschien auf seinem Gesicht.

Gemeinsam brachten Alexandra und Maggie Dick ins Haus. Sie richteten ihm das Sofa als Bett her und halfen ihm sich hinzulegen.

„Ich weiß nicht, wie du es aushalten wirst", meinte

Maggie, „aber dies wird für die nächste Zeit dein Aufenthaltsort sein."

Dick zog eine Grimasse. Man sah ihm an, dass er nicht gerne die Rolle des Patienten spielte.

Die obligatorische Tasse Tee und die warme Mahlzeit, die Alexandra vorbereitet hatte, nahmen ausnahmsweise alle im Wohnzimmer ein, damit Dick nicht alleine bleiben musste.

Die Kinder waren kaum zu bremsen. Sie wollten alle Geschehnisse der letzten Tage mit den Eltern teilen. So viel Aufregendes war passiert!

Besonders die Geschichte von Lee, der tief und fest im Gästezimmer schlief, während Alexandra draußen in Regen und Kälte umherirrte, amüsierte Maggie und Dick.

„Ich hätte dich besser vorbereiten sollen", meinte Maggie teilnahmsvoll und bemühte sich ernst zu bleiben.

„Ach was, ich hätte einfach besser aufpassen müssen", erwiderte Alexandra.

Dick grinste breit: „Ich habe schon immer gewusst, dass Stadtmenschen gefährlich sind."

Natürlich erzählten die Kinder auch beeindruckt von Sams Einsätzen. Für die Jungen war er in den letzten Tagen noch mehr zum Vorbild geworden.

„Wenn ich groß bin", verkündete Miranda ernst, „dann will ich auch von so tollen Männern wie Sam gerettet werden." Die Erwachsenen lachten.

Bei dem Wort Retter musste Alexandra unwillkürlich an den Raben denken, der sie so kühn angekrächzt und dann – davon war sie überzeugt – genau zu der Stelle geführt hatte, wo Sam sie dann gefunden hatte. Sie lächelte.

Als die Kinder schließlich im Bett waren, setzten Maggie und Alexandra sich in die Küche. Dick schlummerte auf der Couch und die Frauen unterhielten sich leise, damit sie ihn nicht störten.

„Sam scheint wirklich eine große Hilfe gewesen zu sein", stellte Maggie fest.

Alexandra ging nicht weiter darauf ein. „Erzähl doch mal. Wie ist es nun eigentlich zu Dicks Unfall gekommen? Das habe ich nicht wirklich verstanden."

Maggie holte tief Luft. „Also", begann sie, „es geschah kurz nach der Mittagspause und Dick stand an der Turmwinde, die sie dazu benutzen, die gefällten Bäume aus den unzugänglicheren Teilen des Waldes dorthin zu schleppen, wo sie leicht auf die Lastwagen geladen werden können. Die Turmwinde musst du dir wie einen großen Turm aus Metall vorstellen, der mit Stahlseilen gehalten wird. Um die gefällten Bäume werden ebenfalls Stahlseile gelegt und mit großen, schweren Haken befestigt. Dann werden die Bäume mit Hilfe der Winde am Turm herausgezogen.

Dick arbeitet normalerweise mit meinem Vater zusammen. Ihm gehört die Firma. Da Vater aber verreist war, haben sie diesen anderen, unerfahreneren Mann angeheuert. Jedenfalls, einer der Haken war nicht richtig befestigt. Als die Winde das Seil unter Spannung setzte, hat es sich gelöst, ist mitsamt dem Haken wie ein Gummiband zurückgeschnellt und hat sich um Dicks Brustkorb geschlungen. Wie eine Stahlpeitsche mit einem Amboss am Ende!

Die Schmerzen müssen schlimm gewesen sein. Die Männer dachten, Dick würde ersticken, weil er so schwer Luft bekam. Übers Satellitentelefon haben sie den Krankenwagen verständigt. Zum Glück waren sie nicht tief im Wald, so dass Dick schnell ins Krankenhaus gebracht werden konnte.

Die Ärzte sind sicher, dass alle Brüche gut abheilen werden, aber es wird wahrscheinlich drei Monate dauern, bis Dick wieder voll arbeiten kann." Maggie machte eine kurze Pause, dann fügte sie hinzu: „Drei Monate ohne volles Gehalt sind schlimm genug. Schlimmer ist es, dass Dick während dieser Zeit auf dem Sofa liegen muss. Du weißt, wie er ist. Es wird ihn wahnsinnig machen, so untätig liegen zu müssen! Nur gut, dass über Winter nicht viel auf der Ranch zu tun ist. Sonst würde er noch unruhiger sein."

Alexandra war betroffen. Dick stand eine schwierige Zeit bevor. Aber auch Maggie und den Kindern. Sie sah ihre Freundin besorgt an. Maggie wirkte müde und ihr Gesicht war blass.

„Warum nimmst du nicht ein heißes Bad?", schlug sie vor und legte ihre Hand auf Maggies Arm. „Du fühlst dich danach bestimmt besser und kannst dann gleich schlafen gehen. Wenn du nichts dagegen hast, bleibe ich heute noch einmal im Gästezimmer. Morgen ziehe ich dann zurück ins Gästehaus. Auf jeden Fall möchte ich, dass du weißt, dass ich dich so gut ich kann unterstützen werde. Vielleicht kann ich sogar einen Job finden, damit ich euch nicht auf der Tasche liege."

„Du Gute", flüsterte Maggie mit Tränen in den Augen. „Du bist ein Schatz! Alles, was dir fehlt, ist Routine, ansonsten bist du schon eine richtige Ranchersfrau, mit allem, was dazu gehört. Du hast Mut, Opferbereitschaft und ein großes Herz!" Die beiden Frauen umarmten sich.

„Alles andere morgen", sagte Maggie und verschwand im Badezimmer, um ihr heißes Bad zu nehmen.

Alexandra saß noch eine Weile am Tisch und dachte über die Worte der Freundin nach. Ein Stahlseil! Sie zuckte noch im Nachhinein unwillkürlich zusammen. Aber Dick hatte Glück gehabt. Wenn ihn das Seil an einer anderen Stelle getroffen hätte, dann wäre er jetzt vielleicht nicht mehr bei ihnen.

Sie dachte an Maggie. Die unmittelbare Zukunft sah nicht sehr rosig für sie aus. Vier Kinder und eine Ranch – und der Ehemann für Wochen ans Sofa gefesselt. Draußen warteten die Tiere und drinnen der Haushalt.

Alexandra grübelte. Da war etwas gewesen – ein Blick in

Maggies Augen – es gab noch etwas anderes, das ihr Sorgen bereitete. Und das hatte sie Alexandra noch nicht anvertraut!

Kapitel 11

Halloween

Estelle ritt auf ihrem schwarzen Hengst die Auffahrt der Triple C Ranch entlang. Es hatte aufgehört zu stürmen und zu regnen, und so hatte sie die Zeit genutzt, sich ihrem Liebling zu widmen. Außerdem konnte sie beim Reiten immer gut nachdenken. Und es musste ihr einfach etwas einfallen, um Samuel Reed für sich zu gewinnen. Ständig musste sie daran denken, wie viel Zeit er und diese Alexandra Habicht höchstwahrscheinlich miteinander verbrachten. Sam war wirklich auffällig oft auf der Little Creek Ranch zu Besuch. Das war Estelle nicht entgangen und es ärgerte sie maßlos.

Vielleicht wäre es doch besser gewesen in Vancouver zu bleiben. Andererseits hatte sie auf der Triple C Ranch ein weitaus besseres Auskommen. Und sie konnte die Pferde um sich haben. Es fiel ihr schwer, während der Studienzeit auf die Tiere zu verzichten. Sie hatte den Eltern also kurzerhand erklärt, sie stünde unter erheblichem Stress und müsste mit dem Studieren ein wenig pausieren. Zurück in Shaheylah hatte es sich herausgestellt, dass sie sich gerade zur rechten Zeit zur Heimkehr entschlossen hatte, denn ganz unerwartet war diese Alexandra Habicht aufgetaucht.

Estelle dachte an die Männer in Vancouver. Keiner von ihnen konnte es mit Samuel Reed aufnehmen. Seine natürliche Männlichkeit gefiel Estelle ungemein. Sam war wie das wilde Land, in dem er lebte: rau, aber gleichzeitig schön, ungebändigt, stark und doch zärtlich. Das war es, was Estelle faszinierte.

Als sie die Stallgebäude erreichte, kam ihr eine Idee. Es musste ihr irgendwie gelingen, ein wenig Zeit allein mit Sam zu verbringen. Und sie musste besonders nett zu Alexandra sein. Nur so würde sie Dinge herausfinden, die sie zu ihrem Vorteil nutzen konnte, um die Konkurrentin auszustechen. Dazu eignete sich am besten eine Party. Sie würde Sam einladen, und auch die Prestons. Maggie und Dick würden Alexandra bestimmt mitbringen. Sie selbst würde als galante Gastgeberin auftreten und genau dann zuschlagen, wenn sich ihr die passende Gelegenheit bot.

Estelle überlegte. Eine Halloween-Party war zu kurzfristig, die Woche danach ungeeignet. Aber das Wochenende darauf! Sie lief zum Wohnhaus hinüber, um ihren Eltern Bescheid zu sagen. Es gab so viel zu organisieren! Aber ihre Mutter würde ihr bestimmt helfen.

★

Alexandra war wie verabredet am Tag nach Dicks und Maggies Rückkehr wieder ins Gästehaus gezogen, obwohl die gesamte Familie Preston protestiert hatte. Aber sie hatte darauf bestanden. Die Familie brauchte jetzt Zeit für sich.

Es war der Freitag vor Halloween. Alexandra und Maggie waren in der Küche damit beschäftigt die Kostüme der Kinder fertig zu schneidern.

Miranda wollte natürlich als Prinzessin gehen. Die Jungen hatten sich für eine möglichst gruselige Verkleidung entschieden. Selbst Lee, der jüngste, konnte sich nicht für Robin Hood begeistern. Alexandra war entsetzt, welche Kostüme in den Läden für Kinder angeboten wurden, und fragte sich, wie die Kleinen es schafften ganz ohne Alpträume davonzukommen.

Halloween, ein heiß ersehnter Tag bei Jung und Alt. Jedes Geschäft in der Stadt bemühte sich schon Wochen vorher um eine tolle Dekoration für die Schaufenster. Es wurden riesige Kürbisse verkauft, die die Kinder aushöhlten und in die sie Gesichter schnitzten, die dann im Dunkeln gruselig leuchteten, wenn man eine brennende Kerze hineingestellt hatte.

Die Preston-Kinder waren dementsprechend aufgeregt. Es war verabredet, dass Sam am Halloween-Tag kurz vor dem Dunkelwerden zur Little Creek Ranch kommen und Alexandra und die Kinder abholen würde. Anschließend wollten sie in den Ort fahren, damit die Kinder dort an die Haustüren klopfen und Süßigkeiten sammeln konnten. Da Dick sich noch nicht gesund genug fühlte, um lange in der Kälte herumzulaufen, wollten Maggie und Dick zu Hause bleiben. Der Rundgang der Kinder würde, wie jedes Jahr, am Haus der Großeltern enden. Dann würden sie alle gemeinsam zur Little Creek Ranch zurückfahren und ein großes Lagerfeuer entzünden.

Im Moment allerdings mühten Alexandra und Maggie sich noch mit den Kostümen ab und waren leicht frustriert. Die Kinder tobten im Wohnzimmer herum und Dick lag auf der Couch mitten im Getümmel.

Endlich meinte Alexandra: „Ich bin soweit", und legte den Prinzessinenschleier für Miranda zur Seite.

„Ich bin auch gleich fertig", seufzte Maggie erleichtert.

Alexandra musterte ihre Freundin und runzelte besorgt die Stirn. Sie hatte Maggie als starke, humorvolle und liebenswürdige Person kennengelernt. Jetzt sah sie oft erschöpft und blass aus, und war in Gedanken vertieft.

„Maggie", begann sie. „Ich weiß, dass wir uns erst seit zwei Monaten kennen, aber ich spüre, dass mit dir etwas nicht in Ordnung ist. Ich möchte nicht aufdringlich erscheinen, aber wenn ich dir irgendwie helfen kann ... Ist es wegen Dicks Unfall?"

Maggie sah sie eine Weile schweigend an.

„Alex, du bist meine beste Freundin", sagte sie. „Obwohl du erst so kurze Zeit hier bist. Ich habe das Gefühl, als würden wir uns schon ewig kennen. Und es ist so schön, jemanden wie dich hier zu haben." Sie machte eine kurze Pause. „Weißt du, Dicks Arbeitsunfähigkeit bedeutet für uns eine erhebliche finanzielle Belastung. Es steht noch nicht einmal fest, ob er weiterhin als Holzfäller arbeiten kann, wenn er wieder gesund ist. Vielleicht muss er sich nach etwas ganz anderem umschauen. Wir wissen es nicht." Sie hielt inne. „Egal, diese drei Monate an sich sind schlimm genug. Das Geld hat vorher schon nur knapp gereicht um uns sechs durch den Monat zubringen. Jeden Tag betest du, dass nicht das Auto oder der Herd oder die Waschmaschine kaputt geht, weil du weißt, dass kein Geld da ist, von dem Reparaturen oder gar Neuanschaffungen bezahlt werden könnten. Workman's Compensation, das ist eine Art Unfall- und Krankenkasse für die Arbeiter, zahlt für die Zeit von Dicks Krankschreibung nur siebzig Prozent seines bisherigen Arbeitslohnes. Auf mehr haben wir keinen Anspruch. Dazu müssten wir zusatzversichert sein, und das kostet für uns zu viel." Maggie sprach leise, damit Dick oder die Kinder sie nicht hören konnten. „Und da ist noch etwas anderes, das die Sache unnötig für mich erschwert. Ich ..." Doch weiter kam sie nicht. Dick rief aus dem Wohnzimmer nach einem Glas Wasser.

Alexandra blieb in der Küche sitzen und dachte nach. Die Sorgen der Freundin betrübten sie. Immer wieder überraschte es sie, dass das Los der Prestons ihr derart nahe ging, wo sie doch erst seit kurzer Zeit bei ihnen lebte.

Alexandra dachte auch später am Abend noch darüber nach, als sie längst im Gästehaus auf dem Fußboden vor dem flackernden Ofen saß. Sie musste sich etwas einfallen lassen, um der Familie zu helfen, allein der Kinder wegen. Sie wollte Maggie unbedingt unterstützen, jetzt wo sie sozusagen eine doppelte Last zu tragen hatte. Sie würde sich um einen zusätzlichen Job bemühen. Egal was. Gleich morgen würde sie in die Stadt fahren und sich umhören.

Wie in den meisten kleinen Städten herrschte auch in Shaheylah Jobknappheit, aber Alexandra war flexibel und nicht anspruchsvoll. Sie würde mit Sam darüber sprechen. Vielleicht konnte sie sich in der Stadt ein Zimmer nehmen, weil sie ja kein Auto hatte, und dann nur an ihren freien Tagen zur Little Creek Ranch kommen. Es würde ihr schon irgendwie gelingen. Aber ihr musste auch etwas für Maggie einfallen. Selbst wenn sie den Prestons auf diese Weise nicht mehr auf der Tasche lag, der Familie fehlte trotzdem noch Geld.

Während sie grübelte, gingen ihr eine Menge Bilder durch den Kopf. Eindrücke von ihrer Reise, von Kanada und von ihrem Aufenthalt auf der Ranch. Einen kurzen Augenblick dachte sie auch an Hamburg und die Eltern. Und ihr wurde bewusst, wie selten sie an diesen Teil ihres Lebens zurückdachte. Ihr war es, als sei sie schon viel länger in Shaheylah und auf der Little Creek Ranch als nur zwei Monate.

Rein praktisch gesehen war Alexandra nur eine Aushilfe und meist war sie verdreckt von der Rancharbeit. Aber sie war glücklich. Und dann die Berge und die Wildnis. Es war ein ganz besonderes Gefühl von Freiheit, das sie hier umgab; vorher hatte sie so etwas nie verspürt. Und plötzlich hatte sie einen Einfall. Wenn sie sich auf der Little Creek Ranch wohl fühlte, dann galt das Gleiche bestimmt auch für andere Menschen. Vielen Menschen gefiel ein Urlaub in der Natur, umgeben von Tieren. Es gab hier so viele Möglichkeiten: Wandern, Reiten, Bootfahren, Angeln, im Winter Skilaufen, Snowshoeing und Schlittenfahren. Maggie könnte das Gästehaus in den Zeitungen in Vancouver annoncieren und ...

Es klopfte an Alexandras Tür. Sie öffnete. Maggie stand vor ihr, einen Blumenstrauß in der Hand.

Alexandra war überrascht.

„Diese Blumen sind eben für dich abgegeben worden!“, sagte Maggie.

„Wer sollte mir Blumen senden", wunderte Alexandra sich und nahm den Strauß entgegen. Die Blumen waren wunderschön. Für einen Moment nahm sie an, sie wären von Sam. Dann aber stutzte sie. Nein, das war nicht Sams Art. Wenn er ihr Blumen schenken wollte, dann würde er sie ihr persönlich bringen.

„Ich muss wieder zu den Kindern", sagte Maggie und wandte sich um.

„Danke", rief Alexandra ihr nach. Dann ging sie zurück ins Haus und verriegelte die Tür. Sie zog das Kärtchen, das in den Blumen steckte, heraus und las: „Für eine wunderschöne Frau. Ihr ergebener Grant Ryder."

Einen Moment war Alexandra perplex. Dann nahm sie Karte und Blumen und warf beides vor die Haustür auf die Erde. Es tat ihr um die schönen Blumen leid, aber sie konnte einfach nichts um sich haben, das mit Grant Ryder in Verbindung stand. Die Bedrohung, die sie gespürt hatte, als er sie auf dem Parkplatz angesprochen hatte, war plötzlich wieder ganz nah und sie würde sich zusammen mit den Blumen in ihr Heim schleichen. Das durfte sie nicht zulassen.

Tags darauf war Halloween. Gegen sechzehn Uhr dreißig fuhr Sams Wagen auf dem Hof vor. Er war später dran als erwartet. Alexandra war fertig angezogen – es fehlte nur noch ihre Jacke. Da klopfte es auch schon an der Tür. Alexandra öffnete. Draußen war es bitter kalt.

„Hey, Alex", sagte Sam gut gelaunt. „Wir können losfahren, die Kinder warten schon!"

„Okay, ich muss nur noch meine Jacke finden", antwortete Alexandra hastig. Sie wollte vermeiden, dass Sam herein kam. Aber er stand schon in dem kleinen Wohnzimmer.

„Es ist kalt draußen", meinte er und zog die Tür ins Schloss.

Alexandra bemerkte, wie gut er in seinen schwarzen Jeans und der dunkelgrünen Winterjacke aussah. Sie war ein wenig verlegen: Sie hätte sich doch mehr Zeit nehmen, sich die Haare frisieren und etwas anderes anziehen sollen, als die alten Jeans und den ausgeleierten Pulli, den sie zum Arbeiten auf der Ranch trug.

Endlich fand sie ihre Jacke. Als sie vor der Tür standen fiel Sams Blick auf den ramponierten Blumenstrauß.

„Wer hat dich so verärgert, dass du deswegen die Blumen leiden lässt?", fragte er in seiner gewohnt scherzhaften Art.

„Oh, frag bloß nicht!" Alexandra verdrehte die Augen und ging aufs Wohnhaus zu.

„Wer?", hakte Sam nach.

Alexandra blieb stehen und biss sich auf die Lippe. Was sollte sie ihm sagen. Sie wusste, er konnte Grant Ryder nicht ausstehen. Und sie wollte nicht den Abend für die Kinder verderben.

„Ist es ein Geheimnis? Dann will ich nichts gesagt haben", meinte Sam jetzt ernster.

„Nein, es ist überhaupt kein Geheimnis", entfuhr es Alexandra. „Die Blumen kamen gestern Abend. Sie sind von Grant Ryder."

Sie hob die zerknüllte Karte auf und zeigte sie Sam.

Sam schwieg. Er sah die Karte lange an und versuchte seine Wut zu zügeln. Wenn er Grant das nächste Mal zu fassen bekam, dann ...

„Da hast du ja einen tollen Fang gemacht!", meinte er dann betont heiter.

„Ach, hör auf, Sam. Du weißt genau, dass ich ihn nicht ausstehen kann."

Alexandra bewunderte das Durchhaltevermögen der Kinder. Sonst mochten sie lange Fußmärsche gar nicht, aber heute, an Halloween, waren sie schon über eine Stunde auf den kalten, windigen Straßen von Shaheylah unterwegs. Sam und Alexandra begleiteten sie, hielten sich aber im Hintergrund.

Es war unglaublich, wie viele Süßigkeiten die Kinder schon eingesammelt hatten. Ganze Tüten voll! Halloween schien eine Verschwörung aller Zahnärzte und Süßigkeitenhersteller zu sein.

Im ganzen Ort waren Kinder aller Altersstufen in ihren witzigen oder gruseligen Kostümen unterwegs und es herrschte großer Trubel. Die meisten Menschen, an deren Türen die Kinder klopften, waren freundlich und hatten sich gut vorbereitet: Sie gaben lächelnd und großzügig Portionen von Bonbons und Schokolade aus.

Der Rundgang endete wie verabredet bei Maggies Eltern. Dort machten die Kinder ein letztes Mal ordentlich Beute. Auch Sams Eltern hatten sich dort eingefunden und zusammen fuhren sie zurück zur Little Creek Ranch.

Unterwegs sprachen die Kinder wild durcheinander, erzählten von ihren aufregenden Begegnungen und gaben Kommentare zu den einzelnen Häusern und Leuten ab, die sie abgeklappert hatten.

Zurück auf der Ranch schichteten Sam, Bruce und Paul das Holz für das Lagerfeuer im Hof auf. Alexandra und die Kinder wärmten sich derweil im Haus auf. Maggie hatte schon die Bratwürste bereitgelegt, Whitney und Renee trugen die mitgebrachten Salate und Suppen herein und halfen anschließend mit dem Geschirr.

Natürlich hielten es die kleinen Halloween-Gespenster nicht lange im Haus aus. Im Nu liefen sie wieder hinaus in die Kälte, um ja nichts von dem aufregenden Abend zu verpassen. Als das Feuer endlich brannte, hüpften Tim, Eric, Lee und Miranda in ihren Kostümen und mit freudestrahlenden Augen darum herum. Die Erwachsenen hingegen mühten sich mit den Bratwürsten ab. Es war kein schnelles

Unterfangen, die Würste, die auf spitze Äste gesteckt waren, über dem Feuer zu garen. Und so reichte Maggie schon einmal Suppen und warme Getränke.

Auch Dick kam warm angezogen nach draußen und machte es sich auf einem gepolsterten Liegestuhl mit warmen Decken bequem. Vergnügt verkündete er, nichts könne ihn dazu bringen, diesen Tag zu verpassen, er liebe Halloween!

Eine fast besinnliche Ruhe überfiel Alexandra, als die Kinder endlich leiser wurden. Sie saß auf einem Baumstamm am Feuer und versuchte vergeblich ihre Bratwurst zu garen, statt sie zu verbrennen.

Ihr Blick verlor sich in den tanzenden Flammen. Das Feuer flackerte und knisterte. Rauch umhüllte sie. Sie sog den würzigen Duft ein. Es roch so nach Wald, nach Wildnis.

Alexandras Gesicht war warm von der Hitze, die ihr entgegenschlug, und ihre Wangen waren gerötet. Sie lächelte gedankenversunken, fasziniert von der Magie und der Kraft des Feuers. Seine Ursprünglichkeit sprach etwas tief in ihrem Herzen an. Die Zeit schien still zu stehen.

Diesen ungestörten Augenblick am Lagerfeuer unter dem sternenklaren Himmel wollte sie nie vergessen.

Jemand klopfte ihr auf die Schulter. „Deine Wurst verbrennt, Alex."

Es war Maggie.

„Es ist ein wundervoller Abend", seufzte Alexandra.

„Ich weiß, was du meinst. Es ist wie Zauberei." Maggie blickte zu den Sternen. Dann rückte sie näher an die Freundin heran und flüsterte ihr leise etwas ins Ohr.

Alexandras Augen weiteten sich erstaunt. Dann umarmte sie Maggie fest.

„Du musst der glücklichste Mensch auf Erden sein", flüsterte sie. „Du wirst sehen, alles wird gut werden!"

Maggie blickte sie lächelnd an. Ihre Augen leuchteten und

Alexandra verstand, dass es an diesem Abend keine Sorgen für Maggie gab. Sie würde wieder ein Baby bekommen!

Sam beobachtete Alexandra schon eine ganze Weile. Ihr Haar schimmerte golden im Schein des Feuers und ihr Gesicht hatte einen besonderen Glanz.

Paul stand neben ihm und versuchte seit geraumer Zeit, ihn in ein Gespräch zu verwickeln, aber es war zwecklos. Sam hörte ihm nicht zu. Er war mit seinen Gedanken offensichtlich ganz woanders.

Als Maggie schließlich aufstand und zu Dick zurückging, schlenderte Sam zu Alexandra hinüber und setzte sich zu ihr. Seinen Vater ließ er einfach stehen.

„Woran denkst du?"

Alexandra fuhr zusammen. Gerade hatte sie sich vorzustellen versucht, wie sie sich wohl fühlen würde, wenn sie wüsste, dass sie ein Kind erwartete. Es war etwas in Maggies Blick gewesen, das alle Schätze der Welt versprach. Aber Alexandra konnte dieses Gefühl nicht wirklich mit ihr teilen, weil sie diese Erfahrung noch nicht gemacht hatte. Trotzdem lächelte sie versonnen und meinte leise, noch immer in Gedanken versunken: „Es muss schön sein, ein Baby zu bekommen."

Sam warf ihr einen flüchtigen Blick zu und grinste. „Wie soll ich das verstehen?"

Alexandra sah ihn an und runzelte die Stirn. „Ihr Männer nehmt euch immer so enorm wichtig!" Und dann setzte sie hinzu: „Ich habe nicht von mir gesprochen."

Sam lächelte und wandte den Kopf unauffällig in Maggies Richtung. „Keine Angst, ich glaube, ich weiß, was los ist."

Sie schwiegen eine Weile. Dann meinte Alexandra: „Mir gefällt Halloween."

„Mir auch", antwortete Sam. „Ich mag besonders seine ursprüngliche Bedeutung."

„Welche ist das?"

„Halloween ist altenglisch und bedeutet *Holy Evening* – Heiliger Abend. Einst war Halloween dazu gedacht, der Seelen der Verstorbenen, der Vorfahren zu gedenken und ihnen Respekt entgegenzubringen. Das war zur Zeit der Kelten, noch vor der Christianisierung. Der Lärm wurde gemacht, um die bösen Geister fernzuhalten. Feuer gab es damals auch, denn gute Geister lieben Feuer. Auch bei meinem Volk wird den Seelen der Vorfahren seit jeher viel Ehrerbietung entgegengebracht. Man arbeitete mit den guten Geistern zusammen, sie waren Bestandteil des täglichen Lebens. Für einige von uns sind sie das heute noch. Erst mit dem Christentum wurde aus den Geistern etwas gemacht, vor dem sich die Leute fürchten mussten. So werden heutzutage Verkleidungen, Böller und Feuer dazu benutzt, sich gegen die Geister, die in dieser besonderen Nacht gegenwärtig sind, zu schützen. Damit geht den Menschen jedoch auch viel Hilfe verloren, denn die guten Geister wollen den Menschen behilflich sein – wenn diese es denn zulassen."

Alexandra überkam eine Gänsehaut und sie blickte sich unwillkürlich um. „Das gefällt mir", musste sie trotz allem zugeben. „Und warum ist Halloween gerade am 31. Oktober?"

Sam zucke mit den Schultern. „Herbst und Winter sind die Zeit der Geister. Besonders der Herbst."

Kapitel 12

Ein Job

Alexandra hatte an Halloween Maggies Mutter gegenüber erwähnt, dass sie einen Job suchte. Whitney versprach sich umzuhören, und rief schon zwei Tage später auf der Little Creek Ranch an. Sie gab Alexandra die Telefonnummer einer Freundin, die in Shaheylah ein Café betrieb. Sarah Burdell, so hieß die Dame, suchte für vier Tage in der Woche eine helfende Hand zum Verkaufen, weil ihre bisherige Angestellte demnächst ein Kind erwartete.

Alexandra hatte Sarah Burdell sofort angerufen und war noch am gleichen Tag nach Shaheylah gefahren, um sich persönlich vorzustellen und sich das Café anzusehen.

Sarah Burdell war eine kleine rundliche Frau, voller Energie und Lebenslust. Sie hatte ein großes Herz und sah blendend aus. Man sah ihr wirklich nicht an, dass sie schon sechzig war. Sie war schick zurechtgemacht, mit Make-up und perfekt frisiertem, feuerrotem Haar. Dabei wirkte sie so natürlich und herzlich, dass Alexandra sie am liebsten umarmt hätte. Ein feiner Hauch von Parfüm umgab sie und sie war immer guter Dinge.

Das Café hieß *Sarah's,* war winzig und hatte nur Platz für fünf Tische. Im Sommer konnte man draußen unter dem grünen, schillernden Dach einer Glyzinie sitzen und die Hauptstraße beobachten. Jetzt, im Winter, standen die kleinen Tische drinnen.

Auf der Karte wurden ein Mittagsgericht – natürlich hausgemacht – sowie Salate, Sandwiches, Eiscreme, Milkshakes, Suppen, Kaffee und süße Kuchenleckereien angeboten.

In einem kleinen Nebenraum verkaufte Sarah Bücher

und allerlei Souvenirs. Das Café war sehr geschmackvoll und gemütlich eingerichtet.

Nach einem kurzen Gespräch entschied Sarah, Alexandra könne den Job haben. Alexandra war überglücklich. Es schien genau der Job zu sein, den sie gesucht hatte. Vier Tage die Woche sollte sie von zehn bis neunzehn Uhr dreißig arbeiten. Mittagessen bekam sie im Café. Zu dieser Jahreszeit war das Geschäft nicht überlaufen, aber für einen Anfänger gab es genug zu tun. Auch das Gehalt stimmte. Hinzu kam, dass Sarah die ganze Zeit ansprechbar war, sollte es Probleme geben. Entweder war sie in der Caféküche beim Kochen oder sie hielt sich im angrenzenden Wohnhaus auf. Manchmal saß sie auch an einem der Tische und unterhielt sich mit den Kunden. Das Café war ihr Leben.

Und heute war Alexandras erster Arbeitstag. Sie war in Maggies Kombi nach Shaheylah gefahren. Bald würde sie sich aber nach einem anderen Transportmittel umsehen müssen. Denn Maggie wollte das Auto abmelden, solange Dick nicht arbeitete, um Geld zu sparen.

Was ihr jetzt noch fehlte, war eine Aufenthaltsmöglichkeit in der Stadt für drei Nächte in der Woche. Maggie hatte ihr zwar mehrfach versichert, dass es ihr nichts ausmachte, Alexandra in die Stadt zu fahren und sie wieder abzuholen. Aber Alexandra hatte dieses Angebot abgelehnt.

Sarah hatte Alexandra angeboten unter der Woche bei ihr zu wohnen. Sie lebte allein und hatte genügend Platz in ihrem Haus. Doch der Gedanke war Alexandra unangenehm. Es musste eine andere Möglichkeit geben.

Auf dem Weg zu ihrem ersten Arbeitstag im Café fuhr Alexandra die Hauptstraße entlang. Sie staunte: Kaum war Halloween vorüber, holten diese verrückten Kanadier doch tatsächlich schon ihre Weihnachtsdekoration hervor. Und was für Dekorationen! Tausende Lichter in allen Farben und Formen, tanzende Santa Clause und beleuchtete Rentiere. Die Regale in den Geschäften waren gefüllt mit den unglaublichsten Lichtarrangements zu erstaunlich günstigen Preisen. Und bei den hier niedrigen Strompreisen war es nahezu unausweichlich: Man konnte gar nicht anders als Lichter aufzuhängen. Und tatsächlich mühten sich trotz der Kälte bereits Anfang November auf vielen Dächern brave Familienväter mit einem Gewirr aus Lichtern und Schnüren ab, um eine mindestens ebenso eindrucksvolle Beleuchtung zu arrangieren wie die Nachbarn. Dabei balancierten einige von ihnen auf hohen, wackeligen Leitern – erstaunlich, dass dabei nur recht wenige Unfälle geschahen. Alexandra nahm an, dass die Weihnachtsdekoration in den nächsten Wochen noch zunehmen würde. Schmunzelnd parkte sie den Wagen direkt vor dem Café.

Sarah würde die erste Woche gemeinsam mit Alexandra im Laden bedienen, damit sie eine gewisse Routine bekam und sich besser einprägen konnte, welche Zusätze in die verschiedenen Kaffeespezialitäten gehörten. Und dann waren da noch die Kuchen, Eiscremes, Speisen und Souvenirartikel. Alles musste richtig in die Kasse eingegeben werden.

Der Tag verging wie im Fluge. Es hatte weitgehend gut geklappt und die Kunden hatten Nachsicht gezeigt. In Hamburg wäre Alexandra die Sache wahrscheinlich über den Kopf gewachsen, aber hier im *Sarah's* ging die Arbeit gelassen zu.

Pünktlich um neunzehn Uhr dreißig wurde das Café geschlossen. Nach dem Saubermachen fuhr Alexandra zur Little Creek Ranch zurück und traf gegen zwanzig Uhr fünfzehn dort ein. Sie parkte den Kombi und bemerkte Sams Pick-Up im Hof. Sie versuchte, unbemerkt im Gästehaus zu verschwinden, aber es gelang ihr nicht. Die Haustür der Prestons flog auf und die Kinder kamen herausgelaufen.

„Alex, Alex!", riefen sie.

Alexandra seufzte. Sie war müde, aber die Kinder konnte sie unmöglich abweisen.

Als sie ins Wohnzimmer trat, wurde Alexandra mit großem Hallo empfangen. Es war schön, wieder auf der Ranch zu sein, auch wenn sie nur einen Tag fort gewesen war. Und so erzählte sie bei einer Tasse Tee von ihrem ersten Arbeitstag.

Miranda saß auf ihrem Schoß.

Dann berichteten ihr die Kinder, was während des Tages auf der Ranch losgewesen war – absolut nichts. Tote Hose sei gewesen ohne Alex.

Maggie und Dick tauschten amüsierte Blicke. Tatsächlich hatte Dick lange Zeit von der Couch aus mit den Kindern gespielt.

„Wie steht es, hast du etwas Neues wegen einer Übernachtungsmöglichkeit herausgefunden?", wollte Maggie wissen.

Alexandra schüttelte den Kopf.

Sam wurde hellhörig. „Was für eine Übernachtungsmöglichkeit?"

„Naja, es wäre einfacher und würde auch Kosten sparen, wenn ich mir unter der Woche ein Zimmer in der Stadt nehmen würde", erklärte Alexandra. „Und Maggie und Dick könnten das Gästehaus dann als Ferienhaus vermieten."

„Es kommt überhaupt nicht in Frage, dass du in die Stadt ziehst", protestierte Maggie. „Schließlich haben wir ja noch das Gästezimmer."

„Ein Zimmer in der Stadt wäre vernünftig, aber erzähl uns mehr von deiner Idee mit der Ferienhausvermietung", forderte Sam sie auf.

Alexandra blickte in die Runde. „Also", begann sie, „ich habe vor einer Weile darüber nachgedacht wie man eure finanzielle Lage in den nächsten Monaten etwas verbessern könnte. Damals habe ich entschieden, mir einen Job zu suchen, damit ich euch nicht auf der Tasche liege. Oh nein, keine Widerrede!" Sie machte eine abwehrende Handbewegung. „Ich habe also daran gedacht, wie gut es mir bei euch gefällt. Und dann kam mir der Einfall, dass es anderen Leuten hier genauso gut gefallen müsste. Man könnte eine Anzeige in der *Vancouver Sun* aufgeben, in der man die Ranch, das Gästehaus und die Freizeitmöglichkeiten anpreist, es würden sich bestimmt Interessenten melden."

„An was für Freizeitmöglichkeiten hast du denn so gedacht?", fragte Dick, aber Maggie fiel ihm ins Wort: „Na, Reiten, Wandern, Schlittenfahren, Langlaufski und so weiter."

„Ihr zwei seid beide gleich", meinte Dick. Er und Sam warfen sich leidgeprüfte Blicke zu. Es war klar, wer die Feriengäste herumkutschieren und ihnen alles zeigen würde.

„Das Gästehaus ist komplett eingerichtet und verfügt über Küche und Bad. Ihr bräuchtet euch also gar nicht viel um die Leute zu kümmern. Das ist den meisten bestimmt auch viel lieber. Nur mit den Preisen, da kenne ich mich nicht aus. Aber das lässt sich herausfinden. Und ich arbeite nur vier Tage in der Woche, da kann ich die restliche Zeit aushelfen. Ich weiß, eure finanzielle Situation geht mich nichts an. Und ich möchte auch wirklich nicht aufdringlich sein, aber ihr seid meine Freunde und ich teile eure Sorgen."

Einen Moment lang herrschte Stille. Dann rief Maggie: „Oh Alex, ich finde, es ist eine wunderbare Idee! Und so unkompliziert! Wir sollten es zumindest versuchen. Das würde nicht viel kosten und viel Arbeit macht es auch nicht."

„Naja, vielleicht ist es doch keine so gute Idee. Immerhin bist du vier Tage in der Woche sozusagen allein hier. Und das in deinem Zustand!"

Dick prustete los. „Maggie kennt sich aus, Alex. Sie hatte diesen Zustand schon vier Mal in ihrem Leben!" Als er wieder Luft bekam, fügte er hinzu: „Ehrlich, mach dir darüber keine Gedanken. Maggie ist okay! Überhaupt ist es lieb von dir, dass du dir solche Gedanken machst. Ich wünschte, sie wären unberechtigt ..."

„Dick!", fiel Maggie ihm ins Wort. „Es ist nicht deine Schuld, dass du den Unfall hattest. Also hör auf damit! Und danke, dass du weißt, wie es um mich bestellt ist. Das ist mal wieder typisch Mann!"

„Immer langsam", mischte Sam sich jetzt ein. „Vielleicht ist Alexandras Idee gar nicht so dumm. Immerhin kennt sie sich mit Umherreisen ganz gut aus. Wann wart ihr denn das letzte Mal verreist?"

Maggie und Dick machten nachdenkliche Gesichter. „Ich weiß nicht genau ...", begann Maggie.

„Da siehst du, was ich meine!", rief Sam. „Ich selbst kann mich auch nicht an meinen letzten Urlaub woanders als zu Hause erinnern. Aber es gibt viele Leute, bei denen das anders ist!"

„Ja, die sind ungebunden", scherzte Dick. Aber jeder wusste, dass er mit niemandem auf der Welt tauschen würde. Er liebte seine Kinder, seinen Beruf, die Ranch und natürlich seine Maggie.

Sie diskutierten noch eine Weile, und einigten sich schließlich darauf, zum nächstmöglichen Termin eine Anzeige in die Zeitung in Vancouver zu setzen.

Als Sam aufbrach, meinte er: „Ich habe die Lösung für Alex' Übernachtungsproblem."

Die anderen sahen ihn überrascht an.

„Sag schon", drängte Maggie.

„Sie wohnt bei mir!", meinte er nach einer gekonnten Pause.

Alexandra verschluckte sich an ihrem Tee und hustete laut.

„Guter Scherz!", sagte sie.

„Es ist ernst gemeint", entgegnete Sam. „Ich habe ein Extrazimmer, das kannst du haben. Ich bin sowieso kaum zu Hause. Stören würdest du mich also nicht." Dann fügte er hinzu: „Außerdem kann ich ein bisschen Hilfe im Haushalt brauchen. Du weißt ja, wie Junggesellen so sind ..."

„Hilfe im Haushalt", äffte Alexandra nach. „Meinst du, ich habe Lust, mich nach Feierabend noch mit dir und deinen dummen Sprüchen herumzuschlagen?"

„Machst du doch jetzt auch", beharrte Sam. „Und wie gesagt, ich bin eh' kaum zu Hause."

„Ich finde, das ist eine gute Idee", freute sich Maggie.

„Ich weiß nicht. Ich kann doch nicht einfach bei einem alleinstehenden Mann einziehen. Was sollen denn die Leute denken?"

Aber Maggie lachte nur. „Sam wohnt auf dem abgelegensten Winkel des Reservats. Da kommt kaum ein Mensch vorbei. Und du solltest mal sehen, was in einigen der anderen Häuser so abgeht! Aber du brauchst ja niemandem davon zu erzählen."

Maggie sah, dass Alexandra sich noch immer sträubte. „Sam kommt nach der Arbeit oft bei uns vorbei", setzte sie hinzu. „Dann könnte er dich mitbringen und wir könnten uns unter der Woche häufig sehen."

Das gab den Ausschlag.

„Okay, Sam", meinte sie, „ich nehme dein Angebot an. Aber keine krummen Sachen."

Sam lachte. „Das hört sich fast so an, als hätte ich dir vorgeschlagen, bei Grant Ryder einzuziehen. Ich hab gute Manieren. Hey, Maggie, leg doch mal ein gutes Wort für mich ein!"

Dick sah von Einem zum Anderen. Die überschwängliche Freude in der Stimme seiner Frau und ihr Drängen hatten ihn aufhorchen lassen. Er seufzte im Geiste, wie so oft, und fragte sich, was Maggie nun wieder vorhatte. Diese Frau war ihm auch nach fünfzehn Jahren Ehe noch ein Rätsel!

Kapitel 13

Bei Sam

Also zog Alexandra zu Sam, wenn auch nur für drei Nächte die Woche. Maggie hatte sie am Morgen ins Café gebracht, mitsamt einer Tasche mit dem Notwendigsten und frischer Kleidung. Die Freundin hatte so positiv auf den Einzug bei Sam reagiert, dass es Alexandra fast verdächtig vorkam. Aber zum jetzigen Zeitpunkt war der Umzug die beste Lösung. Am Samstag würde Alexandra zur Little Creek Ranch zurückkehren und in das Gästezimmer im Wohnhaus ziehen, in dem sie schon übernachtet hatte, als Dick im Krankenhaus gewesen war. Denn die beiden Frauen wollten das Gästehaus sobald wie möglich für eventuelle Feriengäste bereitmachen.

Alexandras Tag war für einen Mittwoch sehr geschäftig gewesen, und sie war müde. Es war ihre zweite Arbeitswoche im Café und ihr erster Tag ohne Sarahs Hilfe.

Nun ging der Arbeitstag dem Ende entgegen und Alexandra wurde zusehends unruhiger. Der Gedanke, dass Sam sie nach der Arbeit abholen und in ihre neue Unterkunft bringen würde, beschäftigte sie mehr als ihr lieb war.

Pünktlich um neunzehn Uhr dreißig schloss Alexandra das Café und machte sich ans Aufräumen. Eine halbe Stunde später verabschiedete sie sich von Sarah, die noch in der Küche hantierte.

Sams Pick-Up stand schon vor dem Café. Als Sam Alexandra kommen sah, stieg er aus dem Wagen und öffnete ihr die Beifahrertür. „Wie war dein Tag? Du siehst abgespannt aus."

Alexandra überhörte diese nicht sehr charmante Bemerkung absichtlich. Zum Streiten war sie jetzt wirklich zu müde.

„Es war viel los“, antwortete sie lediglich.

„Es ist nicht weit“, erklärte Sam. „Das Reservat hat verschiedene Zufahrten. Wenn du den Weg nimmst, den wir jetzt fahren werden, kannst du mit dem Fahrrad in fünf Minuten im Café sein. Ich leihe dir meines, wenn du möchtest.“ Er warf ihr einen flüchtigen Blick zu. Obwohl sie den ganzen Tag auf den Beinen gewesen war und müde sein musste, war sie für ihn einfach nur schön. Und deshalb redete er mehr als sonst.

Alexandra war froh, als sie aus dem Auto stiegen. Sie hoffte, dass sich das Verhältnis zwischen ihnen bald etwas entspannte. Sie atmete die kühle Abendluft ein. Während der Fahrt hatte sie kaum etwas an der Straße ausmachen können, denn es war längst dunkel, und auch jetzt konnte sie das Haus vor ihr und die nähere Umgebung nur schemenhaft erkennen. Selbst im Licht der Scheinwerfer war nicht viel zu sehen, denn der Parkplatz war durch eine hohe Hecke vom Haus getrennt.

Außen am Haus brannte kein Licht. Alexandra tappte im Dunkeln hinter Sam her und wartete gespannt, dass er die Tür aufschließen würde und sie wieder etwas sehen konnte.

Sam fluchte leise, als er nach dem Haustürschlüssel suchte. „Die Glühbirne der Außenbeleuchtung ist defekt. Ich werde sie morgen gleich auswechseln“, murmelte er verlegen. Dann schaltete er das Licht im Flur an und ließ Alexandra eintreten.

„Wow, das ist dein Haus?“, staunte sie.

„Gefällt es dir?“

„Und wie!“

Neugierig blickte sie sich in dem geräumigen Blockhaus um. Sie waren im Wohnzimmer angekommen. Die honigfarbenen Stämme der Wände strahlten eine wohlige Wärme aus. Ein Holzofen stand an der gegenüberliegenden Wand und zahlreiche indianische Schnitzereien – Masken und mythische Figuren – hingen an den Wänden und Regalen. Davon abgesehen war der Raum recht karg eingerichtet.

„Ist so ein Blockhaus nicht sehr teuer?“, fragte Alexandra.

„Sehe ich so arm aus?“, meinte Sam und sie schüttelte verlegen den Kopf.

„Nein, im Ernst“, fuhr Sam fort. „Für mich war es sehr, sehr günstig dieses Haus zu bauen. Und wie du siehst, ist es noch nicht vollkommen fertig. Meinen Eltern gehört hier auf dem Reservat ein ansehnliches Stück Land. Große Teile davon sind bewaldet. Von dort kommen die Stämme für das Haus. Ich hatte mit dem Hausbau keine Eile. Ich habe also nach und nach erst am Fundament, dann am Rohbau aus den Stämmen, dem Dach und schließlich am Innenausbau gearbeitet. Immer so, wie ich Zeit und Geld hatte. Der Keller und das Obergeschoss sind noch nicht ausgebaut. Für mich allein reicht der Platz im Erdgeschoss völlig aus.“ Sam konnte einen gewissen Stolz nicht verhehlen.

„Du hast dieses Haus wirklich selbst gebaut?“, fragte Alexandra. „Ganz allein?“

„Mehr oder weniger. Vater hat manchmal geholfen, zum Beispiel beim Aufrichten der Stämme und beim Dach.“

„Alle Achtung!“, meinte Alexandra anerkennend.

„Na ja“, wehrte Sam ab. „Vater baut Blockhäuser. Das ist sein Beruf. Er hat es mir gezeigt.“

„Trotzdem“, beharrte Alexandra. „Das Haus ist wunderschön und du hast eine tolle Arbeit geleistet!“

„Willst du den Rest sehen?“, fragte er.

„Gerne.“

Sie machten einen Rundgang durchs Haus. Zurück im Erdgeschoss zeigte Sam Alexandra dann das Bad und die Küche. Einige Küchenschränke waren noch nicht ganz fertig, aber Alexandra konnte schon genau erkennen, wie alles später einmal aussehen würde.

Die Küche war, wie in Nordamerika üblich, vom Wohnzimmer nur durch einen Tresen getrennt. Alexandra fand das sehr praktisch. So konnte man das Essen vorbereiten und gleichzeitig mit der Familie oder den Gästen plaudern, ohne dass sich alle in eine enge Küche zwängen mussten.

„Woher stammen die vielen Schnitzereien?", fragte sie.

„Das sind meine Arbeiten", meinte Sam. „Ein Hobby von mir."

„Hobby?" Alexandra strich vorsichtig über eine der feingeschliffenen und geölten Holzfiguren. „Sie sind wunderschön! Du solltest mehr daraus machen."

„Vielleicht irgendwann", lachte Sam. „Wenn ich dich nicht mehr babysitten muss."

Alexandra verschwand für einen Augenblick im Extrazimmer, um sich einzurichten. Das Zimmer war geräumig, aber nur spärlich möbliert. Alexandra stellte ihre Tasche auf dem Bett ab und räumte ihre Sachen in die schmale Kommode neben der Tür. Die Kleidung, die sie am nächsten Tag tragen wollte, legte sie auf dem kleinen Sofa bereit, das unter dem gardinenlosen Fenster stand. Was würde sie wohl am Morgen sehen, wenn sie aus dem Fenster schaute?

Sam kochte inzwischen Tee und sah nach dem Feuer. Da klingelte das Telefon.

„Hallo, Grandma", sagte Sam. „Wann? Am Samstagabend? Kein Problem ... Wie hast du das so schnell erfahren? ... Okay, ich werde sie fragen. Bis dann!" Er legte auf.

Das Feuer flackerte im Ofen und spendete sanftes Licht durch die Scheibe in der Ofentür. Ansonsten war es dunkel im Zimmer. Lange Schatten tanzten an den Wänden.

Sam saß auf der Couch und wartete auf Alexandra.

„Na, fertig ausgepackt?", fragte er, als er sie näherkommen hörte. „Komm, setz dich und schau dir das Feuer an.

Ich weiß nicht, ob ich jemals ohne Holzofen leben könnte. Zugegeben, es ist mehr Arbeit als nur den Heizungsschalter umzulegen, aber schau, was du dafür bekommst." Er lächelte zufrieden.

Alexandra setzte sich in einen der Sessel und schaute ebenfalls in die Flammen.

„Du hast es sehr schön hier", stellte sie fest.

Sam nickte.

Sie schwiegen für einige Minuten.

„Ich muss morgen gegen acht Uhr los", meinte Sam schließlich. „Du brauchst nicht aufzustehen. Da, auf dem Tisch, liegt ein Zweitschlüssel für dich, und ich werde dir das Rad rausstellen. Morgen Abend komme ich wahrscheinlich erst spät nach Hause. Zweimal in der Woche jogge ich und drehe anschließend ein paar Runden im Schwimmbad. Du musst nicht auf mich warten. Fühl dich ganz wie zu Hause."

„Alles kein Problem", sagte Alexandra. „Ich komme schon zurecht. Wenn du mir noch einmal den Weg von hier zum Café erklären könntest ..."

„Ich mache dir nachher eine Zeichnung. Wie gesagt, es ist der gleiche Weg, den wir vorhin gekommen sind. Es ist wirklich nicht weit, und auch nicht schwer zu finden." Seine Stimme klang jetzt fast kühl.

Alexandra wunderte sich darüber. Vorhin, als er ihr das Haus gezeigt hatte, war er so ungezwungen und entspannt gewesen. Sie beschloss sich in ihr Zimmer zurückzuziehen. Sie würde sich erst noch daran gewöhnen müssen, die halbe Woche hier bei Sam zu wohnen. Ob sie mit Sams wechselhaften Stimmungen klarkommen würde?

Sie war schon aufgestanden, als Sam plötzlich fragte: „Würdest du am Samstagabend gemeinsam mit mir meine Großmutter besuchen? Sie hat vorhin angerufen und gefragt. Ich gehe meist ein oder zwei Mal in der Woche zu ihr. Natürlich hat sie durch Mutter erfahren, dass du hier bist, und nun möchte sie dich kennenlernen."

„Weiß sie, dass wir nicht ...", begann sie zögernd, „ich meine, dass wir kein Paar sind?"

Sam lachte herzhaft, wie es seine Art war und meinte: „Du hast Sorgen, Alex! Für den Fall, dass sie es nicht weiß, werde ich es ihr sofort bei unserer Ankunft mitteilen. Kommst du also mit?" Er sah sie fast bittend an.

„Wenn ich wirklich eingeladen bin, dann komme ich gerne mit", erwiderte Alexandra gutwillig. Dann ging sie in ihr Zimmer und ließ sich auf das weiche Sofa fallen. Ein wohliges Kribbeln breitete sich in ihrem Bauch aus und sie lächelte. Das Leben war schön!

Kapitel 14

Ein Besuch und eine Einladung

Es war Samstagmorgen. Am Abend waren sie bei Großmutter Reed eingeladen, und so waren Alexandra und Sam übereingekommen, dass Alexandra erst Sonntagmorgen zur Little Creek Ranch zurückkehren würde.

Alexandra freute sich auf den Besuch bei Großmutter Reed. Sie hatte in den letzten Tagen versucht von Sam mehr Einzelheiten über seine Großmutter zu erfahren, jedoch ohne Erfolg. Alles, was Sam dazu meinte, war: „Du wirst sie mögen."

Alexandra seufzte. So sehr sie sich auch auf den Abend freute, zuvor war noch ein langer, anstrengender Arbeitstag zu überstehen. Es war ihr vierter Tag allein im Café. Sie hatte mittlerweile einen guten Überblick und wusste, wie die Dinge abliefen. Kontakt mit Menschen hatte sie immer schon gern gehabt, und im Café verkehrten die interessantesten Leute.

Sie stand auf, warf sich ihren Morgenmantel über und ging zum Fenster. Die ruhigen, besinnlichen Momente am Morgen, bevor der Rummel des Tages begann, waren einfach herrlich. Schon auf der Little Creek Ranch hatte sich Alexandra angewöhnt, die ersten Minuten eines neuen Tages in Stille zu verbringen.

Ein wohliger Schauer lief ihr über den Rücken, als sie nach draußen blickte. In der Nacht hatte es aufgehört zu regnen, aber es war kalt geworden. Die kahlen Laubbäume und die hohen Kiefern waren voller Raureif und schimmerten wie Diamanten im Schein der Außenbeleuchtung. Über der noch halbdunklen Wiese und in den Wipfeln der Bäume hingen dichte Nebelschleier.

Sam hatte Alexandra erzählt, dass sein Haus auf fünf Hektar Land stand, die er von seinem Vater gekauft hatte. Das Grundstück lag am äußersten Ende des Reservats. Es war ruhig hier. Große Kiefern, Fichten und Birken umstanden das Haus und ein kleiner Bachlauf zog sich durch die Wiesen. Auf der Koppel weidete Sams schwarz-weißer Appaloosa-Wallach Sun Gazer.

Am ersten Morgen war es ihr etwas seltsam vorgekommen, ganz allein im Blockhaus zu sein. Sams Arbeitstag begann schon um acht Uhr, während Alexandra erst um zehn Uhr im Café sein musste. Aber das Haus war so gemütlich, dass sie sich schnell eingelebt hatte. Mit Sams Fahrrad fuhr sie täglich den kurzen Weg bis zum Café. Für die Strecke brauchte sie nur fünf Minuten und unterwegs gab es viel zu sehen.

Direkt an Sams Grundstück grenzte ein Waldgebiet auf dessen anderer Seite seine Eltern wohnten. Etwas weiter die Straße entlang standen mehrere Häuser, die zur Wohnsiedlung des Reservats gehörten. Alexandra war überrascht, wie unterschiedlich die Familien hier lebten. Einige Häuser waren gut im Schuss, andere eher vernachlässigt. Die meisten Häuser sahen aus wie abgestellt. Es gab kaum Gärten, nur kahle Rasenflächen. Oft lagen Müll und ausrangierte Gegenstände herum. Besonders alte unbrauchbare Autos standen vielfach einfach im Vordergarten und rotteten dort vor sich hin.

Allmählich wurde es draußen hell. Alexandra ging in die Küche. In zwei Stunden musste sie im Café sein.

Zu ihrer Überraschung war Sam schon wach, obwohl heute sein freier Tag war.

„Ich mache uns Frühstück!", rief er ihr entgegen und suchte etwas in einem der Schränke.

„Warum schläfst du nicht aus?"

„Ich will nachher ausreiten und bei meinen Eltern vorbeischauen. Aber vorher fahre ich dich zur Arbeit. Es ist glatt auf den Straßen. Das habe ich schon gestern beim Heimkommen bemerkt – und außerdem habe ich heute meinen freundlichen Tag."

„Aber dann müsstest du mich heute Abend auch wieder abholen", meinte Alexandra.

„Das werde ich dann wohl tun." Sam lugte grinsend hinter der Schranktür hervor.

„Was ist passiert?", entfuhr es ihr, als sie ihn sah.

Er sah sie fragend an.

„Dein Gesicht ist krebsrot!"

„Oh, das ... ich war in der Schwitzhütte", erwiderte Sam. Nun war es Alexandra, die ihn fragend anblickte.

„Setz dich. Frühstück ist fertig. Dann erzähle ich dir von der Schwitzhütte."

Sam goss Tee ein und servierte Speck mit Eiern.

„Mein Volk nutzt Schwitzhütten zur Reinigung", erklärte er schließlich und setzte sich zu ihr an den Tisch. „Dabei geht es nicht nur um körperliche, sondern vielmehr um geistige Klärung. Die Schwitzhütte wird aus Weidenästen gefertigt, die in einem Kreis in den Boden gesteckt, zur Mitte hin gebogen und dort zusammengebunden werden. Das Gerüst wird anschließend mit einer Tierhaut abgedeckt. Heute benutzen nicht mehr viele Menschen eine Schwitzhütte und die meisten Hütten werden mit Hilfe einer Plane gefertigt statt mit Tierhäuten. Aber das Prinzip ist noch immer dasselbe. Die Abdeckung schließt die Schwitzhütte fast luftdicht ab. Heiße Steine werden in die Mitte der Hütte gelegt und mit Wasser übergossen. Der Dampf reinigt sowohl Körper als auch Seele. Und, wie du an meiner Gesichtsfarbe siehst, ist es sehr heiß in der Schwitzhütte. Das ist nichts für Leute mit einem schwachen Kreislauf."

„Wo ist die Schwitzhütte?", fragte Alexandra. „Darf ich sie mir mal ansehen?"

„Ich zeige sie dir bei Gelegenheit. Sie ist unten am Bach. Schwitzhütten werden traditionell neben einem Bachlauf errichtet, wegen des Wasserbedarfs."

„Wie oft benutzt man die Schwitzhütte?"

„Wann immer man sich nach einer Reinigung fühlt", antwortete Sam. „Zum Beispiel vor einer Visionssuche, nach einer Krankheit, nach Begegnungen mit schlechten Geistern, wenn man jemand Wichtiges aufsuchen möchte oder ganz einfach, wenn man wütend und unausgeglichen ist. Heute war ich in der Schwitzhütte, weil wir heute Abend Grandma besuchen wollen. Sie ist eine wichtige Persönlichkeit in unserer Gemeinde, eine unserer Ältesten und Spiritual Leaders, unserer geistigen Führer. Nach unserer Tradition muss man sich für ein solches Treffen entsprechend vorbereiten."

Alexandra hatte darauf bestanden, erst zu Sam zu fahren, um sich frisch zu machen, bevor sie Großmutter Reed aufsuchten. Den ganzen Tag über war sie aufgeregt und nervös gewesen. Es war wieder typisch für Sam gewesen, ihr nur beiläufig mitzuteilen, dass sie im Begriff war, einer der wichtigsten Personen des Stammes vorgestellt zu werden.

Als Sam seinen Pick-Up vor dem kleinen blauen Haus in der Wohnsiedlung des Reservats anhielt, in dem seine Großmutter lebte, war Alexandra froh über ihre Entscheidung. Sie wollte auf jeden Fall einen guten Eindruck hinterlassen und vor dem Haus waren bereits drei Autos geparkt.

„Fährt deine Grandma Auto?", fragte sie.

„Ich hoffe nicht", meinte Sam, „sie ist über achtzig!"

„Wem gehören all die Autos dann?" Alexandra rutschte unbehaglich auf ihrem Sitz hin und her. Sie mochte Menschenansammlungen nicht. Und schon gar keine, bei denen sie auffiel.

„Das sind nur ein paar Verwandte. Mach dir keine Sorgen", erwiderte Sam. Den letzten Satz fügte er hinzu, weil er sah, dass Alexandra stutzte. „Grandmas Haus ist immer voll von unerwarteten Besuchern."

Alexandra folgte Sam so zögernd zum Haus, dass er sie schließlich an der Hand packte und mit sich zog.

Sie kannte und mochte Sam und seinen Vater Paul, aber diese alte Dame war etwas anderes. Was, wenn sie sich falsch benahm? Sie wusste nichts über indianische Verhaltensregeln.

„Keiner wird dich beißen", meinte Sam und marschierte nach einem kurzem Anklopfen in das hell erleuchtete Haus – Alexandra im Schlepptau.

Im Haus angelangt, schaute sie sich vorsichtig um: In der kleinen Küche und im Wohnzimmer tummelten sich zahlreiche Erwachsene und Kinder.

Der Fernseher war eingeschaltet. Das Radio spielte. Und alle redeten durcheinander. In der Küche wurde gekocht. Niemand kümmerte sich um die Neuankömmlinge.

Das Haus war sehr einfach eingerichtet, und jeder Sessel, jede Couch war mit bunten, gehäkelten Überwürfen bedeckt. Auf jedem Fleckchen Abstellfläche befanden sich Fotos, Porzellanfiguren, Andenken, Papiere und – Wolle! Wolle gab es tatsächlich ausreichend. Tütenweise abgepackt lag sie in Wäschekörben, sogar der offenstehende Wandschrank war voll.

Auf einer der Kommoden entdeckte Alexandra eine interessante Mischung verschiedenster Glaubensrichtungen: Jesusfiguren neben lächelnden Buddhas, und gleich daneben schön geschnitzte indianische Masken und Dream Catcher.

Mitten in dem Gewühl sah Alexandra schließlich eine kleine, zartgebaute und farbenfroh gekleidete Frau mit kurzem, grauem Haar. Die alte Dame saß trotz der vielen Besucher seelenruhig auf einem der Sofas und häkelte.

Das musste Sams Großmutter sein. Er steuerte denn auch geradewegs auf sie zu.

„Schön dich zu sehen!“ Sam gab der alten Dame einen Kuss auf die Wange. „Ich bringe dir Alexandra Habicht, von der du schon gehört hast. – Alex, das ist meine Großmutter, Rosemary Reed.“

Die alte Dame blickte auf und lächelte die beiden jungen Leute ruhig an.

Alexandra streckte ihre Hand zur Begrüßung aus und Mrs. Reed drückte sie herzlich.

„Schön, dass ihr gekommen seid!“, sagte sie. „Setzt euch!“ Mit ein paar kurzen Bewegungen schob sie die Dinge links und rechts von sich beiseite und machte auf dem Sofa Platz für ihre Gäste.

Rosemary Reed hatte eine leise, sanfte Stimme. Sie sprach sehr langsam und mit vielen Pausen. Das Zuhören fiel schwer.

„Wie geht es dir, Grandma?“, fragte Sam.

„Oh, ausgezeichnet!“, erwiderte sie. „Wirklich. Ich kann mich nicht beklagen. Sieh doch nur“, sie deutete auf die vielen Besucher, „wie meine Familie sich um mich kümmert.“ Rosemary machte eine Pause und kicherte dann vergnügt wie ein Kind: „Manchmal kümmere ich mich auch um sie – sie kommen, um sich Rat zu holen, oft ohne vorher zu wissen, dass sie welchen brauchen!“

Sam lächelte und berichtete ihr kurz, woher Alexandra kam, und dass sie eigentlich bei Maggie und Dick wohnte, sich aber entschlossen hatte, einen Job anzunehmen, um die finanzielle Situation der Prestons nicht unnötig zu strapazieren.

Großmutter Reed hörte aufmerksam zu.

„Ja“, nickte sie in ihrer bedächtigen Art, „das war eine gute Entscheidung.“

Dann erzählte Sam von Alexandras Suche nach Lee, bei

der sie sich im Wald verirrt hatte. Alexandra warf ihm einen mürrischen Blick zu, war dann aber zufrieden, dass er wenigstens den Raben erwähnte, der ihr geholfen hatte, die richtige Richtung einzuschlagen. Natürlich musste Sam auch von seinem Gebet berichten, woraufhin er zu dem richtigen Winkel des Waldes geführt worden war.

Wieder hörte Rosemary Reed schweigend und ohne Sam zu unterbrechen zu. Als er geendet hatte, erzählte sie eine ihrer vielen Geschichten:

„Es gab einmal einen indianischen Mann. Seine junge Frau war an einer schlimmen Krankheit gestorben und er sah keinen Sinn mehr in seinem Leben. Er ließ seine kleine Tochter, die noch ein Säugling war, bei seiner Schwägerin und ging ohne Schusswaffe oder Wasser tief in den Wald um zu sterben." Rosemary Reed machte lange Pausen zwischen den Sätzen.

Im Zimmer wurde es ruhiger. Die anderen Besucher hielten inne, um der Geschichte der alten Dame zu lauschen.

„Der Mann war einige Tage gelaufen und schwach von der langen Strecke, die er ohne Wasser oder Nahrung zurückgelegt hatte", fuhr sie fort.

„Er ließ sich neben einem Bachlauf nieder um zu trinken. Der Mann war mittlerweile so schwach, dass er das Bewusstsein verlor. Ein Knacken im Gebüsch ließ ihn schließlich aus seiner Ohnmacht erwachen. Der Mann konnte nicht sehen, was das Geräusch verursacht hatte, denn er konnte vor Schwäche den Kopf nicht heben." Wieder hielt sie inne.

„Es war ein Hirsch, der aus dem Gebüsch hervortrat und auf ihn zukam. Der Hirsch blieb vor dem erschöpften Mann stehen, beugte den Kopf zu ihm hinunter und sah ihm in die Augen. Der Mann fühlte, wie der Hirsch das Jagdmesser, das er an seinem Gürtel trug, herauszog und es ihm in die Hand legte. Dann bot der Hirsch dem Mann seinen Hals. Als der

Mann begriff, dass der Hirsch ihn aufforderte ihn zu töten, um am Leben zu bleiben, sagte er zu ihm: Ich kann dich nicht töten. Der Hirsch ließ sich neben ihm nieder und der Mann wiederholte seine Worte: Ich kann dich nicht töten, um mich selbst zu retten. Ich kam hierher um zu sterben."

Im Zimmer war es mittlerweile vollkommen still. Die alte Dame fuhr bedächtig fort: „Da bedeutete der Hirsch dem Mann, er solle auf seinen Rücken steigen, aber der Mann war zu schwach. Er konnte sich lediglich dem Hirsch auf den Rücken legen und dieser trug ihn durch den Wald. Immer weiter und weiter bergab lief der Hirsch. Der Mann hatte jegliches Zeitgefühl verloren. Es kam ihm vor, als trüge das Tier ihn tagelang." Wieder hielt Rosemary Reed inne.

„Dann endete der Wald plötzlich. Der Hirsch blieb stehen und legte sich nieder. Der Mann rollte sich ins weiche Gras neben den Hirsch und sagte: Es tut mir leid! Du hast mich solange getragen, und nun bist du selbst erschöpft! Aber der Hirsch schaute den Mann nur an und begann ihm das Gesicht und die Kleidung zu lecken. Das Tier tat dies solange, bis der Mann aufblickte. Da bemerkte er, dass sein Haus am anderen Ende des Feldes stand. Der Hirsch hatte ihn nach Hause gebracht!" Sie drückte ein kleines Mädchen, das auf ihren Schoß geklettert war und lächelte.

„Nun bedeutete der Hirsch dem Mann, nach Hause zu gehen. Der Mann zögerte. Nach einer Weile sagte er: Ich verstehe. Es ist noch nicht meine Zeit zu sterben. Erneut leckte das Tier ihm das Gesicht. Der Mann erhob sich langsam und dankte dem Hirsch. Dann ging er über das Feld zurück zu seinem Haus. Hin und wieder blickte er sich um und sah, dass der Hirsch am Waldrand stand und ihn beobachtete." Rosemary Reed hielt inne und blickte aufmerksam in die Runde.

„Doch als der Mann sich auf der Veranda seines Hauses

ein letztes Mal umschaute, um dem Tier zuzuwinken, da war der Hirsch verschwunden. Der Mann war so dankbar, dass der Hirsch ihm das Leben gerettet hatte, dass er sein Grundstück und das angrenzende Waldstück in einen Park verwandelte, in dem es niemandem erlaubt war jemals einen Hirschen zu schießen. Den Park gibt es noch heute", beendete Mrs. Reed ihre Erzählung. Sie löste ihre gefalteten Hände und machte eine ausholende Handbewegung. „Die Tiere sind unsere Freunde. Great Spirit schickt sie, um uns zu helfen."

„Danke, das ist eine wunderschöne Geschichte", sagte Alexandra.

Rosemary Reed lächelte. „Erinnere dich an ihre Worte. So bleiben die alten Geschichten am Leben und können neuen Generationen Weisheit schenken."

Die anderen Besucher wurden wieder geschäftig.

Sam erzählte von seinem Tag und obwohl Mrs. Reed sich nichts anmerken ließ, war Alexandra ziemlich sicher, dass sie alles längst wusste.

Während Sam mit seiner Großmutter sprach, sah Alexandra sich nach den anderen Besuchern um. Sie fühlte sich noch immer etwas unbehaglich, nicht zuletzt weil sie offenkundig die einzige Nicht-Indianerin im Haus von Rosemary Reed war. Aber ihre Sorge war unnötig. Die anderen Besucher nickten ihr freundlich zu und die Kinder lächelten sie offen an. Sicher hätten sie auch mit ihr gesprochen, wäre sie nicht in ein Gespräch mit Großmutter Reed verwickelt gewesen.

Jeder im Haus schien es zu akzeptieren, dass Rosemary Reed jetzt mit Sam und Alexandra sprach, und niemanden störte das Treffen. Sam hatte jeden der Anwesenden begrüßt, als sie angekommen waren, aber nun konzentrierte er sich ganz auf seine Großmutter.

„Gehst du bald zur Jagd, Junge?", fragte Mrs. Reed.

„Ich kann gehen, wann immer du möchtest", erwiderte Sam. „Brauchst du Wildfleisch?"

Die alte Dame nickte. „Ich hätte gern etwas Elchfleisch. Es ist gute Medizin und ich koche eine bestimmte Suppe daraus."

„Ich gehe nächste Woche, Grandma, und bringe dir anschließend das Fleisch vorbei", versprach Sam sofort.

„Vielleicht möchte Alexandra mit dir gehen", meinte Großmutter Reed.

„Ich jage nicht!", warf Alexandra hastig ein. Sie wollte wirklich keinen Elch töten.

„Jeder gute Jäger braucht einen guten Geist an seiner Seite", bestimmte Rosemary Reed. „Du wirst dabei viel lernen."

Alexandra nickte gehorsam. Vielleicht war an dieser Aussage etwas Wahres. Sie überlegte gerade, was Mrs. Reed wohl mit gutem Geist gemeint haben könnte, als Sam das Gespräch auf den Bären lenkte, den Alexandra getötet hatte.

„Hast du schon von dem Bärenfett probiert", wollte er wissen.

Alexandra war verlegen.

„Oh ja", sagte Großmutter Reed, „es ist sehr gut."

Daraufhin schilderte Sam ihr den Vorfall in allen Einzelheiten.

„Du hast klug gehandelt", wandte Mrs. Reed sich an Alexandra, als Sam seinen Bericht beendet hatte.

Alexandra fand es gar nicht so klug, das Kind erst allein hinauszuschicken und es dann anschließend zu retten, und wollte schon Einwände erheben. Aber die alte Dame setzte bereits zu einer weiteren Geschichte an.

„Ich weiß von einer Frau, die vor langer Zeit einmal zum Beerenpflücken in den Wald ging. Sie war allein und hatte nur ihr kleines Jagdmesser bei sich, mit dem sie die Zweige der Beerenbüsche abschnitt. Plötzlich trat ein Grizzlybär unter den Bäumen hervor. Der Bär kam auf die Frau zu. Sie wich zurück und bemerkte zu spät, dass sie in eine Falle geraten war: Sie war gegen einen Baumstamm gelaufen! Der Bär stand genau vor ihr und brüllte entsetzlich. Er umschlang den Baum und mit ihm die Frau. Sie drohte zu ersticken." Großmutter Reed machte eine Pause.

„Es gelang der Frau, ihr kleines Jagdmesser herauszuziehen, und mit beiden Händen und aller Kraft stieß sie es dem Bären in die Brust! Einen Moment lang stockte der Frau der Atem. Dann fiel der Bär von ihr ab. Er war tot. Sie hatte ihn mit ihrem kleinen Messer erstochen!" Sie sah Alexandra triumphierend an und fuhr dann fort: „Die Frau war unsagbar glücklich, dass sie noch am Leben war und lief heim zu ihrem Mann. Sie erzählte ihm, was passiert war, aber er wollte ihr nicht glauben. Niemand erlegt einen Bären mit so einem kleinen Messer!, meinte er. Die Frau entgegnete: Komm, und sieh selbst! Dann führte sie ihren Mann in den Wald und zeigte ihm den toten Bären. Da musste er ihr glauben."

Alexandra blickte erstaunt in die Runde.

„Es ist eine wahre Geschichte", sagte Sam.

„Ja, das stimmt", meinte Großmutter Reed. „Und sie zeigt uns, dass man kein spezielles Training oder körperliche Stärke braucht, um sich zu verteidigen. Nur Glauben und Willensstärke." Dann lachte sie verschmitzt und fügte hinzu: „Und dass man manchmal mit guten Dingen überschüttet wird, wenn man es gar nicht erwartet: Die Frau hatte plötzlich einen großen Vorrat an Bärenfett."

Alexandra lächelte. Sams Großmutter hatte einen feinen Sinn für Humor und das gefiel ihr.

Es war mittlerweile ziemlich spät am Abend und Sam bemerkte, dass Alexandra müde wurde. Großmutter erzählte ihre Geschichten gut, aber auch sehr, sehr langsam. Sam war daran gewöhnt. Mit den meisten Ältesten verhielt es sich so. Die Erinnerung kam nicht mehr so schnell wie früher, und langes Sprechen ermüdete die alten Leute. Für Alexandra musste das Zuhören anstrengend gewesen sein und auch Großmutter war sicherlich erschöpft.

Die meisten Besucher waren bereits gegangen und Sam entschied, dass sie nun aufbrechen müssten.

„Warte", sagte Rosemary Reed, stand auf und nahm etwas aus einer ihrer Kommodenschubladen.

„Dies ist für dich, Alex", sagte sie und reichte Alexandra ein kleines ovales Körbchen, etwa fünfzehn Zentimeter lang und mit einem Trageriemen in der Mitte.

„Dies ist eine kleine Ausgabe der Körbe, die unsere Frauen früher benutzten, um ihre Babies zu tragen. Sie wurden, wie auch dieser Korb, aus den Wurzeln der Zedernbäume gefertigt. Oft wurden Teile der Wurzeln mit dem Saft von wilden Kirschbäumen eingefärbt, um Muster in die Körbe einzuarbeiten. So wie hier." Sie deutete auf einen dunklen Streifen in dem kleinen Korb.

„Ich liebe diese alte Tradition, darum fertige ich manchmal noch einige Körbe an. Heute werden sie allerdings nur noch selten für ihren ursprünglichen Zweck verwendet. Die jungen Leute wollen alle dieses moderne Zeug haben."

Alexandra nahm das Geschenk behutsam entgegen.

„Vielen Dank", sagte sie begeistert. „Ich werde es neben mein Bett stellen, damit ich es immer anschauen kann. Es ist wunderschön."

Die alte Dame kicherte und Alexandra wusste nicht recht, was sie davon halten sollte.

Draußen am Wagen wandte Sam sich grinsend an Alexandra. „Ich möchte, dass du weißt, dass bei uns junge Frauen, denen so ein Körbchen geschenkt wird, demnächst auf ein Baby hoffen dürfen."

Alexandra blieb abrupt stehen. Es gefiel ihr gar nicht, dass er sich über ihr Geschenk lustig machte.

„Dazu gehören immer noch zwei. Darüber brauche ich mir also keine Gedanken zu machen!"

Sam wollte gerade zu einer passenden Antwort ansetzen, als Alexandra ihm scharf dazwischen fuhr: „Thema erledigt!"

Sam lachte. Sie stiegen ins Auto und winkten Großmutter Reed zum Abschied zu.

„Was macht man eigentlich mit einem Dream Catcher?", fragte Alexandra unterwegs. „Ich habe bei deiner Großmutter einen Dream Catcher im Fenster hängen sehen und in der Stadt kann man sie in vielen Geschäften kaufen."

Sam freute sich, dass Alexandra sich für die Sitten seines Volkes interessierte und erklärte bereitwillig: „Dream Catcher hängt man normalerweise übers Bett. Ihr Netz fängt die guten Träume ein, damit man sich an sie erinnern und aus ihnen lernen kann. Alle anderen Träume entweichen durch das kleine Loch in der Mitte des Netzes. Auf diese Weise halten sie den Träumenden nicht von seinem vorbestimmten Weg ab, weil er zu lange über sie nachdenkt."

„Das gefällt mir", meinte Alexandra.

„Mir auch", pflichtete Sam bei. „Jede indianische Familie besitzt mehrere Dream Catcher. Viele haben sogar einen im Auto, um für eine sichere Fahrt zu bitten. Ich mag die ganz aus Naturmaterialien gefertigten am liebsten."

Alexandra war dankbar, dass Sam sie seiner Großmutter vorgestellt hatte. Die alte Dame hatte sie sehr beeindruckt. Alexandra würde den Besuch bei ihr nicht so schnell vergessen.

Am nächsten Morgen fuhren Alexandra und Sam früh zur Little Creek Ranch. Dort wurden sie stürmisch begrüßt. Vor allem die Kinder konnten es gar nicht erwarten, Alexandra wieder zu sehen. Aber auch Maggie und Dick waren froh über die Abwechslung. Dick musste immer noch viel liegen und langweilte sich oft: Das Nichtstun entsprach so gar nicht seinem Wesen.

Sam blieb, um die Tiere zu versorgen und einige andere Arbeiten zu erledigen, die für Maggie zu schwer waren. Er hackte Feuerholz, reparierte das Scheunentor und half den Jungen beim Bau ihres Baumhauses. Und so dauerte es nicht lange bis er und Dick in ein Gespräch über die Ranch vertieft waren.

Alexandra und Maggie gingen ins Gästehaus, um Alexandras restliche Sachen zusammenzupacken und das Häuschen für Gäste zurechtzumachen.

Es dauerte bis zum frühen Nachmittag, bis die beiden jungen Frauen mit dem Gästehaus zufrieden waren.

Alexandra sah sich um und seufzte schwer. Dieses kleine Haus war ihr mehr ans Herz gewachsen, als sie es hatte zugeben wollen.

„Wir haben übrigens eine Annonce in der *Vancouver Sun* aufgegeben. Am nächsten Donnerstag wird sie erscheinen, so dass wir vielleicht schon am nächsten Wochenende Anfragen bekommen. Hoffen wir das Beste", meinte Maggie, während sie die Putzsachen zusammenpackte. Dann fügte sie beiläufig hinzu. „Gehst du eigentlich am nächsten Samstag mit Sam zu Estelles Party auf die Triple C?"

„Ich glaube nicht", erwiderte Alexandra ohne sich umzudrehen. „Sam hat nichts von einer Party erwähnt."

„Vielleicht konnte Estelle ihn nicht erreichen. Uns hat sie vor zwei Tagen angerufen. Ich bin mir sicher, dass sie sich noch meldet. Dick und ich haben entschieden, abzusagen. Dick fühlt sich noch nicht kräftig genug für so eine gesellschaftliche Veranstaltung und solo möchte ich nicht gehen. Aber für dich wäre es eine schöne Abwechslung." Dann fügte sie beiläufig hinzu: „Ich möchte schon gerne wissen, warum Estelle Carson mitten im November eine so große Party veranstaltet. Sie hat über hundert Leute eingeladen, alle wichtigen Leute im Bezirk, Nachbarn, Freunde und Bekannte, sogar einige aus Vancouver!"

Alexandra schwieg.

„Hast du etwas Passendes zum Anziehen?", fragte Maggie gedankenversunken.

„Wer weiß, ob ich überhaupt eingeladen bin", wehrte Alexandra ab.

„Wart's ab!"

Die Einladung kam noch am selben Abend. Sam, der in der Zwischenzeit wieder nach Hause gefahren war, rief auf der Little Creek Ranch an und fragte, ob Alexandra mit ihm zu der Party bei den Carsons gehen wolle. Estelle hätte ihn und eine Begleitung für nächsten Samstag eingeladen. Aber er wolle nur dann gehen, wenn Alexandra mitkäme. Alleine sei ihm das zu langweilig.

Alexandra blickte zu Maggie hinüber, die ihr aufmunternd zunickte.

„Ich begleite dich gern", versprach sie ihm.

*

Estelle saß mit ihrer Mutter Marybeth im Wohnzimmer der Triple C. Draußen war es dunkel und es stürmte. Sie blickte in die offenen Flammen des Kamins und lächelte zufrieden. Gerade hatte Sam angerufen und für ihre Party am kommenden Wochenende zugesagt. Er würde in Begleitung von Alexandra Habicht kommen.

Alles lief genau nach Plan.

Marybeth Carson hatte die Idee ausgezeichnet gefunden, in dieser überaus trübseligen Jahreszeit etwas Leben ins Haus zu bringen. Sofort hatte sie Einladungs- und Besorgungslisten geschrieben und sich nach Büfettpreisen erkundigt.

Estelle hatte hier und da eine Bemerkung eingeworfen, um sicherzugehen, dass ihrer Mutter die richtigen Ideen kamen. Dann war sie nach Vancouver gefahren und hatte sich das passende Outfit besorgt. Es würde jede andere Garderobe ausstechen!

Estelle schwenkte gut gelaunt ihr Glas Wein in der Hand. Ihr Plan war perfekt. Noch ein paar Tage und Samuel Reed würde ihr gehören.

Kapitel 15

Verwicklungen

Alexandra stand hinter dem Tresen in Sarahs Café, sah hinaus auf das lebhafte Treiben auf der Hauptstraße und träumte vor sich hin. Sie hatte das Kinn auf eine Hand gestützt und summte zu der Melodie im Radio.

Heute war nicht viel Betrieb im Café und Alexandra war froh darüber. Nach den fröhlichen, aber lauten Stunden, die sie in den vergangenen Tagen mit Miranda, Tim, Eric und Lee auf der Little Creek Ranch verbracht hatte, hatte sie das Bedürfnis nach etwas Ruhe.

Sarah brachte Mittagessen aus der Caféküche und sie setzten sich an einen der kleinen runden Tische. Eine Weile lang unterhielten sie sich über dies und das, dann fragte Sarah: „Und was machst du heute Abend?"

„Sam hat mich zum Abendessen in ein Restaurant eingeladen", sagte Alexandra. „Ich glaube, mit seinen Kochkünsten ist es nicht weit her."

Natürlich hatte sie Sarah Burdell anvertraut, dass sie unter der Woche bei Sam wohnte, und Sarah hatte es ohne Kommentar zur Kenntnis genommen. Jetzt jedoch sah Sarah ihr fest in die Augen.

„Pass auf, wenn du mit Samuel Reed ausgehst. Er ist ein Herzensbrecher, dieser Junge! Alle Reed-Jungen waren das und einige sind es immer noch", fügte sie spitz hinzu. Dann lächelte sie: „Die Reed-Jungs sind erst solide, wenn sie unter der Haube sind. Dann allerdings sind sie die besten Ehemänner, die eine Frau sich wünschen kann. Das war schon immer so." Sie machte eine Pause. „Ich will mich nicht einmischen, aber ich spreche aus Erfahrung."

Alexandra hatte so etwas schon öfter über Sam gehört.

Ihr war es egal. Sie schmunzelte insgeheim über die liebenswerte Sarah, die mit vielen Worten auszudrücken versuchte, dass ihr ganz einfach Alexandras Wohlergehen am Herzen lag. Darum fragte sie nur: „Wie meinst du das, du sprichst aus Erfahrung?"

„Wenn du erst mal so alt bist, wie ich, mein liebes Kind, dann weißt du, was ich meine! Seit vierzig Jahren lebe ich nun hier. Dreißig Jahre lang war ich glücklich verheiratet, seit zehn Jahren betreibe ich dieses Café. Da kriegt man so einiges mit. Ich habe ganze Generationen vor dem Café auf und ab schlendern sehen, und auch die Folgen miterlebt. Und ich sage dir, die Reed-Jungen haben immer kräftig mitgemischt! Sogar Sams Vater."

Daran, fand Alexandra, war absolut nichts auszusetzen.

„Was ist aus deinem Ehemann geworden, Sarah?", fragte sie um das Thema zu wechseln.

Sarah blickte einen Augenblick lang auf ihren Teller.

„Er starb mit fünfundfünfzig Jahren an Herzversagen. Von einer Minute auf die andere. Es kam ganz unerwartet. Er war vorher nie krank gewesen, der Mann. Aber seine Zeit war gekommen. Er war der beste Ehemann. Er hat hart gearbeitet, war liebevoll, ruhig und zuverlässig. Niemals hat er sich über etwas beschwert." Sarah sprach leise und sah Alexandra kummervoll an. „Ich habe sehr an ihm gehangen, hänge noch an ihm. Deshalb habe ich auch nicht wieder geheiratet – obwohl es an Anträgen nicht gefehlt hat."

Alexandra sah sie überrascht an. Sie konnte sich nur schwer vorstellen, wie die menschenliebende, energische, immer freundliche und lebensfrohe Sarah mit trauerndem Gesicht eine Flut von Heiratsanträgen ablehnte.

Alexandra sah, dass Sams Pick-Up vor dem Café parkte und Vorfreude stieg in ihr auf. Sie musste zugeben, dass sie trotz all seiner Hänseleien gern mit Sam zusammen war. Er wusste so viel und konnte gut erzählen. Was jedoch viel wichtiger war: Sam verstand sie. Alexandra brauchte nie viel zu sagen, die ernsthafte Seite an ihm schien immer genau zu wissen, was in ihr vorging. Ihr kam es fast so vor, als kenne er sie besser als sie sich selbst. Sie fühlte sich einfach gut, wenn er bei ihr war.

Schnell verabschiedete sich Alexandra von Sarah und lief hinaus.

„Du bist früh dran!", rief Sam ihr entgegen.

Sie lachte. „Du bist ja selbst früh dran!" Dann fügte sie hinzu: „Heute war nicht viel los."

Sam startete den Pick-Up. Kurze Zeit später hielten sie vor Sams Lieblingsrestaurant.

Es war kurz nach sieben Uhr und das Restaurant noch recht leer. Erst in einer halben Stunde würde es voll werden.

Die Tische waren durch halbhohe Wände voneinander getrennt. Sam wählte einen Tisch am Fenster. Sie entschieden sich für das Tagesgericht.

„Die Bedienung kennt dich mit Vornamen", stellte Alexandra fest, als sie ihre Bestellung aufgegeben hatten.

„Ich komme ziemlich oft hierher", gestand Sam. „Weißt du, ich koche nicht sehr gut."

„Ich verstehe", sagte Alexandra lächelnd. So etwas in der Art hatte sie sich schon gedacht. „Fährst du diese Woche eigentlich wieder zu deiner Großmutter? Ich würde sie gerne wiedersehen."

„Wirklich? Du magst sie?" Sam sah sie forschend an.

„Ich finde, sie ist ein äußerst interessanter und sehr liebenswerter Mensch", meinte Alexandra. „Ich liebe ihre Geschichten. Und sie weiß so viel zu erzählen ... Natürlich nur, wenn es dir nichts ausmacht", fügte sie schnell hinzu.

„Ich hatte gehofft, dass du danach fragen würdest. Grandma mag dich sehr. Wenn du möchtest, dann können wir morgen Abend zu ihr gehen. Freitag wäre nicht gut, weil ich Samstag früh raus will. Jagen für Grandma."

„Du gehst am Samstag jagen? Aber da arbeite ich doch!", warf Alexandra ein. „Schaffst du das denn überhaupt, bevor wir zu Estelle gehen?"

„Mit ein bisschen Glück bin ich am frühen Nachmittag zurück", erwiderte Sam. Dann grinste er: „Du wolltest also tatsächlich mitkommen auf die Jagd?"

„Hey, Sam!", dröhnte eine Männerstimme durch den Raum. „Wieder eine Neue aufgegabelt?"

„Halt den Mund, Jack!", entgegnete Sam trocken und wandte sich erneut an Alexandra: „Wolltest du mitkommen?"

„Eigentlich schon", antwortete Alexandra und überlegte. „Vielleicht kann ich Sarah fragen, ob ich statt Samstag an einem meiner freien Tage arbeiten kann."

„Mach dir keine Gedanken", beruhigte Sam sie. „Wenn du wirklich mitkommen willst, können wir rechtzeitig bei Estelle verschwinden und am Sonntag jagen gehen."

„Oh, Sam, das wäre toll!" Alexandra war am Anfang dagegen gewesen mit zur Jagd zu gehen. Aber sie hatte über Großmutter Reeds Worte nachgedacht. Vielleicht könnte sie tatsächlich etwas lernen, wenn sie mitginge.

„Also, abgemacht", meinte Sam.

„Hey, Sam, deine Frauen werden immer jünger!", rief einer der Männer im Vorbeigehen. „Weiß nicht, wie du das machst, alter Junge!"

„Scher dich zum Teufel", knurrte Sam, aber der Mann lachte nur.

„Wir hätten in ein anderes Restaurant gehen sollen", entschuldigte sich Sam verlegen. So hatte er sich den Abend mit Alexandra nicht vorgestellt.

Sie wollte gerade etwas entgegnen und legte ihre Hand mit einer beruhigenden Geste auf Sams Arm, als neben dem Tisch eine bekannte Stimme erklang: „Na, sieh mal einer an! Meine Einladung lehnt sie ab, aber mit Mister Wildhüter hier geht sie zum Essen aus!"

Es war Grant Ryder.

Alexandra musterte ihn ungehalten: Er war betrunken. Etwas an seiner Haltung ließ ihn bedrohlich wirken und Alexandra rutschte unbehaglich auf ihrem Stuhl hin und her.

„Warum gehst du nicht weiter, Ryder?", meinte Sam gereizt.

„Aber dies ist doch ein freies Land!", lallte Grant. „Und du weißt genau, dass ich das Mädchen am Ende sowieso kriege!"

Die Leute an den anderen Tischen sahen sich um, um zu sehen, was es mit dem Lärm auf sich hatte.

„Du bist betrunken, Ryder", sagte Sam verärgert.

„Und wenn schon!"

Alexandras Hand lag noch immer auf Sams Arm und sie spürte, wie seine Faust zuckte. Sie drückte seinen Arm und schüttelte fast unmerklich den Kopf. Sie wollte keine Szene. Dann stand sie vom Tisch auf und versuchte an Grant vorbeizugehen.

„Was denkst du, wo du hingehst?", zischte er. „Hast du deinen Entschluss mit Sam zu essen so schnell geändert?"

Er griff nach ihrem Arm.

„Lass mich los, Grant", sagte sie kühl, aber ihr Herz pochte laut. Vielleicht hätte sie besser Sam die Situation regeln lassen sollen.

Sie hob ihr Kinn und sah Grant abschätzend an. „Ich werde mich beim Manager beschweren, damit er dich rausschmeißt. Ich denke, die frische Luft wird dir gut tun."

Sie versuchte sich loszumachen, aber Grant ließ nicht locker.

„Du Miststück!", schrie er und schlug ihr in der nächsten Sekunde ins Gesicht.

Der Schlag traf Alexandra vollkommen unerwartet. Ohne weiter darüber nachzudenken, mehr aus Reflex, trat sie Grant mit aller Kraft gegen das Schienbein.

Grant schrie auf und ließ Alexandras Arm los.

Sam sah sie sprachlos an. Es mit Grant aufzunehmen war sein Job – er war an Trunkenbolde gewöhnt.

Sam sprang auf und stellte sich zwischen Alexandra und Grant. Dieser Kerl wusste nie, wann es genug war! Sam schob Alexandra hinter sich, außer Reichweite von Grant.

Nun fing Grant zu grölen an und fuchtelte wild mit seinen Händen vor Sams Gesicht herum.

Mittlerweile waren alle Augen im Restaurant auf sie gerichtet. Sam verzog keine Miene, sondern blickte Grant Ryder nur verächtlich an.

Aber Grant gab keine Ruhe. Er versuchte zuzuschlagen. Sam wich seiner Faust aus und konterte mit einem gekonnten Schlag in den Nacken. Grant sackte bewusstlos zusammen.

Sam stand noch immer schützend vor Alexandra und blickte finster um sich. Sie war so erschrocken über die Ereignisse, dass sie sich nicht mehr rühren konnte.

Von den anderen Tischen kamen Beifallrufe und aus der hintersten Ecke des Restaurants kam ein kleiner, vornehm gekleideter Mann gelaufen, offensichtlich der Manager.

„Aber bitte, meine Herren! Doch nicht in meinem Restaurant!"

Sam packte den kleinen Kerl am Arm.

„Albert, wo hast du die ganze Zeit gesteckt?", knurrte er. „Wir waren wohl kaum zu überhören und du bist schließlich für die Gäste verantwortlich."

„Ich war beschäftigt! Ich habe nichts gehört!", erwiderte der Mann ängstlich.

Alexandra drängte sich zwischen die beiden.

„Der Service in diesem Restaurant lässt sehr zu wünschen übrig", sagte sie kühl. „Und außerdem sind die Preise zu hoch!" Damit ergriff sie ihre Jacke und marschierte in Richtung Tür.

Sam ließ den Mann los. „Sie hat recht, Albert", meinte er. Dann folgte er Alexandra und ließ die Bedienung, die gerade das Essen brachte, einfach stehen.

Vor der Tür blickte er sich suchend nach Alexandra um. Sie stand neben dem Pick-Up. Aufgebracht fuhr er sich durchs Haar. Warum um Himmelswillen hatte sie ihm die Situation mit Grant nicht überlassen? Gewiss, er war auch stolz auf sie. Sie hatte Mut, dagegen konnte man nichts sagen. Aber sie musste lernen, ihr Temperament zu zügeln, sonst würde sie irgendwann ernstlich Schwierigkeiten bekommen.

Schweigend fuhren sie nach Hause. Erst als Alexandra auf der Couch Platz genommen hatte, unterbrach Sam die Stille.

„Brauchst du Eis?", rief er aus der Küche.

„Nein", antwortete Alexandra matt.

„Bist du sicher?" Sam kam zur Couch hinüber.

Alexandra nickte stumm und starrte geradeaus.

Sam setzte sich neben sie. „Zeig mal her."

Sie drehte den Kopf in seine Richtung und er hielt die kleine Tischlampe näher heran. „Nichts zu sehen. Von diesem Kampf wirst du später keine Narben vorzeigen können." Sam grinste.

Dann erst bemerkte er, dass Alexandra am ganzen Körper zitterte. Beruhigend legte er seinen Arm um sie.

„Hey, ich habe nicht gedacht, dass du dir die Sache so zu Herzen nimmst. Du hast Mut, aber mit Grant Ryder ist nicht zu spaßen." Er schob sie von sich und sah ihr in die Augen. „Das nächste Mal – und das musst du mir versprechen –, das nächste Mal überlässt du mir die Sache." In scherzhaftem Ton setzte er hinzu: „Es ist nicht gut für mein Image, wenn eine Frau mich verteidigt."

Alexandra versuchte zu lächeln. Dann fragte sie: „Was hat Grant damit gemeint, als er sagte, dass er mich früher oder später sowieso kriegt?"

„Nur ein Spruch", meinte Sam.

„Es hat sich angehört, als stecke mehr dahinter."

„Es ist nichts", sagte Sam kurz angebunden und fügte dann hinzu: „Wie ist es, soll ich uns Nudeln kochen?"

Alexandra blickte ihn forschend an. Warum war er auf einmal wieder so kühl?

Es war viel später, als es an Alexandras Zimmertür klopfte. Sie lag noch wach in ihrem Bett. Der heutige Abend war einfach zu verrückt gewesen und die Dinge wurden kompliziert.

„Was ist los?", fragte sie unfreundlich.

„Ich muss mit dir sprechen", meinte Sam.

„Komm rein." Alexandra setzte sich im Bett auf und knipste das Licht an.

Sam kam ins Zimmer und setzte sich an das Fußende des Bettes. Er sah aufgewühlt aus.

„Ich weiß, du bist sauer auf mich", begann er. „Nein, ist schon gut. Es ist berechtigt. Ich hätte dich vorhin nicht so anfahren dürfen", wehrte er ab, als Alexandra etwas erwidern wollte.

„Weißt du, Grant Ryder und ich, wir kennen uns seit der Grundschule und irgendwie sind wir nie gut miteinander ausgekommen. Besonders schlimm wurde es, als wir anfingen, uns für Mädchen zu interessieren. Ich hatte oft mehr Glück und Grant versuchte mir andauernd eins auszuwischen und mir ein Mädchen auszuspannen. Ich hab mich nie wirklich daran gestört – bis auf einmal." Er hielt inne.

„Was ist geschehen?", fragte Alexandra leise.

„Ihr Name war Melissa. Sie war das hübscheste Mädchen auf der High School. Grant ist nach der High School nach Vancouver gezogen und erst zwei Jahren später zurückgekehrt. Zu dieser Zeit gingen Melissa und ich seit vier Monaten fest miteinander. Natürlich hat Grant schnell herausgefunden, dass wir zusammen waren, und er fing an ihr nachzustellen."

Sam zögerte. „Das Problem war, dass er mit einem Mal viel Geld hatte. Keiner weiß genau woher. Was soll ich sagen, Melissa ließ sich von ihm einlullen. Ich sagte ihr, dass Grant keine Achtung vor Frauen hatte und sie nicht wirklich liebte. Aber sie hörte nicht auf mich." Er machte ein trauriges Gesicht.

„Wahrscheinlich hätte ich froh sein sollen, ihr wahres Wesen so zeitig zu erkennen, aber damals hat es sehr wehgetan. Ich wusste, dass Grant Melissa nur benutzte, um mir eins auszuwischen." Wieder legte er eine Pause ein.

„Melissa wurde abhängig von ihm, seinem Geld und seinen Drogen. Drei Monate später war sie tot. Jemand brach in ihr Appartement ein, es kam zu einem Handgemenge und sie wurde getötet. Niemand konnte es beweisen, aber ich habe den Verdacht, dass Grant dafür verantwortlich war. Verstehst du?" Er sah Alexandra forschend an. „Sie starb, weil sie mit mir zusammen gewesen ist." Er holte tief Luft. „Das war es, worauf Grant anspielte, als er vorhin die Bemerkung machte. Er hat mir einen Seitenhieb versetzten wollen und ich muss zugeben, das ist ihm gelungen."

„Warum hast du es ihm nie heimgezahlt?", fragte Alexandra leise. Sam machte nicht den Eindruck, als ließe er sich so etwas von Grant gefallen.

„Rache, Alex, ist ein Fass ohne Boden. Es bringt niemandem etwas ein. Ich könnte Grant jederzeit zur Rechenschaft ziehen. Aber er ist es nicht wert. Und Melissa – sie hat ihn frei gewählt. Mehr ist dazu nicht zu sagen. Ich versuche, Grant soweit es geht aus dem Weg zu gehen. Das ist alles."

„Du meinst also, dass er sich mir gegenüber so aufdringlich benimmt, weil er dir eins auswischen will?", fragte Alexandra.

Sam nickte. Dann sah er Alexandra direkt in die Augen. „Ich möchte wirklich nicht, dass so etwas wie mit Melissa noch einmal passiert."

„Sam", Alexandra blickte ihn ernst an. „Du weißt, wie ich zu Grant stehe. Du brauchst dich wirklich nicht zu sorgen. Ich bin nicht um die halbe Welt gereist, um bei so einem Kerl zu landen. Ich dachte, du wüsstest das."

Sam schwieg für eine Weile. „Ich weiß es", meinte er schließlich. „Du hast Grant gleich von Anfang an richtig eingeschätzt. Aber das bedeutet für dich umso mehr Ärger, denn deine Ablehnung reizt Grant nur noch mehr."

„Sam, ich weiß wirklich nicht, was du willst", fuhr Alexandra beinahe ärgerlich auf. „Du sagst, du hast Angst, dass sich die Geschichte von damals wiederholt. Es hat nicht den Anschein. Aber das beruhigt dich nicht. Ich dachte, du kennst mich ein bisschen. Vielleicht liege ich damit falsch. Vielleicht kennst du dich selbst nicht richtig. Du hast gesagt, dass du Grant überlegen bist, sollte er Ärger machen. Wo liegt also dein Problem? Das klingt gar nicht nach Samuel Reed. Du bist doch sonst nicht so."

Sam schwieg erneut. Er suchte nach den richtigen Worten. „Ich will nicht wieder verletzt werden", sagte er schließlich.

„Das liegt nicht in meiner Absicht", antwortete Alexandra etwas kühler als beabsichtigt. „Aber es gibt keine Garantien im Leben. – Geh schlafen, Sam."

Sie knipste das Licht aus und zog sich die Bettdecke über den Kopf.

Sam verließ wortlos den Raum.

Kapitel 16

Bei Großmutter Reed

Grant Ryder stand vor dem Spiegel und probierte verschiedene Anzüge an. Die Einladung der Carsons war unerwartet eingetroffen. Estelle hatte ihn persönlich benachrichtigt. Sie klang kühl und distanziert durchs Telefon und Grant wusste nicht genau, warum sie ihn überhaupt einlud.

Aber eine solche Party war eine willkommene Abwechslung und verlangte, da die Triple C eine große, angesehene Ranch war, eine elegante Garderobe.

Grant war zufrieden mit seinem Spiegelbild – die absolut richtige Kombination für den morgigen Tag. Was für ein Spaß das werden würde! Gutes Essen, Musik und jede Menge schöner Frauen. Vielleicht würde sogar die Blonde dort sein ...

Grant hielt inne und pfiff durch die Zähne. Sein Lächeln erlosch. Er glaubte nun zu wissen, warum Estelle ihn eingeladen hatte. Was für ein Luder! Er hatte sie noch nie gemocht und das beruhte auf Gegenseitigkeit. Aber war sie so dumm, dass sie glaubte, niemand – und besonders nicht er selbst – würde ihr kleines Spielchen durchschauen?

Sie war hinter Reed her. Seit Jahren. Und nun war diese unbekannte Blonde auf der Bildfläche aufgetaucht und kam ihr in die Quere. Daher also die große Party mitten im November. Er selbst sollte wohl ... Grant rieb sich nachdenklich das Kinn. Vielleicht würde die Party noch spaßiger werden, als er vermutetet hatte.

★

Alexandra radelte vom Café zurück zu Sams Haus und hoffte, dass er an diesem Abend besser gelaunt war. Den gestrigen Abend hatte er erst beim Sport und dann schweigend in der Küche beim Schnitzen verbracht. Heute aber wollten sie gleich nach Alexandras Rückkehr zu Großmutter Reed aufbrechen. Das war ein wichtiger Besuch. Besonders für Alexandra. Die Stimmung zwischen ihnen musste sich einfach bessern.

Als Alexandra das Blockhaus betrat, fühlte sie deutlich, dass sich nichts geändert hatte. Es lag noch immer diese Spannung in der Luft. Sie begrüßte Sam kurz und ging dann ins Bad, um sich frisch zu machen. Als sie kurz darauf in die Küche kam, war Sam schon zur Abfahrt bereit. Er hatte die Schnitzerei bei sich, an der er am Vorabend gearbeitet hatte. Alexandra griff schweigend nach ihrer Jacke und einer kleinen Tüte, in der sie ein Mitbringsel für Großmutter Reed verpackt hatte.

Draußen war es dunkel. Die Straße war nicht beleuchtet. Erst als sie sich der Wohnsiedlung des Reservates näherten, erhellten einige Straßenlaternen die Wege. Alexandra betrachtete erneut die Häuser am Wegesrand.

Sie versuchte das, was sie sah, gerecht zu beurteilen, aber das war schwer. Die Gebäude standen dicht an dicht und viele sahen ziemlich verwahrlost aus. Alte, halb zugewachsene Autos, kaputte Maschinen und Spielzeug, ausgesonderte Kühlschränke und Waschmaschinen waren einfach in den Vorgärten abgestellt. Die Autos vor den Garagen waren entweder so alt, dass sie vermutlich nicht mehr fahren konnten, oder nagelneu. Und Alexandra fragte sich, woher das Geld für die Anschaffung gekommen sein mochte. Vielen Fenstern fehlten Glasscheiben, und statt sie zu erneuern, hatte man sie mit Sperrholzplatten zugenagelt. Dazwischen tummelten sich streunende Hunde und suchten in den Abfällen nach etwas Essbarem.

Es war ein trostloser Anblick, der Alexandra einen Stich versetzte.

Sie hatte schon lange mit Sam über diese Situation sprechen wollen und nun bot sich eine gute Gelegenheit.

Sam antwortete bereitwillig.

„Auf dem Reservat herrscht hohe Arbeitslosigkeit, Alex. Über fünfundneunzig Prozent der Leute hier sind ohne Job. Diese Arbeitslosen bekommen Sozialhilfe – auf Ewigkeit. Einige von ihnen haben noch keinen einzigen Tag in ihrem Leben gearbeitet. Und ihre Eltern vor ihnen ebenfalls nicht." Sam hielt inne und schüttelte traurig den Kopf.

„Die Häuser bezahlt alle der Staat, durch die Gelder, die dem Reservat zugeteilt werden. Mir scheint es, als ob Menschen die Dinge, für die sie nicht selbst geschuftet haben, nicht achten. Die Leute hier wissen, dass, wenn sie in Not sind und zum Beispiel ein neues Haus benötigen, es ihnen früher oder später vom Staat gestellt wird. Warum soll man sich also dann um sein jetziges Haus bemühen oder gar seine eigene Arbeit und sein eigenes Geld dort hineinstecken?" Er machte eine ausholende Handbewegung.

„Du wirst feststellen, wie schnell die Häuser hier auf dem Reservat alt aussehen, weil keiner sich die Mühe macht, sie auf Vordermann zu halten. Das Haus da drüben zum Beispiel ist erst fünf Jahre alt."

Alexandra war sprachlos. Sie hätte das schäbige Haus mit den kaputten Fenstern und der abblätternden Farbe so wie es dastand, umgeben von Unkraut und alten, verrosteten Gegenständen, auf viel älter geschätzt.

„So wie hier", fügte Sam bitter hinzu, „ist es auf mehr oder weniger allen Reservaten. Hohe Arbeitslosigkeit, viele Abhängigkeiten jeder Art."

Alexandra schwieg bedrückt. Seit sie bei Sam wohnte, hatten sich ihre romantischen Vorstellungen von Indianern in Luft aufgelöst. Die meisten Indianer waren gebrochene Menschen. Die Gesellschaft hatte ihre Kultur zum Untergang verdammt, als sie anfing, Reservate einzurichten und besondere Gesetze für die Indianer zu erlassen, die sie schützen sollten. Dieser Schutz jedoch machte die Indianer von der Regierung abhängig – auf die schlimmste Weise. Nach Generationen der Abhängigkeit hatten die meisten dieser Menschen nicht mehr die Kraft aufzustehen. Und alle anderen waren zu sehr in die Politik der Reservate verstrickt, um zu bemerken, wer sie in den Untergang trieb, und warum.

Als Alexandra fragte, ob man den Menschen nicht irgendwie helfen könnte, meinte Sam trocken: „Du kannst nur denen helfen, die die Hilfe annehmen. Die meisten hier wollen sich nicht helfen lassen. Glaub mir, es ist nichts frustrierender, als Zeit damit zu verbringen, Leuten zu helfen, die nicht bereit sind, etwas an ihrer Situation zu ändern, und die dazu noch versuchen, einen auf dieselbe Ebene hinunter zu ziehen."

Alexandra war sprachlos. Der einzige Lichtblick schien ihr zu sein, dass es Menschen wie Großmutter Reed gab, die gelassen und weise in beiden Welten zu Hause waren, die in ihrem Herzen einen Weg gefunden hatten, Tradition und Fortschritt, und das Beste aller kulturellen Einflüsse um sich herum, in ein harmonisches Ganzes zu verwandeln.

„Du bringst Grandma etwas mit?", fragte Sam, als sie vor Rosemary Reeds Haus parkten.

„Ja, Mandarinen", meinte Alexandra. „Vitamine sind so wichtig in der kalten Jahreszeit. Und überhaupt. Warum fragst du so komisch? Du bringst ihr ja selbst ein Geschenk mit!" Sie deutete auf die Schnitzerei in seiner Hand.

Sam lachte herzlich und die Spannung zwischen ihnen löste sich endlich.

Rosemary Reed öffnete ihnen die Tür. Heute waren Sam und Alexandra die einzigen Besucher. Alexandra hatte Tee gekocht und kam mit einem Tablett ins Wohnzimmer.

Sam saß mit seiner Großmutter auf dem Sofa und überreichte ihr gerade die mitgebrachte Schnitzerei.

„Für dich, Grandma."

Die Schnitzerei war aus Zedernholz gearbeitet und ungefähr zwanzig Zentimeter groß. Sie stellte einen Vogel dar.

„Ein Donnervogel", stellte Großmutter Reed zufrieden fest. „Was für eine schöne Arbeit. Ich danke dir sehr, mein Junge." Sie lächelte Sam wohlwollend an und strich mit ihren Fingern sanft über das glatte Holz. Dann erblickte sie Alexandra. „Stell den Tee hier hin, Kind", sagte sie freundlich. „Und setz dich. Und dann sag mir, was du in der Tüte mitgebracht hast."

Alexandra überreichte Großmutter Reed die kleine Tüte und sagte schüchtern: „Mandarinen."

„Genau was ich mag", sagte die alte Dame. „Vielen Dank."

„Mrs. Reed", begann Alexandra.

„Nenn mich Grandma, Kind, denn das ist es, was ich bin. Auch für dich", bat die alte Dame.

Alexandra errötete. Sie fühlte sich geehrt. Rosemary Reed war eine wichtige Persönlichkeit im Stamm und ihr Wort zählte viel. Für Alexandra war die alte Dame, ebenso wie Sam, die Verkörperung der indianischen Weisheit, die in Alexandras romantischer Vorstellung noch immer existierte; und sie hatte nie zu hoffen gewagt, auf diese Weise von Großmutter Reed akzeptiert zu werden. Unsicher blickte sie zu Sam. War es in Ordnung, das Angebot seiner Großmutter anzunehmen?

Als er ihr zulächelte, sagte sie glücklich: „Ich würde dich gerne Grandma nennen."

„Nun, was wolltest du fragen?", hakte Großmutter Reed nach.

„Der Donnervogel", fragte Alexandra, „was für ein Wesen ist er?"

Rosemary Reed faltete die Hände im Schoß.

„Der Donnervogel ist sehr mächtig", begann sie. „Er kann höher fliegen als alle anderen Wesen. Er ist Botschafter zwischen der physischen Welt und der Welt der Geister, sozusagen unsere Verbindung zu den Geistwesen. Der Donnervogel trägt unsere Gebete zu Great Spirit und stellt sicher, dass sie erhört werden. Er ist ein großer Helfer. Nicht weit von hier gibt es viele Höhlen hoch in den Bergen. Von dort stammt der Donner. Man hört ihn dort, wenn man darauf achtet. Die alten Geschichten sagen, dass der Donnervogel dort zu Hause ist."

Alexandra hörte interessiert zu. Ihr gefielen die alten Mythen und Legenden.

Großmutter Reed machte eine kurze Pause und fuhr dann fort: „Als ich ein junges Mädchen war, und noch im Hause meines Vaters lebte, war ich einmal sehr, sehr krank. Nachdem meine Mutter gestorben war, hatte mein Vater wieder geheiratet und meine Stiefmutter konnte mich nicht leiden. Sie behandelte mich schlecht. Jeden Tag musste ich arbeiten, musste Körbe flechten und verkaufen, damit ich für meine Kleidung bezahlen konnte. Meine Stiefmutter ließ es nicht zu, dass mein Vater Geld für mich ausgab. War die Arbeit getan, musste ich auf meine jüngeren Halbgeschwister aufpassen und die Windeln waschen. Alles, was meine Stiefmutter in mir sah, war eine kostenlose Arbeitskraft." Sie starrte an die gegenüberliegende Zimmerwand, versunken in ihre Erinnerung.

„Dann starb meine jüngere Schwester überraschend. Sie war meine einzige Verbündete, meine einzige Freundin gewesen. Einige Monate nach ihrem Tod, wurde ich selber krank. Ich lag im Bett und niemand wusste, was mir fehlte. Der Arzt meinte, ich hätte ein gebrochenes Herz und meine Lebenslust verloren.

Ich lag dort viele Wochen. Die Schwester meiner verstorbenen Mutter war bei mir und versorgte mich. Doch mit jedem Tag wurde ich schwächer. Schließlich fiel ich in ein Koma. Ich hörte meine Familie sagen, dass ich sterben würde." Großmutter Reed machte eine Pause.

„In der folgenden Nacht hatte ich eine Vision: Ich fuhr in einem Kanu den großen Fluss hinunter. Das Kanu hatte keine Paddel, sondern trieb von selbst auf dem Wasser. Vor mir im Boot saß meine Schwester, die vor kurzer Zeit gestorben war. Ich wusste daher, dass ich mich im Reich der Toten befand.

Plötzlich erschien vor uns auf dem Wasser ein grelles Licht. Das Licht war so stark, dass ich nicht aufzusehen vermochte. Langsam trieb das Kanu näher.

Als ich vorsichtig über den Rand des Bootes blickte, sah ich die Enden von langen, schwarzen Federn, die sachte die Oberfläche des Wassers berührten und die zu einem langen Umhang gehörten, der vollkommen aus diesen schwarzen, mächtigen Federn gearbeitet war."

Alexandra hielt vor Spannung den Atem an.

„Ich wusste mit Gewissheit, dass es Donnervogel war, der vor mir in dem grellen Licht stand. Ich fragte ihn demütig, noch immer mit gesenktem Haupt, ob ich eine seiner Federn berühren dürfte, um mich zu heilen. Donnervogel gab mir seine Zustimmung. Und er sagte mir, ich solle zurückkehren, weil noch viele Aufgaben vor mir lägen, deren Erfüllung für mein Volk lebensnotwendig sei.

In dem Moment, da ich die Feder mit meiner Hand berührte, traf mich ein Blitzschlag aus purer Energie, der wie Feuer durch meinen Körper schoss.

Dann war das grelle Licht verschwunden und das Kanu, in dem ich nun allein saß, trieb flussaufwärts, den gleichen Weg zurück, auf dem es eben erst gekommen war.

Als ich die Augen öffnete, fand ich mich in meinem Bett wieder. Die Schwester meiner Mutter kniete neben mir.

Sie weinte vor Freude.

Der Arzt, der mich am nächsten Tag untersuchte, hielt es für ein Wunder. Ich war noch immer schwach, aber auf dem Wege der Besserung. Ich jedoch wusste, dass Donnervogel mir ein zweites Leben geschenkt hatte", setzte sie hinzu.

Alexandra sah Rosemary Reed erstaunt an. Was für eine besondere Erfahrung sie bereits in jungen Jahren hatte machen dürfen. Sie war wirklich eine bemerkenswerte Person. Nicht nur aufgrund ihrer Weisheit und ihrer Geschichten. Auch der Umstand, dass sie die indianische Kultur mit der der Europäer zu verweben vermochte, machte sie zu einem besonderen Menschen.

Alexandra nahm an, dass dieses Zusammenfügen der Kulturen mit der Erziehung in den christlichen Schulheimen zu tun hatte, die alle indianischen Kinder zwangsweise noch bis weit in die siebziger Jahre hinein erhalten hatten. Sam hatte ihr erzählt, dass die Kinder damals ihren Familien weggenommen worden waren. Viele hatten ihre Familien erst nach Vollendung der Schulausbildung wiedergesehen. Andere sahen ihre Familie überhaupt nicht wieder. Denn es waren viele der Kinder in den Schulen gestorben. Dort war kein Kontakt zu den indianischen Wurzeln erlaubt – nicht einmal die Sprache durfte gesprochen werden. Der Missbrauch an den Kindern sei groß gewesen. Erst viel später waren diese Kinder auf die Reservate zurückgekehrt und wieder mit ihrer eigenen Kultur in Verbindung gekommen.

Vielleicht aber war Großmutter Reed einfach nur weise und verstand viele Dinge besser als Alexandra.

Als Alexandra ihr ihre Gedanken mitteilte, lächelte die alte Dame. „Das Wesen, das ihr Gott nennt, und Great Spirit sind Eins", erklärte sie schlicht und sah Alexandra wohlwollend und verständnisvoll an. „Es ist egal, wie wir es nennen. Aber es begrüßt es, wenn wir mit ihm sprechen – und mit all den anderen Geistwesen, die seine Helfer sind."

Alexandra sah Großmutter Reed beeindruckt an. Die alte Dame war noch bemerkenswerter, als sie bisher angenommen hatte.

Rosemary Reed erhob sich. „Hast du schon unser Bannick probiert, Alex?"

„Nein, was ist das?"

„Bannick ist unser frittiertes Brot. Ich werde uns welches zubereiten. Du kannst mir dabei helfen."

Bereitwillig folgte Alexandra Großmutter Reed in die kleine Küche. Sam kam sich ein wenig überflüssig vor. Für ihn war dies alles nichts Neues. Aber er konnte sehen, wie Alexandra sich darüber freute, dass Großmutter sie an den Traditionen des Stammes teilhaben ließ. Darum überließ er die beiden Frauen ihrem Gespräch und blieb selbst im Wohnzimmer sitzen.

In der Küche rührte Rosemary Reed einen Teig aus Weizenmehl an und erhitzte viel Öl in einer tiefen Form. Der Teig wurde zu kleinen, runden Fladen verarbeitet und in das heiße Öl gelegt. Dort blieben sie, bis sie gar waren, und wurden zwischendurch einmal gewendet.

Das Bannick schmeckte hervorragend, triefte jedoch vor Öl, und Alexandra vermutete, dass es besser war, nicht zu viel davon zu essen. Heute jedoch war ihr alles egal. Sie war so froh über den gelungenen Abend und vor allem darüber, dass sich zwischen ihr und Sam alle Anspannungen gelegt hatten. So bemerkte sie auch nicht, dass Rosemary Reed ihren Enkel beiseite nahm und ihm eindringlich etwas zuflüsterte. Das Einzige, was Alexandra sah, waren Samuel Reeds bernsteinfarbene Augen, die sie endlich wieder lachend und wohlwollend anblickten.

Kapitel 17

Auf der Triple C

Alexandra war nervös. In einer halben Stunde wollten Sam und sie zur Triple C aufbrechen, zu Estelle Carsons Party. Alle wichtigen Personen des Bezirks waren eingeladen. Aber Alexandra wusste nicht, was sie von der Party halten sollte. Sie hatte ein unbestimmtes, ungutes Gefühl, das sie sich nicht erklären konnte und sie wünschte, Maggie würde auch dorthin gehen. Nein, eigentlich wäre sie jetzt viel lieber auf der Little Creek Ranch. Hätte sie nur nicht zugesagt!

Andererseits machte es sie insgeheim überglücklich, dass Sam sie gebeten hatte, ihn zu begleiten, und nicht irgendeine andere junge Frau.

Alexandra beschloss, Maggie anzurufen, um mehr Einzelheiten zu erfahren. Sam war draußen im Stall und versorgte sein Pferd, der Moment war also günstig. Alexandra wollte auf keinen Fall, dass Sam etwas von ihrer Nervosität und Unsicherheit bemerkte.

„Alex?", wunderte Maggie sich am anderen Ende der Leitung. „Ist alles in Ordnung?"

„Alles ist bestens", sagte Alexandra und fügte dann hinzu: „Hör zu, es ist wegen der Party. Ich habe nur ein paar Minuten und … "

„Okay", fiel Maggie ihr ins Wort. „Nur keine Aufregung. Ich dachte mir schon, dass du deswegen anrufst. Also pass auf: Es wird nicht so förmlich zugehen wie auf den großen Partys in der Stadt. Vermutlich gibt es gutes Essen, aber nichts Kompliziertes. Ich war bereits ein paar Mal bei den Carsons eingeladen", erklärte sie. „Musik und Tanz und ein paar schwache Animierversuche vom DJ und …"

„Was denn für Animierversuche?", hakte Alexandra nach.

„Oh, harmlos", meinte Maggie lässig. „Keine Zeit dafür. Jetzt zur Garderobe: Estelle geht bestimmt supermodern und knapp, aber Sam mag das nicht. Er ist mehr altmodisch, was Kleidung anbelangt – wie Dick. Und denk daran, dass es warm werden wird mit so vielen Leuten. Und noch etwas – nimm dich vor Estelle in Acht. Ich habe irgendwie ein ungutes Gefühl."

Alexandra hätte gerne noch etwas mehr über Maggies Andeutung erfahren, aber die Zeit drängte. Sie musste sich fertigmachen. Sie verabschiedete sich von Maggie und ging zurück in ihr Zimmer. Dort verwarf sie das Outfit, das sie bisher in die engere Wahl gezogen hatte, als zu modern. Was sollte sie anziehen? Alexandra war hin- und hergerissen.

Doch dann wurde sie auf einmal ganz ruhig: Sam war es egal, was sie anzog, das wusste sie. Sie würde einfach etwas tragen, in dem sie sich wohl fühlte. Ohne weiter nachzudenken griff sie nach ihrem schlichten, silbergrauen Seidenrock. Dazu wählte sie ein ärmelloses, enggeschnittenes Oberteil mit Rollkragen aus feiner Merinowolle.

Als sie sich umgezogen hatte, fühlte sie sich sofort besser. Sie legte ihre feine Kette aus schimmernden Süßwasserperlen um den Hals und fand nach kurzem Suchen auch die dazugehörigen Ohrringe. Sie schaute flüchtig in den Spiegel. Alles war in Ordnung bis auf ihre Frisur. Sie lief ins Bad und steckte ihr langes blondes Haar locker auf. Make-up trug sie nur sehr dezent auf. Alexandra war zufrieden. So konnte sie gehen.

Sie trat aus dem Bad und stieß beinahe mit Sam zusammen. Ihn hatte sie völlig vergessen.

„Oh, Sam, es tut mir leid!", stammelte sie. „Ich war in Eile."

Er schaute sie bewundernd an. Dann räusperte er sich.

„Komm, ich helfe dir in die Jacke. Wir müssen los, wenn wir nicht als Letzte auf der Triple C ankommen wollen."

Im Auto blickte Alexandra immer wieder zu Sam hinüber. Er sah großartig aus. Er trug ein graugrünes Hemd und seine braune Lederjacke.

Als sie die Auffahrt der Triple C hinauffuhren, konnten sie schon von weitem die zahllosen Autos sehen, die vor ihnen angekommen waren. Sofort kehrte Alexandras Nervosität zurück. Sie mochte keine großen Partys!

Sam suchte einen abgelegenen Parkplatz.

„Sonst sind wir später völlig zugeparkt", erklärte er und half ihr aus dem Wagen.

Die Stallungen rings um den Hof erstrahlten im Schein der bunten Lichterdekorationen und auch der Eingang des Hauses war hell erleuchtet. Es war das erste Mal, dass Alexandra das Herzstück der Triple C aus der Nähe sah.

Das Gebäude war riesig und wirkte durch die grauen Steinmauern kalt, starr und beinahe beängstigend. Wie ein großer Klotz türmte es sich zwischen den Stallungen und Außengebäuden auf und schien irgendwie fehl am Platze. Ein Haus wie dieses hätte Alexandra in England auf dem Lande erwartet, aber nicht hier in Shaheylah. Tatsächlich erinnerten sie Haus und Hof mehr an ein englisches Landgut als an eine Ranch.

Von drinnen drangen Musik, Stimmen und Geschirrgeklapper in die kalte Nacht hinaus und alle Zimmer im Erdgeschoss waren hell erleuchtet.

„Warum habe ich nur zugesagt?", fragte Alexandra sich, während sie fasziniert einen kleinen Vogel mit rotem Brustgefieder beobachtete, der in ihrer Nähe auf dem Weg hopste und den Kopf immer wieder zu ihr drehte. Schließlich flog der Vogel davon.

Der Grund für Alexandras Zusage ging neben ihr und grinste sie unverhohlen an. „Nur nicht schlapp machen, Alex. Du siehst toll aus und in einer halben Stunde wirst du dich besser fühlen!"

Doch erst als Sam ihre Hand ergriff und sie das Haus Seite an Seite betraten, entspannte sie sich.

Estelle und Marybeth Carson begrüßten sie überschwänglich. Die beiden standen in der großen Eingangshalle und nahmen die Gäste persönlich in Empfang.

„Es ist äußerst lieb von euch, dass ihr heute Abend gekommen seid", säuselte Estelle. „Maggie und Dick haben leider abgesagt. Der arme Dick, ich hoffe, es geht ihm schon besser?" Aber sie wartete die Antwort gar nicht erst ab, sondern fuhr gleich fort: „Du siehst ganz niedlich aus, Alex."

Alexandra schluckte den Seitenhieb herunter, ohne mit der Wimper zu zucken. Wer mochte schon in ihrem Alter noch als niedlich bezeichnet werden. Aber was bedeutete das schon: Sie stand hier, Hand in Hand mit Samuel Reed, und sie fühlte sich glänzend. Daran konnten auch Estelles gehässiges Gehabe und ihr makelloses Aussehen nichts ändern.

Estelle sah perfekt aus, das ließ sich nicht leugnen. Sie trug ein enges weinrotes Kleid, das all ihre körperlichen Reize voll zur Geltung brachte, dazu auffälligen Diamantschmuck. Ihr Haar war mit aufwändigen Blumenverzierungen geschmückt.

„Das Büfett ist dort drüben", sagte Marybeth Carson, „und getanzt wird nebenan." Die nächsten Gäste trafen ein und Alexandra und Sam wurden weitergeschoben.

Sam steuerte zielstrebig auf das Büfett zu. Die anderen Gäste standen in kleinen Gruppen beieinander und plauderten. Alexandra fühlte sich noch immer etwas fehl am Platz, aber wenigstens war sie nicht unpassend angezogen.

Die Räume, in denen die Party stattfand, waren sehr aufwändig dekoriert und größer, als Maggies und Dick gesamtes Haus. Alexandra musste zugeben, dass sie noch nie zu einer solchen Party eingeladen gewesen war.

„Worüber amüsierst du dich?", wollte Sam wissen, als er ihr Lächeln bemerkte.

„Über alles hier. Es ist so ...", Alexandra suchte nach dem passenden Wort, „... so üppig!"

Sam lachte herzlich und versuchte zum Büfett zu kommen, ohne dass ihn jemand ansprach. Aber das gelang ihm nicht, denn er kannte die meisten der geladenen Gäste und seine Meinung wurde in Shaheylah sehr geschätzt. Er war also ein willkommener Gesprächspartner.

Sam stellte Alexandra jedem vor, der ihn ansprach, und Alexandra gab sich freundlich und interessiert.

Sarah Burdell tippte ihr auf die Schulter und zwinkerte ihr vielsagend zu, während sie in einem unglaublich grellen, rosafarbenen Abendkleid mit ihrer Begleitung zum Büfett segelte.

Alexandra grinste. Sarah war immer für eine Überraschung gut.

Alexandra hatte Sam mit seinem Gesprächspartner stehen lassen und sich zum Büfett durchgeschlagen. Es war bereits nach neun Uhr und ihr Magen knurrte.

„Du hast mich einfach meinem Schicksal überlassen und mich allein mit all den Leuten reden lassen", raunte jemand neben ihr. Es war Sam.

„Oh, Sam, ich hatte solchen Hunger!"

„Den habe ich auch." Sam sah ihr forschend in die Augen.

Alexandra errötete.

„Es ist wirklich schön, dass ihr hier seid." Es war Estelle, die plötzlich neben ihnen stand. „Tut mir leid, dass ich bisher keine Zeit für euch hatte, aber als Gastgeberin hat man eben seine Pflichten." Sie lachte geziert.

Sam blickte Estelle fast vorwurfsvoll an, doch sie fuhr

unbeirrt fort: „Es gibt gute Musik im Wohnzimmer. Leider nicht live, aber der DJ ist der Beste in der Gegend."

„Wir würden gerne erst etwas essen", stellte Sam fest.

„Oh, aber selbstverständlich", zwitscherte Estelle. „Vielleicht auch etwas Champagner oder Wein?" Sie griff nach einer Flasche und stieß dabei die Schale mit dem Salatdressing um. Der Inhalt landete auf Alexandras feinem Seidenrock.

„Oh, ich dumme Gans!", rief Estelle überzogen entsetzt und machte Anstalten auf Alexandras Rock herumzuwischen.

„Nun lass das doch, du machst die Sache ja noch schlimmer, als sie sowieso schon ist!", warf Sam ärgerlich ein. Dann wandte er sich an Alexandra: „Etwas Club Soda bringt das im Nu in Ordnung."

„Wir haben welches in der Küche", meinte Estelle und eilte voraus.

Während Alexandra versuchte ihren Rock zu säubern, beobachtete sie aus dem Augenwinkel, wie Estelle mit süßem Lächeln auf Sam einredete. Das also hatte Maggie gemeint. Alexandra war fast sicher, dass Estelle den Ellenbogen extra ausgestreckt und es darauf angelegt hatte, Alexandra zu treffen.

Als sie aus der Küche kam, war der erste, den sie sah Grant Ryder. Er unterhielt sich mit einem älteren Herrn. Sam hatte sich gerade von Estelle loseisen können und wartete auf Alexandra. Sie eilte zu ihm und flüsterte ihm besorgt zu: „Grant Ryder ist hier!"

„Ich habe ihn gesehen", meinte Sam. „Aber mach dir keine Sorgen. Noch ist er nüchtern."

Nachdem sie gegessen hatten, gingen Alexandra und Sam ins Wohnzimmer. Dort wurde Musik gespielt. Vor allem die jüngeren Gäste hatten sich hier versammelt. Sie unterhielten sich gut, als Estelle das Mikrofon ergriff und ankündigte, dass nun das Karaoke-Singen an der Reihe sei.

Die Stimmung stieg sofort, dutzende Freiwillige meldeten sich.

Aber den ersten Song sang Estelle selbst. Es war ein langsamer Country-Song, den Alexandra nicht kannte, und Estelle trug ihn mit unschlagbarer Selbstsicherheit vor.

Anschließend verkündete Estelle, dass sie an diesem Abend einen besonderen Gast aus Übersee unter sich hätten, und dass dieser Gast doch bitte den nächsten Song vortragen möge.

Alexandra kümmerte sich nicht weiter um diese Ansage, bis ihr plötzlich klar wurde, dass sie selbst gemeint war! Resolut schüttelte sie den Kopf.

„Es ist doch nur Spaß!", rief Estelle ihr vom Podest aus zu und von allen Seiten ertönten aufmunternde Worte.

Sam beugte sich zu Alexandra herunter und sagte leise: „Lass nicht zu, dass sie dich bloßstellt. Und außerdem ... du schuldest mir ein Lied."

„Danke für die Hilfe", raunte Alexandra ärgerlich. Dann ging sie zu dem kleinen Podest hinüber, dankte Estelle kühl für ihre Fürsorge und wählte ein Lied aus. Woher sie den Mut dazu nahm, wusste sie selbst nicht. Sie nahm das Mikrofon in die Hand und sah sich unsicher um. Wenigstens war der Raum abgedunkelt und bis auf Estelle und Sam kannte sie niemanden hier. Estelle ... Alexandra mochte sie von Minute zu Minute weniger. Aber sie durfte nicht zulassen, dass Estelle Grund hatte, auf sie herabzuschauen. Alexandra holte tief Luft. Dann sah sie zu Sam hinüber. Sein Grinsen machte ihr bewusst, dass dies alles tatsächlich nur ein Spaß war und ihre Anspannung ließ nach.

Das Lied war wie im Fluge vorüber. Schon kletterte Alexandra von dem Podest herunter und der nächste Freiwillige zwängte sich an ihr vorbei. Alexandras Auftritt war vergessen.

Sie ging zu Sam hinüber und hörte gerade noch, wie er etwas von *mein Mädchen* sagte. Estelle machte ein säuerliches Gesicht. Sie hatte Alexandra vor Sam blamiert sehen wollen, aber ihr Versuch war fehlgeschlagen.

„Können wir einen Augenblick an die frische Luft gehen?", bat Alexandra Sam.

„Natürlich."

Sie verließen das Haus durch eine große Glastür im Salon, die auf die Terrasse führte. Als die Tür hinter ihnen zufiel und der Lärm und Trubel nur noch gedämpft zu hören waren, atmete Alexandra erleichtert auf. Die kalte Luft drang durch ihre leichte Kleidung und ließ sie frösteln. Aber ihrem Kopf tat die Erfrischung gut.

„Ich bin einen solchen Rummel nicht mehr gewöhnt", meinte sie. „Wahrscheinlich bin ich schon eine richtige Hinterwäldlerin geworden."

„Das gefällt mir ja so gut an dir", meinte Sam. „Du bist kein bisschen modern."

Alexandra sah ihn verdutzt an.

„Ich meinte mit modern, dass dich solche Partys, Mode und der ganze andere Firlefanz nicht interessieren. Du bist so ... natürlich." Er warf ihr einen verlegenen Blick zu.

Alexandra sah ihn lange forschend an, dann sagte sie: „Danke, das ist ein schönes Kompliment."

„Alex", begann Sam, „ist dir schon sehr kalt oder hältst du es noch einen Augenblick aus? Wir hätten die Jacken mitnehmen sollen."

„Es geht schon noch ein paar Minuten", erwiderte sie.

„Gut", meinte Sam, „denn ich möchte dir etwas sagen, was mir schon lange auf dem Herzen liegt. Ich ..." Weiter kam er nicht, denn in diesem Moment ging die Tür auf und weitere Gäste kamen auf die Terrasse heraus.

„Komm", bat Sam, „gehen wir wieder hinein." Er hielt Alexandra die Tür auf und betrat nach ihr den Salon.

Sie drehte sich zu ihm um.

„Was wolltest du mir eben sagen?"

„Alex, ich ..." Aber auch dieses Mal wurde er unterbrochen. Einer der Kellner kam zu ihnen und bot ihnen Getränke an.

Wie aus dem Nichts tauchte Grant Ryder auf und drängelte sich zwischen sie.

„Ich nehme gern ein Glas!", meinte er und griff nach einem der Gläser. „Oh, ich nehme doch lieber Champagner", änderte er seine Meinung gleich darauf, stellte das Glas zurück und nahm ein anderes.

Der Kellner wandte sich erneut an Alexandra.

„Danke", sagte sie und nahm sich das Glas, nach dem sie bereits die Hand ausgestreckt hatte, als Grant sich so unhöflich zwischen sie gedrängelt hatte. Sie nahm einen Schluck.

Sam sah Grant finster an. „Warum ziehst du nicht Leine, Ryder?"

„Ich darf doch stehen, wo ich möchte, lieber Sam", sagte Grant und lächelte ihn an.

Sams Gesicht verfinsterte sich noch mehr.

„Komm Alex, lass uns tanzen."

„Warte!", rief Alexandra und stellte ihr Glas ab. Dann folgte sie Sam, der noch immer ihre Hand hielt.

„Ich tanze nur mit dir, wenn du deine Laune änderst", erklärte sie mit fester Stimme, als sie sich auf der Tanzfläche gegenüberstanden.

„Entschuldige", sagte Sam. „Du hast recht."

Gerade lief das eben gespielte Lied aus und ein neues, langsames Stück begann. Die Tanzfläche füllte sich mit Paaren.

Alexandra sah Sam in die Augen und zögerte verlegen.

Sam legte behutsam seinen Arm um ihre Taille und ergriff ihre Hand. Dann zog er sie an sich.

Alexandra spürte seinen Atem an ihrem Hals und eine

Gänsehaut lief über ihren Rücken. Ihr Herz fing an zu springen. Sie hoffte, Sam möge nicht bemerken, was in ihr vorging und versuchte gleichgültig zu wirken. Aber sie schloss die Augen und genoss den Augenblick. Sie spürte seinen starken Körper, spürte seinen Herzschlag. Oder war es ihr eigener Herzschlag? Ihr Herz klopfte so laut, dass sie dachte, alle Anwesenden müssten es hören.

Plötzlich begann sich alles in ihrem Kopf zu drehen. Alexandra wollte es nicht wahr haben und riss die Augen auf. Aber das machte alles nur noch schlimmer. Für eine Sekunde war ihr, als sähe sie den Schatten eines mächtigen, schwarzen Vogels in einer der Zimmerecken stehen. Aber dann war er verschwunden.

Alexandra konnte nur noch verschwommene, verzerrte Formen erkennen und die Partygeräusche drangen nur noch gedämpft an ihr Ohr. Ein flaues Gefühl breitete sich in ihrem Magen aus und ihre Knie wurden weich. Panik erfasste sie. Sie wusste, sie würde ohnmächtig werden, und sie konnte nichts dagegen tun! Verzweifelt klammerte sie sich an Sam. Sie hatte Angst.

„Sam, hilf mir!", stieß sie matt aus, dann versank sie in völliger Dunkelheit.

„Alex!", schrie Sam entsetzt und fing sie auf.

Die Musik brach ab und eine Menschentraube versammelte sich um sie.

„Alex!", rief Sam erneut. Aber es gelang ihm nicht, sie wach zu rütteln. Alexandra war und blieb ohne Bewusstsein. Er hob sie in seine Arme und schaute sich suchend um.

„Ich bin Arzt!" Ein älterer, untersetzter Herr mit grauem Haar drängte sich durch die Menschenmenge. Er fühlte Alexandras Puls und prüfte ihre Pupillen.

„Wir bringen sie besser in eines der Gästezimmer", meinte er besorgt.

Sam folgte dem Arzt und der aufgeregten Mrs. Carson ins

Obergeschoss des Hauses, Alexandra in seinen Armen. Im Gästezimmer angekommen, legte er sie aufs Bett. Dann bat der Arzt ihn und Mrs. Carson unten zu warten.

Sam fügte sich nur widerwillig. Er ließ Alexandra nicht gerne aus den Augen. Er fühlte, er sollte bei ihr bleiben. Aber der Arzt redete beschwichtigend auf ihn ein und so folgte er der aufgeregten Mrs. Carson nach unten.

In der Eingangshalle traf Sam auf Estelle, die sichtlich erregt und aufrichtig besorgt klang.

„Alex ist doch nicht ernstlich etwas zugestoßen, oder?", fragte sie.

Sam schwieg. Er kannte die Antwort nicht. Schweigend ließ er sich auf der Treppe nieder und rieb sich den Kopf. Estelle stand neben ihm und redete ununterbrochen auf ihn ein.

Sam konnte sich nicht erklären, was geschehen war. Eben noch war er im siebten Himmel gewesen und jetzt – jetzt war ein großer Sturm losgebrochen!

Kurze Zeit später kam der Arzt zu ihnen.

„Die junge Dame schläft", berichtete er. „Um genaueres sagen zu können, müssen wir abwarten, bis sie aufwacht. Am besten lassen Sie sie eine Weile in Ruhe und stören sie nicht. Ich sehe später noch einmal nach ihr." Der Arzt verabschiedete sich.

Sam gefiel die Situation ganz und gar nicht. Er wollte Alexandra nach Hause bringen oder zumindest zu Maggie und Dick. Irgendetwas stimmte hier nicht – er hatte ein sehr ungutes Gefühl.

Estelle redete noch immer ununterbrochen auf ihn ein und gab sich so freundlich und besorgt, als ob er es war, dem etwas fehlte.

„Sei mal eine Minute still, Estelle! So kann man ja nicht nachdenken!", fuhr er sie ärgerlich an.

Estelle war beleidigt, schwieg aber sofort.

Was war es nur? Sams Gedanken überschlugen sich.

„Ist jemand nach oben gegangen, seit wir Alex ins Gästezimmer gebracht haben?", fragte er.

„Hier nicht, aber den anderen Treppenaufgang kann man von hier aus nicht einsehen", antwortete Estelle kurz angebunden.

Plötzlich erinnerte Sam sich an die Worte, die seine Großmutter ihm gestern beim Abschied leise zugeflüstert hatte: Halte dein Auge fest auf Alex!

Sam sprang auf. Er hätte nicht von Alexandras Seite weichen sollen. Sie brauchte ihn. Er musste sie beschützen.

Im Nu war er die Treppen hinaufgesprungen und stand an der Tür zu dem Zimmer in dem Alexandra lag. Von der anderen Seite der Tür ertönte eine Männerstimme.

„Du Miststück! Du verdienst es nicht anders!"

Sam schob die Tür lautlos einen Spalt auf und blickte ins Zimmer. Sein Atem stockte: Grant Ryder stand neben Alexandras Bett, ein großes Messer in der Hand. Alexandra schien benommen und nur halb wach zu sein, unfähig sich zu rühren.

Grant hob das Messer. Alexandra schloss die Augen.

„Jetzt kriegst du, was du verdienst, du Hund", flüsterte Sam und stürzte ins Zimmer.

Grant fuhr herum, das Messer nun auf Sam gerichtet.

Sam ging langsam auf ihn zu. Er hatte keine Angst vor Messern. Jahrtausende lang war das Überleben seines Volkes von Messern abhängig gewesen – und von der Fähigkeit mit ihnen umzugehen. Diese Art von Kampf lag in seinem Blut.

Ohne Grant aus den Augen zu lassen, griff Sam nach einem Kissen, um sich besser gegen einen Angriff verteidigen zu können. Dann stürzte Grant sich auf ihn. Innerhalb weniger Sekunden war ein verbissener Kampf im Gange.

Grant wusste, dass er im Zweikampf gegen Sam keine

Chance hatte. Er versuchte ein paar Mal, ihn mit dem Messer zu erwischen, hatte aber kein Glück. Sam wehrte die Hiebe gekonnt mit dem Kissen ab.

Dann rammte Grant Sam hart mit dem Kopf. Sam geriet ins Wanken. Er taumelte und stützte sich auf das Bett, um nicht das Gleichgewicht zu verlieren. Alexandra stöhnte vor Schmerzen auf, als Sam auf ihren Körper prallte.

Grant versuchte noch einmal, Sam einen Hieb mit dem Messer zu versetzen. Aber Sam gelang es, ihm die Waffe aus der Hand zu treten. Grant blieb nur ein Ausweg: Er stieß Sam von sich und rannte zur Zimmertür. Laut krachend ließ er die Tür hinter sich ins Schloss fallen. Er glättete seinen Anzug und sein Haar und stieg gelassen die Treppe hinunter. Unten mischte er sich unter die Gäste.

Sam wollte ihm gerade nachrennen, als er bemerkte, dass sein Unterschenkel blutete. Das Messer musste ihn, als er es Grant aus der Hand getreten hatte, unbemerkt am Bein verletzt haben.

„Mein Gott, was ist denn hier los!", rief Estelle entsetzt. Sie war Sam gefolgt, als er nicht sofort zurückkam, und hatte Grant nur um eine Haaresbreite verpasst. Er war über die andere Treppe wieder nach unten gegangen.

„Ich brauche etwas, mit dem ich mir das Bein verbinden kann", wandte Sam sich an Estelle, die im Schlafzimmer verschwand und mit einem Baumwolltuch zurückkam.

„Danke", meinte Sam und band leise fluchend die Wunde an seinem Bein ab.

Alexandra versuchte sich aufzurichten, aber ihr war noch immer fürchterlich schwindlig. Sie hielt sich den Kopf. Was war nur mit ihr los?

Sam war sofort an ihrer Seite. „Alex, mach dir keine Sorgen. Ich bringe dich zu Maggie."

Alexandra ließ sich auf das Kopfkissen zurückfallen. Maggie. Wie gerne wäre sie jetzt bei ihr.

Sam hob Alexandra in seine Arme und verließ wortlos das Gästezimmer. Er trug sie aus dem Haus und über den erleuchteten Hof bis zu seinem Pick-Up. Die anderen Gäste sahen ihnen verwundert nach.

Sam war wütend – auf Grant Ryder und auf sich selbst. Grant tat besser daran, ihm in diesem Augenblick nicht über den Weg zu laufen.

Wenig später erreichten sie die Little Creek Ranch. Im Wohnhaus war alles dunkel. Maggie und Dick waren schon schlafen gegangen. Sam hupte und kurz darauf erschien Dick in der Tür. Er pfiff durch die Zähne, als er Sam mit Alexandra in den Armen sah.

Maggie blickte ihrem Mann über die Schulter und schrie entsetzt auf. „Was ist mit ihr passiert?"

„Ich weiß es nicht", beschwichtige Sam. „Sie ist bei Estelle einfach zusammengeklappt. Helft mir, sie ins Haus zu bringen. Es geht ihr immer noch schlecht."

Gemeinsam stützten sie Alexandra und führten sie ins Haus. Alexandra wollte nur ins Bad. Ihr war so furchtbar übel.

Als sie später im Gästezimmer lag, saß Maggie an ihrer Seite, kühlte ihr die Stirn und sprach beruhigend auf sie ein, bis sie fest eingeschlafen war. Dann ging sie zu den Männern in die Küche. Sam hatte seine Jeans ausgezogen und wusch die Messerwunde in seinem Unterschenkel mit klarem Wasser aus.

„Was ist passiert?", fragte Maggie noch einmal. Ihre Stimme ließ keine Ausflüchte zu.

Sam erzählte den beiden, was er wusste, während Maggie ihm einen Druckverband anlegte. „Ich weiß nicht, was ich davon halten soll. Alex ging es blendend. Und dann sackte sie plötzlich zusammen. Einfach so!"

„Hat sie irgendetwas ungewöhnliches gegessen oder getrunken?", wollte Dick wissen.

Sam schüttelte den Kopf. „Vor dem Tanzen hat sie etwas Sekt getrunken, aber nicht mehr als ein paar Schlucke."

„Vielleicht hat ihr jemand was in den Sekt getan", mischte Maggie sich ein.

„Was meinst du?", fragte Dick. „Eine Droge?"

„Ja", erwiderte Maggie als wäre dies die selbstverständlichste Sache der Welt.

„Warum sollte jemand so etwas tun?", zweifelte Dick. „Alex hat niemandem etwas getan."

„Natürlich hat sie niemandem etwas getan", meinte Maggie. „Aber vielleicht war sie jemandem im Weg und dieser jemand wollte sie für eine Weile aus dem Blickfeld haben, um ..."

„Estelle? Du meinst, sie würde so etwas tun?" Dick sah seine Frau entgeistert an.

„Sie ist eine Frau, mein Lieber, und manche Frauen gehen über Leichen, wenn es um die Gunst eines Mannes geht", antwortete Maggie ungerührt.

„Das ist ein schwerwiegender Vorwurf, Maggie", meinte Dick.

„Überlegt doch mal", beharrte Maggie. „Alex ist nie krank. Aber ausgerechnet heute Abend bei Estelle, da klappt sie zusammen. Wie passend. Nein, ich bleibe dabei: Irgendwer hat ihr etwas ins Glas gemischt." Dann wandte sie sich an Sam, der schweigend zugehört hatte. „Gut, dass du in der Nähe gewesen bist."

„Das kann man auch anders sehen. Wenn ich nicht wäre, hätte Alex diese Probleme gar nicht", sagte Sam düster.

Maggie sah ihn fragend an, doch er schwieg.

„Sollen wir dich ins Krankenhaus fahren?", fragte Dick. „Und wie schlimm steht es um Alex, Maggie?"

„Nein, bei mir ist es nicht so schlimm", meinte Sam. „Die Wunde ist sauber und morgen kann Grandma sich die Sache ansehen. Jagen gehen wir sowieso nicht."

„Alex ist im Moment auch okay", erklärte Maggie. „Sie schläft tief und fest. Wir sollten jetzt auch schlafen. Die Kinder sind morgen früh wieder rechtzeitig auf den Beinen. Da kennen sie keine Gnade."

Kurz darauf war das Haus wieder dunkel. Sam schlief bei Alexandra im Zimmer. Er wollte Wache halten – nur für alle Fälle.

Kapitel 18

Offenbarung

Als Alexandra am nächsten Morgen aufwachte, war es schon spät. Sie streckte sich, legte aber gleichdarauf eine Hand an die Schläfe. Ihr Kopf schmerzte fürchterlich. Sie erinnerte sich an den vergangenen Abend und ihre Miene verdunkelte sich. Was war nur mit ihr los? Einfach so zusammen zu klappen, war wirklich nicht ihre Art.

Vorsichtig setzte sie sich im Bett auf und schaute aus dem Fenster. Die Sonne schien. Plötzlich fiel ihr ein, dass sie heute mit Sam hatte Jagen gehen wollen. Ob Sam noch auf der Little Creek Ranch war? Sie stand auf und ging in die Küche.

„Du hast lange geschlafen, es ist schon fast 12 Uhr", begrüßte Maggie sie. Sie stand am Herd und bereitete das Mittagessen. „Wie fühlst du dich?"

„Als sei ein Lastwagen über meinen Kopf gefahren", stöhnte Alexandra und setzte sich an den Tisch. „Wo sind Dick und die Kinder?"

„Draußen im Stall. Es ist so ein schöner Tag. Die Kinder wollen nach dem Essen ausreiten. Sam ist übrigens auch noch da. Er hat die Nacht über an deinem Bett gesessen." Maggie machte eine Pause und sah Alexandra an. „Die anderen werden bald hereinkommen. Warum machst du dich nicht frisch. Ich komme schon zurecht. Ich habe ein paar von meinen Kleidungsstücken für dich im Bad bereitgelegt. Es ist ziemlich kalt draußen und du hast nur deinen leichten Rock an."

„Danke", sagte Alexandra. Dann fragte sie nachdenklich. „Was hältst du von der ganzen Geschichte gestern?

„Du solltest ihn anzeigen", antwortete Maggie.

„Du hast recht, das sollte ich." Alexandra blickte die Freundin bittend an. „Würdet ihr mich später auf die Polizeistation begleiten?"

„Natürlich", sagte Maggie.

„Ich muss Sam wirklich dankbar sein. Er hilft mir dauernd aus der Patsche."

„Er macht sich schwere Vorwürfe, weil er dich allein in dem Zimmer gelassen hat. Du solltest mit ihm reden."

Alexandra sah Maggie überrascht an. Warum sollte Sam sich Vorwürfe machen? Sie beschloss, mit ihm darüber zu sprechen, sobald sich eine günstige Gelegenheit ergab.

Sie ging ins Bad und wusch sich das Gesicht mit kaltem Wasser. Forschend betrachtete sie sich im Spiegel. Es kam ihr ein wenig so vor, als würde eine andere ihr aus dem Spiegel entgegenblicken. Etwas in ihrem Gesicht hatte sich verändert.

Alexandra stutzte. Sie erinnerte sich an den Schatten des großen schwarzen Vogels, den sie am vergangenen Abend in der Wohnzimmerecke auf der Triple C zu sehen geglaubt hatte. Sie wusste nun mit Sicherheit, dass der Vogel wirklich dort gewesen war. Er war erschienen, um sie zu warnen! Und genau das war es, was sich verändert hatte. Sie spürte es deutlich. Nicht ihr Aussehen hatte sich verändert, sondern ihre Seele. Sie nahm jetzt Signale wahr, die sie noch vor wenigen Wochen als unglaublich beiseite geschoben hätte. Und genau diese Veränderung spiegelte sich in ihren Augen wider.

Alexandra wusste nicht genau, was sie von dieser Erkenntnis halten sollte, aber etwas tief in ihrem Herzen begrüßte diese neue Seite in ihr.

Schweigend zog sie Jeans und Pullover an, die Maggie für sie bereitgelegt hatte, und kehrte in die Küche zurück.

„Alex, du glaubst nicht, was passiert ist!", rief Maggie ihr aufgeregt entgegen „Ach, es ist wunderbar! Eben haben wir die Zusage von unseren ersten Feriengästen bekommen! Ein Herr hat aus der Nähe von Kamloops angerufen. Er wird mit seiner Frau und einem befreundeten Ehepaar am Freitag für ein langes Wochenende zu uns kommen!"

„Maggie, das ist wunderbar!", freute Alexandra sich. „Ich wusste, ihr würdet Zusagen auf die Anzeige erhalten! Und was hielten sie von den Preisen?"

„Sie waren zufrieden", berichtete Maggie.

In diesem Moment kamen die Männer mit den Kindern herein und Maggie berichtete sogleich von der Neuigkeit. „Zugegeben", meinte sie, „ein langes Wochenende bringt nicht viel Geld ein, aber es ist ein Anfang."

Alle waren aufgeregt und sprachen durcheinander. Maggie lief zu Alexandra hinüber und umarmte sie. „Du bist ein Schatz", sagte sie. „Danke für deine Idee!"

Die Kinder freuten sich, Alexandra zu sehen, nachdem sie für vier lange Tage in Shaheylah gewesen war. Vor den beiden Großen konnte man fast nichts mehr geheim halten, und so versicherte ihr Tim sogleich großzügig, dass sie sich keine Sorgen zu machen brauchte. Sollte Grant Ryder noch einmal versuchen, ihr weh zu tun, würde er ihn eigenhändig erledigen.

„Du sollst nicht immer unseren Gesprächen lauschen", schallt Maggie.

Aber Alexandra lächelte den Jungen liebevoll an und sagte: „Bei so einem Beschützer wird Grant Ryder sich bestimmt nicht trauen, sich irgendetwas herauszunehmen."

Nach dem Abwasch ging Alexandra nach draußen, um Sam zu suchen. Sie wollte etwaige Spannungen zwischen ihr und Sam lieber sofort aus dem Weg räumen, auch wenn ihr solche Gespräche nicht eben leichtfielen.

Sie fand ihn im Stall, wo er Heu für die Tiere vom Heuboden herunterholte. „Hey, Sam!“ rief sie. „Hast du Zeit für einen Spaziergang?“

Sam steckte den Kopf durch die Luke im Heuboden und sah sie einen Moment lang unsicher an. „Gib mir eine Minute, dann bin ich unten!“

Für November war es ein ausgesprochen warmer Nachmittag. Maggie und die Kinder machten einen Ausritt und es lag eine behagliche Stille über der Little Creek Ranch. Alexandra und Sam setzten sich hinter dem Stall auf einen Balken in die Sonne.

„Ist es schlimm?“, fragte Alexandra und deutete auf Sams Bein.

„Nein“, antwortete er. „Aber keine Verletzung ist gut. Ich denke, es ist eine Warnung; ich hätte besser zuhören und dich nicht alleine lassen sollen.“

„Sam“, warf Alexandra ein und spielte nervös mit einem Stein, den sie vom Boden aufgehoben hatte. „Was gestern Abend passiert ist, ist doch nicht deine Schuld! Ich bin dir so dankbar, dass du mir schon wieder aus der Patsche geholfen hast. Es scheint, als rutsche ich von einer Katastrophe in die nächste.“ Dann erzählte sie Sam von dem Raben.

„Ich denke, du hast recht, Alex. Der Vogel wollte dich warnen. Und es ist gut, dass du solche Zeichen wahrnimmst.“ Sam schwieg für einen Moment und starrte auf den Boden.

„Wie du es darstellst, hört es sich so an, als sei es nobel von mir, dir zu helfen. Aber das ist es nicht. Im Gegenteil. Es ist sehr eigennützig von mir. Ich mag dich nämlich sehr gern. Und es würde mir sehr wehtun, wenn dir etwas zustößt.“

Alexandra lachte betreten. „Sam, ich ...“, begann sie. Aber Sam fiel ihr ins Wort.

„Warte. Bevor du etwas sagst, lass mich bitte etwas erklären. Du musst spüren, dass du mir nicht gleichgültig bist – im Gegenteil. Ich bin sehr gern mit dir zusammen. Du bringst mich zum Lachen und schaffst es immer wieder, mich aus meinen Launen zu reißen. – Und wenn ich es richtig sehe, dann bin ich dir auch nicht ganz gleichgültig, habe ich recht?" Er sah sie forschend an.

Seine Offenheit machte Alexandra verlegen. Ihre Blicke wanderten ziellos über den Boden und Röte stieg ihr ins Gesicht. „Ich mag dich sehr gern, Sam", sagte sie schließlich leise.

Sam räusperte sich.

„Unter Umständen könnte sich etwas sehr Schönes aus unseren Gefühlen entwickeln. Aber es könnte auch daneben gehen, und dann würde ich dich verlieren. Es ist ein großes Wagnis, Alex, bei dem viel auf dem Spiel steht – nämlich unsere Freundschaft. Und im Augenblick bringe ich es nicht fertig, dieses Wagnis auf mich zu nehmen." Er sah sie an. „Verstehst du, was ich sagen will, Alex?"

Sie hatte die Hände in ihre Jackentaschen gesteckt und starrte auf ihre Schuhspitzen. Eine Flut von widersprüchlichen Gefühlen durchströmte sie. Ihr Herz schlug schnell vor Freude, weil Sam gesagt hatte, dass sie ihm etwas bedeutete. Aber gleichzeitig machte es ihr auch Angst. Dennoch war Alexandra froh, dass dieser Punkt jetzt klar war. Sie würde Sams Gesellschaft nun ungezwungen genießen können, und brauchte keine Sorge zu haben, dass sie ihn verlieren oder verletzen könnte. Es kam nur darauf an, in diesem Moment die richtigen Worte zu finden, und ihrer Freundschaft zu Samuel Reed würde nichts im Wege stehen.

„Alex, sieh mich an", forderte Sam sie auf. „Habe ich dich gekränkt?"

Alexandra schüttelte den Kopf. „Nein, Sam, was du gesagt hast, war ehrlich und offen und ich danke dir dafür." Sie blickte ihm fest in die Augen. „Ich bin auch noch nicht so weit. Jedenfalls nicht im Augenblick."

„Du bist mein bester Freund, Alex. Wird es so bleiben?" Er sah sie forschend an.

„Ja", erwiderte sie ohne zu zögern und lächelte. „Maggie und du, ihr seid meine besten Freunde. Noch nie zuvor in meinem Leben bin ich Menschen wie euch begegnet. Es ist wunderbar bei euch zu sein!"

„Du bist wunderbar", sagte Sam und drückte ihre Hand.

Ein paar Tage später waren Maggie und Alexandra im Gästehaus damit beschäftigt, alles herzurichten. Die ersten Gäste würden zwar erst am Freitag anreisen, aber an dem Tag würde Alexandra arbeiten und konnte Maggie nicht zur Hand gehen.

„Maggie, ich möchte, dass du dieses Geld annimmst." Alexandra zog ein paar Scheine aus der Hosentasche.

„Wozu?", fragte Maggie erstaunt.

„Sarah Burdell bezahlt mich gut. Es ist ein Teil meines Gehaltes. Ich möchte, dass du es annimmst – sagen wir als Bezahlung für mein Zimmer."

„Kommt nicht in Frage!", empörte sich Maggie. „Du hilfst mir so viel. Und außerdem bist du gar nicht oft hier. Meistens bist du doch in Shaheylah."

„Bitte nimm es", bat Alexandra. „Sam will auch kein Geld von mir annehmen und er benötigt es auch nicht wirklich. Aber du und Dick – ihr braucht es. Bitte!"

„Nein", sagte Maggie entschieden, „du bist meine Freundin."

„Und darum will ich dir helfen. Ich habe doch nur deshalb den Job im Café angenommen. Hör zu, wenn du es nicht für dich willst, dann nimm es für das Baby. Du musst doch sicher vieles besorgen."

Maggie sah die Freundin lange an. „Ich weiß nicht, was ich sagen soll! Natürlich ist unser Geld knapp. Aber dann sollte ich arbeiten gehen. Nicht du."

„Aber du arbeitest doch schon so viel, Maggie, und außerdem erwartest du ein Baby. Ich dagegen bin völlig frei", sagte Alexandra. Dann fügte sie hinzu: „Nur solange Dick nicht arbeiten kann. Bitte!"

Maggie zögerte einen Moment, dann fiel sie Alexandra um den Hals und drückte sie fest. „Du bist ein Schatz! Ich werde das Geld für Babysachen verwenden. Ich habe zwar noch vieles von Miranda, aber einiges muss ich doch aussortieren und ersetzen. Ich will nachher mal die Kisten durchsehen und eine Liste machen. Wenn ich rechtzeitig anfange, kann ich eine Menge selbst nähen und viel Geld sparen."

Alexandra war zufrieden und steckte Maggie das Geld in die Tasche. „Wann kommt das Baby eigentlich genau?"

„Anfang Mai", antwortete Maggie. „So, eigentlich sind wir hier fertig. Wie ist es, willst du mir helfen, die Babysachen durchzusehen, solange die Kinder beschäftigt sind?"

„Gerne!"

Die beiden Frauen schlenderten zum Wohnhaus hinüber. Alexandra trug die Kisten mit den Babysachen für Maggie vom Keller hinauf ins Wohnzimmer. Dort setzten sie sich auf den Fußboden und begannen, den Inhalt vor sich auszubreiten. Maggie machte Notizen.

Für Alexandra war es etwas Besonderes, die kleinen Strümpfe, Hemden und Hosen anzuschauen. Entzückt hielt sie jedes Stück hoch, um es genau zu betrachten. Maggie musste lachen, als sie die Freundin dabei beobachtete.

„Du hast gut lachen", sagte Alexandra. „Für dich sind die süßen kleinen Sachen nichts Außergewöhnliches. Du hast ja schon vier Kinder! Ich kann mir nicht einmal richtig vorstellen, wie es wäre ein Baby zu haben."

Maggie lächelte. „Jedes Baby ist anders und einzigartig und verdient liebevolle, aufmerksame Fürsorge. Auch, wenn es das fünfte ist! Und du – du wirst vielleicht selbst bald Mutter sein."

„Ich?", fragte Alexandra entgeistert. „Ich habe ja noch nicht einmal einen Mann in Aussicht."

„Nein?", hakte Maggie nach. „Und was ist mit Sam? – Oder möchtest du nicht darüber sprechen?"

„Wir können gerne über Sam sprechen", meinte Alexandra. „Aber viel gibt es da nicht zu erzählen."

„Ich hatte den Eindruck, als ob du ihm viel bedeutest."

Alexandra seufzte. „Wir haben gerade vorgestern darüber gesprochen. Wir sind sehr gute Freunde. Das ist alles."

Maggie schwieg. Sie wollte Alexandra nicht bedrängen.

„Sam hat gesagt, dass er mich sehr gern hat", fuhr Alexandra fort, während sie betont sorgfältig die Babysachen sortierte. „Aber er möchte unsere Freundschaft nicht dadurch aufs Spiel setzen, dass wir auf anderer Ebene eine Beziehung anfangen."

„Das hat Sam gesagt?", fragte Maggie verwundert. „Er muss dich wirklich sehr, sehr gern haben ... Und was hast du geantwortet?"

„Ich habe ihm gesagt, dass ich ebenfalls nicht bereit bin für eine Partnerschaft." Alexandra zuckte mit den Schultern. „Was hätte ich anderes sagen können, ohne ihn zu verletzen? Und außerdem bin ich mir nicht sicher, was ich wirklich will."

„Du bist dir nicht sicher, oder – du hast Angst?", fragte Maggie.

Alexandra sah sie überrascht an. „Sind meine Gedanken so leicht zu lesen?"

Maggie lächelte liebevoll. „Wie Mirandas Bilderbuch. Aber lass dich nicht täuschen, mir ging es damals genauso, als ich Dick kennenlernte. Ich weiß, wie du dich fühlst."

Jetzt musste auch Alexandra lächeln, und beide Frauen wandten sich wieder den Babysachen zu.

So saßen sie noch immer, als Sam lautlos das Haus betrat. Er war kurzentschlossen zur Little Creek Ranch gefahren, um Alexandra abzuholen. Dann brauchte Maggie am nächsten Tag nicht extra nach Shaheylah fahren. Sam schaute ins Wohnzimmer, von wo er die Frauen reden und lachen hörte. Gerade wollte er „Hallo!" rufen, hielt dann aber inne. Alexandra und Maggie saßen mitten in einem Haufen von Babywäsche und Zubehör auf dem Boden. Ihre Gesichter strahlten in einem besonderen Glanz.

So ist das wohl, dachte Sam. Die eine ist schwanger und wirkt dadurch noch schöner und weiblicher, und die andere wird von diesem Glanz angesteckt und bekommt ein Leuchten in den Augen, das von Sehnsucht spricht.

Sam fand, beide Frauen sahen bezaubernd aus und ihm wurde einmal mehr deutlich, wie viele verschiedene Seiten Alexandras Wesen hatte. In diesem Augenblick war sie umhüllt von einer Aura aus Liebe und Wärme. Es verlieh ihrem Gesicht einen weichen, sanften Ausdruck und machte sie anziehender als je zuvor.

Und plötzlich erschien ein Bild vor Sams geistigem Auge: Alexandra stand vor ihm, ihr Bauch groß und rund. Zärtlich strich sie über ihren Bauch und schenkte dem Kind, das darin wuchs, ihre Liebe. Seinem Kind.

Eine wohlige Wärme stieg in Sam auf und weckte ein neues Gefühl tief in seinem Herzen. Unwillkürlich zuckte er zusammen. Dieses Gefühl war mehr, als er erwartet hatte.

In diesem Moment bemerkte Maggie ihn und riss ihn aus seinen Tagträumen. „Hey, Sam! Komm rein. Sieh dir mal an, was wir machen."

Alexandras Arbeitstag war lang und ermüdend gewesen. In der Mittagspause hatte sie kurz mit Maggie telefoniert. Die angemeldeten Feriengäste waren eingetroffen. Maggie hatte gesagt, sie machten einen netten und höflichen Eindruck. Sie hatte ihnen das Gästehaus gezeigt, und die Ehepaare Craig und Johnson hatten sich zu allem positiv geäußert.

Nach dem Auspacken wollten sie sich die Ranch ansehen und ausreiten. Maggie war erleichtert darüber gewesen, dass bisher alles so gut gelaufen war. Und Alexandra war es ebenfalls.

Alexandra blickte sich um. Sie war mit der Arbeit fertig. Das Café war bereits seit einer ganzen Zeit geschlossen, aber sie hatte noch aufräumen müssen. Sie rief Sarah ein paar Abschiedsworte zu, knipste das Licht im Verkaufsraum aus und verließ das Café.

Draußen war es kalt. Der November neigte sich langsam dem Ende zu und es hatte schon mehrmals geschneit. Noch war der Schnee nie lange liegen geblieben, aber laut Wetterbericht sollte sich das bald ändern.

Alexandra sah hinauf in den dunklen, klaren Himmel. Er war mit Sternen übersät. Selbst hier im Ort, mit all den Straßenlichtern, war er schön anzusehen. Noch viel schöner dagegen war er im unbeleuchteten Teil des Reservats, wo Sams Blockhaus stand. Alexandra hatte noch nie zuvor einen so tiefdunklen Nachthimmel gesehen wie dort, mit so unendlich vielen funkelnden Sternen und einer Milchstraße, die zum Greifen nahe schien. Es war ein überwältigender Anblick, bei dem es Alexandra jedes Mal den Atem verschlug. Die Zeit schien dann still zu stehen, und Alexandra kam sich ganz klein und unwichtig vor.

Sie seufzte und wandte sich der Straße zu. Da bemerkte sie Sam. Er lehnte gegen seinen Pick-Up und blickte ihr erwartungsvoll entgegen. Sie hatte nicht damit gerechnet, dass er sie abholen würde. Heute war eigentlich sein Sportabend.

Alexandra lächelte. Sam war in den letzten Tagen besonders nett zu ihr gewesen. Sie hatten zwei ungezwungene, fröhliche Abende zusammen verbracht und sie freute sich sehr ihn zu sehen.

Sam war schon auf dem Weg zur Schwimmhalle gewesen,

als er kurzerhand beschlossen hatte, Alexandra zu überraschen. Heute Abend war im *Gordon's* Live-Musik und Alexandra hatte sich eine kleine Abwechslung verdient. Sam lächelte darüber, wie sie verträumt dastand und gebannt zum Nachthimmel empor blickte, ohne ihn zu bemerken.

„Schön dich zu sehen", meinte er, als Alexandra beim Pick-Up angekommen war.

„Du holst mich ab?", fragte sie erstaunt.

„Ja, und ich habe eine Überraschung für dich."

„Eine Überraschung? Was ist es?" Sie sah ihn erwartungsvoll an.

„Im *Gordon's* gibt es heute Live-Musik und Büfett", sagte Sam. „Du bist sicher hungrig und außerdem schuldest du mir noch einen Tanz. Ich lade dich ein." Und als Alexandra nicht sofort antwortete, fügte er hinzu: „Wie wär's?"

Alexandra kämpfte mit sich. Wie gerne würde sie seine Einladung annehmen. Aber sie war in keinster Weise auf einen Abend unter Leuten vorbereitet. Ihre Jeans und ihre Bluse hatten im Laufe des Tages allerhand Flecken abbekommen und ihr Haar war wirr. Außerdem war sie müde. Ihre Beine waren bleischwer und sie war sich nicht sicher, ob sie in diesem Zustand noch tanzen konnten.

Sam hingegen sah umwerfend aus, wie er gegen den Kotflügel des Pick-Up lehnte, die Hände in den Jackentaschen, die Füße lässig übereinander geschlagen.

Und mit einem Mal war alles egal: Alexandra fühlte sich einfach nur glücklich. Sam bat sie, mit ihm auszugehen. Sie schob all ihre Einwände beiseite und antwortete: „Sehr gerne."

Sam sprang auf. „Na, dann los!"

Das *Gordon's* war ein kleines Restaurant an der Main Street und hatte einen ausgesprochen guten Ruf. Es war gepflegt und preiswert und bot oft besondere Abendprogramme an, die Abwechslung in den Alltag brachten. Alexandra und Sam betraten das Lokal durch den Seiteneingang. Es war schon gut besucht. Die Beleuchtung war spärlich, lediglich über dem Büfett hingen ein paar Lampen. Auf den kleinen runden Tischen lagen rot-weiß karierte Tischdecken. Auf jedem Tisch stand eine brennende Kerze. Es gab eine schmale Bühne und davor eine kleine Tanzfläche. Noch war die Bühne allerdings leer. Die Musik kam vom Band.

Sam und Alexandra hatten Glück und fanden einen freien Tisch an einem der Fenster. Sam ging zum Büfett, um ihnen etwas zu essen zu holen, als über Bühne und Tanzfläche bunte Lichter angeschaltet wurden. Die Band fing an zu spielen und es wurde sehr laut. Schon tummelten sich die ersten tanzlustigen Paare auf dem Parkett. Immer mehr Leute drängten sich in das kleine Restaurant und die Bedienung hatte große Mühe, sich ihren Weg durch die Menge zu bahnen. Das *Gordon's* war keine Kneipe. Deswegen durfte hier kein Alkohol ausgeschenkt werden. Aber dank der Musik kam auch ohne Spirituosen in Windeseile gute Stimmung auf.

Sam kehrte zum Tisch zurück und stellte zwei vollbeladene Teller vor Alexandra. Dann setzte er sich neben sie.

„Gefällt es dir hier?", fragte er.

„Oh, Sam, es war eine so gute Idee von dir hierher zu kommen", antwortete Alexandra. „Es ist eine schöne Abwechslung, und die Atmosphäre ist so zwanglos. Nicht wie bei den Carsons."

Sam lachte. „Da hast du recht! Estelle würde keinen Fuß in diesen Laden setzen, nicht vornehm genug für sie."

Alexandra musste grinsen.

Die Band stimmte eine langsame Melodie an.

„Das ist unser Tanz!", rief Sam.

Alexandra sträubte sich zunächst, gab dann aber nach

und folgte Sam, der sie mit sich zog und sie auf die Tanzfläche führte. Sanft nahm er sie in seine Arme.

Alexandra war entschlossen, sich nicht anmerken zu lassen, wie sehr sie Sams Nähe genoss. Sie spürte seine Hand in ihrer, seinen Körper, seinen Atem, und ihr Herz begann wie wild zu pochen. Sie schloss die Augen und atmete tief ein, um ihr Zittern zu unterdrücken.

In diesem Augenblick blieb Sam abrupt stehen. Alexandra stieß gegen ihn. Sie öffnete die Augen und hob verträumt den Kopf. Sie hatte komplett vergessen, was um sie herum vorging. Die Musik schien aus weiter Ferne an ihr Ohr zu dringen. Alles, was sie sah, waren Sams Augen, diese klaren bernsteinfarbenen Augen, die bis tief in ihre Seele blickten.

Sam sah sie lange an. Dann, ganz langsam, beugte er sich zu ihr hinunter und küsste sie.

Alexandra schlang ihre Arme fest um ihn und schmiegte sich an ihn.

Sie wusste nicht, wie lange sie so dastanden. Alles, was sie wusste, war, dass sie vor lauter Glück hätte schreien mögen! Alles – alles schien plötzlich an seinen vorbestimmten Platz zu fallen.

Die Musik verstummte. Alexandra und Sam lösten sich voneinander und applaudierten gemeinsam mit den anderen Tanzpaaren der Band. Dann gingen sie zurück zu ihrem Tisch.

Sie waren beide etwas verlegen und wussten nicht recht, was sie einander sagen sollten. Aber in ihren Augen lag ein Leuchten, das keiner Worte bedurfte, und ihre Hände hielten einander fest.

Gegen zwölf Uhr kehrten sie nach Hause zurück. Hand in Hand schlenderten sie vom Auto zur Haustür. Sam suchte nach dem Haustürschlüssel.

„Vielleicht habe ich ihn verloren", meinte er scherzhaft. „Dann musst du wohl im Auto übernachten."

„Tatsächlich. Und wo wirst du übernachten?"

„Im Stall", erklärte Sam mit gespielt ernster Miene. Dann klapperte er mit den Schlüsseln. „Glück gehabt."

„Von wegen. Ich habe schließlich meinen eigenen Schlüssel," lachte Alexandra.

Drinnen schaute Sam nach dem Feuer im Holzofen. Alexandra stand etwas unschlüssig neben ihm. Sie hatte die Haustür verriegelt und die Jacken weggehängt. Nun wusste sie nicht, wie sie sich verhalten sollte. Das Blockhaus war ihr so vertraut, aber die plötzliche und unerwartet entstandene Nähe zwischen ihr und Sam schien alles zu verändern.

Sam schloss die Ofentür und drehte sich zu ihr um.

„Wie ist es, bekomme ich einen Kuss von meinem Mädchen, bevor es zu Bett geht?"

Das Eis war gebrochen.

„Wenn du darauf bestehst ...", sagte Alexandra gedehnt.

Sam warf ihr einen warnenden Blick zu, der verriet, dass er in dieser Hinsicht keinen Spaß verstand. Dann zog er sie behutsam in seine Arme und küsste sie zärtlich.

„Ich habe das nicht gewollt", flüsterte Alexandra, „aber jetzt ..."

„Ich weiß", erwiderte Sam leise. „Aber Great Spirit weiß mehr als wir alle zusammen. Er hat uns zusammengeführt und dafür bin ich sehr dankbar." Dann fügte er hinzu: „Du gehst jetzt besser schlafen, du musst morgen früh raus."

Alexandra nickte und ging zu ihrer Zimmertür. Dort drehte sie sich noch einmal zu ihm um.

„Es war ein wunderschöner Abend, Sam", sagte sie. „Du machst mich sehr glücklich." Sie schloss die Tür hinter sich, warf sich aufs Bett und stieß einen Seufzer aus. Ihr Herz krampfte sich zusammen vor Glück. Ihre geheimsten Wünsche und Träume waren dabei sich zu erfüllen!

Sam ... Ob es für sie eine Zukunft gab – gemeinsam?

Alexandra überlegte einen Augenblick. Dann setzte sie sich auf. Es war ihr einerlei! Jetzt, genau jetzt, war sie so glücklich, wie nie zuvor in ihrem Leben. Sam machte sie glücklich. Egal, wie lange dieses Glück dauern mochte, sie wollte es nicht verpassen!

Sie sprang auf und lief zur Tür. Einen Moment lang zögerte sie. Dann öffnete sie die Tür.

„Sam!“, rief sie leise, da war er auch schon vom Sofa aufgesprungen und auf sie zugelaufen.

„Alex“, flüsterte er.

Alexandra stand hinter dem Verkaufstresen im Café. Sie war heute noch freundlicher und zuvorkommender als sonst. Sie schenkte jedem ein Lächeln; selbst wenn niemand vor ihr stand, lächelte sie.

Sam hatte sie am Morgen zum Café gefahren. Der Abschied von ihm war ihr schwer gefallen. Heute war Sams freier Tag und sie wäre gern bei ihm geblieben. Aber sie wollte auf keinen Fall eine von diesen Freundinnen sein, die einem Mann wie eine Klette am Bein hingen, sich ewig an ihn klammerten und dabei – oft ohne es zu merken – ihr eigenes Leben aufgaben.

Sarah hatte ihr einen vielsagenden Blick zugeworfen, als sie gerade noch pünktlich zur Arbeit erschienen war. Gesagt hatte sie nichts. Und Alexandra fragte sich, ob ihr die Verliebtheit so sichtbar ins Gesicht geschrieben stand.

Der Tag war dann allerdings sehr geschäftig gewesen, vor allem um die Mittagszeit, und so hatte Alexandra keine Zeit gehabt, Trübsal zu blasen. Viele Leute kamen am Wochenende zum Einkaufen nach Shaheylah. Bevor sie sich wieder auf den oft recht langen Heimweg machten, kehrten sie dann gerne noch mittags zum Essen ein. Aber auch viele Einheimische gingen am Wochenende auswärts essen. Das Café bot einen guten Mittagstisch und war nicht so teuer wie ein Restaurant.

Jetzt war es achtzehn Uhr dreißig und das Café würde bald schließen. Draußen war es schon dunkel. Durch das große Fenster konnte Alexandra die leuchtende Weihnachtsdekoration an den Straßenlampen der Hauptstraße sehen. Der ganze Ort war festlich geschmückt, denn in ein paar Tagen war der erste Advent.

Im Café saßen nur noch zwei junge Frauen, tranken Tee und plauderten. Alexandra wischte die Ablagefläche neben der Kasse ab und hing ihren Gedanken nach, als die Glocke der Eingangstür läutete. Überrascht blickte sie auf. Normalerweise kamen so spät selten noch Kunden.

Es war Sam, der den kleinen Laden betrat! Er hatte den Jackenkragen hochgeschlagen und eine Zeitung unter dem Arm.

Als er an den Tresen trat, raunte er: „Ich hab's nicht mehr allein zu Hause ausgehalten." Und laut bestellte er: „Einen Milchkaffee, bitte!"

Er machte ein betont gleichgültiges Gesicht, aber Alexandra sah, wie es um seine Mundwinkel fröhlich zuckte. Sie reichte ihm den Kaffee und er bezahlte.

Dann setzte er sich an einen der kleinen Tische und vertiefte sich scheinbar in seine Zeitung. Alexandra bemerkte jedoch, wie er oft zu ihr herüber sah und sie liebevoll beobachtete, während sie die letzten späten Kunden bediente. Alexandra bemerkte auch, wie die beiden jungen Frauen, die noch im Café saßen, Sam bewundernd ansahen. Das machte sie noch glücklicher, denn sie wusste, dass er allein auf sie, Alexandra, wartete.

„Du machst dich wirklich gut im Café", meinte Sam später. „Ich hätte nicht gedacht, dass du dort so gut zurecht kommst."

Sie hatten zu Abend gegessen und saßen jetzt gemeinsam vor dem Kamin und tranken Tee. Alexandra lehnte sich müde an Sam.

„Wieso sollte ich nicht im Café zurechtkommen?"

„Na, du bist eigentlich so ein ruhiger Typ", antwortete Sam. „Aber im Café bist du ... wie soll ich sagen? Du gehst so aus dir heraus. Scherzt mit den Kunden und hast für alle ein freundliches Wort."

Alexandra schmunzelte. Sam versuchte ihr ein Kompliment zu machen. „Danke."

Für eine Weile schwiegen sie. Alexandra drehte nervös ihre Tasse in der Hand, dann sagte sie leise: „Meinst du, wir haben eine Chance? Du und ich, meine ich." Sie blickte auf ihre Hände.

„Was meinst du?", fragte Sam.

Alexandra hob den Kopf und sah ihn an. „Du weißt schon ... Wegen unseres Gespräches am vergangenen Wochenende: Du bist nicht so weit, ich bin nicht so weit – diese Geschichte meine ich. Jetzt noch mehr als vorher möchte ich dich nicht verlieren."

Sam schwieg einen Moment, dann antwortete er: „Ich denke, dass wir auf dem Weg sind, den Great Spirit für uns bestimmt hat. Ich meine, wir haben versucht, unsere Gefühle mit logischen Argumenten zu verdrängen, aber Liebe kann man nicht einfach so ausschalten und bezwingen kann man sie erst recht nicht. Ob unsere Liebe stark genug ist, um sich gegen alle negativen Einflüsse zu behaupten, ich weiß es nicht ..." Er sah ihr direkt in die Augen und fügte hinzu: „Aber ich weiß eins: Genau in diesem Augenblick liebe ich dich. Mehr als alles auf der Welt. Und ich möchte nie mehr ohne dich sein. Du bist ein Teil von mir."

Er hielt inne. „Ich mache keinen Hehl daraus, dass ich einige Affären hinter mir habe, und am Anfang fühlt man sich immer gut, das weiß ich. Aber du bist so anders als alle anderen Frauen, die ich kenne. Du bist einfach du ... Ich habe mich in dich verliebt, als wir uns das erste Mal begegnet sind. Das weiß ich jetzt. Du warst so schön, so kühl und stark. Und gleichzeitig so unsicher und zerbrechlich. Und du bist klug und hast Temperament. Niemand kann dir widerstehen, man muss dich einfach lieben ... Du bist die einzige Frau, die mich von Anfang an durchschaut hat. Nicht einmal Maggie ist das gelungen, obwohl sie es gerne glaubt. Und du bist die einzige Frau, der ich dieses Recht einräume. Und ich", Sam lachte auf, „ich wünsche mir nichts mehr, als dich für immer lieben zu dürfen!"

Alexandra starrte ihn an. Er war immer offen und absolut ehrlich und seine Worte waren mit Abstand die schönste Liebeserklärung, die sie jemals in ihrem Leben gehört hatte!

Ein befreiendes, glückliches Lachen brach aus ihr heraus.

„Du bist ein verrückter Kerl, Samuel Reed! Das habe ich schon immer gewusst!"

Kapitel 19

Jagd

Sie brachen noch vor der Morgendämmerung auf und fuhren auf den dunklen Wegen durch das Reservat bis zu der Stelle, an der die Straße endete und in einen holprigen Waldweg überging.

Normalerweise wurde dieser Weg nur von Forstfahrzeugen genutzt. Kiefern und Fichten wuchsen hier dicht an dicht. Man hätte nicht tief in den Wald sehen können, selbst wenn es schon hell gewesen wäre.

Sie folgten dem Waldweg bergauf, kamen aber nur langsam voran. Tiefe Furchen hatten die Fahrspur fast unpassierbar gemacht. Die Schneeschmelze im Frühjahr hatte jede Menge Erdreich mitgerissen und niemand hatte sich seither die Mühe gemacht, die Wege wieder in Ordnung zu bringen. Und in den tiefgelegenen Stellen hatten sich große Pfützen gebildet, die jetzt überfroren und spiegelglatt waren. Alexandra war froh, dass sie in Sams Pick-Up unterwegs waren. Ein kleineres Fahrzeug hätte längst umkehren müssen.

Eine Dreiviertelstunde später parkten sie den Wagen und gingen zu Fuß weiter. Es war noch immer früh am Morgen, aber mittlerweile hell genug um zu sehen, wohin man trat und wo man sich befand.

Alexandra war sehr aufgeregt. Sam hatte ihr erklärt, dass die Jagd ein sehr wichtiger und sehr spiritueller Aspekt seiner indianischen Kultur war. Deshalb hatte er am Vorabend erneut seine Schwitzhütte aufgesucht.

Sam kannte das Gebiet westlich des Reservats, in dem sie sich jetzt befanden, gut und wanderte zielstrebig vorwärts. Er erklärte Alexandra, woran er sich orientierte und worauf sie achten sollte.

Sam war hier in seinem Element. Er war ein Teil des Waldes und der Wald war ein Teil von ihm. Jeder seiner Schritte war sicher und sein geschultes Auge beobachtete aufmerksam, was um sie herum geschah. Jede seiner Bewegungen und auch die Art und Weise, wie er sein Gewehr handhabte, verrieten, dass Sam sich hier zu Hause fühlte. Und genau das gab Alexandra das Vertrauen, bei ihm sicher zu sein.

Eine hauchdünne Schneedecke lag auf dem Boden und die Luft war kalt und klar. Alexandra und Sam waren warm angezogen und ihr Atem bildete weiße Wolken vor ihren Gesichtern. Es schien Alexandra, als schenke die Frische der Natur auch ihrem Körper neue Energie und Lebenskraft. Sie atmete tief durch und sog den würzigen Geruch der Nadelbäume ein. Der Waldboden war mit Kiefernnadeln bedeckt und fühlte sich fest und zugleich weich an. Das Gehen ermüdete sie kaum.

Alexandras Gedanken schweiften zurück nach Deutschland, zu den Eltern und ihrem früheren Arbeitsplatz. Das alles schien so weit entfernt und so unwirklich; sie konnte sich nicht vorstellen, jemals wieder in dieses Leben zurückzukehren.

Sie sah an sich herunter. Sie trug klobige Winterstiefel, Jeans, eine hässliche, doch sehr warme Wollmütze und alte Arbeitshandschuhe von Sam, die ihr eigentlich viel zu groß waren. Ihre abgewetzte Jacke hatte vormals Dick gehört.

Es war für Alexandra inzwischen selbstverständlich, dass ihre Kleidung permanent Flecken und Dreckspuren aufwies. Die feinen Klamotten, die sie aus Deutschland mitgebracht hatte, hatte sie nur einmal, nämlich für die Party bei den Carsons aus dem Koffer geholt. Inzwischen waren sie wieder gut verstaut – sie passten einfach nicht hierher. Die Arbeit im Café und der Alltag auf der Little Creek Ranch mit den Tieren und den Kindern erforderten eine robuste Garderobe. Alexandra fühlte sich aber in ihrem neuen Outfit sehr wohl.

Sie strich im Vorbeigehen über die Rinde einer dicken Kiefer. Dies war das Leben, das sie sich immer gewünscht hatte. Ihre Blicke blieben an Sam hängen. Sam ... Er war bereits ein fester Bestandteil ihres Lebens gewesen, lange bevor sie sich ihre Gefühle für ihn eingestanden hatte.

Alexandra tat zwei schnelle Schritte nach vorn, holte Sam ein und strich leicht über seinen Arm.

Er blieb stehen und drehte sich um. „Alles in Ordnung, Alex?", fragte er sanft.

Sie nickte und gab ihm einen Kuss.

Sam lächelte. „Ein Jäger muss sich konzentrieren, sonst kann das schlimme Folgen haben."

Sie gingen schweigend weiter und erreichten kurz darauf einen Bachlauf an einer kleinen Lichtung.

„Wir warten hier", meinte Sam. „Behalte die Umgebung gut im Auge und verhalte dich ruhig."

Alexandra zitterte vor Aufregung. Sie wusste nicht, was sie an diesem Vormittag alles erleben würde. Aber sie erinnerte sich an Großmutter Reeds erklärende und weise Worte und wollte auf keinen Fall einen Rückzieher machen. Sie folgte also Sams Anweisung und ließ ihren Blick über die Lichtung, die großen Kiefern und das umliegende Unterholz schweifen. Sie sah – absolut nichts!

„Es kann eine Weile dauern, bevor wir auf Wild stoßen", meinte Sam. „Und dann müssen wir erstmal sehen, ob es frei ist zur Jagd. Das kommt auf die Tierart, das Geschlecht und das Alter an."

Alexandra hatte sich am Morgen extra drei Paar Socken angezogen, doch allmählich wurden ihre Füße kalt. Es war eine gute halbe Stunde vergangen, seit sie an der Lichtung angekommen waren.

Fröstelnd blickte sie zu Sam hinüber.

„Wir werden einen Bogen zurück zum Wagen machen", sagte er. „Es hat keinen Zweck an einer Stelle endlos zu warten. Es wird auch zu kalt."

Sie machten sich also wieder auf den Weg und Alexandra hielt sich dicht hinter ihm. Ob sie jetzt wohl auf den Wagen zusteuerten? Alexandra musste sich eingestehen, dass sie wieder einmal völlig die Orientierung verloren hatte. Gut, dass ich diesmal nicht allein bin, dachte sie.

In diesem Moment blieb Sam abrupt vor ihr stehen – Alexandra stieß gegen ihn. Sie runzelte die Stirn. Was mochte geschehen sein? Dann folgte sie seinem Blick, der den Waldboden musterte. Ein paar Schritte vor ihnen entdeckte sie einen Haufen Tierexkremente.

„Grizzly", sagte Sam über die Schulter. „Ziemlich frisch."

Alexandra wurde nun doch unbehaglich zu Mute.

„Der Grizzly kann noch ganz in der Nähe sein. Vielleicht hat er sich gerade ein Frühstück besorgt. Dann könnte er uns für Konkurrenz halten. Von jetzt an möchte ich, dass wir uns laut unterhalten und ganz normal gehen, damit der Bär weiß, dass wir hier sind. Du bleibst hinter mir, Alex, aber halte genügend Abstand, sonst kann ich im Notfall keinen gezielten Schuss abgeben und wir könnten in Schwierigkeiten geraten. Verstanden?"

Alexandra nickte zaghaft. Ihr war mit einem Mal sehr warm.

„Also, los!", meinte Sam.

Sie gingen sich laut unterhaltend durch die Wildnis.

„Bald haben wir den Pick-Up erreicht", sagte Sam.

Alexandra war insgeheim froh darüber.

Nach einer kurzen Weile bedeutete Sam ihr anzuhalten. Hoffentlich ist es nicht der Grizzly, dachte Alexandra. Noch einem Bären wollte sie vorerst wirklich nicht begegnen!

Dann hörte sie irgendwo einen Raben krächzen und sah sich suchend um. Sie konnte den Vogel nirgendwo entdecken, erkannte gleich darauf aber, warum Sam stehengeblieben war: Ein Elchbulle trat zwischen den Bäumen hervor. Er war riesig! Er machte einige Schritte in ihre Richtung, um an einem kleinen Tümpel zu trinken.

Alexandra blieb wie angewurzelt stehen. Sam musterte das Tier einige Sekunden, hob dann das Gewehr und feuerte.

Alexandra zuckte von dem lauten Knall zusammen. In ihren Ohren sauste es.

Der Elch machte einen Satz und ging dann einige Schritte in Richtung der Kiefern zurück, zwischen denen er hervorgetreten war. Dann brach er zusammen.

„Komm mir vorsichtig hinterher", sagte Sam und ging langsam auf das regungslose Tier zu.

Aus nächster Nähe war es unübersehbar, dass Sams Kugel ihr Ziel genau getroffen hatte. Das Tier war tot. Und es war schnell gestorben.

„Alles in Ordnung!", meinte Sam und entspannte sich. „Ich danke dir, Great Spirit, dass du mir dieses Tier geschickt hast, damit ich Grandma mit dem versorgen kann, was sie braucht. Und ich danke dir, lieber Elch, für dein großes Opfer."

Seine Worte berührten Alexandra tief. Sie trat näher und sah über seine Schulter.

„Es ist ein Glück, dass wir hier auf diesen Burschen gestoßen sind. Bis zum Auto sind es nur wenige Minuten. Dann brauchen wir uns nicht so abzuschleppen."

Sams bemerkte Alexandras versteinertes Gesicht. „Bist du okay?"

„Ja", antwortete Alexandra zögernd. „Es ist nur ... ich habe mich an das Töten noch nicht gewöhnt. Auch, wenn es für einen guten Zweck ist ... für Grandma."

„Das Tier hat nicht gelitten", meinte Sam verständnisvoll, aber Alexandra spürte, dass er jetzt kein Gespräch darüber anfangen wollte.

„Wie genau werden wir ihn transportieren?", fragte sie

betont sachlich und hoffte, auf diese Weise einen klaren Kopf zu behalten.

„Wir müssen das Tier enthäuten und grob zerlegen", erklärte Sam. „Dann schleppen wir es zum Pick-Up. Wir werden mehrmals gehen müssen."

Alexandra runzelte die Stirn. Aber Sam hatte schon sein Jagdmesser aus der Tasche gezogen und begann, das Tier zu öffnen und die Innereien zu entfernen.

Alexandra wurde übel. Blut breitete sich in Sekundenschnelle überall aus, bedeckte das tote Tier, den Waldboden und Sams Kleidung. Sie biss sich auf die Unterlippe. Sie durfte nicht schlappmachen!

Sam redete mit ihr, während er arbeitete und gab sich alle Mühe ihr den gesamten Vorgang zu erklären. Binnen kurzem war Alexandras Interesse geweckt. Ihre Übelkeit legte sich und sie schaute ihm aufmerksam bei seiner Arbeit zu.

„Es ist ein junger Bulle", erklärte Sam, „aber er hat legales Jagdalter. Das kannst du hier an den Schaufeln seines Geweihes sehen. Grandma wird zufrieden sein." Nach einer Pause fuhr er fort: „Elchfleisch ist zart und riecht überhaupt nicht nach Wildbret, wenn es zubereitet ist. Es schmeckt viel besser, als das abgepackte Fleisch aus dem Supermarkt. Du wirst es mögen."

Sam arbeitete schnell und geschickt.

„Jeder Teil des Elches hat seine Verwendung. Nichts wird verschwendet. Wir nehmen nicht nur das Fleisch mit. Das Geweih werde ich an ein paar Männer auf dem Reservat geben, die Messer und Schnitzarbeiten daraus herstellen, und die Haut wird für den Bau von Trommeln benutzt werden. Nur die Innereien werden wir für die wilden Tiere hier liegen lassen."

Alexandra beobachtete Sam erst zaghaft, dann aber mit großer Bewunderung. Er kannte jeden Handgriff, wusste genau, was er zu tun hatte.

Eine Weile später fragte er: „Hast du kalte Hände? Dann tu sie hier hin. Hast du ein frisch erlegtes Tier, wirst du nicht erfrieren.“

Alexandra zögerte einen Moment, aber da ergriff Sam auch schon ihre Arme, streifte ihre Handschuhe ab und schob ihre Hände in die Bauchhöhle des Tieres.

Alexandra spürte, wie das noch warme Blut des Elches über ihre Hände lief und Ekel stieg in ihr auf. Aber nach einem Augenblick des Entsetzens entspannte sie sich. Ihre Finger begannen zu prickeln, als die Kälte aus ihnen zu weichen begann. Im Inneren des Tieres war es herrlich warm. Es war ein Erlebnis, das Alexandra nie vergessen würde. Gleichzeitig hoffte sie, es möge sich nicht so schnell wiederholen.

„Die Wärme eines gerade erlegten Tieres hat schon manchen Menschen vor dem Erfrieren gerettet“, meinte Sam und setzte dann hinzu: „Du darfst nicht nur den Tod des Tieres betrachten. Die Jagd verkörpert so viel mehr: Hunger, Überleben, wechselseitige Opferbereitschaft.“

Alexandra verstand.

„Kann ich dir irgendwie helfen?“, fragte sie.

„Nimm dieses Messer hier und mache es mir nach“, sagte Sam und blickte sie stolz an. „Du musst vorsichtig sein. Es dürfen keine Haare vom Fell an das Fleisch kommen. Das würde den Geschmack vollkommen verderben. Auch ein langsamer Tod des Elches wäre nicht nur unfair, sondern gleichzeitig eine Verschwendung gewesen“, erklärte er. „Denn wenn sich das Tier bedroht fühlt oder verwundet wird, dann produziert sein Körper Adrenalin. Das beeinträchtigt den Geschmack des Fleisches so stark, dass es ungenießbar ist.“

Es dauerte ganze drei Stunden, bis sie den Elch zerlegt und das Fleisch zum Wagen gebracht hatten. Sie unterhielten sich dabei laut und Alexandra trug auf dem Weg zum

Auto jedes Mal Sams Gewehr. Sam war mit dem Rucksackgestell voller Fleisch auf dem Rücken nicht in der Lage, das Gewehr sicher zu handhaben, falls der Grizzly sich noch immer in der näheren Umgebung aufhielt.

Alexandra hatte sich dieser wichtigen Aufgabe zunächst nicht gewachsen gefühlt. Aber Sams Vertrauen in sie und seine Zuversicht hatten sie ermutigt. Trotzdem war sie erleichtert, als sie endlich sicher wieder im Auto saß und Sam alles Übrige überlassen konnte.

„Danke, dass du mich mitgenommen hast. Das war ein Erlebnis, das ich nicht so schnell vergessen werde." Alexandra sah Sam triumphierend an. „Sieh mich an! Ich bin verdreckt und voller Blut, müde, kalt und habe einen Riesenhunger. Aber", sie deutete aus dem Rückfenster, „wir haben eine große Menge Fleisch für deine Großmutter und uns selbst im Pick-Up, dank unserer Hände Arbeit, und noch dazu von einem Tier, das in freier Wildbahn ohne Hormonfutter leben durfte, bis es vor dein Gewehr gelaufen ist. Es ist schnell gestorben, ohne Qualen und wir haben ihm für sein Opfer gedankt. Das kann man von den Kühen und Hühnern und Schweinen im Supermarkt nicht gerade behaupten." Sie sah Sam fest an. „Es ist mir egal, was meine Eltern oder meine alten Freunde davon halten. Es ist eine gute Erfahrung von Geben und Nehmen, eine wichtige Erfahrung über den Kreislauf der Natur."

„Ich wusste, ich habe die richtige Frau ausgesucht", murmelte Sam und blickte sie stolz an. Alexandra war verdreckt, ihr Haar wirr, aber für ihn war sie einfach wunderbar. Sie hatte Seite an Seite mit ihm gearbeitet. Sie waren Partner.

Zurück im Blockhaus ließ Sam Alexandra den Vortritt im Badezimmer. Sie stand unter der Dusche, ließ sich das heiße Wasser über den Rücken laufen, wärmte sich und schrubbte ihre Hände. Sam verstaute unterdessen das Fleisch in der Kühltruhe und steckte ihre Kleidung in die Waschmaschine. Dann rief er den Schlachter an, damit er am nächsten Tag vorbeikommen und das Fleisch weiter zerlegen und für den Hausgebrauch zuschneiden konnte, bevor es vollkommen steifgefroren war.

Sam hatte Alexandra erklärt, dass er diese Arbeit nicht selbst erledigte, weil man durch falschen Zuschnitt das Fleisch leicht verderben konnte. Der Schlachter verlangte nur eine geringe Gebühr, wickelte die Portionen gleich in Papier und vermerkte den Inhalt auf den einzelnen Paketen. Dies alles geschah in dem Kleinlaster des Schlachters direkt vor der eigenen Haustür. Man konnte ihm bei der Arbeit zusehen, wenn man wollte. Anschließend brauchte man das Fleisch nur noch in die Kühltruhe einzusortieren.

Sam würde die besten Stücke an seine Großmutter und andere Verwandte abgeben und den Rest des Fleisches für sich behalten.

Am späten Nachmittag besuchten sie Großmutter Reed. Hand in Hand gingen sie die alten Wegplatten entlang bis zur Vordertür des kleinen, blauen Hauses. Sam fragte sich insgeheim, wie seine Großmutter wohl auf ihre Beziehung reagieren würde. Schließlich hatte er noch keine Gelegenheit gehabt, sie über die neue Situation zu informieren. Aber er wusste, dass Rosemary Reed Alexandra gernhatte und nahm an, dass sie sich freuen würde.

Sam klopfte an der Tür und öffnete nach der prompten Antwort von Mrs. Reed. Er hielt noch immer Alexandras Hand. Gemeinsam traten sie über die Türschwelle.

Alexandra stutzte, als weder Sam noch sie selbst die breite Schwelle berührte, sondern sie gleichzeitig einen etwas größeren Schritt darüber hinweg machten. War das Zufall gewesen? Oder hatten sie das vorher auch schon getan, ohne dass es ihr aufgefallen war? Sie blickte zu Sam hinüber. Hatte er etwas bemerkt? In diesem Augenblick wandte sich Sam zu ihr um. Ihre Blicke trafen sich und ein seltsames Gefühl überkam Alexandra.

Aber es blieb keine Zeit um Fragen zu stellen, Rosemary Reed begrüßte sie aus dem Wohnzimmer. Sie saß auf ihrem gewohnten Platz auf dem Sofa und häkelte. Erwartungsvoll sah sie die jungen Leute an. Sie freute sich sichtlich über den Besuch der beiden.

Sam und Alexandra setzten sich zu ihr. Sam schenkte Alexandra ein liebevolles Lächeln und wandte sich dann an die alte Dame.

„Die Jagd war erfolgreich, Grandma. Wir haben einen jungen Elch erlegt und viel Fleisch mit nach Hause gebracht. Sobald der Schlachter dagewesen ist, werde ich dir das Fleisch vorbeibringen." Er machte eine Pause. „Alex hat viel gelernt und mir bei der Arbeit geholfen." Er sah Alexandra stolz an.

„Das ist gut", erwiderte Großmutter Reed. „Mann und Frau sollen als Partner zusammenarbeiten. So war es von Anfang an bestimmt. Es freut mich, dass ihr eure Beziehung in die richtige Bahn gelenkt habt – auf allen Ebenen wie mir scheint." Sie sah zufrieden von einem zum anderen.

Alexandra spielte verlegen mit ihren Händen. Aber Sam lachte herzlich, wie es eben seine Art war, und blickte seine Großmutter offen an. „Wie hätte ich ihr widerstehen können? Sie ist einfach bezaubernd!"

Rosemary Reed lächelte. „Ich sehe, die Motive für eure Partnerschaft sind die richtigen", sagte sie. „Das ist gut. Als ich eine junge Frau war, wurden solche Dinge leider oftmals eher praktisch als emotional abgehandelt." Sie tauchte ein in ihre Erinnerungen. „Ich selbst wurde mit fünfzehn Jahren verheiratet, weil ich meiner Stiefmutter zu viel Ärger machte. Mein Mann, Alfred, war zwanzig Jahre älter als ich, und ich kann nicht behaupten, dass er eine gute Partie gewesen ist." Rosemary Reed sprach ruhig und langsam und ihre Seele schien in einer anderen Zeit zu wandern.

„Alfred hatte nicht viel Geld und auch nicht viel Verständnis für seine unerfahrene junge Frau. Seine erste Frau, die er anscheinend sehr geliebt hatte, war bei der Geburt des ersten Kindes gestorben. Mein Vater schuldete ihm Geld und so tauschte er mich dagegen ein. Ich war für Alfred nicht mehr als ein Dienst- und Küchenmädchen und sollte ihm einen Erben schenken."

Alexandras Augen weiteten sich vor Entsetzen. Wie schaffte es Großmutter nur, ohne jegliche Bitterkeit von diesen Erlebnissen zu sprechen?

„Alfred schlug mich oft, und da wir nicht viel Geld hatten, war das Leben auch sonst nicht gerade einfach. Aber ich will mich nicht beklagen. Mein Leben ist auch glücklich gewesen. Meine Kinder haben mir über vieles hinweggeholfen. Alfred war nie böse zu den Kindern. Und das war gut von ihm. Aber ich muss gestehen, dass ich nicht traurig gewesen bin, als er mit fünfundsechzig Jahren gestorben ist."

Stille lag über dem Wohnzimmer. Sam kannte die Lebensgeschichte seiner Großmutter natürlich, aber Alexandra war innerlich sehr aufgewühlt durch die offenen Worte der alten Frau.

„Wie konntest du es dreißig Jahre lang mit diesem Mann aushalten?", fragte sie schließlich.

„Ich hatte keine Wahl", sagte Mrs. Reed. „Du musst verstehen, ich konnte nicht zurück zu meiner Familie und davonlaufen konnte ich damals mit den Kindern auch nicht. Dazu hätte ich Geld gebraucht, und das hatte ich nicht. Das einzige, was ich wollte, war ein besseres Leben für meine Töchter – und dass meine Söhne Respekt gegenüber Frauen haben. Beides ist mir gelungen."

„Wo leben deine Kinder jetzt, Grandma? Ich weiß, Sams Vater lebt auf dem Reservat, aber was ist mit den anderen?"

„ Sams Vater Paul ist mein Jüngster", erzählte Großmutter Reed. „Er war ein Nachzügler. Ich hatte nicht damit gerechnet, noch einmal ein Kind zu bekommen."

„Warte bis sie dir erzählt, wie viele Kinder sie gehabt hat", warf Sam ein.

„Wie viele?", fragte Alexandra neugierig.

„Heutzutage sind mehr als zwei Kinder fast schon eine Ausnahme", sagte die alte Dame. „Früher war das anders. Ich selbst hatte zehn Kinder."

„Zehn!", rief Alexandra erstaunt. „Du musst eine Menge Enkelkinder haben."

„Es sind gar nicht so viele", meinte Großmutter. „Weißt du, damals herrschten noch andere Gegebenheiten. Besonders hier draußen in der Wildnis. Shaheylah war damals noch viel kleiner und es gab kein Krankenhaus." Sie hielt inne und seufzte. „Drei meiner Kinder starben bevor sie acht Jahre alt waren und noch ein Sohn mit gerade zwanzig. So sind mir nur sechs Kinder geblieben."

Alexandra war bestürzt.

„Oh, Grandma", flüsterte sie, „wie hast du das nur verwunden?"

Großmutter Reed starrte auf die gegenüberliegende Zimmerwand. „Glaub mir, mein Kind, ich habe alles in meinem Leben verwinden können, aber nicht den Tod meiner Kinder. Ich sehe es heute noch genauso wie damals vor mir: Einer meiner Zwillinge war zu schwach und starb fünf Monate nach der Geburt. Meine Martha war dreizehn Monate alt, als sie eines Morgens nicht mehr aufwachte. James ertrank in einem Fischteich. Er war gerade sieben. Und Francis wurde in einem Handgemenge während einer Streiterei erstochen."

Großmutter Reed wandte sich wieder direkt an Alexandra: „Und denke nicht, dass die Sorgen mit dem Erwachsenwerden der Kinder aufhören", sagte sie. „Dann fängt man an, sich um die Enkelkinder zu sorgen, und dann um die Urenkel ... Das Herz wächst und wächst, man wird verletzlicher und sorgt sich mehr – und liebt mehr." Sie schüttelte nachdenklich den Kopf. „Jede Frau erfährt das in ihrem Leben und ihr würde etwas fehlen, wenn sie diese Erfahrungen nicht sammeln würde. Ich würde keines meiner Kinder hergeben, nur um dem Leiden aus dem Weg zu gehen. Sie haben mir so viel Freude geschenkt, wenn auch einige von ihnen nur für eine kurze Zeit. Vermeidet man es, Kinder zu haben, dann erwischt es einen woanders. Das ist das Leben. Es geht nie geradeaus, sondern immer hoch und dann wieder runter. Wenn du glaubst, dein Leben wird nur ein Hoch sein, dann betrügst du dich selbst." Großmutter Reed bemerkte Alexandras verwirrten Gesichtsausdruck.

„Lass dich von mir nicht einschüchtern, Kind. Ich bin nur eine alte Frau. Mein Leben ist fast vorbei. Deines dagegen fängt jetzt erst richtig an. Früher, da war ich genauso unbefangen wie du. Und das ist gut so. So soll es sein. Aber es schadet nie, sich ein bisschen Rat zu holen ... Weißt du, nicht jeder muss leidvolle Erfahrungen machen, um zu lernen, was er in diesem Leben zu lernen hat. Manchmal ist eine kleine Hilfestellung schon genug. Darum ist meine Tür immer für die jungen Leute offen – besonders für euch junge Frauen." Sie erhob sich.

Alexandra und Sam standen ebenfalls auf.

„Es ist gut, dass ihr den Mut gefasst habt, eure Gefühle füreinander zu offenbaren."

Rosemary Reed ergriff Sams und Alexandras Hände.

„Ich bete, dass eure Herzen rein sind, eure Liebe stark und euer Geist mutig. Ihr passt gut zueinander, eure Energien schwingen in Harmonie. Möge es immer so bleiben."

Alexandra und Sam verabschiedeten sich von Großmutter Reed und verließen das kleine Haus, wie sie es betreten hatten: Hand in Hand. Nur hielten sie einander jetzt fester und ihre Herzen waren offener für alles, was die Zukunft ihnen bringen mochte.

Kapitel 20

Dream Catcher

An einem Donnerstagabend Anfang Dezember ging Alexandra nach der Arbeit nicht gleich nach Hause, sondern besuchte zuvor Großmutter Reed. Sam war beim Sport und er würde erst spät zurück sein. Das kam ihr gelegen. Alexandra wollte nicht, dass er von ihrem Besuch erfuhr, denn sie hatte eine Überraschung für ihn geplant.

Sie hatte Großmutter Reed vor einigen Tagen angerufen und sie gefragt, ob sie wüsste, wo sie einen Dream Catcher kaufen könnte, der ganz aus Naturmaterialien gefertigt war. Einen solchen wollte Alexandra Sam zu Weihnachten schenken. Großmutter hatte gemeint, dass es viel besser sei, einen solchen Dream Catcher selbst herzustellen. Und sie hatte Alexandra zu sich eingeladen, um dies zu erlernen.

Alexandra war sehr überrascht gewesen, dass Großmutter Reed ihr so freizügig angeboten hatte, ihr Wissen an sie weiterzugeben. Sie hatte gedacht, dieses Wissen sei vielleicht nur Indianerinnen vorbehalten. Aber Großmutter schien Freude daran zu haben und genoss es, ein kleines Geheimnis mit Alexandra zu teilen.

Als Alexandra sich nun auf ihrem Fahrrad dem kleinen Haus von Rosemary Reed näherte, war sie voller Vorfreude auf die gemeinsamen Stunden. Sie mochte Großmutter Reed mit ihren schönen Geschichten und ihrer offenen Art sehr gern und es gefiel ihr, Zeit allein mit ihr zu verbringen.

Der Tag war sonnig und kalt gewesen, aber gegen Abend zogen Wolken auf. Als Alexandra ihr Rad an der Hauswand abstellte, fielen ein paar Schneeflocken.

Schwungvoll nahm sie die Tüte mit Materialen vom

Gepäckträger, die sie nach Großmutters Anweisungen gekauft und gesammelt hatte, und klopfte an die Tür. Doch als Großmutter Reed öffnete, konnte Alexandra sich gar nicht auf die Begrüßung konzentrieren: Ihr Blick fiel direkt ins erleuchtete Wohnzimmer, wo ein riesiger Berg von Wollknäueln auf dem Sofa lag.

„Grandma, wo kommt denn die ganze Wolle her?", fragte Alexandra begeistert. Sie selbst strickte gern und liebte Wolle sehr, konnte sich aber bei bestem Willen nicht vorstellen, was Großmutter mit so viel Wolle anfangen wollte.

„Oh, das", meinte Großmutter Reed. „Ich habe zugestimmt, ein paar jungen Frauen das Stricken beizubringen. Darum bat ich eine Bekannte, etwas von der dicken Wolle vorbei zu bringen, aus der wir traditionell Kleidungsstücke herstellen. Sie war vorhin hier und hat all diese Wolle gebracht. Das wird für viele Pullover reichen."

Alexandra schob ein paar Knäuel zur Seite und setzte sich auf die Couch. Sie strich über die großen, rauen Wollknäuel. Es war gute Qualität. Alexandra konnte das Wollfett auf ihrer Haut fühlen. Und die Fäden waren dick. Wahrscheinlich würden sie daraus Jacken für den Herbst und Winter fertigen.

Es gab viele verschiedene Farbtöne. Aber keines der Knäuel war gefärbt. Es waren alles natürliche Schattierungen von braun, weiß, beige, schwarz und grau. Es war sicher schwer gewesen, einige dieser Farben zu finden.

Die Wolle zog Alexandra magisch an und bei genauerer Betrachtung fiel ihr auf, dass viele der Knäuel während des Transports aufgegangen waren und sich miteinander verheddert hatten. In diesem Zustand würden die Frauen die Wolle nicht verarbeiten können.

Das Telefon klingelte und Großmutter entschuldigte sich, um das Gespräch anzunehmen. Alexandra blieb auf der Couch sitzen und betrachtete die alten Fotos an der gegenüberliegenden Wand. Unbewusst streckte sie die Hand nach einem der Knäuel aus und begann, nach dem Ende des Fadens zu suchen. Ehe sie sich versah, befand sie sich in einem Gewirr aus Fäden und Knäuel und verfolgte mit Seelenruhe den Verlauf der einzelnen Fäden, bis sich die Knäuel eins nach dem anderen voneinander lösten. Die befreiten Wollknäuel legte sie vorsichtig zur Seite und steckte die losen Enden fest, um neues Gewirr zu verhindern.

Alexandra hatte sich bereits durch mehrere Wollknäuel gearbeitet, als sie aufblickte und überrascht feststellte, dass Großmutter Reed ihr längst wieder gegenübersaß. Sie war so sehr in ihre Arbeit vertieft gewesen, dass sie nicht bemerkt hatte, wie Großmutter Reed ins Wohnzimmer zurückgekehrt war.

Die alte Dame lächelte sie gutmütig an.

„Du brauchst nicht mit deiner Arbeit aufzuhören", sagte Rosemary Reed, als Alexandra die Knäuel beiseitelegen wollte. „Der Dream Catcher kann ein paar Minuten warten."

„Ich wollte mich nicht in deine Dinge einmischen, Grandma", sagte Alexandra entschuldigend. „Aber die schöne Wolle war so verheddert, und ich hatte nichts anderes zu tun."

„Ich bin dir sehr dankbar, Alex, dass du den Frauen und mir diese Arbeit abnimmst", sagte Großmutter Reed. „Viele junge Frauen wären einfach neben dem Haufen sitzen geblieben und hätten ihn nicht angerührt. Ein Mensch braucht viel Ruhe und Liebe, um ein solches Gewirr in Ordnung zu bringen."

Alexandra erwiderte nichts, sondern arbeitete weiter an der Wolle. Sie hatte sich nichts weiter dabei gedacht, als sie mit der Entwirrung der Knäuel begonnen hatte. Dass Großmutter sie nun dafür lobte, war ihr fast unangenehm. Sie hatte lediglich die Zeit überbrücken wollen.

„Ich möchte dir ein paar Dinge zeigen, während du die letzten Knäuel richtest", sagte Großmutter und sah sie wohlwollend an. Sie verschwand in der Küche und kehrte bald darauf mit einigen Papiertüten zurück, die sie auf dem Sofatisch abstellte.

„Es ist Tradition bei unserem Volk, Kräuter und Pflanzenteile zu sammeln und zu trocknen. Sie werden anschließend als Heilmittel oder aber bei Zeremonien verwendet. Oft wird diese wichtige Aufgabe des Suchens, Sammelns und Trocknens von den Frauen übernommen. Ich habe hier einige der Pflanzen, die ich selbst im letzten Sommer gesammelt und getrocknet habe. Früher hatte ich immer eine große Anzahl von Heilkräutern zur Hand, aber jetzt wird es mir einfach zu viel."

„Hast du niemanden, der dir bei der Arbeit helfen kann, Grandma?", fragte Alexandra interessiert.

„Ich kann nicht einfach irgendjemanden mit mir gehen lassen", sagte Großmutter Reed. „Man muss nicht nur die richtige Pflanze am richtigen Ort und zum richtigen Zeitpunkt pflücken, es ist außerdem sehr wichtig, dass die Geister wohlgestimmt sind. Und die Geister reagieren auf jede Person anders. Es muss die richtige Person zum Sammeln geschickt werden." Großmutter Reed machte eine kurze Pause und fuhr dann fort: „Alex, ich würde dich gern im Frühjahr mit zum Sammeln nehmen und dir einige Pflanzen und Kräuter zeigen, die unser Volk seit langer Zeit für verschiedene Dinge verwendet. Würdest du Gefallen daran haben?"

Alexandra wusste nicht, was sie antworten sollte. Großmutters Angebot ehrte sie sehr und sie fand Heilkräuter höchst interessant. Aber konnte sie das Angebot wirklich annehmen? Sie rang einen Augenblick mit sich.

„Liebend gern", sagte sie schließlich.

Großmutter nahm ihre Zusage schweigend zur Kenntnis und begann die Tüten zu öffnen.

„Dies ist die Rinde von den wilden Kirschbäumen, die hier in der Gegend wachsen. Ich habe gern welche zur

Hand, denn ein Tee aus dieser Rinde reinigt das Blut und befreit den Körper auf diese Weise von Giftstoffen."

Alexandra legte das letzte Knäuel beiseite. Sie hatte sich durch den gesamten Berg von Wollknäueln gearbeitet, sie säuberlich aufgereiht und nach Farben sortiert. Jetzt galt ihre Aufmerksamkeit den Kräutern auf dem Tisch vor ihr.

Großmutter öffnete eine Tüte nach der anderen, zeigte Alexandra den jeweiligen Inhalt und erklärte, wozu die einzelnen Pflanzen benutzt wurden. Dabei beobachtete sie die junge Frau genau.

Alexandra versuchte sich zu konzentrieren, aber bald schon schwirrte ihr der Kopf von all den neuen Namen, Begriffen und Gerüchen. Sie war froh, als Großmutter auf die letzte Tüte deutete.

„Diese Pflanze hat mir meine Großmutter gezeigt", sagte Rosemary Reed. „Sie besitzt sehr viel Kraft. Meine Großmutter war eine gute Heilerin. Sie kannte sich mit Pflanzen und Geistern sehr gut aus. Viele Menschen kamen zu ihr, wenn sie spirituelle oder medizinische Hilfe brauchten. Einmal, als noch nicht viele Europäer in dieser Gegend lebten, half meine Großmutter einem Arbeiter, der sich die Hand verletzt hatte. Der Mann hatte sich beim Holzfällen eine schlimme Wunde zugezogen und der Arzt hatte alles versucht, um ihm zu helfen. Aber er sah keinen Weg, um die Hand des Mannes zu retten. Der Mann würde mit der Hand nicht mehr arbeiten können."

Alexandra hörte gespannt zu.

„Auf dem Heimweg traf der Verletzte durch Zufall auf meine Großmutter und bat sie um Rat. Sie behandelte seine Wunde mit einer Paste aus dieser Pflanze und schickte ihn anschließend nach Hause. Zwei Tage später kehrte der Mann zur Arbeit zurück. Seine Hand war vollkommen geheilt. Er ging nach Feierabend bei dem Arzt vorbei. Der traute seinen Augen nicht. Er erfuhr, dass meine Großmutter dem Mann geholfen hatte. Der Arzt fragte meine Großmutter nach ihrem Geheimnis und sie zeigte dem Arzt lächelnd ihre Sammlung von getrockneten und frischen Kräutern. Von diesem Tage an kam der Arzt sehr oft zu ihr, um von ihrem Wissen zu lernen." Großmutter Reed kicherte. „Später erzählte sie mir, dass er ein sehr guter Schüler gewesen sei." Und dann fügte sie hinzu: „Das ist erstmal genug für heute. Ich spüre, du hast ebenfalls eine gute Hand für Heilpflanzen. Aber alles hat seine Zeit ... Nun zeig mir die Dinge, die du für den Dream Catcher mitgebracht hast."

Bereitwillig und ein wenig verwirrt holte Alexandra ihre Tüte hervor und zeigte Großmutter, was sie besorgt hatte.

Rosemary Reed half ihr mit der Arbeit an dem Dream Catcher, bis er so weit hergestellt war, dass Alexandra ihn alleine fertig stellen konnte.

Anschließend packte Alexandra ihre Sachen zusammen und genoss eine letzte Tasse Tee mit Großmutter, bevor sie sich auf den Rückweg zum Blockhaus machte.

Kapitel 21

Heiliger Abend

Am vierundzwanzigsten Dezember schloss das Café ausnahmsweise schon am frühen Nachmittag und nun lagen zehn lange Ferientage vor Alexandra.

In Deutschland war der Heilige Abend der Höhepunkt des Weihnachtsfestes. Aber die Kinder in Amerika warteten auf den Anbruch des fünfundzwanzigsten Dezembers – auf *Christmas Day*.

Wegen der Zeitverschiebung hatte Alexandra schon am Morgen mit ihren Eltern telefoniert. Sie vermissten Alexandra und hofften, dass sie bald nach Hause kommen würde.

Alexandra hatte darauf nichts erwidert, denn dieses Thema quälte sie seit einiger Zeit. Es gefiel ihr so gut in Shaheylah. Sie hatte viele Freunde gefunden und sich sehr an das Leben hier gewöhnt. Und dann war da natürlich Sam. Niemals könnte sie es übers Herz bringen, ihn zu verlassen. Deshalb stand für Alexandra fest, dass sie in Shaheylah bleiben wollte.

Aber so einfach war es nicht, denn sie liebte auch ihre Eltern sehr und wusste, wie sehr sie sie vermissten. Und doch, ihr Platz war an Sams Seite.

Der Zwiespalt versetzte ihr einen Stich ins Herz. Sie hatte den Eltern ihren Entschluss bisher noch nicht mitgeteilt. Aber bald, sehr bald, würde sie der Situation ins Auge blicken müssen.

Alexandra und Sam würden den Weihnachtsabend bei Maggie, Dick und den Kindern auf der Little Creek Ranch verbringen. Sie würden dort übernachten und *Christmas Day* dann mit Sams Eltern und Großmutter Reed zusammen feiern.

Alexandra war schon am Vortag nach der Arbeit auf der Little Creek Ranch gewesen und hatte Maggie bei den Vorbereitungen geholfen. Und Maggies Mutter war bereits seit dem frühen Nachmittag bei Prestons, um Maggie die Arbeit mit dem Truthahn abzunehmen.

Alexandra und Sam sammelten alle Geschenke zusammen und machten sich auf den Weg. Draußen fielen dicke, weiße Schneeflocken. Sie glitzerten wie Diamanten im hellen Licht der Außenbeleuchtung.

„Dies ist das schönste Weihnachtsfest überhaupt", flüsterte Alexandra und drückte Sams Hand.

Als sie die Little Creek Ranch erreichten, war es bereits früh am Abend. Der Schnee lag fast sechzig Zentimeter hoch und goldenes Licht fiel durch die Fenster hinaus in die dunkle, friedliche Nacht.

Die Kinder erwarteten Alexandra und Sam schon sehnsüchtig an der Haustür. Sie waren vor lauter Aufregung ganz zappelig. Gutgelaunt folgten die beiden ihnen ins Haus. Dort herrschte wie immer ein kleines Chaos. Der deckenhohe Weihnachtsbaum war recht eigenwillig dekoriert, weil jedes Kind geholfen und seinen eigenen Geschmack eingebracht hatte. Unter dem Baum lag ein riesiger Berg von Geschenken und Weihnachtslieder dröhnten aus den Lautsprechern der Musikanlage. Die Kinder liefen aufgeregt durcheinander.

Miranda zog Alexandra am Arm. Die Kleine war hübsch zurechtgemacht mit einem dunkelblauen Kleid und einer Schleife im Haar. Aber weiter unten entdeckte Alexandra Sommersandalen und wusste, dass die Garderobe Mirandas eigene Kreation war.

„Wie lange müssen wir noch auf die Geschenke warten?", fragte Miranda und sah Alexandra erwartungsvoll an.

Alexandra lächelte. Weihnachten mit Kindern war einfach besonders schön. „Ein bisschen musst du dich schon noch gedulden."

Miranda war begeistert gewesen, als sie herausgefunden hatte, dass Alexandra und Sam ein Paar waren. Zwar tauschten sie in Gegenwart anderer keine Zärtlichkeiten aus, denn es war nicht Sams Art, seine Gefühle offen zur Schau zu stellen. Aber etwas hatte in seinen Augen gelegen und dieses Etwas hatte auch Alexandras Gesicht leuchten lassen. Und Maggie hatte es natürlich sofort bemerkt. Bei der nächsten Gelegenheit hatte sie Alexandra darauf angesprochen. Als Alexandra ihr alles erzählt hatte, hatte Maggie sie umarmt und behauptet, dass sie so etwas vorhergesehen hätte. Miranda, die unbemerkt in die Küche geschlichen war, hatte alles mit angehört und von da an war die junge Liebe kein Geheimnis mehr gewesen. Alle vier Kinder hatten ihren Kommentar abgegeben und Sam meinte, er hätte noch nie so indiskrete Wesen getroffen.

Nach dem Weihnachtsessen spielten sie Gesellschaftsspiele, um den Kindern das Warten zu verkürzen. Miranda schlief nach einer Weile auf dem Sofa ein und auch Lee, der Zweitjüngste, gähnte des Öfteren, erklärte aber, dass er überhaupt nicht müde sei.

Später fing Sam Alexandra auf dem Weg vom Badezimmer ab, zog sie unter den Mistelzweig, den Dick über der Wohnzimmertür angebracht hatte, und küsste sie ganz unerwartet vor allen Anwesenden.

Alexandra war unsagbar glücklich, hieß es doch nach altem Brauch, wer sich am Weihnachtsabend unter dem Mistelzweig küsste, würde ein Leben lang in Liebe zusammen bleiben. Sam meinte es also wirklich ernst. Und Alexandra konnte das Bedürfnis, vor Glück laut zu lachen, kaum unterdrücken.

Punkt Mitternacht läutete Dick die große Glocke. Die Kinder waren sofort auf den Beinen, ihre Müdigkeit war verflogen. Gemeinsam sangen sie *Silent Night* und *Joy to the World*. Danach durften die Geschenke ausgepackt werden.

Die Kinder waren vollkommen aufgedreht und nahmen den ganzen Weihnachtsbaum in Beschlag. Dick musste sich seinen Weg zu den Geschenken freikämpfen und gab die Pakete dann an die Empfänger weiter.

Alexandra hatte für die Kinder Bücher und Spielsachen gekauft. Für Dick hatte sie dicke Wollsocken und für Maggie den Pullover aus Islandwolle gestrickt, den sie im Herbst im halbfertigen Stadium so sehr bewundert hatte.

„Den werde ich jeden Tag tragen", rief Maggie begeistert, „denn bald schon wird er mir für eine lange Zeit nicht passen." Sie deutete auf ihren Bauch.

Alexandra wartete gespannt darauf, dass Sam das Geschenk auspackte, das sie für ihn gefertigt hatte. Sie besah sich gerade Mirandas neues Puppenkleid, als Sam sich an sie wandte.

„Wo hast du denn diesen schönen Dream Catcher gefunden, Alex?", fragte er beeindruckt.

„Ich habe ihn für dich gemacht", sagte sie stolz.

Sam sah sie überrascht an. „Wie hast du ... Wann?"

Alexandra lachte über sein verdutztes Gesicht. „Grandma hat mir Anleitung bei der Herstellung gegeben. Ich hatte einen Dream Catcher für dich kaufen wollen, aber sie meinte, ich könnte genauso gut selbst einen anfertigen." Dann fügte sie leise hinzu: „Magst du ihn wirklich leiden?"

Er sah sie liebevoll an. „Keine Indianerin hätte ihn besser machen können", sagte er und strich ihr zärtlich über die Wange. „Ich bin sehr stolz auf dich."

„Eine wunderschöne Arbeit", meinte jetzt auch Maggies Mutter.

„Los, Mann, jetzt zeig Alex ihr Geschenk!", mischte Eric sich aufgeregt ein.

Alexandra sah Sam fragend an.

„Du musst dich noch einen Augenblick gedulden", meinte er und verschwand geheimnisvoll nach draußen.

Tim bestand darauf, dass Alexandra sich die Augen zuhielt. Dann ging sie, geleitet von Lee und gefolgt von den anderen, hinaus auf die Veranda.

Es war kalt und sie fröstelte.

„Augen auf!", riefen die Kinder.

Als Alexandra die Augen öffnete, sah sie Sam vor der Veranda stehen. In der Hand hielt er die Zügel einer wunderschönen, weiß-braun gefleckten Stute. Das Tier sah der Menschenansammlung auf der Veranda mit großen braunen Augen entgegen.

Alexandra war sprachlos.

„Willst du sie dir nicht genauer ansehen?", forderte Sam sie auf. „Sie gehört dir."

„Mir?", stieß Alexandra aus. Sie war überwältigt. Aber dann drängten die Kinder sie auch schon zu dem Pferd hinüber.

„Wem sonst!", meinte Sam und gab ihr einen Kuss. „Frohe Weihnachten!" Dann fügte er hinzu: „Ihr Name ist übrigens Minnie. Aber dafür kann ich nichts – der Vorbesitzer hat sie so getauft." Er grinste Alexandra zufrieden an und hob sie auf den Rücken des Pferdes.

Später, als Sam und Alexandra im Gästezimmer der Little Creek Ranch im Bett lagen, seufzte Alexandra tief.

„Was für ein schöner Weihnachtsabend. Die Kinder, Maggie und Dick, Minnie – und vor allem du ... Ich bin absolut glücklich", flüsterte sie.

„Ich habe noch ein Geschenk für dich", sagte Sam und holte eine kleine Schachtel unter dem Kopfkissen hervor.

„Oh, Sam", sagte Alexandra. „Du darfst mich nicht so mit Geschenken überschütten! Wirklich nicht. Ich hatte nur eine Kleinigkeit für dich und ..."

„Dein Geschenk bedeutet mir mehr, als ich es dir sagen

kann", fiel Sam ihr ins Wort. „Wenn ich an die Zeit und Liebe denke, die du in die Herstellung des Dream Catcher gesteckt hast, dann wiegt es meine Geschenke an dich allemal auf. Aber dies hier ... dies ist etwas anderes." Er reichte ihr die Schachtel. „Deshalb wollte ich es dir erst geben, wenn wir allein sind."

Mit zitternden Händen öffnete Alexandra die Schachtel. Darin lag ein breiter Silberring, verziert mit indianischen Motiven.

Alexandra nahm den Ring behutsam heraus und legte ihn in ihre Handfläche. Jetzt bemerkte sie, dass es Raben waren, die in den Ring eingraviert waren. Es überraschte sie nicht, im Gegenteil. Fast war es, als habe sie die Vögel erwartet.

Alexandra begrüßte sie still.

„Ich habe meinen Namen auf der Innenseite eingravieren lassen, damit du weißt, dass meine Liebe immer und allein dir gehört", sagte Sam leise. „Willst du ihn für mich tragen?" Er sah ihr forschend in die Augen.

Alexandra blinzelte ein paar Tränen fort und nickte stumm. Sam nahm den Ring und steckte ihn an Alexandras Ringfinger.

„Oh, Sam", flüsterte sie und bewunderte den Ring an ihrer Hand. „Er ist wunderschön. Ich danke dir von ganzem Herzen." Und als sie aufblickte, fügte sie leise hinzu: „Egal, was passiert, Sam, ich werde dich immer lieben."

Kapitel 22

Findelkind

Der Winter neigte sich dem Ende zu und die Tage wurden wieder länger. Die Mittagssonne hatte schon große Kraft und Alexandra genoss die warmen Stunden. So saß sie denn auch jetzt auf dem gemütlichen Balken hinter der Scheune, hatte die Hände in die Jackentaschen gesteckt und den Jackenkragen hochgeschlagen. Die Sonnenstrahlen wärmten ihr Gesicht.

Sie dachte daran, was in den vergangenen Monaten geschehen war: Im Februar hatte Dick wieder angefangen zu arbeiten, die finanzielle Lage der Prestons hatte sich erheblich gebessert. Und in etwa vier Wochen würde Maggies Baby auf die Welt kommen. Alexandra hatte daher entschieden, ihren Job im Café aufzugeben. Sarah Burdell ließ sie nur ungern gehen. Aber letztlich hatte Alexandra die Stelle nur angenommen, um Maggie finanziell helfen zu können. Im Moment aber brauchte die Freundin ihre tatkräftige Hilfe weitaus mehr. Deshalb war Alexandra seit Anfang Februar wieder jeden Wochentag auf der Little Creek Ranch. Und sie musste zugeben, dass Maggie und die Kinder ihr gefehlt hatten.

Die Gästehausvermietung war inzwischen so gut angelaufen, dass bereits Buchungen für den Sommer eingegangen waren. Ein bisschen Geld extra konnte man auf der Little Creek Ranch immer gebrauchen, und bisher hatten die Feriengäste kaum Umstände gemacht. Den Millars war am zweiten Tag das Auto nicht angesprungen und Mr. Craig war das gesamte Wochenende nicht von Dicks Seite gewichen, weil ihn die Ranch so sehr interessiert hatte. Aber das war harmlos und Alexandra war froh, dass ihre Idee Früchte trug.

Sam hatte sich sehr gefreut, als Alexandra ihren Job im Café aufgegeben hatte. Durch die langen Öffnungszeiten war ihnen viel gemeinsame Zeit verlorengegangen. Und insgeheim war auch Alexandra froh über die neugewonnenen Abende und Nachmittage. Die Tage auf der Ranch ermüdeten sie weitaus weniger als die Arbeit im Café, und so konnte sie die Zeit mit Sam viel mehr genießen und sich auch mit mehr Energie um den eigenen Haushalt kümmern. Außerdem hatte Alexandra endlich mehr Zeit, um sich mit ihrer schönen Stute Minnie zu beschäftigen. Sie liebte das Tier sehr und ihr täglicher Umgang mit Minnie half Alexandra, ihre Angst vor Pferden allmählich abzubauen.

Alexandra zog die Hand aus der Jackentasche und betrachtete liebevoll Sams Ring, der in der Sonne blitzte. Ihrem Lächeln folgte ein Seufzer und mit gerunzelter Stirn ließ sie die Hand sinken. Ihre Beziehung zu Sam war sehr erfüllend. Natürlich hatten sie hin und wieder kleine Meinungsverschiedenheiten, aber das hing einfach damit zusammen, dass sie sich an das Zusammenleben erst gewöhnen mussten. Großmutter Reed hatte ihr gesagt, dass es der Alltag war, der zeigte, wie viel an einer Partnerschaft dran war. Alexandra konnte ihr nur zustimmen. Sam und sie waren beide recht dickköpfig, aber gleichzeitig auch nie lange böse oder eingeschnappt. Und so endeten ihre kleinen Streitereien meist sehr schnell. Alexandra war stolz darauf, dass sie den Alltag bisher so gut meisterten. Und Sam war denn auch nicht der Grund ihrer plötzlichen Betrübtheit. Es waren die Eltern.

Alexandra hatte den Dingen ins Auge sehen wollen und Anfang Februar mit den Eltern gesprochen. Sie hatte bisher immer sehr offen mit ihnen reden können und darum auch dieses Mal einfach ihr Herz geöffnet und den Eltern ihre Lage geschildert. Sie hatte ihnen gesagt, wie sehr sie Sam liebte und auch ihr Leben in Shaheylah. Dass sie gute Freunde gefunden hatte, die sie verstanden und ihr im Herzen nahe waren. Dass sie mit Sam über Heirat und Einwanderung gesprochen hatte. Kurzum, dass sie in Shaheylah bleiben wollte, weil sie genau dort glücklich war.

Die Eltern hatten nicht gleich geantwortet und Alexandra hatte schon Hoffnung geschöpft. Aber dann waren der vernichtende Antwortschwall des Vaters und die Empörungsrufe der Mutter losgebrochen und Alexandra war sich auf einmal ganz klein vorgekommen. Warum behandelten die Eltern sie so? Solange sie sich ihrer Meinung gefügt hatte, herrschte eitel Sonnenschein. Aber seitdem Alexandra ihr Leben selbst in die Hand nahm und eigenständig Entscheidungen traf, stieß sie bei ihnen nur auf Ablehnung und Unverständnis. Was verlangte Alexandra denn schon? Warum sollte sie sich schuldig fühlen? Alles, was sie wollte, war, dass man sie als erwachsene Person anerkannte und ernstnahm, und sie nicht mit einem dummen Wenn-du-meinst abspeiste.

Alexandra wollte ihr Leben gestalten, wie sie es für richtig und lebenswert hielt. Sie hatte sich verändert. Sie war unkonventioneller und flexibler geworden. Sie hatte, im Vergleich zu ihrer Erziehung, in den letzten Monaten ungewöhnliche Wege gewählt und ungewöhnliche Dinge getan und – hatte angefangen ihr Leben in vollen Zügen zu genießen! Alexandra war offener für die Stimme ihres Herzens geworden. Aber – je offener und lebendiger sie selbst wurde, umso verschlossener und verständnisloser wurden ihre Eltern. Der Vater hatte gesagt, sie wisse nicht, was sie tue und solle sofort nach Hause kommen und ein ordentliches Leben führen. Dann hatte er noch ein paar scharfe Bemerkungen Sam betreffend ins Telefon geschmettert und einfach aufgehängt. Alexandra war in Tränen ausgebrochen und Sam, der kurz darauf von der Arbeit nach Hause gekommen war, hatte Mühe gehabt, sie zu beruhigen und sich erklären zu lassen, was vorgefallen war.

Seither war Sam nicht gut auf Habichts zu sprechen, nicht nur wegen Alexandra, sondern auch wegen der ungerechten Worte, die ihn betrafen. Er sei schließlich kein Schuljunge mehr, sondern ein gestandener Mann von Anfang Dreißig, hatte er gesagt. Und Alexandra sei die vernünftigste und bemerkenswerteste junge Frau, die er jemals getroffen habe. Er könne nicht verstehen, warum Habichts ihrer Tochter keinerlei Anerkennung entgegen brächten.

All dies bedrückte Alexandra. Plötzlich bemerkte sie, dass ihr kalt geworden war. Sie stand auf und schlenderte zum Haus zurück.

Als sie um die Ecke der großen Scheune bog, sah sie, dass Sam auf den Hof fuhr. Ihr Gesicht hellte sich auf.

„Sam!" Sie winkte ihm fröhlich zu und lief ihm entgegen.

„Ich habe dich vermisst", flüsterte sie, als sie ihre Arme um Sams Hals schlang. Dann fügte sie leise hinzu: „Lass uns bald heimfahren."

Sam drückte sie fest an sich und küsste sie. „Wir fahren bald, versprochen. Aber zuerst muss ich noch etwas erledigen." Er öffnete die Beifahrertür des Pick-Up und machte sich an einer Schachtel zu schaffen. „Schau dir das mal an!"

Alexandra sah ihm über die Schulter. In dem Karton saß, zusammengekauert auf einem alten Handtuch, ein süßes Hundebaby! Es war hellbraun und hatte Schlappohren und sah ihr mit großen braunen Augen entgegen. Alexandra schloss es sofort ins Herz.

„Oh, Sam! Wo kommt der Kleine denn her?" Sie drängte sich an ihm vorbei und hob das Tier in ihre Arme.

Sam grinste. Frauen waren alle gleich. Alles, was klein, knuddelig und hilflos war, wurde bereitwillig aufgenommen. Darauf hatte er gesetzt und hoffte, dass Maggie sich genauso verhalten würde. Als er das jammervolle, kleine Wesen am Straßenrand gefunden hatte, zusammengekauert zwischen seinen toten Geschwistern, hatte er sofort an die Little Creek Ranch denken müssen und vor allem an Tim, der im letzten Herbst so unter dem Verlust seines treuen Hundes Bill gelitten hatte. Kurzentschlossen hatte er den Welpen eingeladen und sich auf den Weg gemacht.

Maggie kam aus dem Haus und Alexandra setzte den Hund zurück in die Box.

„Hi Sam!", rief Maggie. „Was gibt es Neues?" Dann entdeckte sie den Welpen.

Alexandra und Sam sahen sofort, dass sie sich um die Zukunft des Tieres keine Gedanken zu machen brauchten.

Maggie griff nach der Box. „Der arme Kleine!", und zu Alexandra und Sam gewandt sagte sie: „Kommt mit hinein. Die Jungen müssen jede Minute aus der Schule zurück sein. Die werden Augen machen!" Dann war sie schon im Haus verschwunden.

Sam zwinkerte Alexandra verschmitzt zu. Sie folgten Maggie ins Haus.

Die Freude war groß, als die Jungen kurze Zeit später heimkamen. Nur Tim tat sich schwer.

„Er wird nie ein Ersatz für Bill sein", murmelte er leise.

Sam hörte seine Bemerkung.

„*Er* ist eine *sie*", erklärte Sam. „Und sie ist keinesfalls als Ersatz für Bill gedacht. Ich konnte sie nur nicht einfach am Straßenrand liegen lassen. Ihr habt so viel Platz hier auf der Little Creek Ranch und versteht so viel von Hunden. Mir ist niemand sonst eingefallen, zu dem ich sie hätte bringen können."

Damit war der Damm gebrochen. Auf Tims Gesicht erschien ein Lächeln, und er reihte sich widerstandslos in die Schar der Bewunderer ein.

Alexandra warf Sam einen anerkennenden und liebevollen Blick zu. Er verstand es so gut, mit den Kindern umzugehen.

Maggie stand umständlich vom Tisch auf, ihr Babybauch war ihr zur Zeit überall im Wege. „Ich werde mal sehen, dass ich die Fütterung der kleinen Hundedame organisiert bekomme", sagte sie. „Und dann braucht sie auch noch einen Platz zum Schlafen." Sie wandte sich an Sam: „Was denkst du, wie alt sie ist?"

„Keine sechs Wochen, denke ich", mischte Alexandra sich ein.

Sam nickte zustimmend. „Fünf oder sechs Wochen, das denke ich auch. Eigentlich braucht sie noch ihre Mutter."

„Das ist auch meine Vermutung", sagte Maggie. „Ich werde ihr etwas warme Milch mit Grieß geben und morgen bei Dr. Bennet anrufen und hören, ob er ein paar Tipps für mich hat."

Sie machte sich am Küchenschrank zu schaffen. „Im Keller ist ein alter Hundekorb und im Wandschrank die karierte Wolldecke, Alex; wenn du die Sachen holen würdest, dann könnten wir der kleinen Hundedame ein schönes, warmes Lager bereiten."

Alexandra verschwand sofort im Keller. Miranda folgte ihr.

„Ich helfe dir!"

In diesem Augenblick öffnete sich die Tür und Dick trat ein. „Was ist denn hier los?", fragte er überrascht.

Kurz darauf saßen alle um den kleinen Hund herum, der satt und zufrieden eingeschlafen war.

„Wie wollt ihr sie nennen?", fragte Alexandra und blickte in die Runde.

Während die Erwachsenen noch nachdachten, legten die Kinder sofort mit ihren Vorschlägen los.

„Daisy", meinte Miranda, weil der Hund in ihrem Bilderbuch so hieß.

„Das ist doch kein Name für einen Hund!“, empörte sich Eric.

„Genau, vielleicht für eine Kuh, aber doch nicht für einen Hund!“, rief Lee.

„Lassie ist toll“, meinte Eric.

„Jeder zweite Hund heißt so“, meinte Tim.

„Wie wäre es mit Lady?“, fragte Maggie.

„So heißt jeder andere zweite Hund“, meinte Eric abwertend.

„Lucky“, sagte Dick schließlich. „Immerhin hat die Kleine wirklich Glück gehabt. Sie hat als einzige überlebt.“

„Gefällt mir auch“, sagte Sam. Und so einigte man sich auf Lucky.

Als es für die Kinder an der Zeit war, ins Bett zu gehen, verabschiedeten sich auch Alexandra und Sam. Sie waren schon an der Tür angelangt, als sie Tim beiläufig sagen hörten: „Ich nehme Lucky besser mit auf mein Zimmer – falls sie aufwacht und Angst bekommt.“ Dann nahm er das Körbchen unter den Arm und ging ins Kinderzimmer.

Die Erwachsenen wechselten hoffnungsvolle Blicke.

„Es ist schön zu sehen, wie glücklich ein kleines Wesen wie Lucky die Kinder machen kann“, meinte Alexandra als sie mit Sam im Pick-Up saß.

„Sie brauchen sich gegenseitig“, stimmte Sam zu.

Alexandra freute sich, endlich mit Sam allein zu sein. So gern sie Maggie, Dick und die Kinder auch hatte, die Zeit, die sie mit Sam verbringen konnte, war ihr heilig. Gerade malte sie sich den restlichen Abend in den schönsten Farben aus, als Sam plötzlich scharf bremste.

„Was ist los?“, fragte Alexandra überrascht.

„Nur eine Sekunde“, sagte Sam. „Ich dachte, ich hätte eben einen weißen Pick-Up im Gebüsch gesehen.“

Er legte den Rückwärtsgang ein und setzte ein Stück zurück.

„Tatsächlich!", rief er.

„Was meinst du?", fragte Alexandra.

„Die Wilderei-Sache von der ich dir erzählt habe", erklärte Sam schnell. „Die Beschreibung des Fahrzeugs, das Adam in der Nähe des Tatorts gesehen hat, passt genau auf diesen Truck."

Sam stellte den Motor ab und stieg aus dem Wagen.

„Ich bin gleich zurück", sagte er leise. „Verriegel die Türen und rühr dich nicht von der Stelle, bis ich wieder da bin."

Bevor Alexandra protestieren konnte, war Sam auch schon zwischen den Bäumen verschwunden. Sie blickte sich im Zwielicht um, konnte ihn aber nirgends erspähen.

Sie verriegelte die Türen. Dunkelheit legte sich über die Wildnis und somit auch über Alexandra, die im Pick-Up unruhig auf Sams Rückkehr wartete.

Alexandra wurde von Minute zu Minute nervöser. Es gefiel ihr nicht, dass Sam sich allein auf die Suche nach den Wilderern gemacht hatte und es gefiel ihr noch weniger, dass sie alleine im Wagen saß. Gebannt starrte sie auf den Zeiger ihrer Uhr, der gleich einem geisterhaften, grünschimmernden Punkt langsam vorwärts rückte. Viel zu langsam.

Alexandra fühlte sich unwohl im Dunkeln, aber sie wollte kein Licht einschalten. Also beschloss sie, sich auf die schmale Rückbank zu legen. Dort waren die Fensterscheiben abgedunkelt und sie würde sich nicht von unsichtbaren Augen beobachtet fühlen.

Etwas machte Alexandra unruhig. Sie schloss die Augen und zwang sich, die Nerven zu behalten. Was war nur mit ihr los? Sam war schließlich erst wenige Minuten unterwegs. Er kam bestimmt bald zurück und alles würde in Ordnung sein.

Alexandra atmete tief ein. Sie fühlte sich besser. Doch

gerade als sie im Begriff war, ihre Augen zu öffnen, glaubte sie, den Schatten eines großen Vogels vorbeifliegen zu sehen. Sie blickte sich erstaunt um. Um sie herum war es stockdunkel. Wie hätte sie einen Schatten sehen können?

Sie erschauerte, denn sie wusste, was es bedeutete. Gefahr.

Alexandra hoffte inständig, Sam möge zurückkommen. Doch die Minuten verstrichen ohne ein Zeichen von ihm.

Plötzlich sah Alexandra ein schwaches Licht zu ihrer Rechten. Dort lag der Wald.

Sam hat keine Taschenlampe bei sich, schoss es ihr durch den Kopf. Was, wenn dies die Wilderer waren, die zurück zu ihrem Wagen kamen? Sam hatte seinen Pick-Up zwar etwas entfernt von der Stelle geparkt, an der das fremde Fahrzeug abgestellt war. Aber es war für jeden, der dort vorbeikam, deutlich zu sehen.

Sie fluchte still vor sich hin und belegte Sam mit allerlei unschönen Worten. Wehe, wenn er sich einen Streich mit ihr erlaubte!

Der Schein der Taschenlampe kam nun geradewegs auf Sams Pick-Up zu. Panik erfasste Alexandra und ihre Hände begannen zu zittern. Schnell griff sie nach der Decke, die sich für Notfälle unter der Rücksitzbank befand und zog sie über sich. Sie legte sich flach ausgestreckt in den schmalen Fußraum zwischen den Sitzbänken und wagte kaum zu atmen.

Draußen ertönten Stimmen und jemand näherte sich dem Wagen. Alexandra hörte den Schotter knirschen. Sie fluchte leise. Wie konnte Sam ihr so etwas bloß antun? Sie wünschte sich in diesem Augenblick nichts sehnlicher, als bei Maggie, Dick und den Kindern auf der Little Creek Ranch zu sein. Warum nur kam kein Auto vorbei und lenkte diese Typen von ihr ab?

„Ist Reeds Auto. Keiner drin“, sagte eine Männerstimme neben dem Pick-Up.

Alexandra hielt den Atem an. Ein anderer Mann rief etwas aus weiter Entfernung.

Alexandra konnte nicht verstehen, was er sagte.

„Ich komme schon", rief der Mann, der neben Sams Pick-Up stand und entfernte sich. Alexandra hörte, wie er über den losen Schotter lief. Dann wurde ein Motor gestartet. Erleichtert atmete sie auf.

Gerade wollte sie sich aufrichten, da hielt sie inne. Was, wenn nicht alle Männer abgefahren waren? Vielleicht schlich einer von ihnen noch immer draußen herum. Es war besser, wenn sie noch eine Weile in ihrem Versteck ausharrte.

Gleich darauf näherten sich erneut Schritte. Alexandra betete, dass es Sam war. Seit seinem Verschwinden waren nun schon mehr als zwanzig Minuten verstrichen.

Sie blieb regungslos liegen.

Die Tür des Pick-Up öffnete sich und die Innenbeleuchtung ging an.

Sam!

Doch bevor Alexandra sich rühren konnte, sprang ein Mann aus dem Dunkel hervor und fiel Sam in den Rücken. Alexandra hörte die Männer kämpfen.

Da wurde ein Motorengeräusch laut. Ein Auto fuhr die Sackgasse hinunter. Der Kampf endete jetzt so schnell, wie er begonnen hatte.

Der Angreifer ließ von Sam ab und verschwand in der Nacht.

Sam lief ihm einige Meter nach, aber er konnte den Mann im Dunkel nicht finden. Unverrichteter Dinge kehrte er zum Pick-Up zurück.

„Alex?", fragte er, als er sie nirgendwo entdeckte.

„Ich bin in Ordnung", erwiderte sie und kletterte zurück auf den Beifahrersitz. Sie zitterte am ganzen Körper.

„Hey, alles ist okay", meinte Sam und legte beruhigend seinen Arm um sie. „Komm, ich bringe dich nach Hause."

„Sam", schluchzte Alexandra. „Ich bleibe nie wieder allein im Wagen, während du im Wald herumwanderst! Diese schrecklichen Männer ..."

„Es waren mehrere Männer?", hakte Sam nach und Alexandra berichtete, was vorgefallen war.

„Du hast dich toll gehalten", sagte er, als sie geendet hatte. „Es ist gut, dass du deinem Gefühl gefolgt bist und dich versteckt hast." Nach einer Weile fügte er hinzu: „Es war dumm von mir, dich allein im Wagen zu lassen. Es tut mir wirklich leid, Alex. Ich muss mich erst umgewöhnen, jetzt, wo ich dich habe."

Alexandra schwieg.

„Bist du mir immer noch böse?", fragte Sam und startete den Wagen.

„Was?", fragte Alexandra in Gedanken versunken. „Nein, ich bin dir nicht böse. Es ist nur ..."

„Was?"

„Die Stimme des Mannes, der zum Pick-Up gekommen ist ... Ich habe sie irgendwo schon mal gehört", überlegte Alexandra.

„Kannst du dich erinnern?", fragte Sam.

„Im Augenblick nicht ..., aber ich würde die Stimme ganz bestimmt wiedererkennen."

„Dann hattest du auf jeden Fall mehr Erfolg als ich", sagte Sam. „Als ich die Stelle im Wald erreichte, an der sie die Tiere erlegt haben, waren die Männer schon verschwunden. Ich hätte gewettet, dass ich irgendwo unterwegs auf sie stoßen würde, aber leider ..."

„Woher hast du gewusst, an welcher Stelle du suchen musst?", fragte Alexandra.

„Hier in der Gegend kam nur eine Stelle wirklich in Frage. Es ist ein kleiner Bachlauf, der immer reichlich von Wild besucht wird. Man braucht nur zu warten. Es wäre auch in Ordnung, wenn gerade Jagdsaison wäre und man eine Genehmigung hätte. Aber diese Kerle schießen auf alles, was ihnen vor die Flinte läuft, und das zu jeder Jahreszeit. Anschließend nehmen sie nur Teile ihrer Beute mit. Die Gallenblase der Bären zum Beispiel oder, wie heute, die Geweihe der Hirsche. Den Rest lassen sie einfach liegen. Und darüber hinaus passiert das alles auf Land, das zum Reservat gehört."

„Was machen die Kerle mit den Geweihen oder der Gallenblase?", wollte Alexandra wissen.

„Sie verkaufen sie", sagte Sam. „Es ist schnelles, einfaches Geld. Und die Nachfrage ist groß. Die Gallenblase der Bären zum Beispiel gilt in einigen Teilen Asiens als Potenzmittel. Die Abnehmer zahlen tausende von Dollar dafür."

Alexandra schwieg traurig. Nach einer Weile meinte sie: „Die Autonummer wird dir doch sicherlich helfen, die Täter zu finden, oder?"

„Wenn ich sie hätte," murmelte Sam verärgert.

„Du hast sie dir nicht gemerkt?"

„Ich bin nicht erst zu ihrem Truck gegangen, sondern bin ihnen gleich in den Wald gefolgt", erwiderte Sam niedergeschlagen.

Kapitel 23

Höchste Zeit

Alexandra und Maggie saßen in der Küche und plauderten.

„Ich glaube, ich werde krank“, stellte Alexandra nachdenklich fest.

„Was ist los?“, fragte Maggie besorgt. Bisher war Alexandra nicht ein einziges Mal krank gewesen.

„Ich habe Kopfschmerzen und Rückenschmerzen und übel ist mir auch ab und zu“, sagte Alexandra ungehalten. „Im Ganzen fühle ich mich einfach irgendwie schlapp. Wahrscheinlich bekomme ich eine Grippe.“

„Hast du mit Sam darüber gesprochen?“, hakte Maggie nach.

„Ja“, antwortete Alexandra. „Er meinte, wenn es morgen nicht besser ist, bringt er mich zu Grandma.“

„Zu Großmutter Reed?“, fragte Maggie erstaunt. „Wie lange laborierst du denn mit deinem Unwohlsein schon herum, ohne etwas darüber verlauten zu lassen?“

Alexandra überlegte. „Ungefähr zwei Wochen, denke ich. Mal wird es besser, dann wieder schlimmer. Aber nie wirklich schlimm. Deshalb will ich noch abwarten.“

„Willst du Spiegeleier zum Frühstück?“, warf Maggie ein. „Dann müssten wir erst welche sammeln.“

Alexandra verzog das Gesicht. „Bloß keine Eier. Auf die bin ich im Moment überhaupt nicht gut zu sprechen.“

Maggie stutzte. Sie wartete bis Miranda aus dem Zimmer war und fragte dann: „Sag mal, bist du sicher, dass du krank bist?“

„Wie meinst du das?“

„Vielleicht ist es etwas anderes.“

„Etwas anderes ...“

Maggie grinste. „Mensch, Alex, manchmal verstehst du nur sehr langsam. Ich meine, wann hattest du deine letzte Monatsblutung?"

„Meine was?", fragte Alexandra entgeistert. „Du meinst, ich sei womöglich ... Oh, Maggie, daran habe ich überhaupt nicht gedacht! Meine Periode ist immer sehr unregelmäßig und ... Wie soll ich das Sam nur erklären?" Sie sah die Freundin hilfesuchend an.

„Meine Liebe, das ist kein Grund zur Panik", beruhigte Maggie sie. „Erst mal müssen wir uns Gewissheit verschaffen. Am besten, wir fahren sofort in die Stadt und besorgen einen Test." Sie lächelte zufrieden. „Selbst wenn du ein Kind erwarten solltest, es ist doch alles klar: Du liebst Sam, er liebt dich – wie verrückt, wenn ich das bemerken darf – kein Problem!"

„Das sagst du", bemerkte Alexandra matt. Bei der Bemerkung *ein Kind erwartest*, war sie unwillkürlich zusammengezuckt. War das wirklich möglich? Sie fühlte sich überhaupt nicht wie eine Mutter. Andererseits ...

„Was ist los, Alex?", wollte Maggie wissen. „Meinst du, Sam wäre dagegen?"

„Sam?", wiederholte Alexandra verwirrt und zuckte mit den Schultern. „Immerhin ist es seine Großmutter gewesen, die mir den kleinen geflochtenen Babykorb geschenkt hat. Es ist also sozusagen höhere Gewalt."

Alexandra sprach mit so ernster Stimme, dass Maggie ihr Lachen nicht unterdrücken konnte. Als Alexandra sie verdutzt ansah, sagte sie nur: „Am besten, wir fahren gleich los. Ich bin so neugierig! Ich sage nur schnell Miranda Bescheid."

Maggie lief in den Flur.

Alexandra war noch immer in Gedanken versunken, als sie plötzlich Maggie nach ihr rufen hörte.

„Oh, mein Gott! Alex, komm schnell! Ich glaube, wir verschieben die Fahrt lieber auf später."

„Was ist passiert, Maggie?", rief Alexandra und rannte zu ihr. „Bist du in Ordnung?"

„Alles ist klar. Aber – die Fruchtblase ist geplatzt." Sie deutete nach unten. Flüssigkeit lief an ihrem Bein herab und bildete eine kleine Lache auf dem Linoleum.

Alexandra erschrak. Maggie war ganze zwei Wochen zu früh dran.

„Ich fahre dich sofort ins Krankenhaus!", sagte sie bestimmt. Aber Maggie winkte ab.

„Noch nicht. Wir warten hier, bis es ernst wird. Ohne regelmäßige Wehen schicken die mich sowieso wieder nach Hause. Aber", fügte sie hinzu, „du könntest so lieb sein und ein paar Telefonate für mich erledigen, während ich mich frisch mache."

Miranda kam die Treppe heruntergelaufen.

„Was ist denn los, Mama?"

„Nichts schlimmes, mein Schatz", beruhigte Maggie ihre Tochter. „Das Baby hat sich bloß ein bisschen früher als erwartet auf den Weg gemacht, um uns kennenzulernen. Du gehst also wie verabredet zu Grandma und Grandpa und wartest, bis wir dort anrufen." Dann wandte Maggie sich wieder an Alexandra: „Würdest du bitte meine Mutter, den Arzt und natürlich Dick benachrichtigen?"

Ohne ein weiteres Wort zu verlieren, verschwand Alexandra in der Küche, wo das Telefon stand. Maggie ging ins Badezimmer.

Zwanzig Minuten später traf Maggies Mutter ein und lud Miranda mitsamt ihrem Übernachtungskoffer in ihr Auto. Bevor sie abfuhr, versprach sie noch, die Jungen von der Schule abzuholen.

Alexandra winkte dem abfahrenden Auto nach und schloss erleichtert die Tür. Nun brauchte sie sich lediglich auf die werdende Mutter zu konzentrieren.

Maggie kam aus dem Badezimmer. Sie war guter Dinge.

Miranda war kurz zu ihr hereingesprungen, um auf Wiedersehen zu sagen, und hatte bemerkt, dass der große Bauch ja endlich verschwunden sein würde, wenn sie sich das nächste Mal sähen.

„Was jetzt?", fragte Alexandra betont heiter, während sie Maggie eingehend musterte. Sie hatte keine Ahnung, was als nächstes passieren würde.

„Keine Angst, mein Schatz, du kannst ganz ruhig bleiben", sagte Maggie. „Bisher spüre ich noch überhaupt nichts. Es wird also noch eine ganze Weile dauern."

„Wie lange hat Mirandas Geburt gedauert?"

„Ungefähr sieben Stunden. Übrigens, hast du Dick und Dr. Hanson erreichen können?"

„Ja", antwortete Alexandra. „Dr. Hanson steht abrufbereit zur Verfügung und sagte, er würde das Krankenhaus benachrichtigen. Dick habe ich auch gesprochen, aber die Verbindung war sehr schlecht. Er wird, so schnell es geht, hier sein."

„Das kann Stunden dauern", stellte Maggie fest. „Er benötigt über eine Stunde bis zu der Stelle, an der er vom Highway in den Wald abbiegen muss und von da sind es noch mal gute fünfzig Minuten bis zu dem Waldstück, in dem sie arbeiten." Maggie sah Alexandras besorgtes Gesicht. „Er wird allemal rechtzeitig hier sein", setzte sie hinzu.

„Vielleicht legst du dich besser eine Weile hin, damit du später ausgeruht bist", schlug Alexandra vor.

Maggie zögerte, aber dann meinte sie: „Okay, schaden kann es ja nicht. Und ich bin ziemlich müde."

Alexandra saß auf der Couch. Eineinhalb Stunden waren vergangen seit Maggies Fruchtblase geplatzt war. Sie hob resigniert die Schultern. Sie hatte nicht die leiseste Ahnung, wie lange es noch dauern würde. Sie wünschte sich sehnlichst, mehr Wissen über Schwangerschaft und Geburt zu haben. Aber alles, was sie tun konnte, war warten. Hoffentlich würde Dick bald heimkommen.

Plötzlich rief Maggie aus dem Schlafzimmer nach ihr. Alexandra sprang auf.

„Geht es los?", fragte sie.

„Das kann man wohl sagen", sagte Maggie. „Es hat schon vor einer halben Stunde ein bisschen gezogen, aber nun kommen die Wehen sehr schnell und sind sehr stark." Sie verzog schmerzhaft das Gesicht und versuchte ruhig zu atmen.

„Es geht diesmal viel schneller. Wir können nicht auf Dick warten. Du musst mich ins Krankenhaus bringen."

Alexandra stand wie versteinert da und blickte Maggie nervös an.

Maggie verzog erneut schmerzhaft das Gesicht und schloss die Augen, um sich auf die Wehe zu konzentrieren. Schweiß lag ihr auf der Stirn.

Alexandra fühlte, dass Maggie jetzt jemanden bei sich haben sollte. Jemanden, der ihr die Hand hielt. Wie sollte sie das bewerkstelligen, wenn sie das Auto steuerte? Und überhaupt: Wie sollte sie Maggie in diesem Zustand die Treppe hinunter ins Erdgeschoss und dann hinaus zum Auto schaffen?

„Was müssen wir mitnehmen?", fragte sie sachlich um irgendetwas zu tun.

„Die kleine Reisetasche dort drüben und meine Handtasche aus der Küche", erwiderte Maggie leise.

Alexandra lief aus dem Zimmer, holte die Taschen, griff nach ihrer Jacke und dem Autoschlüssel und eilte aus dem Haus. Als sie in den Hof kam, entdeckte sie als erstes zwei große Raben. Sie saßen auf dem Dach von Maggies Kombi und blickten ihr entgegen. Sie krächzten laut.

Alexandra hielt sofort inne. Ein Zittern durchlief ihren Körper. Sie wusste instinktiv, was die Vögel ihr mitteilen wollten: Maggie und das Baby waren in Gefahr. Sie musste Maggie so schnell es ging zum Krankenhaus fahren. Koste es, was es wolle!

Sie warf die Sachen, die sie in der Hand hielt, ins Auto und rannte zurück ins Haus. Oben im Schlafzimmer angekommen, sagte sie betont heiter: „Maggie, hör zu. Ich muss dich irgendwie zum Wagen bringen. Ich kann dich nicht tragen und es ist niemand sonst hier. Meinst du, du kannst die Treppe hinuntergehen, wenn ich dich stütze?"

Maggie lächelte verzerrt. „Bestimmt", sagte sie tapfer.

Alexandra atmete erleichtert auf. Sie half Maggie aus dem Bett und dann aus dem Zimmer. Weiter kamen sie nicht. Maggie musste sich vor lauter Schmerzen auf den Boden setzten. Wieder kämpfte sie mit einer Wehe.

Alexandra erkannte, dass Maggie in ihrem Zustand die Treppe nicht hinuntersteigen konnte. Sie überlegte fieberhaft. Es musste einen Weg geben. Sie musste Maggie ins Krankenhaus bringen! Alexandra mochte sich nicht vorstellen, was passieren würde, wenn Maggie das Kind hier zur Welt bringen musste. Die Raben hatten ihr eine klare Warnung gegeben!

Alexandra blickte sich suchend um. Sie brauchte Hilfe. Maggies Eltern wohnten zu weit entfernt und Sam war heute auf einem weitentlegenen Teil des Reservats unterwegs. Auch er würde nicht rechtzeitig hier sein können.

In diesem Augenblick fuhr ein Auto auf den Hof.

„Dick!", flüsterte Alexandra erleichtert und drückte Maggie aufmunternd die Hand. Dann lief sie in den Hof hinaus. Aber als sie den Pick-Up sah, der vor der Veranda hielt, war es nicht Dick, sondern Sam!

Alexandra fuchtelte wild mit den Armen und rief ihm schon von Weitem zu. Kaum war er ausgestiegen, schilderte sie ihm mit bebender Stimme die Situation. Sam rannte ins Haus und nach oben zu Maggie.

„Hol ein paar Decken!", rief er Alexandra zu.

Alexandra griff im Wohnzimmer nach der Couchdecke, dann lief sie nach draußen und breitete die Decke auf der Rücksitzbank des Pick-Up aus.

Kurz darauf erschien Sam mit Maggie in den Armen in der Haustür. Alexandra half ihnen beim Einsteigen.

„Gut, dass du vorbeigekommen bist", sagte Alexandra zu Sam und setzte sich zu Maggie. Sie ergriff ihre Hand und hielt sie fest.

Alexandra wusste nicht, warum Sam unerwartet zur Little Creek Ranch gekommen war, aber sie war unendlich dankbar dafür.

Sam brach sämtliche Tempolimits und hielt erst am Krankenhaus. Dort wurden sie schon erwartet. Sam hatte Dr. Hanson mit seinem Handy verständigt.

Maggie war sehr blass und von Dick war immer noch keine Spur zu sehen. Also ging Alexandra kurzentschlossen mit Maggie in den Kreißsaal.

Dick traf wenige Minuten nach der Geburt seiner kleinen Tochter ein. Alexandra ließ die drei allein und verließ erleichtert den Kreißsaal. Im Flur entdeckte sie Sam, der ausgestreckt auf einer Holzbank lag und auf sie wartete. Als er sie kommen sah, sprang er auf und lief ihr entgegen. Erschöpft ließ Alexandra sich in seine Arme fallen.

„Ich bin vollkommen fertig. Ich kann mir überhaupt nicht vorstellen, wie Maggie das fünf Mal mitgemacht hat, ohne dabei nervenkrank zu werden."

„Junge oder Mädchen?", wollte Sam wissen.

„Ein kleines Mädchen." Alexandra war begeistert. „Sie heißt Antonia und ist unheimlich süß."

Sam grinste, als er Alexandras strahlende Augen sah.

„Ich durfte sie sogar kurz halten", sagte sie.

„Aha", sagte Sam nur. „Und da fragst du noch, wie Maggie das fünfmal durchgestanden hat?"

Alexandra lächelte vielsagend. Dann fragte sie: „Warum bist du vorhin eigentlich zur Little Creek Ranch gekommen? Du wolltest doch eigentlich am Crystal Creek sein."

Sam sah Alexandra ernst an. „Da war ich auch", erzählte er. „Plötzlich flog ein Rabe vor meinem Pick-Up her und ich glaubte zu hören, wie er deinen Namen rief. Ich habe dann versucht, dich übers Satellitentelefon und übers Handy zu erreichen, aber beide Male hatte ich keinen Empfang. Deshalb bin ich umgekehrt."

Alexandra küsste ihn und schmiegte sich dankbar an ihn.

Auf dem Nachhauseweg bat Alexandra Sam bei der Drogerie anzuhalten. Sie verschwieg ihm allerdings den Grund dafür. Das wollte sie sich bis zu Hause aufsparen.

Zurück im Blockhaus drückte sie Sam die Tüte mit dem Schwangerschaftstest in die Hand.

„Du liest die Gebrauchsanweisung und sagst mir, was ich tun soll", forderte sie ihn auf.

Sam öffnete die Papiertüte und besah sich verwundert den Inhalt.

„Alex, bist du sicher, dass du das Richtige gekauft hast?", erkundigte er sich.

Alexandra steckte den Kopf aus der Schlafzimmertür. „Absolut", meinte sie.

Im nächsten Augenblick stand Sam neben ihr und packte sie an der Schulter. „Bekommen wir ein Kind?", fragte er und sah sie forschend an.

Alexandra hielt seinem Blick stand. „Es besteht die Möglichkeit", sagte sie schließlich leise und wartete ab, wie er darauf reagieren würde.

Als sie keine von diesen romantischen Antworten bekam, die die überglücklichen Männer in den Hollywood-Filmen in einem solchen Moment stets parat hatten, fragte sie kleinlaut: „Bist du böse?"

Sam rührte sich noch immer nicht. Plötzlich schlug er sich mit der Hand an den Kopf und meinte lächelnd: „Ich bin ein Idiot, verzeih mir. Manchmal begreife ich die einfachsten Dinge nicht!" Und dann fügte er hinzu: „Natürlich bin ich nicht böse. Aber nun lass uns erst mal sehen, was der Test sagt."

Zehn Minuten später saßen Alexandra und Sam auf dem Sofa. Beide waren sprachlos.

„Ich weiß nicht, was ich sagen soll", begann Sam. „Das kommt alles so plötzlich."

Alexandra sah ihn eindringlich an. „Was sollen wir jetzt tun?", fragte sie unsicher.

„Tun?", wiederholte Sam. „Alex, du würdest doch nicht ernsthaft daran denken ..." Er ergriff ihre Hand und drückte sie. „Jedes Baby ist ein Geschenk", sagte er. „Ein kleines Wunder. Wenn uns nun von Great Spirit ein solches Geschenk gemacht wird, dann dürfen wir es nicht ablehnen."

„Das hätte ich auch nie in Erwägung gezogen", sagte Alexandra bestimmt. „Das wäre nichts anderes als Mord. Nein, ich wollte einfach deine ehrliche Meinung über unsere Zukunft hören."

Sam sah sie liebevoll an. Er hatte keine andere Antwort von ihr erwartet. Behutsam legte er seine Hand auf ihren Bauch und schwieg eine Weile. Dann griff er nach ihrer Hand.

„Alex, willst du mich heiraten und immer bei mir bleiben?", fragte er mit heiserer Stimme.

Alexandra schloss die Augen. So einfach war die Sache für sie nicht.

„Sam, du musst nicht denken, dass es deine Pflicht ist, mich zu heiraten nur wegen des Kindes", sagte sie und sah ihn forschend an. „Aus so einer Ehe würde nichts Gutes werden."

Sam sah sie verdutzt an. „Weißt du, was du sagst?", fragte er.

„Ich gebe dir Gelegenheit, deinen Antrag zurückzuziehen", sagte sie ernst.

„Alex, was redest du da?", wunderte Sam sich. „Ich würde dir nie etwas vormachen. Ich hatte sowieso vor dich zu fragen, ob du mich heiraten würdest. Das hat mit dem Baby nichts zu tun. Ich habe die Schwangerschaft lediglich zum Anlass genommen, dich etwas früher zu fragen." Er hielt einen Augenblick inne und sah ihr fest in die Augen. „Also, willst du mich nun haben, oder nicht? Ich frage dich aus freien Stücken."

„Oh, Sam!", rief Alexandra und schlang ihre Arme um seinen Hals. „Wie gerne nehme ich deinen Antrag an."

Am nächsten Tag statteten Alexandra und Sam Maggie und dem Baby einen Besuch ab. Das Wetter war für Mitte April herrlich: die Sonne schien warm, es war windstill und die ersten Frühlingsblumen steckten ihre zarten Köpfe aus der Erde.

Alexandra genoss das Erwachen der Natur. Dies war ihr erster Frühling in Shaheylah, ihr erster Frühling mit Sam. Aber noch mehr freute sie sich über die himmlische Botschaft, die Sam und ihr gestern gegeben worden war: Sie erwartete ein Kind!

Es war zwar noch eine lange Zeit bis Alexandra ihr eigenes Kind in den Armen halten würde, aber sie wollte bis dahin gut aufpassen, und so viel wie möglich von Maggie lernen. Dann würde die Zeit bis November bestimmt schneller vergehen.

Maggie war am frühen Nachmittag zur Little Creek Ranch zurückgekehrt. Dort war sie von den Kindern und den Großeltern schon sehnlichst erwartet worden. Daher hatte Alexandra beschlossen, erst später und nur für kurze Zeit bei Maggie vorbeizuschauen und ihr Geschenk zu überreichen.

Maggie lag auf dem Sofa und hielt das schlafende Kind im Arm. Tim, Eric, Lee und Miranda spielten draußen und sie genoss ein paar ruhige Minuten allein mit dem neuen Familienmitglied.

„Schön, dass ihr gekommen seid", sagte sie leise, als Alexandra und Sam ins Wohnzimmer traten. Ein strahlendes Lächeln lag auf ihrem Gesicht.

„Alles Gute, Maggie, für dich und Antonia." Alexandra umarmte die Freundin herzlich.

„Alles Gute auch von mir", sagte Sam und gab Maggie einen Kuss auf die Wange.

Alexandra und Sam beugten sich über die schlafende Antonia und ein zärtliches Lächeln erschien auf ihren Gesichtern. Dann strich Sam Alexandra liebevoll über die Wange.

„Okay, was ist hier los?", fragte Maggie.

Alexandra und Sam sahen sich vielsagend an.

„Wir werden im November auch ein Baby bekommen", sagte Alexandra schließlich.

Maggie stieß einen leisen Freudenschrei aus. „Ich hab's geahnt!"

„Der Korb, den Grandma Alex gegeben hat, hat seinen Zweck erfüllt", lächelte Sam. „Ich hätte vorsichtiger sein sollen, jetzt sitze ich in der Falle." Er versuchte niedergeschlagen auszusehen, aber es gelang ihm nicht.

„Du siehst wirklich sehr leidend und gequält aus." Maggie grinste.

„Ich wage mich sogar noch einen Schritt weiter, um weiteren Qualen aus dem Wege zu gehen", fuhr Sam fort. „Ich werde diese schöne Frau, deine Freundin, liebe Maggie, zum Altar führen – zum Traualtar!"

Maggie war außer sich vor Freude.

„Nicht, Maggie", flüsterte Alexandra. „Du weckst das Kind auf."

„Aber wann? Wann?", fragte Maggie aufgeregt.

„Ein wenig wirst du dich noch gedulden müssen", lachte Sam. „Es muss erst etwas wärmer werden. Wir wünschen uns nämlich, dass die Trauung im Freien stattfindet."

Maggie fielen tausend Fragen ein, aber da flog die Tür auf und die Kinder kamen zurück ins Haus.

„Kein Wort", flüsterte Sam, „ist alles noch ein Geheimnis!"

„Aber Dick ...", flüsterte Maggie.

„Dick darfst du es natürlich sagen."

Kapitel 24

Guter Rat

Alles schien an seinen Platz zu fallen. Alexandra war mit Sam bei Dr. Hanson gewesen, und er hatte eine Ultraschalluntersuchung vorgenommen. Demnach durften sie das Baby Mitte bis Ende November erwarten.

Jetzt war es Mitte Mai und Alexandra befand sich in der dreizehnten Schwangerschaftswoche. Sie hatte noch immer mit Übelkeit und starker Abneigung gegen viele Speisen zu kämpfen.

Aber sie hoffte sehr, dass dieser Zustand sich bis zur Hochzeit legen würde.

Der Hochzeitstermin war auf den 26. Mai festgesetzt. Alexandra und Sam hatten Großmutter Reed gebeten, ihnen bei der Terminwahl zu helfen. Großmutter hatte sich sehr über die Neuigkeiten gefreut und war der Bitte bereitwillig gefolgt. In einer besonderen Zeremonie hatte sie die Geistwesen befragt, und sie hatten den 26. Mai als besonders günstig befunden. Seither sprach die alte Dame von Alexandra nur noch als von ihrer Enkelin.

Auch Sams Eltern hatten sich sehr gefreut und Alexandra herzlich in die Familie aufgenommen. Sie bestanden darauf, die Hochzeit auszurichten, waren aber ein wenig betrübt darüber, dass von Seiten der Brauteltern keinerlei Reaktion kam.

Das blieb der einzige Wermutstropfen. Alexandra hatte ihre Eltern natürlich sofort angerufen und ihnen von ihren Zukunftsplänen und von der Schwangerschaft erzählt. Aber ihr Vater hatte lediglich etwas von *unglaublich* gemurmelt und einfach aufgehängt.

Diese Ablehnung machte Alexandra mehr zu schaffen,

als sie sich eingestehen wollte. Schließlich war ihre Freude so getrübt, dass sie Sam bat, mit ihr zu Großmutter zu fahren, damit sie ihr ihr Herz ausschütten konnte.

Alexandra trat aus dem Supermarkt und brachte ihre Tüten zum Pick-Up. Sie war in Gedanken schon bei dem bevorstehenden Besuch bei Großmutter Reed und schenkte ihrer Umgebung wenig Aufmerksamkeit.

Als sie am Wagen ankam und ihre Tüten verstaute, bemerkte sie Grant Ryder. Er stand auf der gegenüberliegenden Straßenseite und lehnte an seinem Wagen. Unverfroren blickte er zu ihr hinüber.

Alexandra fühlte sich augenblicklich unbehaglich, war gleichzeitig aber auch verärgert. Wie konnte Grant Ryder unbehelligt in Shaheylah herumlaufen, wo die Polizei seit Alexandras Anzeige überall nach ihm suchte?

Sie beschloss, gleich nach ihrem Arzttermin bei der Polizeistation vorbeizufahren und dort zu berichten, dass Grant in Shaheylah aufgetaucht war.

Alexandra verstaute ihre Einkäufe und beschloss, den kurzen Weg vom Supermarkt zur Arztpraxis zu fahren. Mit Grant Ryder in der Gegend wollte sie kein Risiko eingehen.

Ihr Ärger verflog, als sie vor der Arztpraxis ankam und sich den Grund ihres Besuches dort ins Gedächtnis rief. Sam war genauso aufgeregt über die Schwangerschaft wie sie selbst und begleitete sie eigentlich jedesmal zu den Vorsorgeuntersuchungen. An diesem Tag hatte er es jedoch nicht einrichten können.

Alexandra überquerte den Gehsteig und ging auf die Praxistür zu.

„Morgen, Alex."

Überrascht drehte Alexandra sich um. Es war Estelle Carson, die geradewegs auf sie zusteuerte.

„Auch das noch", murmelte Alexandra.

„Wohin des Weges?", säuselte Estelle.

„Hallo Estelle", sagte Alexandra kurz angebunden. „Ich habe einen Termin bei Dr. Hanson. Tut mir leid, aber ich bin schon spät dran." Sie machte einen Schritt auf die Praxistür zu.

„Dr. Hanson?", begann Estelle erneut. „Oh, mein Gott, ich hoffe, dir fehlt nichts? Oder etwa dem armen Sam?"

Alexandra stöhnte leise auf. Seit Estelle wusste, dass Sam und Alexandra verlobt waren, sprach sie in Alexandras Gegenwart von ihm nur noch als *der arme Sam*. Dabei machte sie jedes Mal ein so mitleidiges Gesicht, dass Alexandra sie hätte würgen können.

„Sam ist in Ordnung", antwortete Alexandra gespielt heiter, „und mir fehlt auch nichts. Danke der Nachfrage." Dann ging sie entschlossen in die Praxis und ließ Estelle stehen.

★

Eine halbe Stunde später spazierte Estelle in Dr. Hansons Praxis und wandte sich mit zuckersüßer Stimme an die freundliche Sprechstundenhilfe: „Guten Morgen, Melody. Ich habe vorhin Miss Habicht in die Praxis kommen sehen. Ihr wird doch nichts fehlen, so kurz vor der Hochzeit?"

„Keine Sorge, Miss Carson", gab Melody bereitwillig Auskunft, „es ist alles in Ordnung. Alex war lediglich zu einer Vorsorgeuntersuchung hier." Und als Estelle verdutzt dreinblickte, fügte Melody hinzu: „Sie erwartet doch ein Baby."

Estelle schnappte nach Luft. Beinahe verlor sie die Fassung. Ohne ein weiteres Wort verließ sie die Arztpraxis.

Schlimm genug, dass dieses zugereiste Ding ihr Sam weggeschnappt hatte. Jetzt bekam sie auch noch ein Baby! Das Baby, das ihr – Estelle – zustand.

Das durfte nicht sein.

★

Alexandra und Sam saßen mit Großmutter Reed auf dem Sofa in ihrem Wohnzimmer. Auf dem Tisch brannte eine Kerze. Ihr Schein verbreitete warmes, goldenes Licht.

Alexandra war müde und aufgebracht, und schüttete Rosemary Reed ihr Herz aus.

Sam hielt sich zurück. Er war sehr froh darüber, dass Alexandra eine so gute Verbindung zu seiner Großmutter hatte.

Gerade endete Alexandra: „Ich habe das Gefühl, dass wir aneinander vorbeireden, dass wir nicht mehr auf der selben Wellenlänge liegen. Etwas ist in der Zeit, seit ich hier bin, passiert. Meine Eltern und ich, wir scheinen in zwei verschiedenen Welten zu leben ... Und dann noch Estelle und Grant Ryder." Sie blickte die alte Dame forschend, fast flehend an. Würde sie verstehen?

Alexandra ergriff Sams Hand. Er verstand. Er konnte in ihr lesen wie in einem Buch. Sie warf ihm einen liebevollen Blick zu.

Großmutter Reed nippte an ihrem Tee. Dann richtete sich ihr Blick auf einen unbestimmten Punkt auf der gegenüberliegenden Wand und ein Lächeln legte sich auf ihr Gesicht. Langsam begann sie zu sprechen.

„Weißt du, ich kenne dich erst seit kurzem, Alex", sagte sie, „aber ich verstehe, was in dir vorgeht. Du hast Entscheidungen getroffen. Entscheidungen, die dein Leben von Grund auf verändert haben und noch weiter verändern werden. Auch das Baby verändert dich. Deine alte Welt verblasst allmählich und eine neue Welt taucht vor deinen Augen auf. Sie schillert in vielversprechenden Farben, und du bist glücklich und zuversichtlich. Aber auch ein wenig verunsichert, weil du die gewohnten Pfade hinter dir lässt und es keine Straßenkarte gibt für die neuen Wege." Sie lächelte Alexandra zärtlich an.

„Mach dir keine Gedanken. Bald wirst du sicher fahren

auf den neuen Wegen und Gelassenheit wird wieder dein Beifahrer sein. Es wird sich dir zeigen, ob die Entscheidungen, die Wege, die du einschlagen willst, richtig für dich sind. Es gibt immer ein Zeichen – du musst es nur erkennen." Rosemary Reed blickte in Alexandras nachdenkliches Gesicht.

„Keine Angst, mein Kind. Sam kennt sich mit diesen Dingen gut aus. Du wirst sehen. Es erfordert nur ein wenig Aufmerksamkeit und – was am wichtigsten ist – ein offenes Herz. Dann wirst du keine Probleme haben."

„Die Raben", dachte Alexandra laut, verstummte aber sofort. Nach einer Weile fuhr sie fort: „In Deutschland war alles gewohnt und es gab viele Sicherheiten. Aber irgendwie ging es nicht weiter. Mein Leben war weit davon entfernt, das zu sein, was ich mir erträumt hatte. Wir haben schon darüber gesprochen ... Seit ich hier bin – wie soll ich sagen? Die Dinge fallen ohne mein Zutun an den richtigen Platz. Ich fühle mich so wohl hier, bin glücklich wie nie zuvor und habe obendrein noch Sam gefunden."

„Du hast dich aus deinen festgefahrenen Bahnen befreit", stimmte Rosemary Reed zu. „Du bist flexibler und offener geworden was dein Leben und deine Träume anbelangt. Dein Leben hat erst jetzt richtig begonnen. Du spürst es selbst. Bleib dabei. Das Baby, Eure Hochzeit – was für phantastische Ausgangspunkte für ein erfülltes Leben. Die Möglichkeiten sind vielfältig. Es gibt so viele Pfade, so viele Verästelungen, die von dem Hauptweg abzweigen. Alles liegt in deiner Hand. Du kannst mit einer Fülle von Erfahrungen enden oder wieder nur mit einem Zweig." Großmutter schwieg für einen Moment.

„Und damit meine ich nicht, dass man alles, was sich einem anbietet, ausprobieren muss, um ein erfülltes Leben zu haben", fuhr sie lächelnd fort. „Das Leben selbst ist das größte Abenteuer, das es zu entdecken gilt! Und auch jemand, der nach außen hin ein ruhiges Leben führt, hat die Chance am Ende auf eine Fülle von goldenen Erinnerungen zurückzublicken. Es kommt nur auf das hier an." Sie tippte mit dem Zeigefinger auf Alexandras Herz. „Dass du alles mit Liebe und von ganzem Herzen tust. Kannst du etwas nicht mit ganzem Herzen tun, dann tue es lieber überhaupt nicht. – Das ist alles." Sie hielt inne.

„Du bist auf dem Weg in dieses große Abenteuer, das Leben heißt. Du hast die Möglichkeit, ein gutes, glückliches Leben zu leben. Du hast Sam, ihr heiratet, ein Baby wächst in deinem Leib, ihr habt ein schönes Heim. Egal, was der Zeitgeist dazu sagt: Was sich bei Euch im Aufbau befindet, will jeder Mensch haben. Jeder. Viele haben leider nur immer noch nicht verstanden, dass man diese Dinge nicht mit Geld kaufen kann. Das gilt auch für Estelle und Grant Ryder. Ich kenne sie lange genug." Sie kicherte.

„Ich weiß, ich weiß. Aber lass dir von ihnen nicht Sand in die Augen reiben, mein Kind. Die meisten Leute schieben alle möglichen Ausreden vor, nur um ihre Ängste zu verbergen. Sie versuchen Sicherheit und Liebe mit Geld zu kaufen oder zu erhalten. Aber das kann nie mehr als eine Fassade erbauen. Ich denke, wenn du dein Leben mit Liebe angehst und den Zeichen folgst, dann wird auch das Geld immer folgen. Vielleicht nicht Millionen, aber genug."

Als Alexandra die alte Dame wenig später zum Abschied umarmte, wiederholte Rosemary Reed noch einmal, was sie bereits gesagt hatte: „Vergiss nicht, auf die Zeichen zu achten, mein Kind."

Kapitel 25

Überraschender Besuch

Am nächsten Morgen klopfte es schon sehr früh an der Haustür. Alexandra räkelte sich verschlafen im Bett. Sie hatte in Sams Armen tief geschlafen und wäre gern noch länger dort liegen geblieben. Aber Sam war schon aufgesprungen. Er zog sich schnell T-Shirt und Jeans an und ging in den Flur, um nachzusehen, wer ihnen am Wochenende um kurz nach sieben Uhr einen Besuch abstattete.

Wenig später kehrte er ins Schlafzimmer zurück und schloss die Zimmertür hinter sich.

„Was ist los?“, fragte Alexandra. „Musst du arbeiten?“

„Nein, das nicht“, sagte Sam. „Aber du machst dich besser auf eine Überraschung gefasst: Dein Vater sitzt im Wohnzimmer. Er will mit dir sprechen.“

„Vati?“, fragte sie erstaunt. Dann hellte sich ihr Gesicht auf. „Oh, Sam, vielleicht wird doch noch alles gut. Vielleicht haben sie ihre Meinung geändert!“ Sie sprang aus dem Bett und warf sich Sams alten Bademantel über. Schnell lief sie ins Wohnzimmer.

„Vati!“, rief sie schon von weitem. „Was machst du denn hier?“

Richard Habicht erhob sich vom Sofa.

„Alex, wie schön dich zu sehen“, sagte er lächelnd. „Du siehst gut aus.“

Alexandra umarmte ihn überschwänglich. „Danke Vati! Aber wo kommst du mit einem Mal her? Und warum heute? Die Hochzeit ist doch erst in zwei Wochen. Und wo ist Mutti? Ich hätte euch ein Zimmer im Hotel reservieren können.“

Richard Habicht winkte nervös ab. „Wir sind nicht wegen deiner Hochzeit gekommen. Ich muss dringend mit dir reden."

„Mutti ist doch nichts passiert?", fragte Alexandra ängstlich.

„Nein, nein", beruhigte der Vater sie. „Deine Mutter ist noch im Hotel. Wir sind gestern erst sehr spät am Abend angekommen und die weite Reise hat sie sehr mitgenommen."

Alexandra sah ihn verwirrt an. „Was möchtest du denn so dringend mit mir besprechen, dass es nicht noch ein paar Stunden hätte warten können?" Erwartungsvoll setzte sie sich auf das Sofa.

Doch ihr Vater wehrte ab. „Draußen und unter vier Augen", bat er und warf Sam, der in der Küche herumhantierte, einen flüchtigen Blick zu.

Alexandras Freude über den überraschenden Besuch des Vaters wich einer bösen Vorahnung.

„Nun gut. Aber du musst dich ein paar Minuten gedulden. Ich will mich erst anziehen."

Eine Viertelstunde später ging Alexandra mit ihrem Vater über die weitläufige Koppel, die an das Blockhaus angrenzte.

Sam versorgte die Tiere. Er wollte Alexandra und das ungeborene Baby sicher wissen und vom Stall aus konnte er Vater und Tochter im Auge behalten.

Alexandra zog ihre Strickjacke enger um sich und sog die frische, klare Morgenluft ein. Sie steuerte auf einen Flecken Wiese zu, der schon im Sonnenlicht lag.

„Also, Vati, schieß los", sagte sie, nachdem sie eine Weile schweigend nebeneinander hergegangen waren. „Ihr seid also nicht wegen der Hochzeit hier."

Richard Habicht zögerte einen Moment.

„Nein", sagte er dann. „Deine Mutter und ich sind gekommen, weil wir möchten, dass du zurück nach Hamburg kommst. Nein, lass mich bitte ausreden", bat er, als Alexandra etwas sagen wollte.

„Wir verstehen, dass du anscheinend unter großem Druck gestanden hast, als du den Entschluss gefasst hast, hierher zu kommen, und ausspannen musstest. Junge Leute sind manchmal so." Er blieb stehen und sah sie ernst an.

„Aber jetzt hast du deinen Spaß und deine Ruhe gehabt. Es ist an der Zeit vernünftig zu werden. Du darfst nicht mehr nur an dich selbst denken, du erwartest schließlich ein Kind."

Alexandra sah ihn fassungslos an.

„Deine Mutter und ich sind bereit, dich und dein Kind zu unterstützen", fuhr Richard Habicht fort. „Aber nur unter der Bedingung, dass du sofort mit uns zurück nach Hamburg fliegst."

Alexandra traute ihren Ohren nicht. Sie hatte ihrem Vater bisher selten widersprochen. Nun aber schien es ihr geradezu zwingend, ihm zu sagen, dass sie seine Meinung nicht im Geringsten teilte.

„Warum sollte ich zurück nach Hamburg gehen, wenn meine große Liebe, der Vater meines Kindes, hier in Shaheylah ist und wir glücklich zusammenleben?", fragte sie ärgerlich.

„Aber Alex, sieh doch ein", argumentierte Richard Habicht. „Du gehörst nach Hamburg, du bist dort aufgewachsen. Was hast du hier? Ein kleines Dorf in der Mitte von Nirgendwo! Keine Kultur, keine Menschen deiner Bildung. Was willst du deinem Kind hier bieten?"

„Eine Familie, ein Heim, Liebe, Freundschaft und Natur", sagte Alexandra betont langsam. „Gibt es etwas Wichtigeres?"

Und nach einer Pause fügte sie hinzu: „Ich habe viele gute Freunde hier, Vati. Das habe ich dir schon einmal gesagt. Sie haben vielleicht nicht studiert, aber sie haben Lebenserfahrung. Das kann einen kein Studium lehren. Und sie sind aufrichtig und treu, ich kann mich in allen Lagen auf sie verlassen. In Hamburg hatte ich nie so gute Freunde."

„Vielleicht, weil du es nicht wolltest, Alexandra", sagte Richard Habicht beschwichtigend. „Du musst zugeben, dass du manchmal etwas schwierig bist und hohe Ansprüche stellst. Und was deinen Sam anbelangt: Er scheint ja ganz nett zu sein. Aber ich bin sicher, dass du in Hamburg einen ebenso netten Mann finden könntest. Wenn Mutter und ich gewusst hätten, dass du heiraten wolltest, dann hätte ich dir ein paar nette, erfolgreiche Männer aus der Firma vorgestellt."

Alexandra seufzte resigniert. War der Vater nur gekommen, um ihr solche Dinge zu sagen? Er wollte sie anscheinend nicht verstehen.

„Vati, bitte", sagte Alexandra und hatte Mühe den Ärger in ihrer Stimme zu unterdrücken. „Du weißt, wie ich dazu stehe! Wenn du nur gekommen bist, um mir das zu sagen ..."

„Deine Mutter und ich stimmen dieser Hochzeit nicht zu!", fuhr Richard Habicht auf.

„Es ist mir egal, ob ihr zustimmt oder nicht!", rief Alexandra aufgebracht. „Ich habe euch nicht von der Hochzeit erzählt, um eure Erlaubnis einzuholen. Ich bin vierundzwanzig Jahre alt. Ich brauche niemanden um Erlaubnis zu bitten!"

„Wie kannst du nur so undankbar sein?", warf ihr Vater ihr vor. „Was haben deine Mutter und ich nicht alles für dich geopfert in all den Jahren!"

„Ich hätte nicht gedacht, dass ihr eine Auszahlung für eure elterliche Liebe haben wollt", zischte Alexandra wütend.

„Das hat damit überhaupt nichts zu tun, Alexandra", erwiderte Richard Habicht ebenso wütend. „Stell dich doch nicht absichtlich dumm! Wir haben uns dein Leben eben anders vorgestellt. Vor allem, dass du in unserer Nähe wohnen würdest."

„Es tut mir leid, Vati", sagte Alexandra etwas sanfter. „Ich habe euch nicht mit Absicht verletzen oder traurig machen wollen. Ich habe mein Herz nicht aus Bosheit euch gegenüber an Sam verloren."

Richard Habicht seufzte. Er wusste, dass seine Tochter im Recht war. Es war nur so, dass Marianne und er ihren gemeinsamen Fixpunkt verloren hatten, seit Alexandra nach Kanada gereist war.

„Vielleicht könntet ihr nach Hamburg ziehen?", fragte er als letzten Versuch.

„Vielleicht irgendwann einmal", entgegnete Alexandra. „Aber im Augenblick kann ich es mir nicht vorstellen. Sam gehört hierher und ich lebe auch gern in Shaheylah. Für uns ist es im Moment am besten, hier zu bleiben." Sie legte ihre Hand auf den Arm ihres Vaters. „Aber vielleicht könntet ihr ja auch nach Shaheylah ziehen. Wenigstens für einen Teil des Jahres. Du gehst doch bald in Rente."

„Ich glaube nicht, dass deiner Mutter das gefallen würde", sagte Richard Habicht kühl. Dann setzte er hinzu: „Du bist ziemlich selbstsüchtig, Alexandra."

„Ich würde es nicht selbstsüchtig nennen, Vati. Aber du hast recht, ich bleibe bei meiner Entscheidung."

Kurz darauf verabschiedete Alexandra ihren Vater. Nachdenklich und etwas traurig sah sie ihm nach, als er in seinem Mietwagen davonfuhr. Sie hatte ihn nicht dazu überreden können, bis zur Hochzeit zu bleiben.

Alexandra hatte Mitleid mit den Eltern. Vor allem mit dem Vater. Sie wusste, wie sehr er an ihr hing. Und auch sie vermisste die Eltern. Aber ihr Leben war nun hier. Ein kurzes, kostbares Leben, das sie nicht verschenken durfte.

Trotzdem konnte sie nicht anders, als sich Gedanken über die Situation zu machen. Wie gerne hätte sie den Segen der Eltern zu ihrer Hochzeit. Wie gerne hätte sie sie an diesem besonderen Tag bei sich gewusst.

Als Sam aus dem Stall kam und ihr entgegenging, standen noch immer Sorgenfalten auf ihrer Stirn. Behutsam strich Sam ihr über das Gesicht.

„Der Tag ist zu schön, um sich Sorgen zu machen", sagte er und deutete um sich. Die Sonne schien von einem wolkenlosen Himmel und die Vögel zwitscherten. Der Frühling lag in der Luft.

„Du hast Recht." Alexandra lächelte.

Aber Sam konnte in ihren Augen lesen, dass ihre Sorge damit noch lange nicht vergessen war. Er legte seinen Arm um sie und gemeinsam gingen sie zurück ins Haus.

Das Telefon klingelte, als sie durch die Tür traten. Es war Alexandras Mutter. Sie rief aus dem Hotel an. Alexandra übernahm den Hörer von Sam.

„Mutti? ... Vati ist schon wieder abgefahren. Wie geht es dir? ... Was? ... Nein, ich bleibe ... Bitte warte damit noch eine Weile ... Später, okay ... Ja, bis dann ..." Alexandra legte den Hörer auf und drehte sich seufzend zu Sam um.

„Meine Eltern kommen später noch einmal vorbei."

Plötzlich hielt sie sich den Kopf und stützte sich auf der Kommode ab. „Sam!" Angst lag in ihrer Stimme.

„Was ist los, Alex?", fragte er besorgt.

„Sam, mir ist so komisch ..." Dann sackte Alexandra zusammen.

Sam sprang auf sie zu und konnte gerade noch verhindern, dass sie zu Boden fiel. Er hob sie in seine Arme und brachte sie zur Couch. Dort hielt er ihre Hand und streichelte ihr sanft die Stirn. Dabei sprach er leise auf sie ein.

Es dauerte nur einen kurzen Augenblick, bis Alexandra das Bewusstsein wiedererlangte, aber Sam kam es vor wie eine Ewigkeit. Fast wäre er in Panik geraten.

Alexandra hatte Mühe, die Augen offen zu halten. Es

wollte ihr nicht recht gelingen. Ihre Augenlider schienen schwer wie Blei. Sams Stimme drang von sehr weit her an ihr Ohr, wie durch einen langen Tunnel. Und nur mühsam verstand sie, was er sagte.

„Sam", flüsterte Alexandra und klammerte sich an ihn. Sie hatte Angst wieder in dem schier endlosen schwarzen Loch zu versinken.

„Du hast mir einen ganz schönen Schrecken eingejagt", sagte Sam betont heiter. „Heute ist ein ereignisreicher Tag, wie mir scheint."

Alexandra lächelte matt.

„Alles dreht sich in meinem Kopf. Ich habe Angst, Sam!"

„Bleib ganz ruhig liegen. Versuch ruhig und tief zu atmen und dich zu entspannen. Du wirst sehen, gleich wird es dir besser gehen."

Das Telefon klingelte wieder.

„Eine Sekunde", sagte Sam. „Bin sofort wieder da." Er sprang auf und griff nach dem Hörer.

„Hallo? ... Grandma jetzt nicht. Alex ist mir gerade umgekippt. Es geht ihr nicht gut ... Ja, ihr Vater war schon ganz früh hier ... Hallo?" Sam blickte verdutzt aufs Telefon. Großmutter Reed hatte einfach aufgelegt!

Kopfschüttelnd kehrte er zu Alexandra zurück. Er stopfte ihr ein weiteres Kissen in den Rücken, so dass sie bequemer liegen konnte. Dann setzte er sich neben sie.

Wenige Minuten später klopfte es an der Haustür.

„Ich hoffe, es ist nicht wieder dein Vater", murmelte Sam und ging zur Tür. „Grandma!", rief er überrascht, als er sah, wer da vor dem Haus stand.

Aber Rosemary Reed würdigte ihn keines Blickes. Sie schob ihn energisch zur Seite und ging geradewegs ins Wohnzimmer, wo Alexandra lag.

Sam folgte ihr verwundert.

Großmutter Reed setzte sich zu Alexandra und streichelte ihr fürsorglich die Stirn. Alexandra lächelte schwach.

„Die Situation ist ernster, als ihr annehmt", erklärte die alte Dame bestimmt und sah die beiden jungen Leute besorgt an. Sie holte einen Beutel aus der Jackentasche hervor und reichte ihn an Sam weiter.

„Bereite aus diesen Blättern einen Tee, so wie ich es dir gezeigt habe", sagte sie. „Das wird Alexandras Kreislauf wieder aufbauen." Dann wandte sie sich an Alexandra.

„Es ist wichtig, dass du mir gut zuhörst, Alex", sagte sie und sah sie eindringlich an.

Irgendetwas in der Stimme der alten Dame ließ Alexandra hellhörig werden. Rosemary Reed sprach bestimmt und langsam, aber ihre gewöhnlichen Pausen entfielen. Dies deutete auf die Wichtigkeit ihrer Worte hin.

Auch Sam wurde aufmerksam. Er arbeitete besonders leise in der Küche, so dass auch er die Worte seiner Großmutter verstehen konnte.

„Weißt du, warum es dir nicht gut geht?", fragte Großmutter Reed mit ernster Stimme.

Alexandra überlegte einen Moment.

„Ich habe mich nach dem Gespräch mit meinem Vater hin- und hergerissen gefühlt. Aber das kann doch nicht ..."

Großmutter Reed unterbrach sie.

„Es gibt ein paar Dinge, die du nicht wissen kannst. Darum bin ich gekommen", sagte sie. Sie machte eine kurze Pause, schien nach den richtigen Worten zu suchen.

„Für unser Volk existiert neben der Welt, die wir um uns sehen können, noch eine andere: die Welt der Geister. Wir messen dieser anderen Welt große Bedeutung zu, weil die Wesen, die in ihr wohnen, einen Einfluss haben auf uns in unserer alltäglichen Welt." Sie warf Alexandra einen Blick zu, um zu sehen, ob sie ihren Worten folgen konnte.

Alexandra nickte ihr verstehend zu.

„Gut", fuhr die alte Dame fort. „Es ist wichtig, dass du

dir dessen bewusst wirst, welche Dinge auf welcher Ebene Einfluss auf dich, deinen Körper und dein Handeln haben können, sonst kann dir aus Unwissenheit viel Schaden zugefügt werden. Und nicht nur dir, auch deinem ungeborenen Kind."

Alexandra hing an Großmutter Reeds Lippen.

„Du lebst mit uns auf dem Reservat, einem Ort, an dem unser Volk schon seit Tausenden von Jahren lebt, und an dem die Geisterwelt unserer alltäglichen Welt sehr nahe ist. Sie ist ein Teil von uns", erklärte Rosemary Reed.

„Dazu trägst du ein Kind in dir, das direkter Abstammung einer alten Familie unseres Volkes ist. Diese beiden Tatsachen erhöhen deine Feinfühligkeit, deine Empfänglichkeit für die Wesen der Geisterwelt um ein Vielfaches."

Alexandra blickte Großmutter Reed fest in die Augen. Die Worte der alten Dame machten ihr keine Angst. Sie wollte einfach wissen, was hier vor sich ging. Sie wollte alles wissen, und sie wollte es verstehen.

„Warum, glaubst du, bist du gerade hier in Shaheylah gelandet?", fragte Großmutter.

Alexandra sah sie überrascht an.

„Zufall, meinst du? *Zufällig* weiß ich, dass du nicht *zufällig* hier bist", fuhr Großmutter Reed lächelnd fort.

Alexandra zog die Stirn in Falten. Sie war verwirrt.

„Weißt du", sagte Großmutter Reed und deutete auf Sam, der gerade den Tee brachte, „mein Enkelsohn hier hat mir viele Sorgen bereitet. Er ist ein guter Mann und seine Aufgaben im Leben stehen für ihn bereit. Wichtige Aufgaben. Wichtig nicht nur für ihn selbst, sondern auch für sein Volk. Aber es gab etwas, das ihn immer wieder von seinem vorbestimmten Weg abgelenkt hat. Nennen wir es eine Schwäche." Sie sah Sam tadelnd an. „Und das waren seine Frauengeschichten."

Sam blickte verlegen zu Boden.

„Also“, fuhr Großmutter fort, „habe ich mich dazu entschlossen, der Sache etwas auf die Sprünge zu helfen. Tag und Nacht habe ich gebetet, dass die richtige Frau für Sam auftauchen würde. Ich habe meine Gebete in alle vier Himmelsrichtungen geschickt – in alle Welt.“

Alexandra starrte sie ungläubig an.

„Und deswegen bin ich hierhergekommen?“, flüsterte sie.

„Gebete sind sehr mächtig, mein Kind. Du musstest einfach nach Shaheylah kommen. Es war, als hätte dich jemand an einem unsichtbaren Band gezogen, habe ich recht?“

Alexandra schwieg. Sie dachte zurück an die Zeit, bevor sie nach Kanada aufgebrochen war. An ihre Sehnsucht, ihre Rastlosigkeit und ihre Unruhe. Sie hatte sie sich nicht zu erklären vermocht. Jetzt dämmerte es ihr.

„Hast du Amors Pfeil in unsere Herzen gelenkt?“, fragte Alexandra behutsam.

Großmutter lachte auf.

„Nein, mein Kind! Das brauchte ich auch nicht, denn ihr seid von Anfang an für einander bestimmt gewesen. Ich habe nur ... wie soll ich es sagen? Ich habe die Sache beschleunigt, wenn ihr so wollt.“

Alexandra war überwältigt.

„Ich bin sehr froh über die Beschleunigung“, sagte sie und warf Sam einen liebevollen Blick zu.

„Und ich erst“, stimmte Sam zu. Er küsste Alexandra zärtlich auf die Stirn. „Obwohl ich nie gedacht hätte, dass du so etwas tun würdest, Grandma“, fügte er gespielt betroffen hinzu. Dann umarmte er die alte Dame.

„Ich hoffe sehr, dass Sam bald so ausgeglichen ist, dass er seiner inneren Stimme wieder ganz zu folgen vermag“, stellte Rosemary Reed fest.

„Doch nun zu dir, Alex. In deiner Heimat wird der Geisterwelt vielleicht nicht mehr viel Bedeutung zugemessen, vielleicht wird sie völlig verneint. Aber sie existiert dennoch", erklärte sie. „Und im Moment kämpfen die Wesen zweier verschiedener Welten um dich. Und dein Unterbewusstsein spürt das. Dein Vater hat den Geist deiner Heimat, deiner Vergangenheit hierhergebracht und dieser Geist versucht, wieder von dir Besitz zu ergreifen. Dein Vater und deine Mutter sind sich dieser Dinge nicht bewusst. Und so unterstützen sie diesen Geist in seinem Vorhaben, ohne es zu wissen – durch ihre eigenen Wünsche, dich betreffend, die sie im Moment als wichtig und richtig empfinden." Rosemary Reed machte eine Pause.

„Der Geist unserer indianischen Vorfahren, unseres Landes, weiß hingegen, warum du hier bist und was für eine wichtige Aufgabe du übernehmen sollst. Er versucht daher, dich hierzubehalten."

Alexandras Gedanken kreisten. Großmutter sprach deutlich und in verständlichen Worten. Und Alexandra begriff, was sie ihr vermitteln wollte. Aber es war schwer, diesen Worten wirklich Glauben zu schenken. Denn würde sie das tun, so würde ihre gesamte bisherige Weltanschauung zusammenbrechen. Würde sie Großmutters Worte annehmen, so würde sie sich ändern, ein neues Gleichgewicht finden müssen. Konnte sie das schaffen?

„Dieser Kampf, dieses Ziehen von zwei gegensätzlichen Seiten ist es, was mich krank macht, nicht wahr?", fragte Alexandra leise.

„So ist es", stimmte Großmutter zu. „Aber es macht dich nur krank, solange dir dieser Kampf nicht bewusst ist. Sobald du verstehst, was vor sich geht, kannst du klar wählen. Du kannst das eine annehmen und das andere abweisen. Der Kampf wird vorüber sein und es wird dir besser gehen."

Alexandra schlürfte an ihrem Tee.

Sam verfolgte die Unterhaltung schweigend. Er war froh, dass seine Großmutter hier war und ihnen mit ihren weisen Worten zu helfen versuchte.

„Denk über meine Worte nach“, bat Großmutter Reed, „und triff deine Entscheidung. Dann wird es dir bald besser gehen.“

„Es geht mir schon jetzt besser“, sagte Alexandra. „Ich werde mir deine Worte bestimmt zu Herzen nehmen. Mir ist dies alles noch fremd, aber du hast etwas tief in mir angesprochen, etwas, das bisher im Verborgenen war. Die Geister der Tierwelt sind mir ja bereits durch den Raben begegnet und ihm habe ich viel zu verdanken. Ich bin sehr froh, dass ich diese Dinge erfahren darf.“ Dann fügte sie hinzu: „Ich danke dir, Grandma.“

„Jetzt möchte ich euch noch eine Geschichte erzählen“, sagte Großmutter Reed zufrieden. „Sie hat nichts mit dem zu tun, worüber wir eben gesprochen haben. Trotzdem fühle ich, dass ihr sie hören solltet.“ Sie strich ihren Rock glatt, faltete die Hände und räusperte sich. Dann vergewisserte sie sich, dass Alexandra und Sam ihr aufmerksam zuhörten.

„Vor langer Zeit lebte weiter südlich von hier eine junge Indianerin“, begann Großmutter. „Sie war wie eine Prinzessin, so schön war sie. Ihr Name war Rose. Rose Prince. Eines Tages ging Rose vom Fluss zurück zum Dorf. Drei junge Männer beobachteten sie und lauerten ihr auf, um ihr Gewalt anzutun. Sie traten ihr, etwas abseits vom Dorf, in den Weg.

Rose zeigte keine Angst und ermahnte die Männer, sie in Ruhe zu lassen. Doch die Männer lachten sie aus.

Als sie den Weg noch immer nicht frei gaben, erschienen hinter Rose sechs schwarz gekleidete Männer. Sie waren zu ihrem Schutz gekommen.

Die jungen Männer gerieten in Panik und rannten zurück zum Dorf. Rose Prince hingegen ging gelassen ihres Weges.

Unterwegs trafen die jungen Männer auf einen alten Mann. Sie riefen ihm zu, dass sechs schwarze Ritter sie bedroht hätten und zusammen mit Rose Prince hinter ihnen her seien.

Der alte Mann blickte sich verwundert um. Er sah Rose auf dem Weg entlangkommen – aber sie war allein.

Es sind keine Männer bei Rose, sagte er.

Siehst du sie denn nicht? Sie kommen immer näher!, schrien die Jungen.

Was habt ihr mit Rose vorgehabt?, rief der alte Mann wütend. Antwortet!

Nichts, erwiderten die Jungen. Wir wollten sie nur etwas fragen.

Taugenichtse!, schrie der alte Mann. Verschwindet! Geschieht euch recht, wenn ihr versucht Rose durch den Schmutz zu ziehen!"

Großmutter hielt inne. Sie war noch immer ganz in ihre Geschichte vertieft. Dann sah sie Alexandra und Sam an und erklärte: „Rose Prince war eine junge Frau mit besonderen Kräften. Ihr Herz war rein und sie hatte keine Angst, nur ihren Glauben. Deshalb haben die Geister sie beschützt. Nur die bösen Männer konnten die schwarzen Ritter sehen, denn sie waren die einzigen, die wegen ihrer schlimmen Absichten etwas zu befürchten hatten."

„Was für eine schöne Geschichte", sagte Alexandra. „Wenn nur alle Frauen solche Beschützer haben könnten."

„Das haben sie. Aber nicht alle sind sich dessen bewusst."

Großmutter Reed verabschiedete sich bald darauf und Alexandra schlief eine Weile auf dem Sofa.

Als sie erwachte, war es bereits früher Nachmittag. Sam kam vom Stall ins Haus zurück und blickte sie erleichtert an.

„Wie geht es dir? Du bist nicht mehr so blass."

„Ich fühle mich wieder fit", erwiderte Alexandra, ein entspanntes Lächeln auf dem Gesicht.

„Das ist gut", sagte Sam, „denn deine Eltern sind wieder im Anmarsch." Er deutete aus dem Fenster.

Alexandra sah nach draußen und entdeckte den Mietwagen der Eltern, der gerade vor dem Haus hielt. Sie seufzte. Gern hätte sie mit Sam über Großmutters Worte gesprochen. Und gern wäre sie eine Weile mit ihm allein gewesen. Aber dafür blieb nun keine Zeit.

Sie lief ins Schlafzimmer um sich umzuziehen. Sam würde es schaffen, ihre Eltern ein paar Minuten allein zu unterhalten.

Als sie kurz darauf ins Wohnzimmer kam, hatten Herr und Frau Habicht dort bereits Platz genommen. Sam war in der Küche und kochte Tee.

„Mutti!", rief Alexandra und umarmte ihre Mutter. Sie freute sich nun doch, sie zu sehen.

„Ein hübsches Haus habt ihr hier", sagte Marianne Habicht – natürlich auf Deutsch.

Alexandra musste sich bremsen, um nicht auf Englisch zu antworten.

„Ja, ist es nicht schön?", freute Alexandra sich. „Sam hat es selbst gebaut." Sie sah sich zu ihm um. Es war ihr unangenehm Deutsch zu sprechen, denn Sam verstand kein Wort. Sie wollte nicht den Anschein erwecken, als habe sie Geheimnisse vor ihm. Im Gegenteil, es wäre ihr sogar sehr recht gewesen, wenn er die Worte der Eltern mit eigenen Ohren hätte hören können. Aber Alexandras Mutter sprach kein Englisch.

„Es ist schade, dass ihr nicht länger bleiben könnt", sagte Alexandra und versuchte ungezwungen zu klingen. „Die Gegend ist wirklich sehr schön und ich hätte euch gern ein paar Dinge gezeigt. Und dann ist da ja auch noch unsere Hochzeit."

Sie sah erwartungsvoll von einem zum anderen.

Ihr Vater räusperte sich verlegen, aber ihre Mutter antwortete ohne Umschweife. „Es tut uns auch sehr leid, Alexandra, aber es ließ sich nicht anders einrichten." Es klang beinahe, als habe Marianne Habicht die Worte einstudiert. „Dein Vater hat später im Monat verschiedene Geschäftstermine, die sich nicht verschieben lassen."

Alexandra schwieg. Bisher hatten ihre Eltern immer die Zeit finden können, um an wichtigen Ereignissen teilzunehmen. Aber für die Hochzeit ihrer eigenen Tochter konnten sie ihren Terminkalender nicht frei machen.

„Vielleicht klappt es ja zur Geburt eures Enkelkindes", sagte Alexandra betont fröhlich. Aber es fiel ihr schwer, unbeteiligt zu klingen. Die Unterhaltung begann von Minute zu Minute, mehr auf ihr zu lasten.

„Ich glaube nicht, Alexandra", antwortete die Mutter knapp. „November ist so eine schwierige Zeit zum Reisen – besonders in einer Gegend wie dieser."

Alexandra starrte auf den Fußboden.

„Vielleicht wollt ihr heute Abend mit uns zum Essen gehen?", bot ihr Vater an.

Alexandra blickte auf.

„Nein danke. Ich habe im Moment keinen großen Hunger und viele Kochgerüche bekommen mir nicht gut. Ich esse lieber zu Hause."

Bei den Worten „zu Hause" fuhr Marianne Habicht zusammen.

„Alexandra, dein *Zuhause* ist in Hamburg. Warum kommst du nicht mit uns zurück? Wir haben ein Ticket für dich."

Alexandra wusste nicht, was sie dazu sagen sollte. Für was für einen Menschen hielten sie die Eltern eigentlich?

Sie sah ihrer Mutter direkt in die Augen.

„Mutti, ich habe es Vati schon gesagt. Und mir reicht es vollkommen, ein einziges Mal etwas zu erklären, das völlig offensichtlich ist: Ich liebe Sam. Er ist ein guter Mensch und sorgt liebevoll für mich. Wir werden heiraten. Wir bekommen ein Kind. Wir haben hier ein Heim. Nenne mir einen Grund, warum ich all das aufgeben und wieder zu euch ziehen sollte." Sie blickte die Mutter herausfordernd an.

„Aber du müsstest ja gar nicht zu uns ziehen", beschwichtigte ihre Mutter. „Und Sam könntest du doch mitbringen. Kanada ist so weit weg."

„Mal ehrlich, Mutti: was sollte Sam wohl in Hamburg machen? Er spricht kein Deutsch. Wir müssen von irgendetwas leben. Soll er Hilfsarbeiter werden? Hier hat er einen Job, den er liebt. Hier ist er jemand."

„Und du?", fragte Marianne Habicht verärgert. „Was bist du hier?"

„Ich bin endlich so, wie ich immer sein wollte. Ich habe mein wahres Ich gefunden. Ich möchte nicht zurück nach Deutschland. Ich vermisse es kaum."

„Das ist schwer zu glauben", warf ihr Vater ein. „Du bist verliebt, das ändert alles. Aber warte, bis der Alltag einsetzt, dann wirst du es hier nicht mehr so toll finden."

„Ich glaube, du hast Unrecht", erwiderte Alexandra. „Aber wir werden sehen. Für jetzt gehöre ich hierher. Das fühle ich ganz stark. Was danach kommt, das liegt bei einer höheren Macht."

Sie sah ihre Eltern verständnissuchend an. „Ich möchte euch nicht verletzen. Und es tut mir leid, dass wir nicht näher beieinander wohnen. Aber ich kann nicht euer Leben über mein eigenes stellen."

„Was immer du meinst, Alexandra", sagte Richard Habicht kühl und erhob sich. „Wir machen uns besser auf den Weg. Wir haben noch einiges zu erledigen."

„Ich kann nicht glauben, dass du es wirklich ernst meinst, mein liebes Kind", fügte Marianne Habicht hinzu. „Du hast dich so verändert, ich erkenne dich kaum wieder. Allein die Kleidung, die du trägst." Sie musterte Alexandra von oben bis unten. „Überleg es dir gut."

Alexandra sah ihre Mutter verwundert an. Zugegeben, ihre Kleidung hatte sich verändert. Selbst wenn sie abends einmal ausging, blieb es immer bei einer frischen Jeans und einer fleckenlosen Bluse. Aber das war nun wirklich nicht ausschlaggebend. Den viel wichtigeren Wandel, nämlich den inneren, hatte die Mutter offensichtlich nicht nachvollziehen können.

Richard und Marianne Habicht verabschiedeten sich und Alexandra war fast erleichtert. Der Besuch hatte sie sehr aufgewühlt. Sie war wütend, weil die Eltern sie nicht verstehen wollten, aber gleichzeitig auch traurig darüber, dass sie in dieser Weise auseinandergegangen waren.

Alexandra schloss die Haustür und schmiegte sich an Sam, der ruhig und schützend hinter ihr stand. Er drückte sie fest an sich.

„Vielleicht möchtest du jetzt zur Abwechslung etwas Erfreuliches tun?", fragte er. „Wir könnten zur Little Creek Ranch fahren und Maggie, Dick und die Kinder besuchen. Wir könnten aber auch einen Spaziergang machen."

„Beides", entschied Alex lächelnd und gab ihm einen Kuss.

Auf der Little Creek Ranch wurden sie mit großem Hallo empfangen. Die kleine Antonia war jetzt gute vier Wochen alt, aber Maggies Nachtruhe war noch immer eingeschränkt. Maggie war tagsüber oft müde und froh, dass die Großmütter und Alexandra regelmäßig vorbeischauten und ihr im Haushalt und mit der Versorgung der Kinder halfen.

Jetzt saßen Alexandra und Maggie am Küchentisch. Die großen Kinder spielten draußen und Sam und Dick kochten das Abendessen. Alexandra hielt Antonia in ihren Armen und versuchte sich vorzustellen, wie es wohl sei, ihr eigenes Kind zu wiegen. Sie lächelte verträumt.

„Und sie wollen wirklich nicht zur Hochzeit bleiben?", fragte Maggie entgeistert, nachdem Sam seinen Bericht über Habichts unerwarteten Besuch beendet hatte.

„Nein", antwortete Alexandra traurig.

Maggie spürte, dass all das Alexandra bedrückte, deswegen lenkte sie das Gespräch auf ein anderes Thema: „Wo wir gerade von Hochzeit sprechen, ist dein Kleid schon fertig?"

„Im Großen und Ganzen ja", sagte Alexandra etwas fröhlicher. „Aber die endgültige Anprobe ist erst nächste Woche."

„Meine Mutter kommt morgen vorbei, um die letzten Einzelheiten mit Alex durchzugehen", sagte Sam. „Sie ist ziemlich aufgeregt, obwohl sie es nicht zugibt. Ich werde mich da auf jeden Fall heraushalten. Moms Gästeliste ist so lang, dass Vater daran bestimmt bankrott gehen wird." Er grinste.

„Ich dachte, ihr wolltet nur eine kleine Feier", stellte Dick verwundert fest.

„So war es ursprünglich geplant", lachte Alexandra. „Bis Renee die Planung übernommen hat."

Maggie und Dick hatten großzügig angeboten, die Feierlichkeiten auf der Little Creek Ranch stattfinden zu lassen. Aber Alexandra und Sam hatten sich nach langem Überlegen dagegen entschieden. Sie wollten die Zeremonie auf ihrem eigenen Grundstück abhalten. Sams Vater Paul würde der Brautführer sein, da Alexandras Vater bei der Hochzeit nicht anwesend sein würde, und Lee und Miranda sollten Blumen streuen. Als Trauzeugen kamen natürlich nur Maggie und Dick in Frage.

Alexandra blickte versonnen nach draußen. Die Tage waren jetzt trocken und warm, und die Natur stand in voller Blütenpracht. Es würde eine schöne Zeremonie werden.

Kapitel 26

Hinterhalt

Estelle saß im Salon der Triple C neben dem Telefon und legte sich ihre Worte zurecht. Ihr war etwas unwohl zumute, denn es war sogar ihr bewusst, dass es nicht recht war zu lügen. Aber was sein musste, musste sein. Sie griff nach dem Hörer und wählte Sams Büronummer.

Sie hatte Glück, er nahm sofort ab.

„Sam", sagte sie mit süßester Stimme, „ich bin's, Estelle. Tut mir leid dich zu belästigen."

„Was gibt's, Estelle?", fragte Sam mürrisch. Wahrscheinlich wieder so ein Fehlalarm von ihr. Das war schon öfter vorgekommen.

„Draußen treiben sich zwei Männer mit Gewehren herum", erklärte sie. „Ich glaube, du solltest dir das mal ansehen. Vielleicht sind es diese Wilderer, hinter denen du schon so lange Zeit her bist." Dann setzte sie hinzu: „Ich traue mich nicht aus dem Haus, denn es ist sonst niemand hier."

„Ich bin in zehn Minuten da", sagte Sam und legte auf. Er seufzte. Es war wahrscheinlich nichts Ernstes, aber er wollte sich nichts nachsagen lassen.

Zehn Minuten später fuhr Sams Dienstwagen vor dem großen Wohnhaus der Triple C vor.

Sam stieg aus und sah sich im Hof und an den Stallungen um. Er konnte nichts Ungewöhnliches entdecken. Er ging zum Haus hinüber, um Estelle zu sagen, dass alles in Ordnung war. Doch bevor er anklopfen konnte, hatte Estelle die Tür bereits geöffnet. Sie war sehr elegant und aufreizend angezogen.

Sam runzelte die Stirn und räusperte sich.

„Ich wollte dich nicht aufhalten, Estelle", begann er.

„Aber ich bitte dich“, zwitscherte Estelle. „Ich war es doch, die dich angerufen hat. Komm herein. Ist draußen alles in Ordnung?“

„Es schleicht dort niemand herum. Hast du gesehen, in welche Richtung die Männer gegangen sind oder kannst du mir wenigstens eine Personenbeschreibung geben?“

Da ging die Tür zum Salon auf und eine unbekannte junge Frau erschien in der Eingangshalle. Sie war ebenfalls sehr elegant gekleidet und hatte eine Kamera in der Hand.

„Estelle, können wir beginnen?“, fragte die junge Unbekannte. „Oh, verzeih, ich wusste nicht, dass du Besuch hast.“

„Vanessa, Liebes“, sagte Estelle mit überzogen freundlicher Stimme. „Dich hätte ich beinahe vergessen. Dies ist mein guter Freund und Nachbar, Samuel Reed. Er ist auf einen Sprung vorbeigekommen. Ich bin gleich bei dir.“

„Ein Nachbar?“, fragte Vanessa aufgeregt. „ Wie schön. Estelle, das wäre wunderbar für unsere Story! Lass mich schnell ein Foto von dir und Sam machen.“

Sam gefiel die ganze Sache nicht. Estelle hatte zu ihm am Telefon gesagt, dass sie allein zu Hause sei. Dieses Frauenzimmer hatte doch wieder irgendeinen Plan.

Bevor Estelles Bekannte ihre Kamera zücken konnte, war Sam auch schon aus dem Haus der Carsons verschwunden.

Estelle wird immer seltsamer, dachte Sam. Sollte sie mich noch einmal wegen so einer Sache anrufen, werde ich einfach die Polizei benachrichtigen. Dann können die Beamten sich mit ihr herumschlagen.

Weder Estelle noch Sam hatten bemerkt, dass sie beobachtet worden waren. Ein Wagen parkte an der Straße und der Fahrer blickte mit großem Interesse durch sein Fernglas.

★

Alexandra hatte den Tag mit Sams Mutter verbracht. Die beiden Frauen hatten einige Besorgungen in der Stadt erledigt und in einem kleinen Restaurant zu Mittag gegessen.

Als Alexandra jetzt die Tür zum Blockhaus öffnete, fiel ihr Blick auf einen Umschlag auf dem Boden. Sie nahm ihn auf und schloss die Tür hinter sich. Vielleicht war es eine Nachricht von Sam! Ihr Herz schlug schneller.

Sie überflog die Zeilen. Sollte das ein Scherz sein? Ihre Miene verdunkelte sich. Sie las die Worte erneut. Sam und Estelle? Das war doch vollkommen absurd!

Alexandra ging ins Wohnzimmer und wies den Gedanken weit von sich. Doch von Minute zu Minute begann sie mehr zu zweifeln. Wenn Sam nun doch ... Sie selbst hatte sich durch die Schwangerschaft in den letzten Wochen nicht sehr wohl gefühlt. Außerdem zeigten sich die ersten Veränderungen an ihrem Körper. Was, wenn Sam das nun nicht gefiel?

Als Sam von der Arbeit nach Hause kam, spürte er sofort, dass etwas nicht in Ordnung war.

Alexandra hielt ihm schweigend den Brief entgegen und sah ihn wütend an.

Sam überflog die Zeilen.

„Alex“, versuchte er zu erklären, „ich war nur bei ihr, weil sie anrief und meinte, ein paar von diesen Wilderern seien auf der Triple C.“

„Und deshalb musstest du Nachforschungen im Haus anstellen?“, fuhr Alexandra auf.

„Ich war nur kurz im Haus, um ...“, begann Sam.

„Zehn Minuten!“, rief Alexandra wütend.

„Alex, es waren höchstens drei Minuten“, verteidigte Sam sich. „Liebes, ich weiß nicht, wer dir diesen Brief hat zukommen lassen, aber du hast wirklich keinen Grund eifersüchtig zu sein.“

„Tatsächlich nicht“, zischte Alexandra. „Ich sehe das

anders!" Ohne ein weiteres Wort zu verlieren, lief sie an ihm vorbei und stürzte zur Tür hinaus.

„Alex!", rief Sam ihr nach. „Sei doch nicht albern!"

Aber Alexandra war schon auf Sams Fahrrad gestiegen und davongefahren.

Als sie nach einer Stunde noch immer nicht zurück war, beschloss Sam, zur Little Creek Ranch zu fahren. Es war mehr als wahrscheinlich, dass Alexandra dorthin unterwegs war, um Maggie ihr Herz auszuschütten. Entschlossen stieg er in seinen Wagen und machte sich auf den Weg.

★

Alexandra war jedoch nicht zur Little Creek Ranch gefahren. Sie wollte niemanden sehen. Sie wollte allein sein und nachdenken. Also suchte sie den kleinen Tümpel auf, der im Wald nahe der Little Creek Ranch gelegen war und den Sam ihr bei ihrem ersten gemeinsamen Spaziergang gezeigt hatte. Sie ließ das Fahrrad am Ende des schmalen Waldweges stehen, der von der Sackgasse aus in den Wald führte, und ging das letzte Stück zu Fuß.

Sie saß eine Weile auf einem der großen Felsbrocken am Rande des Tümpels und grübelte. Vielleicht hatte Sam die Wahrheit gesagt. Vielleicht hatte sie überreagiert und benahm sich furchtbar albern. Immerhin wusste jeder in der Gegend, das Estelle Carson es auf Sam abgesehen hatte. Wahrscheinlich hatte sie den Brief selbst geschrieben, um kurz vor der Hochzeit Unfrieden zu stiften. Die Niederlage hatte Estelle möglicherweise mehr zugesetzt, als Alexandra angenommen hatte. Sie schnaubte verächtlich. Das Unfrieden-stiften war ihr gewaltig gelungen!

Schließlich beruhigte sich Alexandra. Ihre Wut wich und in ihrem Herzen kehrte wieder Frieden ein. Plötzlich sehnte sie sich nur noch danach, in Sams Armen zu liegen.

Sie würde zum Blockhaus zurückfahren und sich bei ihm entschuldigen. Hoffentlich war er nicht allzu sehr verärgert über ihr dummes Benehmen. Alexandra sah auf die Uhr. Sie musste sich beeilen. Sie war jetzt schon über eine Stunde unterwegs und es wurde bereits dunkel.

Obwohl sie den Weg bis zu der Stelle, an der sie das Fahrrad abgestellt hatte, gut kannte, wurde Alexandra jetzt doch unheimlich zu Mute. In diesen ungezähmten Bergen lebten viele wilde Tiere und Alexandra war für sie eine leichte Beute. Sie hatte nur das kleine Taschenmesser bei sich, das Sam ihr vor einiger Zeit geschenkt hatte.

„Besser als keine Waffe", hatte Sam gesagt, als er es ihr gegeben hatte. Alexandra seufzte tief. Wäre Sam jetzt nur bei ihr!

Die zehn Minuten, die sie durch den Wald zu gehen hatte, kamen ihr vor wie eine Ewigkeit. Erleichtert betrat sie den Waldweg, der sie zurück zur Sackgasse bringen würde. Dann stutzte sie. Wo war das Fahrrad? Sie sah sich suchend um, konnte es aber nirgendwo entdecken.

Alexandra war sich absolut sicher, an der richtigen Stelle zu sein. Jemand musste das Rad weggenommen haben. Unruhe überkam sie. War ihr etwa jemand den ganzen Weg hierher gefolgt, nur wegen eines Fahrrads? Noch unwahrscheinlicher war es jedoch, dass jemand zufällig vorbeigekommen war und das Rad einfach mitgenommen hatte. Der Waldweg gehörte zum Reservat und wurde kaum genutzt. Und schon schoss ihr ein weiterer Gedanke durch den Kopf: Wer auch immer das Fahrrad mitgenommen hatte, er war möglicherweise noch ganz in der Nähe.

Alexandra versuchte ruhig zu bleiben. Sie schob die Schultern zurück und streckte den Rücken. Ihre Hand schloss sich um das Taschenmesser, das in ihrer Jackentasche lag. Dann ging sie mit festen Schritten weiter und bemühte sich, gelassen auszusehen. Aber sie behielt das Gebüsch rechts und links vom Weg scharf im Auge. Die Strecke bis zur Sackgasse war fast einen Kilometer lang. Mit dem Fahrrad hatte Alexandra nur wenige Minuten gebraucht, zu Fuß jedoch kam ihr der Weg unendlich lang vor.

*

Estelle kam gerade von den Stallungen zurück, als sie Alexandra vorbeiradeln sah. Sie war sich sicher, dass Alexandra Maggie auf der Little Creek Ranch besuchen wollte. Aber es war ungewöhnlich, dass sie den weiten Weg mit dem Rad fuhr.

Doch dann bog Alexandra unerwartet in den schmalen Weg ein, der auf der anderen Seite der Straße in den Wald hineinführte. Estelle stutzte. Der Weg endete nach einigen hundert Metern in der Wildnis. Was wollte Alexandra wohl dort? Und ganz allein?

Estelle interessierte sich normalerweise nicht dafür, was Alexandra tat. Im Gegenteil, sie war ihr ein wahrer Dorn im Auge. Doch jetzt setzten sich ihre Füße fast wie von selbst in Bewegung. Schneller und immer schneller lief sie die Auffahrt der Triple C Ranch entlang. Dann bog sie in den Wald ein.

*

Grant Ryder war Alexandra, seit sie das Blockhaus verlassen hatte, in einigem Abstand gefolgt. Sie war so sehr mit ihren Gedanken beschäftigt gewesen, dass sie sich nicht ein einziges Mal umgeschaut hatte.

Gerade wollte er seinen Wagen beschleunigen, um Alexandra, die in einen schmalen Waldweg eingebogen war, nicht aus den Augen zu verlieren, da sah er Estelle die Auffahrt der Triple C entlang kommen. Zielstrebig überquerte sie die Straße und bog dann ebenfalls in den Waldweg ein.

Grant stoppte den Wagen und rieb sich grübelnd das Kinn. Was hatte Estelle vor?

Was immer es war, es veränderte die Lage vollkommen. Grant parkte seinen Wagen etwas abseits von der Straße im Gebüsch und folgte den beiden Frauen zu Fuß.

★

Estelle entdeckte Alexandras Rad am Ende des Waldweges. Von Alexandra selbst war keine Spur zu sehen. Sie blickte zum Himmel. Es dämmerte bereits. Alexandra würde sicher bald zu ihrem Fahrrad zurückkehren.

Estelle überlegte einen Augenblick, dann hob sie entschlossen das Rad auf und schob es den Weg hinunter. Dieses Stadtmädchen. Ihr würde sie es zeigen! Alexandra gehörte nicht hierher und schon gar nicht zu Sam. Estelle würde ihr einen gehörigen Schrecken einjagen.

Alex wird sich wünschen, sie hätte Deutschland nie verlassen, dachte Estelle und lächelte höhnisch.

Gute hundert Meter weiter hielt Estelle an und schob das Rad ins Gebüsch. Sie würde hier auf Alexandra warten. Nach so einer langen Strecke allein auf dem halbdunklen Waldweg würde Alexandra sicher schon fast verrückt sein vor Angst. Und dann würde Estelle ihr noch einen Stoß dazu versetzen. Was für ein Spaß das werden würde! Sie lächelte zufrieden. Der Plan, den sie sich für Sam zurechtgelegt hatte, war fehlgeschlagen, weil Sam aus dem Haus der Triple C geflüchtet war, bevor Vanessa die Fotos hatte machen können. Aber dies war fast noch besser.

★

Alexandra verlangsamte ihren Schritt. Nicht weit von ihr hatte es im Gebüsch geraschelt. Oder hatte sie sich getäuscht?

Nein, da war es wieder! Alexandra fluchte leise vor sich hin. Weit war sie nicht gekommen, sie hatte vielleicht gerade einmal hundert Meter zurückgelegt. Die Hauptstraße war noch nicht zu sehen, denn der Weg machte weiter vorne eine Biegung.

Alexandra versuchte sich zusammenzureißen. Warum geriet sie nur immer wieder in solche vertrackten Situationen? Sie hatte wirklich nicht die Nerven dafür.

Sie versuchte ruhig zu atmen. Nicht rennen, dachte sie. Auf keinen Fall rennen! Und keine hastigen Bewegungen machen.

An den Rest von Sams Ermahnungen konnte sie sich nicht mehr erinnern.

Wahrscheinlich ist es nur ein Vogel, ging es Alexandra durch den Kopf, und ich mache mich hier lächerlich! Gut, dass mich niemand sieht.

Ein Rabe krächzte irgendwo in einem Baum. Der vertraute Ruf machte ihr Mut, mahnte sie gleichzeitig aber zur Vorsicht.

Wieder raschelte es im Unterholz. Und diesmal hörte es nicht auf.

Alexandra blieb wie angewurzelt stehen.

Plötzlich erschien eine junge Frau in Reitkleidung und trat ihr in den Weg.

„Estelle!“, rief Alexandra halb erstaunt, halb erleichtert. „Was machst du denn hier?“

„Was ich hier mache?“, wiederholte Estelle spitz. „Ich helfe etwas nach, damit in unserem Ort endlich wieder Ruhe einkehrt.“

„Wie meinst du das?“ Ein ungutes Gefühl überkam Alexandra.

„Wie ich das meine?", zischte Estelle. „Ich will, dass du aus Shaheylah verschwindest. Du gehörst nicht hierher. Seit du da bist, ist nichts mehr wie früher. Und dann die Sache mit Sam."

„*Die Sache mit Sam?*", meinte Alexandra verärgert. „Wir heiraten in ein paar Tagen. Was du redest ist vollkommen absurd!" Sie versuchte sich an Estelle vorbeizuschieben, aber sie verstellte ihr den Weg.

„Lass mich vorbei, Estelle!", forderte Alexandra sie bestimmt auf.

„Ich will, dass du von hier verschwindest", wiederholte Estelle zornig. „Ansonsten wird dich der Wald verschlucken!"

„Estelle, ich glaube, bei dir ist was nicht richtig", sagte Alexandra wütend.

„Aber meine Damen, ich bitte Sie. So redet man doch nicht unter guten Freunden." Es war Grant Ryder.

Estelle fuhr herum. „Und wer hat dich eingeladen?", fragte sie ungehalten.

Grant lachte. „Ich habe dich beobachtet, Estelle", erklärte er, „und bin dir gefolgt. Wie ich mit Vergnügen feststelle, hatten wir das gleiche Ziel."

Alexandra schnappte nach Luft. Da standen plötzlich die beiden Menschen vor ihr, die sie am allerwenigsten auf der Welt ausstehen konnte – und bedrohten sie!

„Ich habe meinen Spaß gehabt", schleuderte Estelle Grant kühl entgegen. „Ich überlasse Alex dir." Sie stürmte an Grant vorbei.

„Ich habe dir nichts zu sagen, Grant", sagte Alexandra wütend und versuchte, sich ebenfalls an ihm vorbeizuschieben. Vergeblich.

„An Reden hatte ich eigentlich auch gar nicht gedacht", entgegnete Grant hämisch.

Alexandra versuchte erneut, an ihm vorbeizukommen,

als er plötzlich einen Revolver aus der Jackentasche zog.

Alexandra wich einen Schritt zurück.

„Grant, du bist wahnsinnig!“, rief sie. „Du weißt, was Sam mit dir macht, solltest du mir auch nur ein Haar krümmen!“

Alles, was sie erntete, war Grants Gelächter.

„Sam ist für mich ein Kinderspiel.“ In seiner Stimme schwang eine unangenehme Überlegenheit. „Also zerbrich dir nicht meinen Kopf. Und was dich anbelangt: Du hättest schon auf Estelles Party dran glauben sollen – als ich dir die Pillen ins Glas gegeben hatte.“

Alexandra starrte ihn fassungslos an. Dann begann sie vor Wut zu zittern.

„Grant“, meinte Alexandra, „ich weiß wirklich nicht ...“

Doch mit einem Mal hielt sie inne. Ein großer Schatten war aus dem Halbdunkel des Waldes aufgetaucht und trat genau hinter Grant auf den Waldweg.

Geschmeidig wie eine Katze bewegte sich der Schatten langsam und in geduckter Haltung auf Grant und Alexandra zu.

Es war ein Puma. Ein riesiger, schokoladenbrauner Puma!

Alexandra stockte der Atem und ihre Augen waren vor Schreck weit aufgerissen. Sie konnte kein Wort herausbringen. Stumm deutete sie an Grant vorbei.

„Versuch nicht, mich hereinzulegen“, sagte Grant in herablassendem Ton. „Der Trick ist so alt wie ...“

In diesem Moment ertönte ein scharfes, lautes Fauchen.

Alexandra erschauerte. Das Blut schien in ihren Adern zu gefrieren.

Auch Grant bewegte sich nicht. Obwohl er dem Tier den Rücken zugewandt hatte, wusste er doch mit hundertprozentiger Sicherheit, was hinter dem markerschütternden Fauchen steckte.

Die Raubkatze war ihnen so nahe, dass Grant zögerte,

sich einfach umzudrehen und seine Waffe zu benutzen.

Während er noch Zeit damit verlor zu überlegen, was zu tun sei, erwachte Alexandra aus ihrer Starre. Sie bückte sich langsam und hob vorsichtig ein paar Steine vom Waldweg auf. Den Puma ließ sie nicht eine Sekunde lang aus den Augen. Das Tier hatte Kopf und Oberkörper geneigt und die Ohren angelegt. Und sein Schwanz glitt wie eine Peitsche über den Boden. Aber er war vollkommen auf Grant fixiert. Um Alexandra schien er sich nicht zu kümmern.

Noch bevor sie sich wieder aufgerichtet hatte, spürte Alexandra, dass sie die Steine nicht gegen den Puma benutzen durfte. Sie wusste jetzt, dass er gekommen war, um sie vor Grant zu schützen. Er würde ihr nichts anhaben.

Der Puma bewegte sich langsam und in einer Art Halbkreis auf dem Waldweg. Wieder ließ er sein angsteinflößendes Fauchen ertönen.

Plötzlich kam Leben in Grant. Er drehte sich blitzschnell um und feuerte sein gesamtes Magazin in die Richtung, in der er den Puma vermutete.

In diesem Moment griff das Tier an.

Mit einem Satz war es bei Grant und riss ihn zu Boden. Grants Revolver flog ihm aus der Hand und landete irgendwo im Gebüsch am Wegrand.

Grant rang mit dem Tier und versuchte mit aller Kraft, dem Biss des Pumas auszuweichen.

Alexandra bewegte sich langsam und fast mechanisch um Grant und den Berglöwen herum. Es war ihre Chance zu entkommen. Sie ging rückwärts, denn sie wollte die Gefahr nicht im Rücken haben.

Der Anblick, der sich ihr bot, wäre in jeder anderen Situation zu viel für sie gewesen. Aber ihre Gefühle schienen wie gelähmt. Grant war der riesigen Katze vollkommen unterlegen, doch er hatte den Kampf noch nicht aufgegeben.

Der Puma spielte mit Grant wie eine Katze mit einer Maus. Mühelos schleuderte er seine Beute durch die Luft.

Grants Schmerzensschreie durchschnitten die Abendstille und drangen Alexandra bis ins Mark. Aber sie blieb nicht stehen. Sie konnte nicht anders, als dem Tier stumm für ihre Rettung zu danken. Wäre der Puma nicht aufgetaucht, würde sie selbst nun dem Tod ins Auge blicken.

Sobald sie die Wegbiegung erreicht hatte, drehte Alexandra sich um und flüchtete zur Straße. Sie rannte und rannte – geradewegs in die Arme von Cookie James!

„Miss Habicht!", rief Cookie erstaunt, als er Alexandra erkannte. Er war mit seinem Gewehr beschäftigt gewesen und hatte sie nicht kommen sehen.

„Mr. James", flüsterte Alexandra mit stockender Stimme. „Grant Ryder hat mir aufgelauert. Aber ein riesiger Puma ist zu meiner Rettung gekommen." Sie zitterte am ganzen Körper.

„Keine Angst, Miss Habicht. Sie laufen jetzt so schnell Sie können zur Little Creek Ranch. Ich kümmere mich um Grant", sagte Cookie geistesgegenwärtig. „Laufen Sie schon los!"

Alexandra benötigte nur einen Augenblick, um die Bedeutung seiner Worte zu erfassen. Dann rannte sie, so schnell ihre Füße sie trugen, zur Straße. In wenigen Minuten könnte sie bei Maggie in der Küche sitzen.

Sie versuchte, sich zu konzentrieren und nur ans Laufen zu denken. Aber es gelang ihr nicht. Sie fing an zu weinen und die Tränen verschleierten ihr die Sicht. Allein ihre Verzweiflung und Angst gaben Alexandra die Kraft, weiter zu laufen und die stechenden Schmerzen in ihrer Seite zu ignorieren.

Dann atmete sie erleichtert auf. Sie konnte die Straße sehen.

Kapitel 27

Der Puma

Als Sam auf der Little Creek Ranch eintraf, stellte er nervös fest, dass Alexandra nicht dorthin gefahren war. Aber wohin um Himmels Willen war sie dann gefahren?

Sam stand unschlüssig neben seinen Pick-Up und sprach mit Maggie, die mit Antonia auf dem Arm in der Haustür stand.

„Ich werde bei Grandma vorbeischauen", sagte Sam gedankenversunken. „Vielleicht ist sie dort."

„Mach dir keine Sorgen", rief Maggie ihm nach.

Sam lenkte den Wagen nachdenklich über die holprige Auffahrt zurück zur Straße. Was war bloß in Alex gefahren? Und wo war sie jetzt?

Maggies Erklärung über weibliche Hormone während der Schwangerschaft hatte ihn keineswegs beruhigt. Im Gegenteil. Alexandra stand erst am Beginn ihrer Schwangerschaft. Sam traute sich nicht auszumalen, was diese Hormone in der nächsten Zeit mit seinem Mädchen noch alles anstellen würden.

Er grübelte vor sich hin, als ihm ein Wagen auffiel, der gegenüber der Triple C Ranch etwas abseits im Gebüsch geparkt war. Er bremste verwundert und setzte ein Stück zurück. Es war Grant Ryders Pick-Up!

Plötzlich hallten Schüsse durch die Stille. Sie kamen tief aus dem Wald.

Ohne nachzudenken griff Sam nach seiner Pistole. Mit einem Satz war er aus dem Wagen. Er sah sich vorsichtig um, und ging dann zielstrebig auf den kleinen Waldweg zu, der zu dem kleinen Tümpel führte, den er Alexandra vor einiger Zeit gezeigt hatte.

Sam erschauderte. Alexandra war doch nicht etwa dorthin gefahren? Warum nur hatte er so lange zu Hause gewartet? Warum war er ihr nicht sofort gefolgt?

Von einer schlimmen Vorahnung erfasst, begann er zu laufen.

„Alex! Was ist passiert? Bist du in Ordnung?", rief Sam außer sich vor Sorge, als sie ihm kurz darauf entgegenkam.

„Sam!", rief Alexandra erleichtert und warf sich in seine Arme.

„Was ist passiert?", wiederholte Sam seine Frage und sah sie besorgt an.

„Grant!", keuchte Alexandra. „Er hat ..." Sie schnappte nach Luft und hielt sich die Seite. Sie war nie eine gute Läuferin gewesen.

„Grant hat mir aufgelauert. Estelle war auch da. Dann ist der Puma aufgetaucht und hat mich gerettet. Cookie James ist gekommen und ..."

„Cookie James?" Sams Gedanken wirbelten durcheinander. Was redete sie da?

Sam drückte Alexandra seine Autoschlüssel in die Hand.

„Du steigst in den Wagen und fährst zu Maggie", befahl er. „Ich warte hier, bis ich dich vorbeifahren sehe. Dann schaue ich nach, ob ich Grant finden kann. Ist Estelle auch noch im Wald?"

Alexandra schüttelte den Kopf.

„Sie ist verschwunden, als Grant aufgetaucht ist."

„Okay", sagte Sam. „Du gehst jetzt besser zum Wagen." Er drückte noch einmal ihre Hand.

Alexandra zögerte. Sie konnte Sams Pick-Up sehen. Es waren nur ein paar Meter bis dort hin. Sie wusste, sie würde Sam nur im Wege sein, wenn sie bei ihm blieb. Aber der Gedanke, dass sie alleine weitergehen sollte, versetzte sie erneut in Angst. Es blieb ihr keine Wahl.

Sie nahm die Autoschlüssel und sah Sam fest an.

„Sie sind beide bewaffnet. Grant hat einen Revolver, aber ich weiß nicht, wieviel Munition er noch hat. Er hat auf den Puma geschossen."

„Okay", sagte Sam und dann: „Geh jetzt. Ich will dich in Sicherheit wissen."

Alexandra drehte sich um und lief hinüber zum Pick-Up. Sie stieg ein, verriegelte die Türen und startete den Motor. Kurz darauf erreichte sie die Little Creek Ranch.

Dick lief ihr entgegen und auch Maggie erschien sofort in der Tür. Alexandra ließ sich bleich im Gesicht und mit zitternden Händen auf der Verandatreppe nieder. Es rauschte in ihren Ohren und sie fühlte sich mit einem Male sehr, sehr erschöpft. Dann brach alle Anspannung aus ihr heraus und sie fing erneut an zu weinen.

„Was ist passiert?", fragte Dick und rüttelte sie. „Und wo ist Sam? Wir haben Schüsse gehört!"

Es gelang Alexandra schließlich den beiden einen kurzen Bericht abzustatten. Als sie geendet hatte, sah Dick sie eindringlich an. Etwas in ihrem Blick versicherte ihm, dass sie die Wahrheit gesprochen hatte – so unglaublich es auch klang.

Er verlor keine Zeit.

„Maggie", bestimmte er, „du bringst Alexandra ins Haus und hältst die Türen verschlossen. Ich werde nachsehen, was da drüben los ist."

„Aber Dick!", rief Maggie und hob einwendend die Hand. Doch er saß bereits im Pick-Up und raste vom Hof.

„Männer", seufzte Maggie und ließ die Hand sinken. Dann lächelte sie Alexandra aufmunternd zu und begleitete sie ins Haus.

★

Sam rannte lautlos den Waldweg entlang. Aufmerksam suchte er im Vorbeilaufen das Unterholz am Wegrand ab.

Als er sich der Stelle näherte, an der der Pfad zu dem kleinen Tümpel abzweigte, war es bereits so dunkel, dass Sam Mühe hatte, noch Einzelheiten zu erkennen. Er verlangsamte also seine Schritte und bog vorsichtig um die letzte Wegbiegung.

Dann hielt er inne und horchte. Der Wind rauschte leise in den Wipfeln der Bäume, aber sonst war nichts zu hören. Wo mochten die beiden Männer und der Puma sein?

Sam nahm an, dass Cookie sich auf dem gleichen Weg zurückgezogen hatte, auf dem er selbst auch gekommen war: durch die Wildnis. Möglicherweise war Cookie noch immer in der Nähe, doch das kümmerte Sam wenig. Er kannte Cookie schon sein Leben lang. Cookie sah auf den ersten Blick sehr finster aus, war aber ein guter Kerl. Grant dagegen war gefährlich – wo mochte er sein?

Sam kniete sich nieder und untersuchte den Waldweg. Er entdeckte Spuren von Blut, konnte jedoch in dem fahlen Licht der Dämmerung nicht ausmachen, wohin diese Spur führte.

Ich hätte die Taschenlampe aus dem Pick-Up mitnehmen sollen, ärgerte Sam sich und machte sich auf den Rückweg.

Sam war noch immer grenzenlos wütend auf Grant. Aber er wusste, er musste seine Gefühle im Zaum halten. Schon die kleinste Unaufmerksamkeit konnte fatale Folgen haben, das hatte er bei seiner Arbeit gelernt. Auf keinen Fall würde er im Halbdunkel durch den Wald irren und nach Grant suchen, wenn der Puma möglicherweise noch in der Nähe war.

Ein Rascheln im Dickicht ließ Sam aufhorchen. Er blickte sich um. Eine Gestalt richtete sich neben dem Weg auf.

„Wer ist da?“, rief Sam, die Pistole im Anschlag.

„Cookie James“, erwiderte eine matte Stimme.

„Cookie?“, fragte Sam verwundert. „Bist du in Ordnung?“

„Sam, der Puma hat Grant in den Wald geschleppt." Cookie trat auf den Weg. Er hielt sich den Kopf. „Mein Gewehr hatte sich verklemmt. Ich konnte nichts tun."

„Brauchst du Hilfe?", erkundigte Sam sich besorgt. „Bist du verletzt?"

„Ich glaube nicht", antwortete Cookie. „Ich bin gefallen und mit dem Kopf an einem Stein aufgeschlagen. Ich muss für einen Moment das Bewusstsein verloren haben."

„Was ist passiert?" Noch bevor Cookie antworten konnte, deutete Sam ihm, ruhig zu sein und im Unterholz in Deckung zu gehen.

Schritte näherten sich.

„Dick! Gut, dass du da bist!" Sam war erleichtert, als er seinen Freund erkannte.

„Sam, bin ich froh, dass ich dich gefunden habe. Alex sagte, dass Grant eine Waffe bei sich hat. Und ich dachte, du könntest Verstärkung brauchen."

„Danke, mein Freund." Sam klopfte Dick auf die Schulter. „Ich wollte es eigentlich vermeiden, aber ich denke, nun muss ich mich doch im Wald umsehen. Cookie sagt, dass der Puma Grant in den Wald geschleppt hat."

„Was ist passiert?", wollte nun auch Dick wissen.

Cookie hielt sich noch immer den schmerzenden Kopf. „Nachdem ich Miss Habicht getroffen hatte, wollte ich nachsehen, was es mit dem Puma und Grant Ryder auf sich hatte. Sobald ich um die Biegung dort gekommen war, habe ich den Puma gesehen. Der größte Puma, der mir in meinem ganzen Leben begegnet ist. Und nicht, wie gewöhnlich, sandfarben, sondern schokoladenbraun." Er schüttelte verwundert den Kopf.

„Grant lag auf dem Boden und bewegte sich nicht mehr. Sobald mich das Tier witterte, packte es Grant am Kopf und schleppte ihn in den Wald. Ich habe mein Gewehr geladen und versucht, den Puma zu töten, aber der Abzug hatte sich verklemmt. Ich konnte nicht feuern. Der Puma war sehr wütend und fauchte wild. Ich wollte mich vorsichtig zurückziehen, um Hilfe zu holen, bin aber gestolpert und hart mit dem Kopf aufgeschlagen. Als nächstes weiß ich nur, dass Sam mit einem Mal auf dem Waldweg stand."

„Also los", sagte Dick und holte tief Luft. „Ich habe meine Taschenlampe dabei. Aber meinst du wirklich, dass Grant diese Gefahr wert ist, Sam?"

Sam zuckte mit den Schultern.

„Nicht für mich", stellte Cookie James fest. „Aber wenn ihr nach ihm suchen wollt, dann helfe ich euch natürlich."

„Wir sollten wenigstens nachsehen, ob wir irgendeine Spur von Grant entdecken können", entschied Sam.

Dick schaltete seine Taschenlampe ein und gemeinsam suchten sie nach der Stelle, an der der Puma Grant in den Wald geschleppt hatte. Sam übernahm die Führung. Dick und Cookie folgten ihm lautlos und mit einigem Abstand. Sie wollten ihm im Notfall nicht im Wege zu sein.

Es bedurfte keinerlei erklärender Worte zwischen den Männern. Sam und Dick kannten sich seit einer halben Ewigkeit und waren gemeinsame Pirschgänge von ihren Jagdausflügen gewöhnt.

Im Schein der Taschenlampe folgten die Männer den Spuren des Pumas. Sie zeichneten sich deutlich auf dem Waldboden ab. Und es war unverkennbar, dass das Tier etwas Schweres mit sich schleppte.

Wenige Minuten später gab Sam Dick und Cookie zu verstehen, dass sie anhalten sollten.

Vor ihnen befand sich eine kleine Lichtung. In der Mitte der Lichtung lag ein Menschenkörper. Und über den Körper gebeugt stand der riesige Puma. Langsam hob das Tier seinen Kopf und blickte die drei Männer feindselig an. Dann legte es seine Ohren an und fauchte verärgert.

Dick und Cookie erstarrten. Und auch Sam lief ein kalter

Schauer über den Rücken. Weitaus mehr aber erschreckte ihn das Funkeln in den Augen des Pumas. Es schien direkt in seine Seele vorzudringen.

Der Blick des Pumas zog nun auch die Aufmerksamkeit von Dick und Cookie auf sich und sie flüsterten leise miteinander.

Sam hielt die Pistole bereits im Anschlag. Eben noch war er entschlossen gewesen, dem Tier den Todesschuss zu versetzen. Jetzt aber zögerte er.

Plötzlich meinte er die Stimme seiner Großmutter zu hören. Sie rief seinen Namen. Irgendetwas stimmte nicht. Eben noch hatte er die Umrisse des Pumas deutlich erkennen können, nun aber schienen sie sich mit denen der Äste und Blätter des Unterholzes zu vermischen. Alles, was Sam jetzt mit Sicherheit sah, waren die funkelnden Augen der riesigen Wildkatze.

Sam blinzelte und fluchte leise. Dann ließ er die Waffe sinken.

„Great Spirit hat den Puma geschickt, um Alexandras Leben zu retten", flüsterte er. „Er muss leben."

Der Puma machte eine kurze Bewegung mit dem Kopf und schlenderte dann ohne Eile zurück in das Dunkel des Waldes, aus dem er gekommen war.

Sam, Dick und Cookie sahen sich erstaunt an. Dann gingen sie vorsichtig zu Grant Ryder hinüber, der bewegungslos auf der Lichtung lag. Der Anblick, der sich ihnen bot, war erschreckend: Der Puma hatte Grant den ganzen Weg über am Kopf gepackt gehalten und auf diese Weise mit sich geschleift. Grants Gesicht war blutüberströmt und zeigte tiefe Bisswunden. Sein Hals war aufgerissen. Das Tier hatte begonnen an den Oberschenkeln zu speisen. Große Stücke waren aus Grants Beinen gerissen. Überall war Blut.

Sam beugte sich über den Körper und fühlte nach seinem Puls. Aber jede Hilfe kam zu spät: Grant Ryder war tot.

„Wir können nichts mehr für ihn tun." Sam wandte sich an Dick und Cookie.

Die beiden schwiegen bedrückt. Nicht, dass ihnen Grants Tod besonders naheging. Es war die Art und Weise, wie er gestorben war. Die Natur ließ sich durch Menschenhand nicht bändigen. Und ein Schicksal wie dieses, konnte jedem widerfahren, der sein Leben in der Wildnis verbrachte. Der Tod lauerte überall und konnte jeden von ihnen zu jedem beliebigen Zeitpunkt abrufen. Man konnte ihm nicht entkommen – das war es, was die Männer in diesem Augenblick deutlich spürten.

„Lasst uns ein Gebet zu Great Spirit sprechen", bat Sam die anderen. „Lasst uns danken, dass Alex verschont worden ist und dass auch uns heute nichts passiert ist. Und lasst uns dem Puma danken, dass er gekommen ist, um Alex zu beschützen. Was Grant angeht, so bete ich, dass Great Spirit gerecht über ihn urteilen wird."

Die Männer schwiegen. Dann meinte Dick in die Stille hinein: „Wir sollten die Polizei verständigen. Wenn ihr wollt, erledige ich das."

Sam und Cookie stimmten zu und Dick verschwand im Zwielicht der Abenddämmerung.

Bereits zwanzig Minuten später kehrte Dick mit den Polizisten und den Leuten vom Rettungsdienst zurück.

Sam fühlte sich mit einem Mal sehr erschöpft. Die Anspannung der letzten Stunden fiel von ihm ab und alles, was er sich wünschte, war, bei Alex zu sein. Aber die Erfüllung dieses Wunsches würde warten müssen. Vorerst hatten Cookie, Dick und er der Polizei einige Fragen zu beantworten.

Es war spät, als Sam und Dick endlich wieder auf der Little Creek Ranch eintrafen. Maggie und Antonia schliefen längst und auch Alexandra war, trotz aller guten Vorsätze, auf dem Sofa eingenickt. Bei der Ankunft der Männer schrak sie jedoch sofort auf, sprang vom Sofa auf und lief Sam entgegen, der im Flur leise mit Dick sprach.

„Sam!", rief sie und versuchte nicht laut zu werden. „Sam, es tut mir so leid." Sie warf sich in seine Arme. „Ich war so dumm und ihr müsst dafür bezahlen." Alexandra schluchzte und Tränen der Erleichterung und der Scham strömten über ihr Gesicht.

Sam hatte in den letzten Monaten mehr Frauentränen gesehen, als in seinem gesamten Leben zuvor. Und er wusste noch immer nicht, damit umzugehen. Daher nahm er Alexandra einfach wortlos in die Arme, dankbar, dass alles gut ausgegangen war.

Dick klopfte ihm freundschaftlich auf die Schulter.

„Ihr bleibt heute Nacht besser im Gästezimmer", sagte er und ging nach oben zu Maggie.

Als sie allein waren, nahm Sam Alexandras Gesicht in seine Hände und sah sie fest an.

„Great Spirit hat seine schützenden Hände über dich gehalten. Dafür bin ich so dankbar, dass ich es nicht in Worten ausdrücken kann. Aber nun muss ich eines wissen: Wann meinst du, wird es wohl wieder so etwas wie Normalität in unserem Leben geben? Oder hast du vor, mich schon vor der Hochzeit ins Grab zu schicken?"

„Oh, Sam", flüsterte Alexandra ehrlich verzweifelt und reumütig. Da erschien das für Sam so typische spitzbubenhafte Grinsen auf seinem Gesicht.

„Du nimmst mich schon wieder auf den Arm", murmelte sie. Aber Sam drückte sie noch fester an sich und küsste sie zärtlich.

„Lass uns zu Bett gehen", meinte er. „Ich fühle mich, als könnte ich zwei Tage lang schlafen."

Tatsächlich war Sam in der Sekunde eingeschlafen, in der sein Kopf das Kissen berührte. Alexandra aber lag noch lange wach und grübelte.

Wie sehr doch unsere Gefühle unser Handeln beeinflussen, dachte sie.

Sie war nach Kanada gekommen, um ihre Angst zu bezwingen und wahre Erfüllung in ihrem Leben zu finden. Sie hatte ihre Seele befreien wollen.

Ein Lächeln umspielte ihre Lippen. Sie blickte zu Sam hinüber, der friedlich neben ihr schlief. Liebevoll streichelte sie sein Gesicht.

„Du gibst mir die Möglichkeit alles zu sein", flüsterte sie. „Alles und Nichts."

Dankbar und voller Liebe für Sam und das Baby, das in ihrem Bauch wuchs, schmiegte sie sich an ihn.

Kapitel 28

Gefahr

Die Tage waren warm und sonnig und angefüllt mit emsigen Vorbereitungen für die Hochzeit. Alle Helfer hatten das Gefühl, die Tage vergingen viel zu schnell, Alexandra hingegen schien der Hochzeitstag noch in weiter Ferne zu liegen.

Sie war auf dem Weg zur Little Creek Ranch. Maggie hatte angerufen und sie gebeten, am Nachmittag vorbeizukommen. Sam war mit Dick unterwegs und hatte ihr seinen Pick-Up überlassen.

Alexandra genoss die Autofahrt. Die Sonne schien und es wehte eine leichte Brise. Der Wald schien mit dem Wind zu singen und zu tanzen, und am Straßenrand blühten die ersten Wildblumen. Für einen Augenblick schien auch Alexandras Herz zu tanzen. Dann aber dachte sie zurück an die letzten Tage und das Lächeln verschwand aus ihrem Gesicht: Grant Ryder war tot. Alexandra trauerte ihm nicht nach. Aber das schreckliche Erlebnis begleitete sie noch oft in ihren Träumen.

Estelle hatte sich seitdem nirgendwo mehr blicken lassen. Aber es wurde gemunkelt, dass sie noch vor der Hochzeit von Alexandra und Sam endgültig nach Vancouver zurückkehren würde.

Alexandra seufzte. Sie wollte lieber an erfreulichere Dinge denken. Noch drei Tage bis zur Hochzeit.

Sie lächelte noch immer verträumt, als sie in die Auffahrt der Little Creek Ranch einbog. Doch was war das? Der Hof war voller Autos!

Sofort kehrten die Schatten auf Alexandras Gesicht zurück. War etwa Maggie oder den Kindern etwas zugestoßen?

Schnell stellte sie den Wagen ab und lief die Treppen zur Haustür hinauf. Noch bevor sie nach der Klinke greifen konnte, wurde die Tür von innen aufgerissen.

„Überraschung!", rief Maggie ihr entgegen.

Hinter Maggie erschienen die Gestalten vieler befreundeter Frauen. Sie alle fielen in Maggies Ruf ein. Alexandra entdeckte Großmutter Reed, Sarah Burdell, Maggies Mutter, Sams Mutter Renee und einige andere.

„Ich verstehe nicht", stammelte Alexandra verwirrt.

„Es ist eine Überraschungsparty für dich", rief Maggie fröhlich. „Jede Braut wird bei uns so gefeiert. Wir nennen es *Bridal Shower*." Maggie umarmte Alexandra herzlich. „Alle Frauen, die mit der Braut verwandt oder befreundet sind, kommen zusammen, um der Braut Glückwünsche und Geschenke zu überbringen. So auch für dich!" Maggies Augen strahlten.

„Ich bin sprachlos und vollkommen überwältigt." Alexandra lächelte verlegen. Von solch einem Brauch hatte sie noch nie gehört.

„Los, komm herein, und dann lass uns etwas essen", forderte Maggie sie auf. Es hatte Maggie viel Überwindungskraft gekostet, Alexandra nichts von der geplanten Party zu erzählen. Sie war keine große Geheimniskrämerin und außerdem so gespannt auf Alexandras Reaktion, dass sie ihr am liebsten noch in dem Augenblick davon erzählt hätte, als ihr die Idee gekommen war. Jetzt aber war sie froh, sie für sich behalten zu haben.

Es dauerte eine Weile, bis Alexandra sich von der Überraschung erholt hatte. Sie blickte in die Runde und es wurde ihr warm ums Herz. Ihre Freundinnen wollten, dass sie sich heimisch fühlte und eine Hochzeit feierte, an die sie sich gerne erinnern würde.

Nach dem Essen setzten sich alle in einem Kreis auf den Boden und drehten eine Flasche, um zu bestimmen, in welcher Reihenfolge die Glückwünsche und Geschenke an Alexandra überreicht werden sollten. Alexandra war gerührt. Es waren nur kleine Geschenke, aber alle waren wohlüberlegt und sorgfältig ausgesucht worden, und die Glückwunschkarten waren mit selbstgereimten Versen und kleinen Anekdoten versehen. Alexandra las jede Karte laut vor.

Es war eine fröhliche Runde, die an diesem Nachmittag auf der Little Creek Ranch zusammensaß. Die älteren Frauen gaben Alexandra gute Ratschläge, erzählten Geschichten aus ihren eigenen, zurückliegenden Ehejahren, scherzten und lachten.

Alexandra hatte bereits zwei silberne Serviettenhalter und einen Tortenheber ausgepackt und öffnete gerade Sarah Burdells Geschenk. Da begann Sarah zu kichern.

„Ich hätte nie gedacht, dass ich noch einmal an einer Reed'schen Hochzeit teilnehmen würde, nachdem mich Sams Onkel bei der Hochzeit von Paul und Renee über und über mit Himbeersoße bekleckert hat", lachte sie. „Erinnerst du dich Renee?"

„Du hättest eigentlich empört sein müssen", stellte Sams Mutter fest. „Aber zum Entsetzen meiner feinen Verwandtschaft hast du nur gelacht und mit einem alten Lappen auf deinem schönen Kleid herum gewischt und alles noch viel schlimmer gemacht. Und dann hast du den restlichen Abend so getan, als sei das Kleid unversehrt." Renee schnappte nach Luft.

„Ich hätte eigentlich böse auf dich sein sollen, weil du eine Zeitlang versucht hast, mir den Paul auszuspannen, aber ich hatte nur Mitleid für dich in deinem ruinierten neuen Kleid."

Eines der Geschenke, die Alexandra an diesem Nachmittag erhielt, war so groß, dass es nicht ins Haus passte: Maggie hatte ihr nämlich die kleine Eselstute gekauft, die Alexandra bei der letzten Auktion bewundert hatte.

Aber das für Alexandra schönste Geschenk erhielt sie von Großmutter Reed. Die alte Dame schenkte Alexandra einen wunderschönen, handgearbeiteten Tragekorb für das Baby.

Alexandra betrachtete den kunstvoll gearbeiteten Korb. Großmutter Reed hatte ihn eigens für ihr zukünftiges Urenkelkind in traditioneller Weise aus Baumrinde angefertigt. Alexandra dachte an die vielen Stunden, die Großmutter mit der Herstellung des Korbes verbracht haben musste, und war zutiefst gerührt.

Es war schon spät am Abend, als Sam und Dick mit den Kindern zur Little Creek Ranch zurückkehrten. Sam hatte natürlich von der Party gewusst und kam nun, um Alexandra abzuholen.

Nachdem sich die Gäste verabschiedet hatten, bedankte Alexandra sich noch einmal von ganzem Herzen bei Maggie für das liebevoll arrangierte Fest. Dann machten auch sie und Sam sich auf den Heimweg.

Sie fuhren im Dämmerlicht die Sackgasse entlang. Und wie schon einige Tage vorher bemerkte Sam abermals den weißen Pick-Up, dessen Insassen er schon einmal versucht hatte beim Wildern auf frischer Tat zu ertappen. Diesmal war das Auto tiefer im Dickicht geparkt, aber auch Alexandra erkannte es sofort.

Sam trat entschlossen auf die Bremse.

Alexandra stöhnte innerlich auf. Geht das jetzt schon wieder los?, dachte sie verzweifelt.

Aber Sam war schon aus dem Wagen gesprungen.

„Bin gleich wieder da!", rief er ihr zu. Diesmal nahm er aus Gewohnheit gleich den Zündschlüssel mit.

Alexandra konnte es nicht fassen. Ihr war, als sehe sie die Wiederholung eines schlechten Films.

„Verdammter Idiot!", rief sie ihm nach und ließ sich resigniert in den Sitz zurückfallen. So hatte sie sich den Abschluss dieses schönen Nachmittags nicht vorgestellt.

Alexandra erinnerte sich noch lebhaft an Sams letzten Versuch die Wilderer zu stellen. Und auch heute war er an dem Pick-Up vorbeigesprungen, ohne auf die Zulassungsnummer zu achten. Sie ärgerte sich. So würde er die Wilderer nie stellen. Und wer wusste schon, wie viele Abende sie selbst deswegen noch angsterfüllt und wartend im Pick-Up verbringen würde.

Alexandra entschied, die Sache selbst in die Hand zu nehmen. Sie stieg aus dem Auto und ließ die Tür so leise es ging hinter sich ins Schloss fallen. Dann sprang sie flink wie eine Katze in das Unterholz, in dem der fremde Pick-Up geparkt war und notierte sich die Nummer auf der Hand.

Mit einem befriedigten Lächeln wandte sie sich wieder dem eigenen Wagen zu. Plötzlich knackte und raschelte es hinter ihr im Gebüsch. Alexandra erstarrte. Was hatte sie sich jetzt wieder eingebrockt? Wäre sie doch nur im Auto geblieben. Hier draußen war sie für jeden ein leichter Fang.

Sie musste sich verstecken. Schnell ließ sie sich zu Boden gleiten und zog ihre Jacke über die leuchtend blonden Haare. Ihr Herz schlug wild und kalter Schweiß stand ihr auf der Stirn.

„Niemand sonst hier“, hörte sie eine Männerstimme ganz in ihrer Nähe sagen.

Alexandra lüpfte die Jacke ein wenig und spähte durch das Buschwerk. Drei fremde Männer machten sich an Sams Pick-Up zu schaffen. Sie unterhielten sich leise. Einer der Männer hielt eine Taschenlampe. Er schwenkte die Lampe umher und ihr Strahl fiel auf eine weitere Gestalt.

„Sam!“, entfuhr es Alexandra leise. Er stand schweigend neben den Männern, die Hände über dem Kopf verschränkt. Einer der Männer hatte ein Gewehr auf ihn gerichtet.

Alexandra wurde sich der Tragweite der Situation bewusst. Die Männer würden Sam erschießen. Sie würde ohne Mann sein und ihr Kind ohne Vater! Panik überkam sie und schien sie zu lähmen.

Die Männer verschwanden erneut im Wald, Sam nahmen sie mit. Sie redeten noch immer leise miteinander und es schien Alexandra, als seien sie sich über irgendetwas nicht einig.

Dann waren die Stimmen und Schritte verhallt. Alexandra war wieder allein. Vorsichtig richtete sie sich auf. Ihr schwirrte der Kopf: Was sollte sie tun?

Sie konnte zur Little Creek Ranch zurücklaufen. Aber bis sie zu Fuß dort angekommen war, konnte es für Sam schon zu spät sein. Sam hatte seine Pistole im Wagen, doch Alexandra konnte damit nicht umgehen. Nein, das stimmte nicht ganz: Theoretisch wusste sie schon, wie die Waffe zu handhaben war, aber sie hatte keinerlei praktische Erfahrung damit.

Alexandra schlug sich mit der Hand an den Kopf. War sie denn vollkommen von Sinnen? Sie konnte unmöglich hinter drei bewaffneten Männern her durch den dunklen Wald schleichen und hoffen, dass sie sie irgendwie überwältigen konnte. Es war viel wahrscheinlicher, dass Sam, ihr Baby und sie selbst bei einer solchen Aktion ums Leben kommen würden.

Alexandra verwarf die Idee. Es musste eine andere Lösung geben. Plötzlich sagte ihr eine innere Stimme: „Reiß dich zusammen, Alex! Du musst Sam helfen. Es ist niemand sonst hier!“

Und mit einem Mal fühlte sich Alexandra sonderbar distanziert von ihrem Körper und der gesamten Situation. Ohne zu zögern folgte sie der Stimme, die ihr jetzt befahl: „Steh auf! Nimm Sams Pistole und folge den Männern. Sei auf der Hut. Halte die Waffe schussbereit.“

Wenig später befand sie sich bereits im Wald. Sie fühlte sich wie taub, nahm aber gleichzeitig jedes kleine Geräusch wahr. Sie kam nur langsam voran. Es war stockdunkel und nur eine Mondsichel stand am Himmel. Alexandra konnte kaum etwas sehen. Immer wieder musste sie ihre aufsteigende Panik unterdrücken. Diese Momente kosteten sie äußerste Kraft. Sie konnte sich nicht erinnern, dass ihre Nerven jemals zuvor so zum Zerreißen gespannt gewesen waren.

Vor sich erspähte sie den matten Schein einer Taschenlampe. Der Strahl war kaum zu sehen. Das Dunkel des Waldes schien das Licht einfach zu verschlucken.

Alexandra schlich näher an die Lichtung heran, auf der die Männer standen, die Pistole im Anschlag.

Einer der Männer kniete auf dem Boden und war dort mit etwas beschäftigt. Alexandra konnte nicht erkennen, was er tat. Ein Gebüsch versperrte ihr die Sicht auf den Waldboden. Der zweite Mann hielt die Taschenlampe und gab Befehle. Der dritte Mann stand etwas abseits und hielt Sam mit einem Gewehr in Schach. An einem Baumstumpf lehnten zwei weitere Gewehre und auch ein großer Rucksack.

Alexandra zog die Stirn in Falten. Wenn sie doch nur hören könnte, worüber die Männer sprachen!

Die Stimme in ihrem Kopf ermahnte sie: „Konzentriere dich, Alex!"

Alexandra versuchte, alle anderen Gedanken aus ihrem Kopf zu verdrängen. Mit einem Mal schienen die Worte der Männer geradewegs zu ihr zu fliegen und sie konnte jedes einzelne, leise auf der Lichtung gesprochene Wort klar und deutlich verstehen.

Alexandra wusste nun, was unweit vor ihr auf dem Waldboden lag: Es war ein toter Bär.

Wut überkam sie. Wie konnten Menschen nur so grausam sein?

Alexandra wusste, dass sie sehr vorsichtig sein musste:

Nicht nur ihre Geldgier machte die Männer sehr gefährlich, sie waren noch dazu bewaffnet.

„Was geschieht mit Reed?", fragte der Mann mit dem Gewehr. „Er hat uns gesehen. Wir können es uns nicht leisten, dass er sich verplappert."

„Das wird er nicht tun", erwiderte der Mann, der die Taschenlampe hielt, „er wird sich nämlich im Wald verlaufen, der Arme." Alle drei lachten höhnisch auf.

Alexandra wusste nun, wie es um Sams Schicksal bestellt war.

„Okay, Boss", sagte der Dritte. „Ich hab alles. Gib mir die Plastiktüte aus dem Rucksack und dann lass uns von hier verschwinden."

Für einen kurzen Moment waren die Männer unachtsam und blickten auf den toten Bären. Diesen Augenblick nutzte Sam. Er griff nach dem Gewehrlauf, der auf ihn gerichtet war, und riss ihn nach oben.

Ein Schuss durchschnitt die Stille. Die Wilderer fuhren zusammen.

Sam trat seinem Wächter mit voller Kraft ins Knie. Alexandra hörte, wie die Knochen brachen.

Der Mann schrie schmerzerfüllt auf, aber noch bevor er zu Boden sinken konnte, hatte Sam ihm einen Schlag auf den Kehlkopf versetzt. Der Wilderer sackte zusammen und krümmte sich am Boden.

Blitzschnell riss Sam das Gewehr an sich und richtete es auf die übrigen Wilderer.

„Auf den Boden! Gesichter nach unten!", schrie er.

Die beiden Männer drehten sich langsam um und hoben die Hände.

„Bleib ruhig, mein Freund", sagte der Anführer. „Wir wollten dir doch nur einen kleinen Schrecken einjagen."

„Runter auf den Boden", befahl Sam unbeirrt.

Der Anführer ging einen Schritt auf Sam zu.

Da ertönten zwei Schüsse. Die Kugeln schlugen genau vor den Männern in den Boden.

Alexandra trat aus dem Unterholz hervor, die Waffe fest auf die Männern gerichtet.

„Keiner bewegt sich!", befahl sie mit fester, lauter Stimme.

Sam hatte keine Zeit, sich darüber zu wundern, was sie hier machte. Er war nur froh, dass sie da war.

„Bleib, wo du bist, Alex! Und halte die Männer in Schach!", rief er ihr zu.

Sam nahm die Seile auf, die die Wilderer mitgebracht hatten, um den toten Bären zu bewegen. Flink fesselte er die beiden Männer. Der dritte Mann lag noch immer mit großen Schmerzen am Boden.

Alexandra hielt die Pistole auf die Wilderer gerichtet. Sie hatte jegliches Zeitgefühl verloren. Sie hätte schon eine Ewigkeit auf der Lichtung stehen können oder erst Sekunden.

„Zeit ist nicht bestimmt", sagte eine Stimme in ihrem Kopf. „Zeit ist endlos." Für einen Moment zitterten Alexandras Hände und ein Schauer durchlief ihren Körper. Dann krächzte ein Rabe irgendwo in einem Baumwipfel und holte Alexandra in die Gegenwart zurück.

Sam wandte sich an Alexandra. Sein Gesicht zeigte die Anspannung der vergangenen Minuten.

„Meinst du, du kannst zum Pick-Up zurückfinden und von der Little Creek Ranch aus meinen Boss benachrichtigen?", fragte er. „Ich muss wohl eine Weile hier ausharren, obwohl mir die Gesellschaft nicht besonders behagt." Er hörte sich schon wieder ganz nach Sam an.

„Okay, ich mache mich sofort auf den Weg", antwortete Alexandra und war auch schon im Dunkel des Waldes verschwunden.

Alexandra und Sam hatten die Nacht wieder einmal im

Gästezimmer der Little Creek Ranch verbracht. Sie hatten in der Nacht darauf verzichtet, Maggie und Dick lang und breit zu erklären, was vorgefallen war, und alles auf den nächsten Morgen verschoben. Maggie hatte sowieso anstrengende Nächte mit dem Baby und daher zu wenig Schlaf. Und Alexandra hatte, wie Sam besorgt und mit schlechtem Gewissen feststellte, sehr blass und erschöpft ausgesehen und entgegen ihrer Art nicht ein Wort gesagt.

Maggie, Dick und Sam saßen bereits am Frühstückstisch.

Sam legte soeben den Telefonhörer auf die Gabel. Sein Boss hatte angerufen, um ihm die letzten Einzelheiten über die Wilderer mitzuteilen.

„Sieht so aus, als sei eine ganze Gruppe von Männern in die Geschichte verwickelt", berichtete Sam den anderen. „Und stellt euch vor: Die Männer, die wir gestern gefasst haben, arbeiteten für Grant Ryder."

Dick pfiff anerkennend durch die Zähne.

„Aber Grant war nicht der Kopf des Unternehmens", fuhr Sam fort. „Er hat seine Anweisungen von jemand anderem bekommen. Es scheint, als seien einige sehr angesehene und reiche Geschäftsleute aus Vancouver in die Sache verwickelt. Sie haben auf ihren Geschäftsreisen ins Ausland die Verbindung zu Abnehmern hergestellt und hier in Kanada dann Leute angeheuert, die ihre schmutzigen Geschäfte ausführten. Die Polizei ermittelt jetzt gegen sie."

Maggie schüttelte angewidert den Kopf. „Ich kann nicht fassen, was Menschen alles tun, um an schnelles Geld zu gelangen."

„Maggie, kannst du mal einen Moment kommen?", rief Alexandra in diesem Augenblick aus dem Badezimmer.

Maggie spürte sofort, dass etwas nicht in Ordnung war. Besorgt stand sie auf und lief zum Badezimmer.

Dick und Sam waren in ihr Gespräch über die Wilderer vertieft. Aber Sam bemerkte, dass die beiden Frauen im Badezimmer leise miteinander sprachen. Und etwas ließ ihn aufhorchen. Ohne sich bei Dick zu entschuldigen, stand er auf.

„Maggie, Alex!" Er klopfte an die Badezimmertür. „Ist alles in Ordnung?"

„Einen Augenblick", sagte Maggie und wandte sich dann wieder an Alexandra: „Wir gehen besser gleich."

„Was ist los?", rief Sam besorgt.

Maggie erschien in der Badezimmertür.

„Alex hat Blutungen. Nicht sehr schlimm, aber immerhin Blutungen. Wir bringen sie besser sofort zu Dr. Hanson."

Es dauerte einen Augenblick, bevor Sam die Reichweite ihrer Worte begriff.

„Das Baby!", stieß er entsetzt aus.

Alexandra kam in den Flur. Tränen standen ihr in den Augen. Sie sah Sam verzweifelt an. Ihr Blick versetzte seinem Herz einen schrecklichen Stich. Schweigend hob er Alexandra in seine Arme und trug sie zu seinem Pick-Up. Maggie und Dick folgten ihnen mit Miranda und Antonia. Sie nahmen zwei Wagen, damit Alexandra auf der Rückbank liegen konnte.

Sam und Alexandra sprachen während der Fahrt kein Wort. Sam sah verbissen auf die Straße. Er machte sich bittere Vorwürfe. Alexandra betete. Es war das einzige, das sie tun konnte. Sie war verzweifelt, gleichzeitig aber fest entschlossen, das Kind, das in ihr wuchs, nicht zu verlieren.

Alexandra war sich plötzlich der allumfassenden Macht bewusst, die gab und nahm, die geschehen ließ, und der sich niemand entziehen konnte. Sie spürte die Wahrheit und Stärke, die Unabwendbarkeit und Universalität dieser Macht. Alles, was ihr blieb, war, das anzunehmen, was diese Macht ihr vorbestimmte. Ihr war, als fiele ein weiterer Schatten von ihr und erneut wurde eine Seite im Buch ihres Lebens umgeschlagen. Sie war eine Mutter, mit all ihren Sorgen und Freuden, Hoffnungen und Ängsten – auch wenn das Baby noch nicht geboren war.

In diesem Augenblick wusste sie, dass sie ihr Baby behalten würde.

Als sie jedoch wenig später im Krankenhaus angekommen waren, sah die Situation wieder ganz anders aus: Dr. Hanson schaute besorgt auf den Ultraschallmonitor und es dauerte eine ganze Weile, bis er sich zu der Situation äußerte.

„Mit dem Baby scheint alles in Ordnung zu sein", sagte er schließlich. „Aber wir dürfen nichts überstürzen. Absolute Ruhe ist unabdingbar. Hören die Blutungen nicht bis heute Nachmittag auf, dann ruft mich sofort an. Ansonsten sehen wir uns morgen zu einem erneuten Ultraschall." Dann ließ er Alexandra und Sam allein.

Alexandra hatte gehofft, durch die Untersuchung Klarheit zu bekommen, aber nichts hatte sich geändert. Alles hing weiterhin in der Schwebe. Bis zum Nachmittag war es noch eine lange Zeit, und das bedeutete viele Stunden der Ungewissheit. Sie versuchte ruhig zu bleiben, aber sie konnte ihre Tränen nicht zurück halten.

„Alex, ich ...", begann Sam. Aber Alexandra fuhr ihm ins Wort, ohne ihn eines Blickes zu würdigen. Und in ihrer Stimme lagen Bitterkeit und versteckte Anklage.

„Wenn du nicht immer solche Eskapaden machen würdest wie gestern Abend, dann ginge es mir und dem Baby jetzt besser", sagte sie mit bebender Stimme. „Bitte lass mich allein, damit ich mich anziehen kann."

Sam sah sie verzweifelt an. Warum musste sie ihn ausgerechnet jetzt beschuldigen? Er fühlte sich schon schlimm genug. Seine Augen verengten sich und seine Miene nahm einen harten Ausdruck an. Er machte auf dem Absatz kehrt und verließ den Untersuchungsraum.

Auf dem Flur fing Maggie ihn ab. Sam gab kurz wieder, was der Arzt und Alexandra gesagt hatten, dann ging er zum Parkplatz.

Maggie klopfte an die Tür des Untersuchungsraums: „Darf ich hereinkommen?"

„Natürlich", erwiderte Alexandra. „Ich bin fertig. Wir können zurückfahren."

„Du wirst mit uns fahren müssen", meinte Maggie. „Sam ist schon abgefahren."

Alexandra Miene verdunkelte sich.

„Meinst du nicht, du bist ein bisschen hart mit ihm umgegangen?", fragte Maggie ohne Umschweife. Es waren nur noch wenige Tage bis zur Hochzeit und all die Aufregungen wurden selbst ihr langsam zu viel. Für einen Streit der zukünftigen Eheleute war jetzt genauso wenig Zeit wie für eine Fehlgeburt.

„Wieso?", fragte Alexandra barsch. Bereute aber sofort die Heftigkeit ihrer Worte. Maggie war ihre Freundin. Sie wollte nur helfen. Alexandra konnte Maggie im Gesicht ablesen, dass sie sie verletzt hatte. Sie machte eine hilflose Geste.

„Es tut mir leid, Maggie." Bittend sah sie ihre Freundin an. „Ich weiß nicht, was mit mir los ist."

Maggie verzieh ihr sofort. Sie beugte sich zu Alexandra hinunter und umarmte sie.

„Meine Liebe", erklärte sie und legte ihre Hand auf Alexandras Arm, „bei all den Eskapaden, dann noch die Hochzeit und das Baby. Ist schon gut, du brauchst nichts mehr zu sagen. Aber du sprichst besser mit Sam. Er hat die ganze Sache ziemlich persönlich genommen. Du weißt, wie viel auch ihm dieses Kind bedeutet. Und er liebt dich mehr als alles andere auf der Welt."

Alexandra war betrübt. Maggie hatte recht. Sie musste mit Sam sprechen. Sofort.

Maggie wusste, was in ihr vorging. „Komm, ich fahre dich. Wir werden ihn schon irgendwo finden. Shaheylah ist zum Glück ja nicht sehr groß. Dick kann solange auf Miranda aufpassen. Antonia nehmen wir besser mit."

Doch als sie wenig später beim Blockhaus ankamen, stand Sams Pick-Up nicht vor der Tür.

„Hier ist er nicht", stellte Maggie fest. „Wo könnte er sonst sein?"

Alexandra zuckte mit den Schultern. Dann rief sie: „Fahr zu Großmutter Reed. Ich bin mir sicher, er ist zu ihr gefahren."

Und richtig, kaum waren sie in die Straße zu Großmutter Reeds Haus eingebogen, sahen sie schon Sams Wagen.

Sam und Großmutter Reed saßen auf einer Bank unter einem großen Baum und waren in ihr Gespräch vertieft.

Maggie hielt den Wagen und ließ Alexandra aussteigen.

Es war nicht zu hören, worum es in der Unterhaltung ging, denn sowohl Sam als auch Großmutter Reed sprachen, wie es bei ihrem Volk Sitte war, mit leiser Stimme. Alexandra wartete etwas abseits, bis sie den Blick von Großmutter Reed auffing und von ihr aufgefordert wurde, näher zu treten. Sie begrüßte die alte Dame herzlich und setzte sich zu ihr. Etwas unsicher blickte sie zu Sam hinüber.

Großmutter Reed folgte ihrem Blick.

„Ich werde mir ein Glas Wasser aus dem Haus holen", sagte sie beiläufig und stand auf. „Es ist so heiß heute."

Sobald Großmutter Reed außer Hörweite war, zischte Sam Alexandra an: „Warum spionierst du mir nach?"

Damit hatte Alexandra nicht gerechnet. Sie sah ihn einen Augenblick lang erstaunt an. Und dann, anstatt eine Erklärung abzugeben, entfuhr es ihr: „Ich bin nur gekommen, um mich bei dir für mein Benehmen zu entschuldigen. Aber ich sehe, es tut gar nicht nötig. Du bist ein noch größerer Dickkopf als ich und obendrein beleidigt wie ein kleines Kind!" Kaum hatte sie das gesagt, bereute Alexandra ihre harschen Worte. Sie hatte keinen neuen Streit anfangen wollen. Doch Sams Miene hellte sich plötzlich auf und sein herzliches Lachen durchbrach die Stille.

Eine Welle der Freude überkam Alexandra. Und wieder einmal schlug ihre Stimmung innerhalb von Sekunden von tiefer Trübsal in unsagbares Glück um – und das nur dadurch, dass sie in die lachenden Augen von Samuel Reed sah. Solange er bei ihr war und sie so anschaute, wie er es jetzt tat, war ihre kleine Welt in Ordnung. Alexandra brach in ein erlösendes Lachen aus und schlang ihre Arme um Sams Hals.

„Es tut mir leid, Alex", sagte Sam versöhnlich und drückte sie fest an sich. „Ich könnte es mir nie verzeihen, sollte dir oder unserem Baby etwas zustoßen."

„Ich weiß", erwiderte Alexandra und küsste ihn zärtlich.

„Lass uns die restlichen Tage bis zur Hochzeit in Ruhe verbringen, einverstanden?", bat Sam eindringlich.

Alexandra strahlte ihn an. „Genau das habe ich mir auch gedacht", stimmte sie zu.

Sam hielt Alexandras Hände fest in den seinen. „Ich bin hierhergekommen, um Großmutter wegen deiner Blutung um Rat zu fragen. Ich mache mir ziemliche Vorwürfe. Du weißt, ich wünsche mir dieses Baby genauso sehr wie du. Und noch viel mehr wünsche ich mir, dass es dir gut geht."

„Alles wird gut werden", sagte sie und strich ihm liebevoll über das Gesicht.

Alexandra blickte auf. Großmutter Reed kam aus dem Haus zurück. Die alte Dame winkte Maggie zu, die eben in ihrem Kombi davonfuhr. Alexandra war entsetzt. Maggie und deren Verpflichtungen hatte sie vollkommen vergessen.

„Sam hat mir von den Blutungen erzählt", wandte Großmutter Reed sich an Alexandra, als sie die Bank erreichte und sah sie gutmütig an.

„Du erinnerst dich, worüber wir das letzte Mal gesprochen haben? Über deine Bestimmung, eure Zukunft?"

„Ja", antwortete Alexandra.

„Gut", sagte die alte Dame zufrieden. „Du wirst dein Baby nicht verlieren. Die Blutung ist nur ein kleiner Anstoß, um darüber nachzudenken, welche Dinge euch wirklich wichtig sind. In ein paar Tagen ist eure Hochzeit. Unterschätzt die Bedeutung dieses Ereignisses nicht."

Großmutter Reed legte ihre Hand auf Alexandras Bauch.

„Dieses Baby ist ein besonderes Baby – wie jedes Kind. Entstanden aus tiefer Liebe. Und auch das Baby hat eine Bestimmung in seinem Leben, eine Begabung, mit der es in unserer Welt gebraucht wird. Eurer Kind wird keinen Schaden nehmen." Dann nahm Großmutter Reed ihre Hand von Alexandras Bauch und zog etwas aus ihrer Rocktasche. Es war ein kleiner Beutel. Sie reichte ihn an Alexandra. „Diese Baumrindenstücke werden die Blutung zum Stoppen bringen. Bereite daraus einen Tee. Trinke eine Tasse davon, sobald du zu Hause bist, und eine weitere Tasse eine Stunde später. Sam weiß, wie der Tee zubereitet werden muss. Und noch etwas: Sorge dafür, dass der Dream Catcher, den du für Sam gemacht hast, an seinem Platz hängt. Denn er bewacht nicht nur unsere Träume, sondern schützt auch ungeborenes Leben."

Kapitel 29

Die Biegung im Weg

Alexandras Blutung hörte auf, nachdem sie den Tee getrunken hatte – genau wie Rosemary Reed es vorhergesagt hatte. Sam bestand darauf, dass Alexandra sich viel hinlegte. Er war noch immer beunruhigt. Aber die verbleibenden Tage bis zur Hochzeit verliefen ruhig.

Am Vortag der Hochzeit streifte Alexandra durch Sams Junggesellengarten. Sie hatte dem Garten diesen Namen gegeben, weil Sam lediglich hier und da einen Strauch eingebuddelt hatte und die Auffassung vertrat, dass dies genug sei, um die Wiese in eine parkähnliche Landschaft zu verwandeln.

Sam holte gerade das Hochzeitskleid von der Schneiderin ab, und so hatte Alexandra ein wenig Zeit für sich. Alle möglichen Dinge gingen ihr durch den Kopf. Es war, als würde ihr bisheriges Leben noch einmal im Schnelldurchgang vor ihrem geistigen Auge ablaufen.

Alexandra fragte sich, wie sich wohl andere Frauen am Tage vor ihrer Hochzeit fühlten. Sie selbst hatte sich diesen Tag als junges Mädchen gerne vorgestellt. Aber keine ihrer Phantasien hatte sie auf die Dankbarkeit vorbereitet, die sie in diesem Augenblick empfand.

Allein der Gedanke an die Eltern machte Alexandra zu schaffen. Sie hatte seit ihrem Besuch nicht wieder von ihnen gehört. Nichts wünschte sie sich mehr, als den morgigen Tag mit ihnen zu teilen. Aber es war ihnen nicht bestimmt.

Der Abend vor der Hochzeit war so schön und warm, es war schon fast ungewöhnlich für die Jahreszeit. Weder Alexandra noch Sam hatten Lust ins Haus zu gehen. Sie saßen auf den Stufen der Veranda und jeder hing seinen eigenen Gedanken nach.

Sam hatte den Arm um Alexandras Schulter gelegt und blickte auf die Gipfel der Berge, die sich dunkel und majestätisch gegen den Abendhimmel abzeichneten.

Morgen, dachte er und war überrascht von dem Glück und der Harmonie, die er bei diesem Gedanken empfand. Er wandte seinen Blick in einem stillen Gebet zuerst zum Himmel und dann zur Erde – der Erde, mit der er sich durch seine Vorfahren so verbunden fühlte. Die Vision, die für einen kurzen Moment vor seinen Augen auftauchte, war so verheißungsvoll und erfüllend, dass er dankbar sein Haupt senkte. Und er wusste plötzlich, dass alles besser kommen würde, als er zu träumen gewagt hatte.

Auch Alexandra war in den Anblick der Wildnis versunken. Und je tiefer sie sich in die Situation hineingleiten ließ, desto unwirklicher und ferner kam ihr alles vor. Es war, als sei ihre Seele losgelöst und sie sähe sich selbst aus der Entfernung, wie sie so mit Sam auf der Verandastufe saß – als sei sie eine andere Person.

Es war eines dieser seltsamen Gefühle, die sie in letzter Zeit oft hatte, und fast ließ es sie aus ihrer Ruhe aufschrecken. Doch auch alles andere um sie herum hatte, wie Alexandra halb verwundert, halb beruhigt feststellte, etwas Unwirkliches an sich. Der Himmel leuchtete so geheimnisvoll und intensiv in dem wunderbarsten Azurblau, obgleich die Sonne längst untergegangen war. Kein Sonnenstrahl stand mehr am Himmel und bald würde die Nacht hereinbrechen. Die Berge pulsierten mit dem rhythmischen Herzschlag der Erde, und der Schnee auf ihren Gipfeln strahlte in eisigem, blauweißem Glanz. Das Weiß des Schnees war so grell, dass es Alexandra den Atem verschlug. Und über den Bergen hingen träge graue Wolkenfetzen.

Alexandra nahm all dies tief in sich auf. Sie würde diesen

Abend nie vergessen. Und obwohl sie und Sam kaum ein Wort gewechselt hatten, fühlte sie sich ihm näher, als je zuvor.

Alexandra blickte sich nervös um. Gestern noch hatte sie Maggie über die Zeremonie befragt und zur Antwort bekommen, dass sie am Ende einfach nur Ja sagen müsse. Jetzt redete der Friedensrichter schon eine Ewigkeit und Sam, der gelassen und ernst neben ihr stand, sprach ihm ruhig alle Worte nach.

Dies war keine einfache Zeremonie, es glich vielmehr dem Hochzeitsritual des englischen Königshauses! Die Sprache war so blumig, dass Alexandra die Hälfte der Worte noch nie gehört hatte. Nervös drehte sie den Blumenstrauß in ihren Händen. Es stimmte, alles klang sehr würdevoll und offiziell, aber wie konnte jemand erwarten, dass Alexandra all diese fremden Worte nachsprach?

Und dabei hatte alles so schön begonnen: Der Tag war warm und wolkenlos heraufgezogen, und Alexandra war mit Maggie in aller Frühe beim Friseur gewesen. Der hatte ihre langen Haare kunstvoll gelockt und aufgesteckt. Anschließend hatte Maggie ihr beim Make-up geholfen. Das Hochzeitskleid hatte Alexandra erst im letzten Augenblick angezogen, damit es nicht zerknitterte. Den Schnitt für das Kleid hatte Alexandra in einer Zeitschrift entdeckt, und die Schneiderin am Ort hatte es für sie genäht. Das Kleid war Salbeifarben und hatte einen barockartigen Schnitt, mit kurzen Puffärmeln, einem eng anliegenden Oberteil und einem ausgestellten Rock, der in weichen Wellen bis auf den Boden fiel. Auf einen Schleier hatte Alexandra verzichtet. Dafür hatte sie Blumen in ihr Haar gesteckt. Es waren hellgelbe Lilien und rosafarbene Rosen, wie sie auch in ihren Brautstrauß gebunden waren.

Ein Raunen der Bewunderung war durch die Reihen der

Gäste gegangen, als sie an der Seite von Sams Vater, Paul, aus dem Haus gekommen war. Blumengirlanden schmückten den Weg vom Haus bis zum Altar. Maggie und Dick hatten als Trauzeugen zusammen mit Sam am Altar auf sie gewartet. Miranda hatte Blumen gestreut. Die Kleine war sehr aufgeregt gewesen, hatte es jedoch geschafft ohne Panne beim Altar anzukommen. Dick hielt die Ringe und sah sehr angespannt aus. Großmutter Reed saß in der vordersten Reihe und hatte Alexandra aufmunternd zugelächelt. Sam konnte natürlich nicht im Anzug heiraten. Er trug nie diese Art Kleidung und fühlte sich darin nicht wohl. Deshalb trug er schwarze Jeans und ein dunkelbraunes Jackett aus Wildleder.

Plötzlich wurde Alexandra aus ihren Gedanken gerissen. Der Friedensrichter hatte sich an sie gewandt.

Maggie lächelte ihr zu.

Alexandra schloss die Augen. Dies war ihr großer Tag. Keine Generalprobe und keine Wiederholung waren möglich. Sie atmete tief und hob den Kopf. Dann sah sie Sam fest in die Augen und sprach die Worte des Friedensrichters nach.

„Du hättest mich wirklich besser vorbereiten sollen", raunte Alexandra vorwurfsvoll in Maggies Ohr, als sie wenig später deren Glückwünsche entgegennahm.

Maggie zuckte schuldbewusst die Schultern. „Ich hatte ganz vergessen, wie die Angelegenheit bei Dick und mir abgelaufen ist."

Alexandra setzte eine gespielt verdrießliche Miene auf und stieß die Freundin leicht in die Seite.

„Deine Unsicherheit ist überhaupt nicht aufgefallen", beruhigte Maggie sie und küsste sie freundschaftlich auf die Wange.

Sam meinte später scherzhaft, es sei wahrscheinlich gut gewesen, dass Alexandra nicht alles verstanden hätte, denn

bei den vielen Verpflichtungen hätte sie ihre Entscheidun
zu heiraten wohlmöglich noch unmittelbar vor dem Alta
revidiert.

Nach der Zeremonie wurde die Hochzeitstorte angeschnitten und ein Toast auf das Brautpaar ausgesprochen, im Anschluss daran wurde das Büfett eröffnet.

Als die Sonne sich am Himmel senkte, wurde es noch einmal still im Garten. Die besondere Stunde zwischen Tag und Nacht gehörte Großmutter Reed. Sie hatte den Wunsch geäußert, diesen Zeitpunkt für ein Gebet und eine Segnung des Brautpaares zu nutzen.

Also versammelten sich noch einmal alle Gäste um die Brautleute – an der gleichen Stelle, an der sie sich schon zur Hochzeitszeremonie zusammengefunden hatten: unter den großen Kiefern gleich neben dem schmalen Bachlauf.

Die kühle Frische der Nacht lag bereits in der Luft und mischte sich mit dem herben Aroma der Kiefern und des Waldbodens und der zarten Blüten in Alexandras Haar.

Alexandra ergriff Sams ausgestreckte Hand und wandte ihren Blick auf Großmutter Reeds runzliges Gesicht. Die alte Dame lächelte ihr liebevoll zu.

Als alle Anwesenden still geworden waren, begann Rosemary Reed zu sprechen. „Es ist gut, dass ihr diesen großen Schritt gewagt und euch zur Heirat entschlossen habt“, sagte sie mit ihrer sanften, leisen Stimme. „Alle Aufregung ist nun vorüber. Ihr seid Mann und Frau, wie es euch bestimmt ist.“ Sie hielt einen Augenblick inne.

„Es ist nicht immer leicht, das zu tun, was einem bestimmt ist. Es erfordert viel Mut um die Stimme Great Spirits zu vernehmen und noch mehr, ihr zu folgen. Viele Menschen hören den Ruf, wagen aber nicht, ihm zu folgen. Die meisten jedoch lassen es nicht einmal zu, dass der Ruf an ihr Ohr dringt, sondern verlieren sich in Dingen, die ihre Scheinwelt aufrecht erhalten.“

Rosemary Reed sah Alexandra und Sam zufrieden an. Dann fuhr sie fort: „Ihr zwei seid mutig gewesen. Ihr habt zugehört und seid gefolgt. Ihr befindet euch auf dem richtigen Weg. Nur wenn wir den Mut aufbringen, Great Spirits Stimme zu folgen, können wir ein Vorbild für unsere Kinder und Kindes-Kinder sein. Und diese Aufgabe ist nicht zu unterschätzen. Denn die Kinder sind unsere Zukunft – und die Zukunft unserer Erde."

Großmutter Reed legte die eine Hand auf Alexandras Scheitel und die andere auf Sams.

„Mögen sich eure Augen nie auf die Dinge anderer richten. Mögen über eure Lippen nur gute Worte kommen. Mögen eure Füße immer liebevoll über unsere Mutter Erde schreiten. Und wo immer ihr euch auch befindet, möge Schönheit euer Begleiter sein. Ich bitte Great Spirit, seine Hände schützend über euch zu halten. Die Zukunft breitet sich vielversprechend vor euch aus. Möget ihr sie mit guten Taten und goldenen Erinnerungen füllen."

Einige Monate später

Es war ein warmer, sonniger Tag Ende Oktober. Der Himmel war tiefblau und die Herbstsonne tauchte Berge und Wälder in geheimnisvolles, sanftes Licht wie es nur zu dieser Jahreszeit möglich ist. Es roch nach Waldboden und Kiefernnadeln und die Luft schien erfüllt mit den Essenzen des vergangenen Sommers.

Alexandra setzte sich auf die Verandastufen des Blockhauses. Es dauerte eine Weile, bis sie eine bequeme Sitzstellung gefunden hatte. Ihr runder, hochschwangerer Bauch schien überall im Wege zu sein. Alexandra schloss die Augen und genoss für eine Weile die Sonne und die warme, würzige Herbstluft.

Plötzlich stand sie kurzentschlossen auf. Sie ging zurück ins Haus und hinterließ eine Nachricht für Sam. Dann machte sie sich mit dem kleinen Jeep, den Sam nach der Hochzeit angeschafft hatte, auf den Weg zu Großmutter Reed. Großmutter würde ein Spaziergang gefallen und man konnte nie wissen, wie viele schöne Tage dieser Herbst noch haben würde. Zwar war es tagsüber noch warm, aber nachts gab es oft schon Frost und es dauerte am Morgen eine lange Zeit, bis die Sonne die Kälte der Nacht verdrängt hatte. Der Winter rückte unaufhaltsam näher.

In diesem Jahr jedoch war es Alexandra egal, dass es draußen bald wieder stürmen und schneien würde. Ihre Gedanken kreisten allein um das Baby, das sie in drei Wochen erwartete. Nichts konnte ihre Freude darüber beeinträchtigen. Nicht der kommende Winter und nicht der Umstand, dass sie sich mit ihren Eltern noch immer nicht ausgesöhnt hatte. Seit dem letzten Gespräch im Frühling, kurz vor der Hochzeit, hatte sie nicht wieder mit ihnen gesprochen. Vor zwei Tagen war dann ein Brief von ihnen eingetroffen. Die

Mutter schrieb, dass ihr leid täte, was zwischen ihnen vorgefallen war, dass sie und der Vater ihren Standpunkt überdacht und gerne wieder Kontakt zu Alexandra und auch zu Sam hätten. Alexandra hatte nichts überstürzen wollen. Sie nahm nicht an, dass sich alle Probleme mit den Eltern in Luft aufgelöst hatten. Aber die Worte der Mutter ließen sie hoffen und sie hatte sich fest vorgenommen, ihr in den nächsten Tagen zu antworten.

„Komm, Arrow", rief sie. „Wir machen einen Spaziergang!"

Arrow war ein aufgeweckter, intelligenter Hund mit wuschelig-goldbraunem Fell und treuen braunen Augen. Sam hatte ihn vor einer Weile mit nach Hause gebracht, weil der vorherige Besitzer in ein Appartment umziehen musste, in dem Tiere nicht erlaubt waren. Alexandra hatte Arrow sofort in ihr Herz geschlossen. Er war ein guter Gefährte und Alexandra fühlte sich nicht mehr einsam, wenn Sam bei der Arbeit war.

Alexandra parkte den Jeep vor Großmutter Reeds Haus.

„Du wartest hier, Arrow", befahl sie dem Tier, dann klopfte sie an die Haustür.

Großmutter öffnete gleich.

„Alex, was für eine Überraschung!", sagte die alte Dame.

„Ich wollte dich zu einem Spaziergang abholen, Grandma. Hast du Lust?"

Großmutter Reed hatte Lust. Sie freute sich, dass jemand daran dachte, sie an einem so schönen Tag zu einem Spaziergang einzuladen.

Kurz darauf erreichten die Frauen einen kleinen Waldsee, der etwa zwanzig Minuten vom Reservat entfernt lag. Alexandra und Großmutter Reed liebten diesen Ort sehr. Im Sommer und Spätsommer waren sie oft hierher gefahren, um Wildblumen und Kräuter zu sammeln. Großmutter Reed hatte Alexandra auch in dieser Hinsicht unter ihre

Fittiche genommen und Alexandra war eine wissbegierige Schülerin. Heute aber wollten sie den See und die umliegende Natur einfach nur bei einem gemütlichen Spaziergang genießen.

Alexandra parkte den Wagen und half Großmutter beim Aussteigen. Arrow sprang aufgeregt um sie herum.

Sie waren noch nicht lange unterwegs, als sie einen Hirsch bemerkten. Der Wind war günstig und das Tier witterte sie nicht gleich. Dann aber fing Arrow an zu bellen und der Hirsch lief ins Unterholz davon.

Großmutter erzählte Alexandra bei dieser Gelegenheit wieder einmal die Geschichte von dem Mann, der von einem Hirsch im Wald gerettet und zurück nach Hause gebracht worden war. Alexandra liebte es, wenn Großmutter ihre Geschichten erzählte und es störte sie nicht im Geringsten, wenn sie sie schon kannte.

Großmutter kannte auch Geschichten zu beinahe allen Pflanzen, die die beiden Frauen im Sommer gesammelt hatten. Und Alexandra fiel es dank dieser Geschichten viel leichter, sich die verschiedenen Gewächse und deren Gebrauch zu merken. Man musste sich nur an die Geschichte erinnern.

Großmutter warf Alexandra einen liebevollen Blick zu. Die junge Frau war ihr in der kurzen Zeit, in der sie sich kannten, sehr ans Herz gewachsen. Sam und sie passten so gut zueinander. Keiner von beiden musste sich stark verändern, um den anderen glücklich zu machen. Sie ergänzten sich einfach. Großmutter nickte zustimmend vor sich hin.

„Grandma", sagte Alexandra in die Stille, „letzte Nacht habe ich von einem Tiger geträumt."

Großmutter blickte sie interessiert an. „Willst du mir mehr erzählen?"

Alexandra nickte. „Ich war einkaufen in einem Supermarkt. Eine Frau kam in den Laden, zwei Tiger folgten ihr.

Die Tiere streiften durch die Gänge und die Kunden gerieten in Panik. Ich war nicht ängstlich. Ich wusste, die Tiger konnten mir nichts anhaben. Die Frau lächelte mich zynisch an, aber als mir die Tiger zu nahe kamen, konnte ich sie ohne Mühe außer Gefecht setzen. Ich war nicht aufgeregt. Es schien keine große Sache für mich zu sein. Als die Tiger eine Gefahr für mich wurden, wusste ich einfach, dass ich stärker war als sie."

Alexandra blickte Großmutter erwartungsvoll an.

„Es ist ein positiver Traum", sagte die alte Dame ohne zu zögern. „Du brauchst dir keine Gedanken zu machen. Tiger sind sehr mächtige Symbole. Und du konntest sie in Zaum halten." Sie machte eine Pause und fragte dann beiläufig: „Hast du Sam von dem Traum erzählt? Und weiß er, wo wir sind?"

„Ja." Alexandra war erstaunt. „Ich habe ihm heute Morgen davon erzählt, bevor er zur Arbeit fuhr. Und er weiß auch, wo wir sind. Ich habe ihm eine Nachricht hinterlassen."

Sie blickte Rosemary Reed forschend an. Dann sah sie sich suchend um und sagte mehr zu sich selbst als zu Großmutter: „Wo ist Arrow?"

In diesem Augenblick sahen die beiden Frauen den Wolf.

*

Sam schob die Reste seines Mittagessens beiseite und wandte sich wieder den Papierstapeln auf seinem Schreibtisch zu. Heute war Büroarbeit angesagt, und diese Tage gefielen ihm nie besonders gut.

Sam legte den Kugelschreiber zur Seite und blickte aus dem Fenster. Was für ein schöner Nachmittag.

Er dachte an Alexandra. Sie liebte diese letzten warmen Herbsttage sehr. Und die Tage liebten Alexandra. Die

Herbstsonne umhüllte sie mit einem sanften, goldenen Licht und ließ sie besonders schön aussehen. Sam lächelte, als er sich daran erinnerte, wie Alexandra mit ihrem großen, runden Bauch am Vortag im Garten in der Sonne gestanden und ihm zugewinkt hatte, als er von der Arbeit nach Hause gekommen war.

Plötzlich stutzte er. Er wusste nicht warum, aber er griff nach dem Telefonhörer und wählte die Nummer von zu Hause. Niemand antwortete. Nur seine eigene Stimme tönte vom Anrufbeantworter. Sam hinterließ eine Nachricht und legte auf. Alexandra war wahrscheinlich im Garten oder unter der Dusche. Wenn etwas mit dem Baby wäre, dann hätte sie ihn ganz bestimmt benachrichtigt. Der Geburtstermin war ja auch erst in drei Wochen.

Dann erinnerte Sam sich daran, dass Alexandra ihm am Morgen von einem Traum erzählt hatte. Ein Traum von einem Tiger. Er versuchte sich genauer zu erinnern, aber es gelang ihm nicht. So früh am Morgen war er nicht sehr aufnahmefähig gewesen.

Sam wusste, dass es wahrscheinlich übertrieben war, aber er wollte trotzdem lieber zu Hause vorbeifahren, um nach Alexandra zu sehen. Irgendetwas drängte ihn dazu. Er griff nach den Autoschlüsseln und machte sich auf den Weg.

Das Blockhaus war verlassen, aber Sam fand Alexandras Nachricht auf dem Küchentresen. Er lächelte. Das war typisch Alexandra: Immer bemüht jeden Tag voll auszuschöpfen. Ihm wurde für einen Augenblick leichter ums Herz. Alles war in Ordnung. Bei Großmutter war Alexandra gut aufgehoben.

Aber etwas ließ ihn noch immer nicht völlig zur Ruhe kommen. Sam wagte es nicht, dieses Gefühl einfach beiseite zu schieben. Es hatte in der letzten Zeit zu oft Situationen gegeben, in denen in Verbindung mit Alexandra unvorhersehbare Ereignisse eingetreten waren. Diesmal würde er kein Risiko eingehen. Er stieg wieder ins Auto und folgte den Frauen zum Waldsee.

Als er den Wagen endlich neben Alexandras Jeep auf dem Parkplatz in der Nähe des Sees abstellte, war er mehr als beunruhigt. Er machte sich ernstlich Sorgen. Etwas war nicht in Ordnung, das spürte er.

★

Alexandra blieb wie angewurzelt stehen. Der Wolf war mager und struppig und sah wild aus. Furchtlos blickte er die beiden Frauen an.

„Wo ist Arrow?", fragte nun auch Großmutter Reed. Ihre Stimme verriet ihre Sorge.

In diesem Augenblick kam Arrow hinter einem Busch hervor. Er hob die Nase und richtete sich auf. Er hatte den Wolf bemerkt – und der Wolf witterte Arrow.

Vielleicht wäre alles anders verlaufen, wäre Arrow älter und erfahrener gewesen. Aber Arrow war noch der jugendlichen Auffassung, dass das Leben ein Spiel war und er der einzige Gewinner. Sofort machte er sich auf, um den Wolf auf seinen Platz zu verweisen.

„Fuß, Arrow!", zischte Alexandra.

„Ruf ihn zurück, Alex!", flüsterte Großmutter Reed. Sie beobachtete die Tiere angespannt.

„Arrow, Fuß! Arrow!", rief Alexandra nun lauter.

Aber Arrow gehorchte nicht. Er lief geradewegs auf den Wolf zu.

Der Wolf duckte sich und knurrte warnend. Arrow ließ sich nicht zurückrufen. Er sprang auf den Wolf zu.

Innerhalb weniger Sekunden war ein wilder Kampf im Gange. Die Tiere verbissen sich ineinander, jaulten, knurrten und bellten und rollten über den Boden.

Alexandras Gedanken wirbelten durcheinander.

Der Wolf wird Arrow töten, dachte sie panisch. Und wenn Arrow tot ist, wird der Wolf als nächstes uns angreifen?

„Arrow!", rief sie erneut. Dann wandte sie sich verzweifelt an Großmutter Reed: „Was sollen wir nur tun?"

Sie hatte keine Zeit zu antworten. Denn der Kampf war genauso schnell zu Ende, wie er begonnen hatte. Der Wolf schleuderte Arrow mit gewaltiger Kraft durch die Luft. Arrow prallte gegen einen Felsbrocken und blieb reglos liegen.

Alexandra und Großmutter starrten entsetzt auf die Tiere. Fast gleichzeitig bückten sie sich und hoben Steine vom Boden auf. Sie ließen den Wolf nicht eine Sekunde lang aus den Augen.

Alexandra fühlte sich doppelt bedroht, trug sie doch das Kind in ihrem Leib. Sie zögerte nicht länger. Wütend warf sie ein paar Steine nach dem Tier, um es zu verscheuchen.

Vergebens. Der Wolf wich nicht zurück. Im Gegenteil: Er legte die Ohren an und fletschte die Zähne. Er bereitete sich auf den nächsten Angriff vor.

„Alex, Grandma, aus der Schussbahn!", ertönte eine Stimme wie aus dem Nichts.

Sam! Alexandras Herz machte vor Erleichterung einen Freudensprung.

Jetzt tönte die laute, anklagende Stimme eines Raben durch die Stille des Waldes. Der Vogel zog tiefe Kreise über ihren Köpfen.

Plötzlich schoss der Rabe nach unten und stürzte auf den Wolf zu. Im Vorbeifliegen hackte er ihm mit dem Schnabel auf den Kopf.

Der Wolf schnappte nach dem Raben und drehte sich dabei zur Seite.

Nun bot sich Sam die Möglichkeit für einen Schuss. Sam verlor keine Zeit. Er feuerte seine Pistole mehrfach auf den Wolf ab. Er wollte kein Risiko eingehen, denn es war möglich, dass das Tier tollwütig war.

Der Wolf heulte laut auf und sprang auf Sam zu. Doch bevor er ihn erreichen konnte, sackte er leblos zu Boden.

Alles ging so schnell, Alexandra konnte kaum fassen, was geschehen war. Und wie war Sam hierher gekommen? Er sollte doch auf der Arbeit sein. Und Arrow?

Mit wenigen Schritten war sie bei dem treuen Hund. Er atmete noch, schien aber große Schmerzen zu haben. Alexandra sah Sam flehend an, aber er winkte traurig ab. Sie konnten nichts mehr für das Tier tun.

Alexandra hielt Arrows Kopf in ihren Händen. Doch schon kurze Zeit später fühlte sie, wie sich das Gewicht des Tieres verlagerte.

Arrow war tot.

Alexandras Magen zog sich unwillkürlich zusammen. Sie hielt sich den Bauch und musste heftig ausatmen.

„Alex!" Sam war sofort an ihrer Seite. „Ist alles in Ordnung?"

„Ich glaube schon", sagte sie und ihr Körper entspannte sich. „Ich habe noch nie von Wölfen in dieser Gegend gehört."

„Das war auch kein Wolf", erwiderte Sam. Er hatte sich das Tier näher angesehen. „Das war einer von diesen wilden Hunden. Jemand in der Gegend züchtet unerlaubt Tiere, die halb Wolf, halb Pittbull sind und verkauft sie für Hundekämpfe. Alles vollkommen illegal. Auf jeden Fall sehen einige der Welpen aus wie Pittbulls, verhalten sich aber wie Wölfe. Sie sind Menschen gegenüber scheu und laufen davon. Andere dagegen sehen aus wie Wölfe, gleichen aber im Verhalten den Pittbulls. Sie haben keine Angst vor Menschen. Und das macht sie viel gefährlicher als die wahren Wölfe. Ab und zu entwischen einige der Tiere, und greifen Menschen an – so wie dieser hier."

Er schüttelte traurig den Kopf. „Früher oder später wird es uns glücken, diesen verfluchten Züchter zu finden."

Sam hielt inne und sah Alexandra an. Sie hatte ihm aufmerksam zugehört, aber nun atmete sie erneut heftig aus und hielt sich den Bauch. Sam schaute mit steigender Unruhe von Alexandra zu Großmutter. Auch sie sah Alexandra jetzt forschend an.

„Wehen", stieß Großmutter leise hervor. „Die ganze Aufregung hat Wehen bei ihr ausgelöst!"

„Wehen?" Sam wandte sich ungläubig an Alexandra. „Du hast doch noch mindestens drei Wochen Zeit, oder?"

Alexandra sah Sam tief in die Augen und konzentrierte sich erneut auf eine Schmerzwelle.

„Ich glaube nicht", hauchte sie.

„Nur drei Minuten seit der letzten Wehe", verkündete Großmutter Reed.

Sam wollte Alexandra aufheben und zum Wagen tragen, aber Großmutter trat dazwischen.

„Lass sie hier", sagte sie mit ruhiger Stimme. „Wir bräuchten eine halbe Stunde bis zum Krankenhaus und in diesem Zustand ist es für Alexandra nicht sehr bequem im Auto."

„Und was schlägst du vor?", fuhr Sam auf. „Sie kann das Baby kaum hier draußen zur Welt bringen!"

„Besser hier als im Auto", erwiderte Großmutter Reed gelassen. „Und du wärst mir eine große Hilfe, wenn du jetzt nicht den Kopf verlieren würdest, Sam." Dann fügte sie hinzu: „Deine Vorfahren haben ihre Kinder alle im Schoße von Mutter Natur zur Welt gebracht. Ich selbst wurde zu Hause geboren." Sie sah ihn streng an. „Jetzt ist nicht die Zeit, um nervös zu werden. Jetzt ist es an der Zeit, fest auf die Kräfte der Natur und die Güte von Great Spirit zu vertrauen und ihre Stärke an Alexandra weiterzugeben, damit sie die Geburt gut bewältigen kann. Bitte Great Spirit um Beistand und dann hilf mir!"

Sam atmete tief durch. Er sah ein, dass seine Großmutter recht hatte. Er bat Great Spirit still um Stärke und Führung und fragte dann: „Was soll ich tun?"

Alexandra bekam nicht viel mit von dem, was um sie herum geschah. Ihr Körper hatte die Geburt in eigene Regie genommen und nahm keinerlei Befehle mehr von ihrem Kopf an. Und für einen kurzen Moment überkam Alexandra Angst. Doch dann wurde ihr bewusst, dass unzählige Frauen vor ihr die Erfahrung der Geburt durchlebt hatten, und dass ihr Körper eigens für diesen Vorgang geschaffen war. Ihr Körper war dazu gedacht ein Kind zu empfangen und es auszutragen, zu gebären und zu nähren. Er wusste genau, was zu tun war.

Alexandra entspannte sich. Sie musste ihren Körper gewähren lassen, sie durfte sich nicht gegen die Schmerzen wehren, und alles würde gut gehen. Außerdem war sie nicht allein. Sam und Großmutter waren bei ihr.

Alexandra spürte, wie die Kraft und Liebe von Great Spirit durch den mächtigen Stamm der Kiefer pulsierten, an dem sie sich jetzt abstützte. Sie schloss die Augen und sagte dann leise: „Ich bin bereit."

Sam sah in Alexandras Augen. Die Liebe und die Stärke des Universums schienen sich in ihnen widerzuspiegeln und es machte Sam die Wichtigkeit dessen bewusst, was hier geschah: In kurzer Zeit würde ihr Kind geboren werden.

Großmutter tastete Alexandras Bauch ab und schien mit dem Ergebnis zufrieden. Ihre sicheren Handgriffe verrieten Alexandra, dass dies nicht die erste Geburt war, die sie begleitete.

Alexandra war beruhigt. Sie versuchte ruhig zu atmen und folgte Großmutters Anweisungen.

„Hilf Alex sich auf dem Boden niederzuknien", forderte die alte Dame Sam auf. „Es dauert nicht mehr lange."

Eine halbe Stunde später brachte Alexandra ihr Kind zur Welt. Das Baby glitt in die sicheren Hände von Großmutter Reed und wurde begrüßt von dem leisen Zwitschern der Vögel und den warmen Strahlen der Herbstsonne.

„Ihr habt eine schöne, gesunde Tochter, Alex", verkündete Großmutter stolz.

Erleichtert und erschöpft ließ Alexandra sich zurücksinken. Die Geburt hatte ihr alles abgefordert, was sie an Energie aufzubringen vermocht hatte. Dennoch konnte sie an nichts anderes denken als ihr wunderschönes Baby. Die Freude über das Kind ließ alle Schmerzen und Anstrengungen der letzten Minuten verblassen.

Großmutter wickelte das Baby liebevoll in Sams Pullover. Dann legte sie es Alexandra vorsichtig auf den Bauch.

Alexandra drückte das kleine Bündel dankbar an sich.

Sam setzte sich zu ihnen und breitete fürsorglich seine Jacke über ihr aus. Er streichelte Alexandra liebevoll im Gesicht und küsste sie zärtlich.

„Ich liebe dich", flüsterte er überwältigt. Mehr brachte er nicht heraus.

Großmutter wartete auf die Nachgeburt und bat Sam dann die Nabelschnur zu durchtrennen. Anschließend vergrub sie die Nabelschnur zusammen mit der Nachgeburt unter der großen Kiefer, wo Alexandra ihr Kind geboren hatte. Erschöpft setzte sie sich auf dem Waldboden nieder. Geburtshilfe war weniger anstrengend gewesen, als sie noch jünger war.

Das Baby gab jetzt kleine glucksende Laute von sich.

„Euer kleines Mädchen ist hungrig", stellte Großmutter Reed fest.

Alexandra legte das Kind behutsam an ihre Brust. Es saugte gierig.

Nachdem das Baby getrunken hatte, legte Alexandra Sam seine Tochter in die Arme. Behutsam nahm er das Kind entgegen. Das kleine Wesen schmiegte sich hilfesuchend an ihn und Tränen der Rührung wallten in Sams Augen auf. Es gab kaum einen glücklicheren Moment in seinem Leben.

Alexandra beobachtete ihn liebevoll. Dann fiel ihr Blick

auf etwas anderes. „Schau, Sam", sagte sie überrascht. „Da blüht noch eine Feuerblume." Sie lächelte gedankenversunken. „Erinnerst du dich an den Tag im Wald, an dem du mir ihre Geschichte erzählt hast?"

„Wie könnte ich das vergessen", erwiderte er.

„Sam hat dir von den drei Schwestern erzählt?", fragte Großmutter Reed interessiert. „Und von der Eisblume und von Rabe?"

Alexandra nickte.

„Hat er dir auch erzählt, dass Rabe den Menschen den Umgang mit dem Feuer gezeigt und sie gleichzeitig gewarnt hat, umsichtig damit umzugehen?", fragte Großmutter. „Denn ist man nicht vorsichtig, kann man sich schnell verbrennen."

Alexandra schüttelte den Kopf. „Nein, davon hat er nichts gesagt."

Rosemary Reed lächelte.

„Das war nämlich der Grund für die Uneinigkeit der drei Schwestern", fuhr sie fort. „Sind die Menschen weise genug, das Feuer unter Kontrolle zu halten?"

Die alte Dame blickte Alexandra gutmütig an.

„Rabe vertraute das Feuer einem Kreis von weisen Frauen an. Sie waren seine Hüter. Bevor die Eisblume zu den Menschen kam", erklärte sie, „war sie in ewigem Schlaf gefroren. Dann aber ist sie zu Leben erwacht. Und seitdem erweckt das Feuer – die Feuerblume – alles zu Leben, das ihr begegnet. Wie das Feuer der Liebe, das neue Menschenleben bringt."

Großmutter holte eine Kette hervor, die sie versteckt unter ihrer Bluse um den Hals trug, und zeigte sie Alexandra.

An der Kette hing ein Anhänger aus Holz. Erstaunt stellte Alexandra fest, dass darauf eine zarte, fächerartige Blume eingeschnitzt war – eine Feuerblume.

Die alte Dame lächelte wissend.

„Auch heute noch hüten die Frauen unseres Feuer-Clans die mächtigen Flammen. Dieser Anhänger wurde von meiner Urgroßmutter an meine Großmutter, und von meiner Großmutter an meine Mutter vererbt. Und eines Tages werde ich ihn an die nächste Generation weitergeben."

Sie legte ihre Hand auf die Stirn des Babys.

„Euer Baby ist ein Geschenk der Feuerblume", erklärte Großmutter Reed. „Vergesst es nicht."

Alexandra war tief gerührt von den Worten der alten Dame und auch Sam sah seine Großmutter anerkennend an. Beide bewunderten Großmutter Reed für ihre Stärke und ihre Weisheit.

Etwas später lag Alexandra mit ihrer Tochter im Arm auf der Rückbank des Pick-Up. Ihr Gesicht spiegelte die Anstrengung der letzten Stunde wider, aber auch ihre grenzenlose Freude und Dankbarkeit. Sie blickte auf und suchte Sams Gesicht. Seine bernsteinfarbenen Augen leuchteten noch stärker als sonst. Er sprach leise mit Großmutter und aus seinen Worten klang dieselbe Freude und Dankbarkeit, die auch Alexandra in diesem Augenblick empfand.

So viel war in den vergangenen Monaten geschehen. So viel Unerwartetes hatte sich in ihrem Leben ereignet. Sowohl Sam als auch Alexandra hatten sich im vergangenen Jahr verändert und sich bemüht, die Aufgaben zu erfüllen und den Platz einzunehmen, der ihnen vom Schicksal vorbestimmt war. Als Dank hatten sie das größte Geschenk von allen erhalten: das Geschenk der Liebe.

Alexandra war nach Kanada gekommen, um den Schlüssel zu ihrem Glück zu finden und ihrer Seele Freiheit zu schenken.

Sam hatte ihr diesen Schlüssel gegeben, ohne etwas dafür zu verlangen – und daneben hatte er sein Herz gelegt.

Und Großmutter Reed, sie hatte Alexandra geleitet und

ihr durch ihre Weisheit und Liebe gezeigt, wie sie das Glück festhalten konnte.

Der Schlüssel zu ihrem Glück, der Schlüssel zu ihrer Seele. Er war ihr in diesem Moment ganz nahe. Er lächelte sie vom Fahrersitz aus zärtlich an und spiegelte sich in dem friedlichen Gesicht ihrer schlafenden Tochter.

Die Feuerblume hatte auch Alexandra neues Leben geschenkt und sie aus ihrer Eisstarre befreit.

Müdigkeit überkam sie wie ein bleierner Vorhang.

In der verschleierten Welt zwischen Wach-Sein und Traum, begegnete Alexandra der Schatten eines großen, glänzend schwarzen Vogels. Sie begrüßte ihn wie einen alten Freund. Und mit einem Mal wusste sie, dass es die Kraft dieses Vogels gewesen war, die sie seit Anbeginn ihrer Suche geleitet und geschützt hatte.

„Ich danke dir für all deine Segnungen", flüsterte Alexandra. Dann erinnerte sie sich an das, was Großmutter Reed ihr vor einiger Zeit über die Welt der Geister erklärt hatte, und fügte hinzu: „Kann ich etwas für dich tun?"

Noch bevor Alexandra in einen tiefen, wohlverdienten Schlaf glitt, kannte ihr Herz die Antwort.

„Dein Name soll Raven sein, meine Tochter", flüsterte sie glücklich.

ENDE

Feuerblume ist die von der Autorin überarbeitete, neue Fassung ihres Romans *Shaheylah*.

Umschlagdesign: Kai Hoevel, iTurtle Design, www.iturtle.eu
unter Verwendung der Fotos 20404165, © Patrick Hoff, liz. Shutterstock.de,
und Indian Paintbrush, © Lars Johansson, Fotolia.com,
sowie zweier Vignetten (Rabe) von David Seven Deers.
Satz: Merlin Verlag
Gesamtherstellung: freiburger graphische betriebe GmbH & Co. KG, Freiburg

2. Auflage, Gifkendorf 2013
Im 56. Jahr des Merlin Verlags
ISBN 978-3-87536-291-6
www.merlin-verlag.de
www.sannasevendeers.com